刘心武文粹

献给命运的紫罗兰

刘心武——著

译林出版社

2000 年在大瞿岛思考命运

2000 年在大瞿岛思考命运

北京慕田峪长城（水彩）

总序

这套26卷的《刘心武文粹》，是应凤凰壹力文化发展有限公司之邀，从我历年来的作品中精选出来的。之前我虽然出版过《文集》《文存》，但这套《文粹》却并不是简单地从那两套书里截取出来的，当中收入了《文集》《文存》都来不及收入的最新作品，比如2015年1月才发表的短篇小说《土茉莉》。

《文粹》收入了我八部长篇小说中的七部。因为《飘窗》和《无尽的长廊》两部篇幅相对比较短，因此合并为一卷。其中有我的“三楼系列”即《钟鼓楼》《四牌楼》《栖凤楼》，我自己最满意的是《四牌楼》。《刘心武续〈红楼梦〉》这部特别的长篇小说，我把它放在关于《红楼梦》研究各卷的最后。我将历年来的中篇小说和短篇小说各选为四卷，再加上一卷儿童文学小说和两卷小小说，这十七卷小说展现出我“小说树”上的累累硕果。我的小说创作基本上还是写实主义的，但在上世纪八十年代，改革开放，国门大开，原来不熟悉、不知道、没见识过的外国文学理论和作品蜂拥而入，现代主义、后现代主义引起文学创作的借鉴、变革之风，举凡荒诞、魔幻、变形、拼贴、意识流、时空交错、文本颠覆甚至文字游戏都成为一时之胜，我作为文学编辑，对种种文学实验都抱包容的态度，自己也尝试吸收一些现代主义、后现代主义的手法，写些实验性的作品，像小长篇《无尽的长廊》，中篇《戳破》，短篇《贼》《吉日》《袜子上的鲜花》《水锚》《最后金蛇》等，就是这种情势的产物，至于意识流、时空交错等手法，也常见于我那一时期的小说创作中，但总体而言，写实主义，始终还是我最钟情，写起来也最顺手的。短篇小说里，《班主任》固然敝帚自珍，自己最满意的，还是《我爱每一片绿叶》《白牙》等；中篇小说里，《如意》《立体交叉桥》《木变石戒指》《小墩子》《尘与汗》《站冰》等是比较耐读的吧。我的中篇小说里有“北海三部曲”《九龙壁》《五龙亭》《仙人承露盘》，是探索性心理的，其中《仙人承露盘》探索了女同心理；另外有“红楼三钗”系列《秦可卿之死》《贾元春之死》《妙玉之死》。短篇小说里则有“我与明星”系列《歌星和我》《画星和我》《笑星和我》《影星和我》，这展示出我在题材上的多方面尝试。但我写得最多的还是普通人的生活，特别是底层市民、农民工的生存境况和他们的内心世界，长篇小说里不消说了，像中篇小说《泼妇鸡丁》，短篇小说《护城河边的灰姑娘》，还有小小说中大量的篇什，都是如此。我希望《文粹》中从自己"小说树"上摘取的果实排列起来，能够形成一幅当代的"清明上河图"。

我的写作是"种四棵树"。除了"小说树"，还有"散文随笔树""《红楼梦》研究树"和"建筑评论树"。《文粹》的第17卷至21卷是"《红楼梦》研究树"的成果。虽然这些文章此前都出过书，但是这次在收进《文粹》时又经过一番修订，吸收了若干善意批评者的合理意见，尽量使自己的立论更加严谨。第22卷《从〈金瓶梅〉说开去》是新编的，其中收入了我研究《金瓶梅》的若干成果，可供参考。这也是我的一本文史类随笔。第23卷收入我两部自己珍爱的散文作品《献给命运的紫罗兰》《私人照相簿》。第24卷《命中相遇》收入的散文，记录的是我生命中难以忘怀的岁月、事件和人物。第25卷《心里难过》则收入的是与自己生命成长相关的散文，其作为卷名的一篇曾经人录为配乐朗诵放到网上，广为流传，也获得不少点赞，我也很高兴自己的文字不仅能以纸制品流传，也能数码化后云存在，从而拥有更多的受众。

第26卷则把我此前由中国建筑工业出版社出版的《我眼中的建筑与环境》，以及由中国建材工业出版社出版的《材质之美》合并在一起，还搜集了那以后散发的建筑评论。我的建筑评论从建筑美学、城市规划、对具体建筑的评论……一直延伸到建筑材料、施工，以至家居装修装饰等领域，展示出我“建筑评论树”上果实满枝，蔚成大观。

购买这套《文粹》的人士，不仅可以阅读到我“四棵树”上的文字，还可以看到我历年来的画作，以水彩画为主，也有别的品种。春风催花，夏阳暖果，不以秋叶飘落为悲，不以冬雪压枝为苦，在生命四季的轮回中，我感觉自己创造的风帆还在鼓胀，《文粹》只是总结而非终结，祝福自己在命运之河中继续航行，感谢所有善待我的人士！

2015年4月23日　温榆斋

目 录

CONTENTS

献给命运的紫罗兰

目 录 CONTENTS

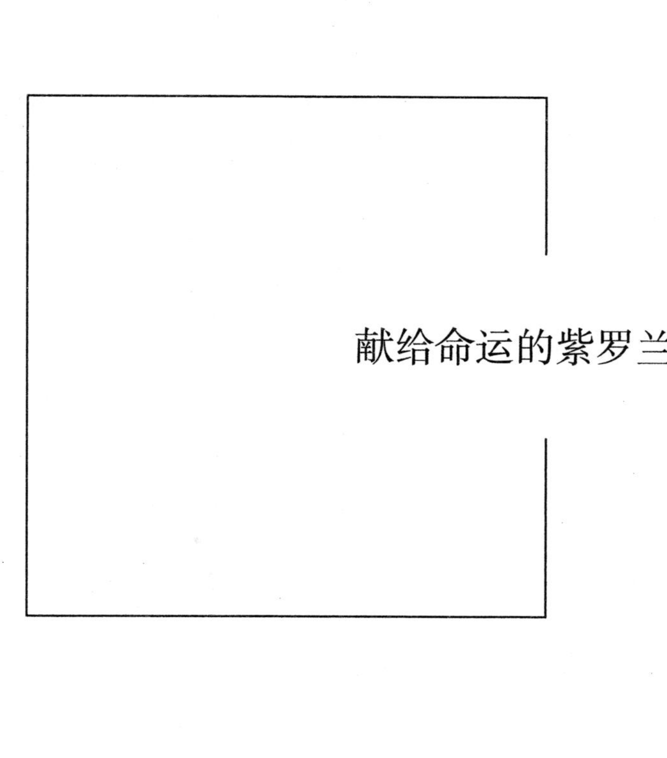

献给命运的紫罗兰

序

30 多年前，还是个中学生的时候，偶然得到一枚书签，上面印着法国作家罗曼·罗兰（1866—1944）的一段话：“累累的创伤，便是生命给予我们最好的东西，因为在每个创伤上面，都标志着前进的一步。”当时我已堕入文学的渊薮，除了如饥似渴地阅读中外文学名著，自己也试着写些文章向报刊投稿，屡投屡退，所以感到罗曼·罗兰这段话很对我的榫儿，一次退稿便是一回创伤嘛，但每被退回一次，也就激发我对自己的文章自省一次，渐渐地，似乎也就摸到了一些写文章的门径，后来，到 16 岁那一年，我的一篇文章终于被《读书》杂志刊登了出来（1958 年夏天），那以后的投稿，虽陆续有被发表的，退稿量依然不小。20 多岁的时候遇上了“文化大革命”。因为已在报刊上发表过数十篇小文章，也很受到些冲击，那时才懂得退稿实在算不得什么创伤，生活的坎坷磨炼，远未穷期，因此对罗曼·罗兰的那段话，也就渐渐有了更深的体味。

8 年前到法国访问，同几位法国知识分子说到罗曼·罗兰，他们都说那是早已过时的人物，现今的法国除了研究文学史的，简直没有人读他的书。平心而论，罗曼·罗兰虽是 1915 年诺贝尔文学奖的得主，他那大部头的《约翰·克利斯朵夫》也曾风靡一时，而且他在第一次世界大战时期反对不义之战的立场，以及在第二次世界大战期间反法西斯主义的鲜明态度，都令人肃然起敬，然而就全球范围以历史眼光衡量他，确也还算不得多么伟大的作家。

我在少年时代和中年时代读过两遍《约翰·克利斯朵夫》，读得都很仔细，也读过罗曼·罗兰的《革命戏剧集》，以及他其他一些著作，都没有从中发现他上述那段话。但这位作家给予我最可警悟的，反不是我读过的那几百万字的成本的书，而是那小小书签上的一句没有注明出处的话语。

一位作家的一段乃至一句格言式的话语，也是他心灵中开放出的鲜润花朵，竭诚地奉献给读者，有时对读者来说那启迪那激励那引发那愉悦，也并不亚于读他整本的大作。

自己从30多年前的一个爱好文学的青年，托赖时代给予了机遇，编辑给予了支持，读者给予了厚爱，到1990年在国内和海外已出版了30本著作，忝列在了作家行列。我主要从事小说创作，也兼写散文、评论。上海人民出版社约我再写一本随想录，我本深感惶恐，不敢应命，但经编辑张珏女士一再代表出版社多方鼓励，我不由得想到了少年时代所看到的罗曼·罗兰的那句随想；我虽绝不敢以罗曼·罗兰自比，但依我想来，世界上凡属欲推进人类文明的作家，无论伟大的还是稚小的，都好比蘸着心血点燃着的火把，伟大的作家也许犹如屹立的灯塔，杰出的作家也许仿佛巨大的火炬，而平常的作家，小小的作家，他那火把也许十分地小，光热十分地微弱，乃至于只不过等于添了一炷红头香，飞着一只萤火虫，但世界和人类的光明，应是这些光焰的总汇吧！因此我不揣冒昧，以这一册随想录，参与了这套书的刊行。我这一册随想，自然充其量只不过是一支细烛，一根火柴，一只流萤，一定有不少谬误和唐突之处，但句句出自真诚，段段心存善意，因此，我想读者批判了我的谬误，原宥了我的唐突之后，也许还能从中多多少少引发出一些有益的联想，获得一些愉悦的感受。倘这本小书里的某一段某一句，能使某位读者对我获得超过读我那些小说所形成的印象，那于我实在是三生有幸。

这册随想录共分九个部分，前七篇依次是：谈命运；谈生活；谈处世；谈爱情；谈出名；谈逆境；谈幽默。后两篇，一篇《蓝郁金香》是对“海外奇谈”的随感，一篇《灯下拾豆》是零星随感的汇辑。

我是以同读者诸君娓娓谈心的口气写下这些随感的，我企盼读者诸君读了这本随想录后，能把你们的批评指教和感想写下来寄给我，那对我来说将十分珍贵！这愿望能够实现吗？从这本书一印出来我就天天恭候着！

刘心武

写于北京绿叶居

献给命运的紫罗兰
——关于命运的随想

命运。

我们常常想到这个字眼。

但我们往往是朦朦胧胧地那么一想。

朦朦胧胧，只滋生出一些情绪，诸如怨艾，沮丧，或所谓“淡淡的哀愁”。

让我们廓清薄纱般的朦胧思绪，做些澄明的理性思考。

我们要努力地认知命运。

命是命。运是运。

命与运固然如骨肉之不可剥离，然而倘作理性研究，如医学上的生理解剖，则需先就骨论骨，就肉论肉。

何谓命？

命是那些非我们自己抉择而来的先天因素。

为什么我或你生下来就是这样的性别？

为什么我或你有着现在这样的生父和生母？凭什么我或你得由他们一方的精子同另一方的卵子相结合，从而经过无数次的细胞分裂，而形成胚胎，成为带有胎盘的胎儿，后来又脱出母亲的子宫而成为一个独立的生命？我和你为什么不是另外的一个父亲和另外的一个母亲结合而成的生灵？

为什么我或你有着现在这样的与别人不同的面貌？即或我们是双胞胎或三胞胎中的一个，外人看去我们与同胎落生的兄弟姊妹“何其相似乃尔”，但我们自己很清楚，归根结蒂我们还是有着与任何一个他人不尽相同的自我面目。固然遗传学解释了我们的面目，说那是有着父亲和母亲的遗传基因在起作用，我们或者有点像父亲，或者有点像母亲，或者竟更像祖父、祖母、外祖父、外祖母，以至于更像某个近亲、远亲，然而揽镜自视吧，我们到头来还是有一个自己的、独一无二的外貌，不管我们喜欢不喜欢，也不管别人喜欢不喜欢，我们竟有着如此面貌，这是由谁暗中规定的呢？

我们落生的时间，又为什么偏偏是那一年那一月那一日那一时辰？听说唐朝是中国最强盛的时代，我们为什么没生在唐朝？又听说21世纪中期我们国家将整体达到小康的水平，我们又为何不等到那时候再落生？或许你更向往于烽火岁月的殊死战斗，然而你又并未生在抗日战争之前并能恰好在青壮年时投入反法西斯的战斗；或许我更向往于在20世纪初投入“五四运动”成为新文化运动中的弄潮儿，然而我却偏没赶上那个时代。我们显然不能再重新安排一次落生的时间，我们必须在一张又一张的表格中反复填写同一个出生时间。

我们又为什么偏偏落生在我们无法事先择定的地方？我和你为什么偏属于这一个种族，这一个国家，有着这样的籍贯？

这就是命。

也有人向命挑战。

西方国家有那样的人，他们出于对原有性别的不满，找医生做变性手术，改变自己的性别，也有人出于对自己相貌的不满，做整容手术，使“面目全非”。这也许真的改变了他们某些命定的因素。但毕竟改变不了他们的种族、血型、气质、年龄、籍贯。

当然也有人用伪造历史、隐瞒年龄、改认父母、谎报种族（当然只能往与自己肤色发色瞳仁色相接近的种族上去靠）等等方式企图使“我”消弭而以“新我”存活于世，但在游戏人间之余，清夜扪心，他恐怕也不能不自问：我究竟是谁？而他的答案恐怕也只有一个：他到底还是某一男子的精子和某一女子的卵子的特有结合，并于某年某月某日某时生于某国某地某处的一个独特的生命，在种种伪装和矫饰之下，赤条条的他还是那个“原他”。

命由天定。这不是唯心恰是唯物。

这也无所谓消极，更无所谓悲观。

曾见到一位矮个子女士，我很惊讶于她穿着一双平底鞋，当我问她为什么不穿高跟鞋时，她爽朗地说：“我喜欢自己的身高，因为这是一个我自然具有的高度，我不想掩饰自己的这一自然状态，并且，我还以自己的这种自然状态而自豪。”

又曾见到一位肥硕的中年男子，当我问及他为什么不采取减肥措施时，他认真地对我解释说：“人体型的肥瘦归根结底是由遗传基因派定的，我父母都是胖子，所以我天生肥胖，而我没有必要去人为减肥；倘若我是后天突然胖起来的，并且有种种不适，那或许还有减肥的必要……不错，熟人给我取了个绰号叫‘肥男’，我坦然地接受，我确实是个地道的‘肥男’嘛！”

这二位都对非自我抉择而形成的先天状况持坦然的接受态度，甚至于产生一种自豪感。我以为这是对“命”的正确态度。你以为如何呢？

“我长得多难看啊！”一位熟悉的姑娘向我吐露心曲，“见到比我长得漂亮的同辈人，我就总觉得无地自容。”

我不想向她弹唱“重要的是心灵美而不是外貌美”之类的调调，还是契诃夫说得好：“人的一切都应是美好的，心灵，面貌，衣裳，思想。”

我也不想教她逃避现实：“你其实并不难看。”又是契诃夫，他剧中一位女子对另一位女子说：“你的头发真美。”另一位就领悟地说：“当一个姑娘长得不美时，人们才会夸赞她的头发。”我熟悉的这位姑娘确实长得难看。难看就是难看，难看是天生的。她把心灵修炼得再美，也终归成不了漂亮姑娘。

我劝她坦率地承认自己的相貌。这承认分两个层面：一、自己确实不好看。二、别人确实比自己漂亮。第二个层面很重要，否则，就容易陷入“阿Q主义”：“我难看，哼，你比我更难看！”或“坏蛋才好看哩！漂亮的没好货！”承认了自己难看以后，却还要：一、按自己的实际情况打扮自己，使自己整洁、自然；

二、以审美的态度对待比自己漂亮的人。

过了一段时间，我再见到她，她的相貌依然不好看，但她充满了自尊和自信。“天生我材必有用。”她微笑着告诉我，她在做自己喜欢的事，生活得很畅快。

她不向“命”抗争，她顺“命”生活下去，她是对的。

也有另外的例子。美国有位先天脑畸形的人，他五六十年来一直口眼歪斜，发音不清，半身不遂，是个地道的残疾人，然而他不向“命”低头，他学会了运用打字机，他渐渐能用打字机上的句号、逗号、叹号、问号、删节号、括号、花号和其他符号耐心地打成绘画作品，开始是模仿现成的图画和照片，后来是写生，再后来是根据想象创作独特的画幅，结果他成了一位名人，连白宫走廊上也挂了他的画。他可谓向“命”挑战而获得成功的一位英雄。

但切勿用这类特例来激励聋哑人去奋斗而成为歌唱家，无腿畸形人去奋斗而成为世界短跑冠军，长相实在难看的姑娘去争取在选美赛中夺魁。上述那位残疾画家，仔细想来，与其说他是与“命”抗争，不如说他是在“命”所规定的范畴之中求了一个最大值，他没有选择去做一个核物理学家、一位芭蕾舞演员或一支军队的统帅，他也没有勉强自己去用常规的方式绘画，因为他的手根本不能握笔；他其实还是顺着“命”所赋予他的条件，去开掘实际的可能性，他艰苦地学会了操纵经过改装的打字机，使可能变为了现实，他因而成功。

对于“命”即那些先天的、非我们抉择而在我们生命一开始便形成的因素，我们应当心平气和。

比如我和你，我们都是中国人，都是黄皮肤，黑头发，不管我们现在生活在哪里，持有什么样的护照，在另外一些人眼里，比如在金发碧眼的西方人眼里，我们总还是东方人中的一种，我们的大背景，是一个曾有过灿烂的文明但眼下相对而言经济还不够发达、整体受教育程度不够充分的民族，对于这些不可更改的因素，我们既不自卑，也不必自傲，我们应当非常坦然。我，你，我们就是这样。作为一个个体，我们从实际情况出发。

“生不逢时”是最无谓的感叹。我们没有生在汉唐盛世，我们也没有生在“五胡十六国”的乱世，这既不值得惋惜也不值得喟叹。我们比那些年老的人小许多，我们又比那些才落生的人大许多，这也都没什么好庆幸或羡慕的。我就是我。你就是你。我们就生在某一个特定的时候。那就是我们的生日。坦然地接受这个既成事实。既然我们落生在这个时代，赶上了这个阶段，迎接着眼前的时光，那就让我们好好地对待这条“命”。

为我们的生命，要好好生活。

要好好生活。

但生活不容易。

确实不容易。

这就引出了与“命”相连的“运”。

“运”是什么?

“运”不消说是一种流动、变易的东西。

对于“命”，如上所述，我们几乎无法抉择，即使有个别人后来动“变性手术”而改变了“命”，一个重要的因素——性别，那也是他那条“命”形成以后做成的事，毕竟他不能在落生前自我决定性别。

然而“运”，就难说了。

“运”也有无从抉择的一面。比如我们面临的时代，所处的地域，这期间所发生的重大事件，如自然界的地震，人世间的战乱，科技上的划时代变革，文化上的主导潮流，我们就往往很难加以预测，进行预防，或加以回避，与之抗拒。比如 1976 年唐山大地震时，在那一瞬间人就无法抉择生死；再比如科学已经充分证明了吞食丹砂不但不能成仙，无异于自杀以后，我们即使仍想寻觅长生之道，也不会再做服食丹砂的抉择；还比如当商业广告不但出现在西方世界也出现在我们这样的国家，不仅出现在电视上报纸上杂志上，也出现在街头巷尾，出现在运动场和歌舞晚会场上，甚至出现在公路旁、乡村屋宇的墙壁上时，我们做出一个“凡有商业广告的地方我一概不去，凡商业广告我都不让它入眼”的抉择时，实现起来该有多么困难!

不过，“运”毕竟不同于“命”。“运”有其可驾驭、可借光、可回避、可进击的一面，而且这恐怕是其更主要的一面。

对于“命”，我主张心平气和，彻底地心平气和。

对于“运”，我却主张心潮起伏。

心潮起伏。起，就是迎上去，热烈响应或者奋然抗争；伏，就是避过去，冷静回旋或断然割舍。

“命”可以作定量定性分析。比如，性别、出生年月日时、籍贯、父母姓名、年龄、民族、血型、指纹、相貌（一寸至二寸免冠正面照），成人后的身高、肤色、发色、瞳仁颜色、牙齿状况，等等。

“运”却往往难以作定量定性分析。

时代、社会、群体，这三者或许还可做出一些定量定性分析。

灾变、突变、机遇，这就很难做出定量定性分析了，特别是在来到之前，而预测往往又是困难的，即便有所预测也是很难测准的。

“运”常被我们说成“运气”。

没有人把“命”说成“命气”。要用两个字，就说“生命”。“命”是生来自有的。

“运”却犹如一股气流。它从何而来，朝何而去，我们或者弄不懂，或者自以为弄懂了而其实未懂，或者真弄懂了而又驾驭不住，或者虽然驾驭住了却又被新的气流所干扰而终于失控，一旦失控，我们便会感叹：“唉，运气不好。”

“运”又常被我们说成“时运”。

没有“时命”的说法。诚然，我们的体重、腰围、体温、血压、内脏状况和外在面貌等因素都可能在随时间而变化，但我们的性别、血型、指纹、气质等等方面却无法改变。无论时间如何流逝，直至我们从活体变成死尸，许多“命”中的因素是恒定不变的。

“运”却随时而变。“运”是外在的东西。“十年河东，十年河西”，“人间正道是沧桑”，“乱哄哄你方唱罢我登场”，“人面不知何处去，桃花依旧笑春风”，“子在川上曰：逝者如斯夫！”，“人不能第二次进入同一条河流”，“此一时也，彼一时也”，“明日黄花”，“随风而去”……这些中外古今无论是悲怆的还是欢乐的,也无论是正面的还是负面的感喟和概括,都证明着“运”有“时”，也有“势”，所以有“时运”之称，也有“运势”之说。

从大的方面把握“时运”和“运势”当然重要。认清时代，看准潮流，自觉地站到进步的一面，正义的一边，这当然是关键中的关键。然而还有中等方面和小的方面。中等方面，如自己所处的具体社区、具体机构、具体群体、具体环境、具体氛围，如何处理好适应于自己同这些方方面面的关系，特别是自己同群体同他人的关系，就实非易事。小的方面，如邂逅、偶兴、不经意的潜在危险、交臂而来的机会，等等，抓住它也许就是一个良性转机，失去它也许就是一个终生的遗憾，或者遇而爆发便是一个巨大的灾难，躲过它去则就是万分地幸运，都实难把握。

西方人，特别是受基督教文化浸润的西方人，似乎在承认上帝给了自己及他人生命的前提下，比较洒脱地对待“运”，他们常常主动地去“试试自己的运气”，敢于冒险，比如去攀登没人登过的高峰，只身横渡大西洋，从陡峭的悬崖上往下跳伞，尝试创造一种在我们看来是怪诞的“世界纪录”而进入到“吉尼斯世界纪录大全”；他们甚至在本已满好的状态下，仍不惜抛弃已有的而去寻求更新的，主要还不是寻求更新的东西，而是寻求新的刺激，新的体验，他们不太在乎别人怎样看待自己，他们主要依靠社会契约即法律来协调自己与他人的关系；他们的这种进取性一度构成了对东方民族和“新大陆”土著居民的侵略，所以他们的“运气观”中确含有一种强悍的侵略性和攻击性。

东方人,又特别是我们中国人,在“儒、道、释”熔为一炉的传统文化熏陶下,我们认定“身体发肤受之父母”，因此我们崇拜祖先，提倡孝悌，重视人际关系和社会秩序,我们要求个人尽量摆脱主动驾驭“运气”的欲望,我们肯定“知足常乐”，发生人际纠纷时我们宁愿“私了”而嫌厌“对簿公堂”；我们这种谦逊谨慎在面对外部世界时变为了惊人地好客，我们总是“外宾优先”，我们绝不具有侵略性和攻击性，我们的每一个个体都乐于承认:“我与群体共命运。”其实“命”是因人而异的，我们表达的意思准确解释起来便是“我们要共命运”。所以我们有句俗话叫“大河涨水小河满”。我们并不是不知道只有小河水流充裕时，大河才不会枯涸，然而那方面的自然现象引不起我们形而上的升华乐趣。

我们不必就东西方的不同文化模式作孰优孰劣的无益思索。既已形成的东西，就都有其成型的道理。

好在现在世界已变得越来越小。已无新大陆可供发现。连南极冰层下那土地也已测量清楚，连大洋中时隐时现的珊瑚岛也已记录在案。已有“地球村”的说法。东方人、西方人，不过是“地球村”中“鸡犬相闻”的村民而已。

东西方文化已开始撞击、交融、组合、重构，对“命”的看法和态度，对“运”的看法和态度，越是新的一代，无论东方还是西方，相似点或共同点似乎就越多。

你挺有意思——今天的人类。

“命”与“运”相互运作时，就构成了所谓的“命运”。听贝多芬的“第五交响曲”，我们最难忘记那“命运敲门的声音”。单是“命”已难探究，因为“命”即使在最平静的时空中它也有个生老病死的发展过程，非静止、凝固的东西；“运”就更难把握了，几乎无时无刻不在变化，而且充满了突变，也就是说，构成“运势”的因素中充满了不稳定因素、测不准因素，“命”加上“运”，而且互融互动，那就难怪有人惊呼“神秘”了。

这种神秘感是宗教产生的根源。自古到今历久未衰的占卜术，其立足点也在于许许多多世人对自我命运的神秘感。对命运的神秘想取捷径而获得诠释，于是去求助于占卜、看手相、看面相。用生辰八字推算命定因素和运势走向。占星相，勘风水，论阴阳五行。比较高深的是演“易”，从《河图》、《洛书》到太极图，到先天八卦、后天八卦，进而到八八六十四卦到一万一千五百二十策；又从被动地由人推算到自动地投入，从而又笃信气功，努力开掘自己的潜能异能，行小周天、大周天，做动功和静功，接受“宇宙语”治疗并终于自动发出“宇宙语”，达到“天人合一”，获得最彻底的超越感即超脱感。

我们既不必充分地肯定这一切，也不必彻底地否定这一切。实际上你想充分地肯定也肯定不了，总有强有力的人物站出来给予有根有据的批驳揭伪。而你想彻底地否定也否定不了，也总有强有力的人物包括最受尊崇的大科学家站出来提供有根有据的实验报告和理论推测。

你和我都不必卷入有关的论争。然而你和我都应当承认，“命运”确有其神秘的一面。

无论是人类还是个人，面对神秘的命运，都应现出一个微笑，就像 1505 年意大利佛罗伦萨的列奥纳多·达·芬奇绘制的那个“蒙娜·丽莎”所现出的微笑一样。

那是永恒的微笑。

你看过列奥纳多·达·芬奇的那幅《蒙娜·丽莎》吗？

当然。那还用问。

然而，你看得仔细吗？

据说，早有人指出过，画上的那位妇人——传说是当时佛罗伦萨城里皮货呢绒商乔贡达的夫人——实在算不上多么美丽的妇人，你把列奥纳多·达·芬奇别的画也看看，他画的《拈花圣母》、《岩间圣母》、《丽达》等作品里的女性形象，就远比这《蒙娜·丽莎》更丰满、更艳丽，然而《蒙娜·丽莎》却成了一幅最成功的作品，不仅在列奥纳多·达·芬奇个人创作中是名列第一位的代表作，也可以说是整个意大利文艺复兴运动中最杰出的代表作，尽管它只有 77 厘米高 55 厘米宽，在现在存放它的法国巴黎卢浮宫中属于上千幅油画中较小的一幅，然而它却成了卢浮宫最可自豪的一幅藏品。

再仔细地看看吧。画上的蒙娜·丽莎难说是一个完美的形象。她的眼睛还不够大，更不够妩媚，特别是下眼皮，线条太方直而且泪囊太显。别的不多说了。就算她美，那也是有缺陷有遗憾的美。

然而她实在耐看。耐看就是经得起审美。经得起几百年观赏者的审美，为一代又一代的人们所赞赏，你说她美不美？

这就给了我们一个启示：不必完美。因为实际上不可能完美。因而不要去追求完美。

要追求美，但不要追求完美。这也应是你和我对待命运的态度。

附近居民楼里有一个上高中的姑娘自杀了，因为她有一门功课没有考好。仅仅一门，而且仅仅是头一回，并且并非不及格。然而她的心灵承受不住，因为她一贯在班上拔尖儿，从小学到中学，她考试几乎永远第一。谁知“天有不测风云”，偏这回有一门考了个 68 分，她在追求完美而竟不能完美的现实面前，“宁为玉碎，不为瓦全”，溘然而逝。

这当然是一个极端的、近乎怪诞的例子。可是我们心灵中、行为中的这类“自杀行径”难道次数还少吗?

本来我可以坚持把电视里的《跟我学》学到底，既不是因为实在没有时间，也并没有谁对我讽刺打击拉我后腿，只是由于一两次的耽搁使我有点跟不上，而且更由于感到比同时起步者落了后，不完美了，因而干脆放弃。

本来你不必把福克纳的《喧嚣与骚动》从头读到尾，因为你并非搞文学研究的，也并非要借鉴这部作品以从事文学创作，只是因为你听到那么多朋友向你谈到福克纳如何了不起、这部小说又在文学史上如何有地位，因此你感到有一种心理压力，仿佛你不花工夫恭读这部著作作为一个知识分子就不完美了，于是你硬着头皮一页页逐行逐字地读下去，终于读完，却无大收获，为此你还耽搁了几桩该抓紧做下去的事。

这当然又是一些太小的，似乎无足轻重的例子。

大一些的例子我们可以在心中默默地检出，并默默地自省。

我们有时总想同周围所有的人都搞好关系。有人说，中国儒家讲“仁”，“仁”就是二人，即中国的传统伦理观念就是搞好人与人之间的关系，人际关系协调了，便达到“仁”的境界了。其实西方人也讲人际关系。《圣经》里说，有人打你的右脸，你就把左脸也送过去。你看，也是“和为贵”，讲和平，重感化，这同中国的“仁”应是相通的。认为西方人就是绝对的独来独往，绝对的个人主义，绝对的尔虞我诈，不重视搞好人际关系，至少是夸张了。现代社会，个体已几乎无法隐居，跨国公司和集团化趋势使每一个人都无法遁逃于群体和社区之外，你到中国的外资企业或中外合资企业里试试看，我行我素吃不吃得开？随心所欲玩不玩得转？很可能并不是中方的头头而是西方的经理，头一个来炒你的鱿鱼。所以说，搞好人际关系是重要的。然而，同周围所有的人都搞好关系，你和我，能够做到吗？

不能说绝对不能。你看，有那个别的人，他或她，人家似乎就做到了。然而你和我都是凡人，我们实在做不到。做不到，自然不完美。不完美怎么办？该办的办，不该办的，办不到的，不办就是。

我们当然应该并且也能够和比较多的人协调关系，我们同其中少数人甚或不算太少的人也许还能够建立起比较亲密比较牢固的关系，然而倘若有一些人同我们的关系淡淡的、浅浅的，有个别人我们不喜欢他或她而他或她也嫌厌我们，只要不足以妨碍公益和大局，那就随它去吧！为什么非得强求完美呢？

有一点缺陷有一点遗憾的人生，是有味道的人生。有一点怪异有一点风险的命运，是有意思的命运。

读过契诃夫的《没意思的故事》吗？那里面的主人公，那位老教授，他一切都有了，真才实学，名誉地位，富裕生活，安宁环境……并且他所获得的这一切并不面临哪怕是小小的危机，然而他最深刻最痛切地感受到没意思，这“没意思”是完美造成的，太完美因而也就太凝固，太凝固因而也就太乏味，太乏味因而也就太寂寞，太寂寞因而也就有悲哀。这是一个达到完美的悲剧。

一个人有一个人的命运。

仔细想来，没有两个人的命运是完全相同的。可能相似，然而不会绝对雷同。

这真有意思。想想看吧，我们的“命”固然异于他人，我们的“运”即使在与群体与他人“共享”的前提下，仍有个人“小运”的多姿多彩、诡谲莫测的特异一面。我们的“命运”是自我独具的，它与历史上有过的那些人都不相同，与那些同我们共空间共时间的人们也都不尽相同，并且我们去世后，也不可能有哪一个个人的命运成为我们命运的复制品，我们，你，我，还有他和她，每一个人都是独特的啊！

珍惜我们的“命”吧，因为它是独一无二的！

不要对我们的“运”过分怨叹吧，因为那也是别具一格的！

好好地把握我们的“命运”。

好好生活。

好好度过那属于我们自己独特的一生。

“命中注定”。这话是不对的。倘要表达“命”的非自我抉择的先天因素之不可更改，准确的用语应是“命中固有”。

“注”有流动的含义，流动是“运”的特性，而“命”是未必能左右“运”的，“命”不能“注定”一个人的“运”。

有人以《红楼梦》中的人物为例，把人的命运分为以下几类：

一、无命无运。如贾珠，此人“十四岁进学，不到二十岁就娶了妻生了子，一病死了”。《红楼梦》开篇后即已无此人出场。当然，有的比他更短寿，如秦钟。凡夭折型的人都属此类。

二、有命无运。《红楼梦》开篇便写到，甄士隐抱着女儿英莲到街前看庙会，遇上一个癞头和尚与一位跛足道士，那和尚一见士隐抱着英莲，便大哭起来，向士隐道：“施主，你把这有命无运累及爹娘之物，抱在怀内作甚？”那英莲后来果然被拐子拐走，卖给“呆霸王”薛蟠做妾，根据曹雪芹原来设计，最后的结局是被夏金桂折磨而死。凡能苟活颇久而饱受折磨型的人都属此类。

三、有运无命。例如贾元春，她虽然“才选凤藻宫”，又衣锦荣归地回贾府省亲，“运气”真似鲜花着锦、烈火烹油，然而好景不长，没有多久就“虎兔相逢大梦归”了。凡虽能一时显赫荣耀但不能长寿久享者都属此类。

四、有命有运。《红楼梦》中竟难找出最恰当的例子，探春勉强可以充数，她虽“生于末世运偏消”，但到底运来消尽，总比众姐妹或情死或病逝或守寡或被盗或被蹂躏或遁入空门等悲惨的“运”要好一些，所以她的心境比较豁达：“自古穷通皆有定，离合岂无缘？”凡命较长运较好或虽有厄运向群体袭来而个体却能有所躲闪的都属此类。

这种分析或许不能入“红学”之正门，但颇有趣。不是吗？

那么，你会问，贾宝玉算哪一种呢？

真是的。搁在哪一种里都“不伦不类”。

贾宝玉有“憎命”的一面。他对自己的性别不满意。他对自己生于富贵之家不仅不感到自豪反而感到自卑。他对自己“胎里带来”的那块“通灵宝玉”不以为然。他对自己所处的由“国贼禄蠹”所把持的社会现实反感。他对“仕途经济”的主流文化深恶痛绝。他与生他的父亲对立，与生他的母亲貌合神离。旁人或者会认为他“命好”乃至于艳羡、嫉妒，他却常常陷入深深的痛苦，他有时的心境恐怕万人都难理解，如第十五回写到，他和秦钟随凤姐坐车去铁槛寺，路经一个小村，见到一位穷苦的二丫头，宝玉竟舍不得这偶然邂逅的农村和村姑，以致“一时上车……只见二丫头怀里抱着她小兄弟……宝玉恨不得下车跟了她去”。

贾宝玉对“运”却往往“随运而安”，说他是有叛逆性格，似乎过奖，这里不去详论。

贾宝玉的“命”如何“运”如何难以评说。他给我们的最深刻印象是：享受生活。

他把生活当作一首诗、一首乐曲、一个画卷来细细品味，他是生活的审美者。

贾宝玉也许并没有教会我们叛逆，教会我们抗争，教会我们判断是非、辨别善恶，但贾宝玉启发了我们，即使在最污浊的地方也能找到纯洁的花朵，在最腥臭的角落也能寻到温馨的芬芳，他教会我们发现并把握生活中最实在最琐屑的美，并催赶我们细细品味及时受用。

“使命”。“使命感”。

这是两个很大的词语。

“命”虽属于我们自己，但我们又都不可能脱离群体。因此，群体的“命”也关联着我们的“命”。这样个体就得为群体承担义务，当然，在这承担中也应享有一定的权利。个体对群体承担义务，这就是“使命”吧。对“使命”的自觉意识，便是“使命感”吧。

我们应当接受“使命”。应当有“使命感”。

当然，对同一时代、同一民族、同一阶段、同一现实中的“使命”，人们有时并不能形成共识，因而“使命感”便会形成分歧，酿成冲突，在那样一种情况下，个人对“使命”的抉择，个人“使命感”所产生的冲动，便可能构成个体生命史上最惊心动魄的一幕，个体的生命也就完全可能在那一刻落幕。

也许悲壮。也许悲哀。

也许流芳百世。也许遗臭万年。

人的生命意识完全由“使命感”所主宰，那也许会成为一个大政治家。

然而，世上绝大多数人都很平凡，他们懂得“使命”，对群体对社会有一定的“使命感”，却并不由“使命感”主宰全部生命意识。他们有自己一份既为社会做出贡献也为自己挣出花销的正当工作，他们诚实劳动，他们安心休息，他们布置自己的私人空间，他们有个人的隐私，他们享有并不一定惊人的爱情和友情，他们或有天伦之乐，或有独身之好，他们把过分沉重深邃的思考让给哲学家，把过分突进奥妙的发明创造让给科学家和发明家，把过分伟大而神圣的公务让给政治家，他们对过分新潮的超前艺术绝不起绊脚石作用，却令大艺术家们失望地以一些凡庸的艺术品作为经常的精神食粮，他们构成着“芸芸众生”。你是超乎他们之上的，还是他们当中的一员？

忽然想到有一回去北京紫禁城内参观，在饱览了那黄瓦红墙、汉白玉雕栏御道的宏伟建筑群后，出得景运门，朝箭亭往南漫步，不曾想有大片盛开的野花，从墙根、阶沿缝隙和露地上蹿长出来，一片淡紫，随风摇曳，清香缕缕，招蜂引蝶；俯身细看，呀，是二月兰！又称紫罗兰！那显然不是特意栽种的，倘在当皇帝仍居住宫内时，想必是要指派粗使太监芟除掉的，就是今天开辟为“故宫博物院”后，它们也并非享有“生的权利”，我去问在那边打扫甬道的清洁工：“这些花，许我拔下来带走些吗？”她笑着说：“你都拔了去才好哩！我们是因为人手不够，光游客扔下的东西就打扫不尽，所以没能顾上拔掉它们！”我高兴极了，拔了好大一束，握在手中，凑拢鼻际，心里想：怎样的风，把最初的一批紫罗兰种子，吹落到这地方的啊！在这以雄伟瑰丽的砖木玉石建筑群取胜的皇宫中，只允许刻意栽种的花草树木存在，本是没有它们开放的资格的，然而，它们却在这个早春，烂漫地开出了那么大的一片！那紫罗兰在清洁工的眼中心中，只是应予拔除的野草，而在我的眼中心中，却是难得邂逅的一派春机！

这也是一种命运。

我便谨以这一束思考，作为献给命运的紫罗兰。

生活赐予的白丁香
——关于生活的随想

生活。

生，意味着非死亡。活，意味着非死亡的个体在世界的时空中活动着——既在大自然的怀抱中，也在社会的网络中。

生活……

看到我写下以上几行，妻说："怎么，你又要像谈命运那样，一味地严肃，一路地沉重么？"

我停下笔，微笑了。

是的，我要微笑地看待生活。

我微笑地看待生活，于是，生活也对我呈现出一个微笑。

去年春天，宗璞大姐从北京大学燕南园打电话来，约我和妻去看丁香花。其实这邀请发出两三年了，但以往的春天，不知怎么搞的，心向往之，却总未成行。去年春天，我们去践约了。

宗璞大姐他们居住的"三松堂"外，临着后门后窗，就有好大几株白丁香。但宗璞大姐说先不忙赏近处的，她带着我们，闲闲漫步于未名湖畔，寻觅丁香花盛处。宗璞大姐写过在燕园寻石、寻墓的散文，那天宗璞大姐领着我们寻丁香，却不是用笔，而是用她的一颗爱心，抒写着最优美的人生散文。

看过紫得耀目的大株丁香，嗅过淡紫浓香的小丛丁香，也赏过成片的白缎剪出绣出般的丁香，宗璞大姐引领我们来到一栋教学楼后，在松墙围起的一片隙地中,我们发现了一株生命力尤其旺健的紫丁香,不仅枝上的花穗繁密,而且,从它隐伏在地皮下的根系中，竟也蹿出了许多的嫩枝，有一根枝条，把我们的眼睛都照亮了，因为它蹿出地面后，不及一尺高，却径自举起了一串花穗，且爆裂般盛开着！我们的眼，把那一小株从地皮中拱出的丁香花，热烈地送进我们的心房，我们的心房因而倏地袭来一股勃勃暖流——啊！生命！啊！生活！

那天回到宗璞大姐家的书房，我们从那株径直蹿出地皮、径直烂漫开放的丁香花谈开去，谈得好亲切，好幽深，谈出好大一个橄榄，够我们在今后的人生途程中品味个够!

捧着一大把从宗璞家窗外剪下的白丁香，同妻一起返回城中家里，立即取出家中最大的瓷瓶，灌上清水，将那一大捧丁香插了进去。那一夜，丁香的气息充溢着我们的居室，也浸润着我们的灵魂。

热爱生命。热爱生活。

这应是一个命题的两种表述方式。

本世纪初，美国小说家杰克·伦敦那篇《热爱生命》，打动过多少人的心。连忙于组织社会革命的列宁，读了这篇小说后也深受感染，以致他的夫人克鲁普斯卡娅在晚年撰写的回忆录中，专门记下了这一桩事。冰天雪地中，一只饿狼固执地追随着一个断粮断水、最后只好匍匐前进的淘金者,他只要松懈半分,那饿狼就会用最后一点力气扑上来，喝他的血，吃他的肉，从而结束一只兽追赶一个人的故事，然而那人凭着热爱生命、渴望继续生活的顽强信念和超人毅力，终于爬到海边，遇上了路过的海船，从而以兽的失败和人的胜利，结束了那个紧张得令人喘不过气来的故事。

在兽的追逐中，且是对方略占优势的角逐中，人咬着牙奋斗过来了，保住了生命，因而从此又可以展开丰富多彩、蓬蓬勃勃的生活，这故事具有普遍的象征意义。相信这世界上有许多读者同列宁一样，喜欢这篇小说。

宗璞大姐带着我们在燕园寻觅丁香时，所见到的那株直接从地皮中蹿出，并径直开出一穗花朵的紫丁香，该也是一个能同《热爱生命》媲美的故事。

要同那株丁香一样，喜欢自己这独特的生命，并自豪地开放出自己的花朵。

也许，它太急了一点，太莽了一点，然而，那也是一种消耗生命的方式，也是一种拥抱生活的手段。

那株小小的丁香，在宗璞大姐和我们心中，永不凋零。

在谈命说运的过程中，我谈来谈去，最后把落点放在了“享受生活”上。

是的，要能够，并善于享受生活。

“什么？享受生活？”有人听了或许会耸起双眉。

一种是由于误会。认为我主张人生不必奉献，只图一味享受。或者能够领会我意，但担心我会招致这样的訾议——你是不是主张一味追求吃、喝、玩、乐呢？

一种是由于不屑。生活的意义应即事业，而对事业的执着追求，常会导致牺牲生活，而这种牺牲是高尚的、辉煌的、伟大的，你提出享受生活，岂不太庸俗、太猥琐、太渺小？

我想，误会应当消除，鄙夷、不屑似也不必。人是个体，然而人不能单独存在，我们常说：“不是在真空管里。”然也！人是社会动物，因而人必有社会义务，也必有社会责任。人需为社会、为世人做出贡献。不为社会、他人做出贡献的人，或是剥削者，或是凭借坐享遗产、倚仗权势、突发横财等等因素存活于世的角色，都不在我议及的范畴之内。当然，世上过去有过，现在亦不少，将来想必也仍会有，那样一种百分之一百将自己奉献给社会，或百分之一百将自己奉献于事业（这事业或许暂被社会所不解不容）的人物，如谭嗣同式的革命家（他在“戊戌政变”失败后有充裕的时间和充分的条件逃走，然而他“我自横刀向天笑”，不惜坐等被捕和砍头，以自我的牺牲警醒同人）；又如某些一生不恋爱、不结婚、粗茶淡饭、布衣素鞋，完全扑到研究课题上的科学家……他们的高尚、辉煌、伟大自不待言，然而关于他们那样的人物的生命和生活，应作专门的研究，我自知于那样伟大的人格只有崇敬而不能透视，所以，只来谈平凡的人物的平凡生活。

就凡人而言，我仍认为，一定要懂得并善于享受生活。

妻是一所印刷厂的装订工人。她技术娴熟，掌握全套精装书的工艺流程，经她手装订出的书，我想已足可绕地球赤道一周。妻生下我们唯一的爱子不到一年，便去参加当时“深挖洞”的“战备劳动”，结果身体受损，至今仍显瘦弱，但妻有一个特点，就是极少失眠，我因系“爬格子的动物”，又属“夜猫子”型，所以妻入睡后，我常仍在灯下伏案疾书，这时妻平稳的鼻息，便成为我心灵流注中的一种无形伴奏。我很羡慕妻的不受失眠折磨，她说：“我一天为书累，为你和孩子累，上床的时候心里坦坦然，为什么要失眠？”我想这世上无数平凡的“上班族”，无数的普通劳动者，都同她一样，诚实劳动，默默奉献，他们带着一颗无愧的心上床，上帝也确实不该罚他们失眠。当然，这并不等于说失眠者便都是为上帝所罚，即如我，因选择了作家这一职业，又养成了昼夜不分随兴而动的习惯，所以夜间失眠是常有的事，但我自知并非做了什么亏心事，清夜扪心，于失眠中还是很坦然的。

在诚实劳动、竭诚奉献的前提下，自自然然地享受单属于自己的那一份生活，这启示还是来自于妻的。

妻爱逛商店，穗港人称之为“行公司”。我原来最惧怕的，便是妻要我陪她“行公司”，我常常惊异于她的兴致何以那么浓厚——比如对我们家根本不需要的货物，或以我们的消费水平根本不能问津的货物，她也能细细检阅、观览一番，似乎当中有许多的乐趣；倘若她决定购买某种物品，那么，好，售货员是必得接受“服务公约”上那“百问不烦，百拿不厌”的考验了，我就常在柜台外为售货员鸣不平，催她快下决心，直到很久之后，我才略能领会她那认真挑选中的乐趣——那是一种于女性特别有诱惑力的琐屑的人生乐趣，是的，琐屑，然而绝对无害甚至有益的人生乐趣——我现在懂得，妻那样认真地用纤纤十指装订了无数的书，奉献于社会，那么，她用纤纤十指细心地在社会设置的商品交换场所里挑选洗面奶或羊毛衫，并以为快乐，实在是顺理成章的事。

妻喜欢弄菜。在饭馆吃过某种菜，觉得味道不错，妻就常回家凭着印象试验起来，倒并不依仗《菜谱》。妻一方面常对我毫不留余地倾泻她的牢骚：“你就知道吃现成饭！你哪里知道从采购原料到洗刷碗盘这当中有多少辛苦！”这时候我觉得她就是“三闾大夫屈原”。另一方面她又常常一个人在那里琢磨：“这个星期天该弄点什么来吃呢？”我和儿子出自真心地向她表态：“简单点，能填饱肚皮就行！”而她却常常令我们惊异地弄出一些似乎只有在饭馆里才能见到的汤菜来——除了中式的，也有西式的；当我和儿子咂嘴舐舌地赞好时，她得意地笑着，这时我又觉得她就是刚填完一阕好词的“易安居士李清照”。当然太频密是受不了的,但隔两三个月请一些友人来我家,由她精心设计出一桌“中西合璧”的饭菜,享受平凡人的吃喝之乐,亦是她及我们全家的生活兴趣之一。我出差在外，人问我想家不想，我总坦率承认当然是想的，倘再问最想念的是什么，我总答曰：“家中开饭前，厨房里油锅热了，菜叶子猛倒进锅里所发出的那一片响声！”这当然更属琐屑到极点的人生乐趣，然而，如今我不但珍惜，并能比以往更深切地享受。

写了几年小说，挣了一些稿费，因此家中买来了一架钢琴。客人见了总千篇一律地问：“给儿子买的吧？请的哪儿的老师教？”

其实，倒并不是冲着儿子买的。妻虽是个平凡到极点的装订工，但爱美之心，人皆有之，她亦绝不例外，美的极致，有人认为一即音乐，一即高等数学，高等数学之美,少有人能领略,音乐之美,却相当普及,妻上小学时,家境不好,而邻居家里,就有钢琴,叮咚琴声,引她遐想,特别是一曲贺绿汀的《牧童短笛》,她在少女时代的梦中，就频有自己竟坐在钢琴前奏出旋律的幻境，因此当我们手头有了买下一架钢琴的钱币时，她一议及，我便呼应，两人兴冲冲地去买来了一架钢琴，钢琴抬进家门时，我俩都已年近40，然而妻竟在工余饭后，只凭着邻居中一位并不精于琴艺的老合唱队队员的指点，练起了钢琴来，并且不待弹完整本“拜厄”，便尝试起《牧童短笛》，也许是精诚所至吧，一曲连专业钢琴手也认为是难以驾驭的《牧童短笛》，经过一年的努力，硬被她“啃”了下来，后来又练会了《致爱丽丝》、《少女的祈祷》等曲目，自此以后，我家的生活乐趣，又大有增添；在妻的鼓励下，我以笨拙的双手，也练会了半阕《致爱丽丝》；当春风透入窗隙，或夏阳铺上键盘，或秋光泻入室中，或窗外雪片纷飞，我和妻抚琴自娱时，真如驾着自在之舟，驶入忘忧之境。我们的儿子反倒并不弹琴。

感谢生活，给了我们一架钢琴。感谢钢琴，使我们能更细腻地品味生活。

我们常常过分向往于名川大山，而忘记了品味家门前的风景。

这些年来，我逛了不少名胜古迹，不仅有神州大地上的，也有东洋和西洋的。名胜古迹自然了不起，有的，虽仅去过一次，那印象确实是铭刻到了灵魂深处，恐怕要到“此生休矣”时，方可泯灭了。然而，逛名胜古迹，常常不能从容。走马观花的，倒居多数。有的名胜，去时正是旅游旺季，闭眼一回想，竟是密密的游客，遮掩着名胜的全貌，面对着经过特殊处理的“最佳景色”明信片，常常不禁自问：“我真的去过这个美丽的地方么？”有的古迹，离开了历史资料和内行解说，览之便无大意趣。所以，在人生的乐趣之中，游览名胜古迹之乐虽大可揄扬，却亦不必夸张。

有一回，我参加一次远郊的旅游，跑了好远的路，耗费了好大的精力，而所见到的“新开辟风景点”，却景色平平，特别是因缺乏必要的配套措施，小摊档杂乱，满处乱扔着空瓶纸张，令人大失所望；然而，当我渐近家门时，却忽然发现，在夕阳映照下，离家门不远的树丛中，几簇早红的秋叶，在晚风中优雅地摇曳，而树下并未经意栽种的草丛中，兔尾草的茸毛在逆光中格外生动，几只瘦骨伶仃的蜻蜓，飞舞在草丛之上，而几株金黄的多头菊，隐隐从树后显现，一些蒲公英的种子，悠悠地飘动在空中……我不禁大吃一惊，原来我家门前，便有可观之景！而我竟忽略不赏，非汲汲孜孜地跑到那么远去“凑热闹”，真好笑！我在那家门前的“风景区”中，一个人静静地流连到暮色苍茫，这才款款走向家门。

据说法国雕塑大师罗丹说过，美其实是无处不在的，关键是你要有一双能发现美的眼睛。名胜古迹之美，是早由别人发现，让我们去享受现成的，游览观赏名胜古迹自然是一种重要的人生乐趣，我丝毫没有贬低的意思，纵使要贬低也只能是“蚍蜉撼大树”，但这里我要强调的，是经过我们自己搜寻、发现的美，更能构成我们人生途程中的一种惊喜，而这种美，往往就在我们家门口！我们千万不要忽略了家门口的风景啊！

家门口，也许连一株像样的树都没有，更没有花草，家门口也许确实无丝毫风景可言。

家门里呢？有人说，难道布置得漂亮一点，也就算风景么？有人说，家内之美，不在家具摆设如何堂皇富丽，更不在值钱物品如何充盈，全在情调和氛围是否高雅脱俗上……我是一大凡人俗人，不敢妄论高雅，且各人口味不同，高雅的标准也各异，再说家门里是地道的私人空间，人家乐意那样，你作为客人见了腹诽为俗，既无意义也无必要。但我认为每个家庭仍都有着似乎相同的风景——那就是入夜以后，家家燃亮电灯，从家门外望过去，那一窗粲然的灯火！

"万家灯火"，常被我们用作描摹城市夜景的词。细想起来，其间有多少人生滋味！我每次外出回家，在走近家门前，总不禁要驻步凝望自己家的那一窗灯火。我与妻在那灯火下也曾争吵、怄气，我们两口子在那灯火下也曾为儿子的舛错着急、吵嚷，我们小小的家庭自有着小小的悲欢，凡庸的歌哭……然而在这茫茫人海，攘攘人世，那一窗灯火之下，究竟有着我的家，有着一个可供我周旋于社会后憩息泊靠的小小港湾。我爱那一窗灯火。

几次去拜望冰心老前辈，她在同我娓娓闲谈中，几次谈到："灾难里，人不寻短见,很重要的,是还有一个家支撑着。"后来读到她女儿吴青的一篇文章，比较详细地讲述到了"十年动乱"之中，她父母受冲击的状况，最严重的人格侮辱，是把从她家抄出来的旗袍、项链一类的物品，摆在一间屋子里开了个展览会，当然是批判"丑恶的资产阶级生活方式"，而每天展览室开放时，都要她母亲胸前挂一个大黑牌，在门口低头接受批判，这自然是令人难以忍受的肉体和灵魂的双重蹂躏，然而他们一家都从那最黑暗的状况中挺下来了，因为每晚他们毕竟仍能聚在一个屋顶下，仍有着一盏属于他们小小私人空间的灯火，在那屋顶下，在那灯火中，他们互相慰藉，相濡以沫，大动乱的狂浪中，他们就凭借"家"这艘没有破碎的小船，终于熬到了风平浪静、噩梦过去是清晨的一天。

所以，珍惜自己的家庭，享受家庭的天伦之乐，在属于自己一家的私人空间中，在同一屋顶下，在白天的同一束日光之中，在夜晚的同一盏或数盏灯火下，相互以慰藉，以激励，以启示，以挚爱，而构成个体生命的支撑力之一，我以为是必要的和重要的。

“家？”

一位年轻的朋友露出一个鄙夷的微笑，坦率地对我说：

“你太保守了！我崇尚爱情，然而，家庭是爱情的坟墓，这是至理名言！我愿永在恋爱之中，而不愿将自己埋葬于家庭！”

我是否保守，可请为我作鉴定的人去反复斟酌考定，兹不讨论。这位年轻人的看法，我很尊重。因为像恋爱、婚姻这类事情，尽管都含有相当的社会性，然而大体而言，属于个体生命的私生活，当可允许在不触犯法律及不违背公德的前提下，各自保持种种独特的看法和做法。我个人的婚姻是稳定的，但我有若干极相好的朋友，相继发生了婚变，我以为我的稳定和他或她的变化，都是我们各自的私事，稳定的不好谥为“保守”，变化的更不能判定为“新潮”或“轻率”，我们互不干涉私生活，所以我们仍是朋友，有的离异的双方原来都是我们的朋友，他们离异后双方已不再来往，却都各自同我们保持来往，我们之间相处得都很好。

“家庭是爱情的坟墓”，相信是不少人的经验之谈，流传至今并有人笃信，也是自然之事。我想这种情况是一直存在的，但不能成为一条公理，否则，当我们望见城市的“万家灯火”时，岂不要毛骨悚然——难道那是万座坟墓在鬼火幢幢吗？

我主张在人生中细品家庭的平凡琐屑之乐，丝毫也不是想否认或抹煞另外的许多人生乐趣。

我就有一位极要好的朋友——不仅是我的朋友，也是我妻的朋友，并且我儿子长大后，他们也蛮有得可聊，所以是我们全家的挚友——他一直独身。以我对他的了解，我可以断言，他的独身，是自愿的，并是幸福的。在这千姿百态的世界和人生中，他所品尝的人生之果，便是独处的乐趣。

因为我自己是早就结婚并一直过着小家庭的生活，所以我不敢盲目描述和抒发像他那样的独身者的独特乐趣。但即使以我们的小小家庭而言，再怎么奢言我们的和谐安乐，也不能掩盖我们各自都是一个独立的个体这一铁的事实，既然我们三人毕竟各是各，我们就不可能没有相互排拒、相互回避的一面，也就不可能没有一种想在某一段时间里默然独处的强烈欲望。

默然独处，也是一种人生享受。

妻公然对我和儿子总结说："这几年里过春节，我最快乐的一天，就是去年初三那天，那天我让你们去姑妈家拜年，自己一个人留在了家中，而且掐断了电铃的导线，紧关房门；我也没躺下睡觉，也没守着电视机，也没翻书看报，也没嗑瓜子吃零食；我就一个人坐在沙发椅上，让阳光射进来，铺满我全身，我把全身关节放松，把心思也放松，就那么悠哉游哉地一个人待着……我当然想到了很多很多，但既非国家大事，也非家庭小事，既不怨恨谁，也不想念谁，既不为什么而自豪，也不因什么而惭愧，我想到许多许多美丽有趣的事情，例如上初中时，我们跳'荷花舞'的情景，还有小时候，邻居王姨跟我讲《红楼梦》的那些个语气表情，还有一回买到过又便宜又香甜的红香蕉苹果，以及有一年夏天，在颐和园看到过的一朵白得特别耀眼的荷花……哎呀，真是舒服极了！快乐极了！最后我想，你们都走了，多好呀！一个人也不来，多好呀！一个人这么待一阵，多好呀！"

人之独处，需要有一个"私人空间"。

这类的话我们听得太多了：人不要总是关在屋子里，人一定要经常走出屋门，即便一时去不了田原山川，就在街巷的行道树下散散步，在楼区的绿地中舒展舒展腰肢，也是于身心两利的；倘能进一步领会到大自然的雄奇瑰丽，能自觉地投身于大自然的怀抱，并以一片赤诚之心拥抱大自然，直至达于融会无间的程度，则人生的幸福、心灵的领悟，便都尽含其中了！……这类的劝诫不消说都是至理名言，我也持有相同的看法。但是，以我粗浅的人生体验，我却觉得，在目前的中国，又尤其在目前中国的大城市中，许许多多凡人的苦恼，倒还不是风景名胜的不够繁多，公众娱乐场所的缺少，每人所平均享受的绿地数量如何微小，以及在享受大自然方面还如何地不方便……那排在第一位的苦恼，大半以上是对私人空间的渴求悬而未获，如一大家子人，老少几辈仍合住在一处湫隘的房屋中；已婚颇久的夫妇，仍未能得到独立的住房；独身的青年男女，长期只能在两人以上的多人合住的宿舍栖身；虽已有一处住房，但夫妻各自并无独有的空间，兄弟或姐妹仍需合住一室，乃至大儿大女仍需将就一处……这似乎就扯到住房问题上去了，我写过这类题材的小说，如中篇《立体交叉桥》，就细腻展现和深入剖析了住房狭窄所派生出的人性扭曲、心灵碰撞，这里且撇下居住空间和心灵空间的交互作用这一角度，单说说作为个体生命的一种几乎无可避免的"洞穴需求"。人是从动物进化而来的，或更坦率地说，人是从兽进化而来，因而，人性中的兽性问题，就是一颇重要的研究课题，而在这一复杂的问题中，人的心灵中所潴留的兽类生活习惯的积淀，如在自择的封闭空间中能增加安全感，便是很值得抬出来探究的一种心理，我们姑且戏称为"洞穴需求"——亦即一种潜在的对"私人空间"的最低限度的需求。幼童在听了鬼故事或因其他原因产生恐怖感后，常在夜晚用被子严严地蒙住头；孩子在挨了老师训斥或家长的挞伐后，常愿躲进暗暗的角落，乃至柴火堆中、橱柜里面，蜷缩着暂避一时；成人在遭了侮辱或经受刺激后，也常愿一个人单独待在一间紧闭屋门（从里面锁紧）、严遮窗帘（忌讳他人窥探）的屋子里；即或仅仅是因为疲惫，人们也常常发出恳求："请让我一个人待一会儿……"人就是这样常常需要一个哪怕是小小的、简陋的"洞穴"，在现代社会中，便是需要一个六面体——属于个人的"盒子"，即一处可由个人自由支配的房间；现代人到生命结束之后，也仍需要一只"盒子"，实行土葬的用棺材，实行火葬的用骨灰盒，有的民族有的宗教徒不用"盒子"，但所挖的葬尸穴也便是一只无形的"盒子"。当代西方社会，以及一些国民生产总值人均数目颇高的国家和地区，在住房的"大盒子"和死后所需的棺木"小盒子"之间，还有一种装着轱辘的"中等盒子"是必不可少的——即私人轿车。所以，在谈了许多关于人如何应到大自然中去尽情享受宇宙精华之后，我们也无妨来谈谈人如何应争取到一个私人空间，来合情合理地享受自己的那一份暂与大自然隔离开并且也暂与喧嚣的社会生活隔离开的宁静与快乐。

这就必然要说到隐私。人作为个体，当然有私的一面，而隐私，则几乎无人没有。凡不伤及他人和社会的隐私，他人及社会都务须加以尊重。人除了服务于社会、造福于他人，退到私人空间中时，当可安享处理隐私之乐。即以夫妻之间而言，我以为最和美的夫妻，如司马相如与卓文君，梁鸿与孟光，恐怕也都各自有着自己的隐私，有时就需要避开对方，独处一室中加以处理；在现今欧美等经济比较发达的国家，夫妻除了合用的起居室、卧房等房间外，一般都各自仍有一间自己的“书房”，说是“书房”，其实不一定是用来看书和写作，那即是享受隐私处理权的个人“洞穴”，丈夫进入妻子的或妻子进入丈夫的“洞穴”前，一般都要先敲门，经允许后方可入内。在我国目前的情况下，这样的条件一般都不具备，但虽同居一室，夫妻各有自己的箱笼，以及各有自己的专门抽屉，存放一点“私房钱”，或少男少女时期的纪念品，乃至婚前收到的非现配偶的情书、相片，等等，应已均非罕事。除了夫唱妇随或妇唱夫随的琴瑟相合之乐而外，夫妻各人独处时，清点一下自己的“私房”，重温一下少时旧梦，咀嚼品味一番只属于自己的人生曲调，当也是重要的人生乐趣之一。

人在社会热闹场中感到满足或疲惫了，便渴望有享受独处之乐的时空。人又不能总是独处，独处之乐达于充盈后，人便又愿投向社会，倘这种愿望遭到冷淡乃至排拒，则又会产生孤独感。

最近读到一位小我十多岁的学者的文章，讲到他当年在东北农村插队时，为寻找一位理想的谈伴，有时不得不步行十几华里，往返于苍莽田原之中，那寻求的艰辛，那交谈的快乐，非笔墨所能形容。

我深有同感。即如去年冬天一个晚上我忽然觉得有满肚子的话语，不便向弱妻憨子倾诉，而满楼邻居中，虽不乏对我充满好意之人，竟也无一可作为那时我心灵交流的理想对象，于是我毅然下楼，冒着凛冽的寒风，骑车奔向几公里外的一座楼中，敲开了一扇门——我欣喜他在家，而他也很欣喜我的突然造访。他家居住条件比我家差许多，一间居室夫妇共用，一间居室老母幼女合住又兼做饭堂客厅，门厅很小，只能放下冰箱和洗衣机，我俩聊天，必妨碍他的家人，但他让家人安歇后，便把我引到厨房中，关上门，一人一只小凳，一人一杯热茶，中间一盘炒葵花子，陪着我畅快地聊了一夜，直聊到窗外由黑转灰，由灰转明……

他是我最好的朋友。

人在孤独感袭来时，所渴求的，往往并不是妻儿老小、情人骚客，排在第一位的，是朋友。

关于朋友，关于友谊或友情，世上有过那么多的描绘与论述，我也一度笃信过若干样板和定论。然而，细想起来，“陌路相逢，肥马轻裘，敝之而无憾”，绝非朋友和友情，应属义士和义举；“路见不平，拔刀相助”，则只是侠客与豪行；“有福同享，有难同当”，也很可能只是一个“一荣俱荣、一损俱损”的社会利益集团；解囊相助，相濡以沫，也只不过是困厄中的难友；不断提供新鲜信息和诚挚忠告，又很可能只仿佛师长；即使遭受威胁利诱，乃至严刑拷打，仍绝不出卖吐口，则当称革命同志……以上种种，似都全非或不全合于朋友和友情的界定。

依我的个人体验，朋友是那样一种人，当你感到孤独，而欲倾诉交流时，他或她能够乐于承受你的倾诉和交流，反之亦然；而友情的体现，也并非一定是提供忠告，给予慰藉，更并非一定是给予切实帮助（有的事是实在爱莫能助的），最真切的友情，是当你倾吐出最难为情的处境和最尴尬的心绪时，他或她绝不误解更绝不鄙夷，他或她对你已达成永远的理解与谅解，反之亦然；总起来说，可以不设防而对之一吐为快的人，即是你的朋友。

我想那位当年奔波于东北黑土地上的插队知青，他寻求谈伴的标准，可能比我上述界定的朋友要高，他的前提，是对方一定要有与他等同或超过的智力水平与知识积累，并在相互交谈中，要撞击出思想的火花，生发出创造性思维的快乐。有那样的朋友当然更好。我所说的那位冬夜中与我在厨房中倾谈的朋友，时常也能达到那样的水平。但以我一颗易于满足的心而言，纵使他只是承受我的倾吐，而并未主动迎击上来碰撞出思想的火花，予我以哲理的启迪、以诗情般的慰藉、以彻底解脱的痛快，我也其乐融融了。

那是怎样一个冷寂的冬夜啊，北风在窗外磨盘转动般地呼啸着，居室中又不时传来他老母和妻子的鼾声，我们对坐着交谈，嗑出一地的瓜子皮……

既然落生在世，茫茫人海中，应觅到知音。享受友谊吧，相互不设防地倾诉和倾听，该是多么金贵的人生乐趣！

我爱我的儿子。

儿子从小戴着眼镜，初次到我家做客的人见了总不免要问：“近视眼吗？多少度？”

总做出如下的回答：“不是近视，是远视，很难矫正哩！”

其实，更准确地说，应是左眼有内斜的毛病，因内斜而远视，由于久经矫正而收效甚微，现在已成弱视。一直说实在矫正不过来就去同仁医院动手术，但那只有美容的意义，左眼可不再略显偏斜，却无法改变弱视，甚至还会导致近盲效应，所以，至今也就还没有去动手术。

儿子的左眼为何内斜？是先天的还是后天的？若说先天的，他两岁以前，我们只觉得他一对黝黑的瞳仁葡萄珠般美丽，从未感到左眼略向内偏；若说后天的，可回忆出两岁多刚会唤人时，被邻居中一位鲁莽的小伙子抱到他家去玩耍，后忽然听得我儿大哭，随即他抱着我儿来我家连连道歉——在他没抱稳的情况下，我儿一下子摔向了他家饭桌，正好磕着了眉骨，且幸没有伤着眼珠，当时心中大为不快，但人家绝非故意，而看去也确乎只是左眉红肿一块，眼珠依然黑白分明，只觉得是“不幸中之万幸”，便敷上一些药膏，渐渐也就平复；但后来又过了不知多久，忽觉我儿左眼球内斜起来！那绝无恶意的邻居莽小伙儿，怕就是导致我儿左眼出现问题的祸首吧？不过后来医院里医生细细检查之后，却又说很难断定是后天摔碰所致，有的先天缺憾，是要到孩子渐大以后，才由隐而显的——于是，后来我就对妻说：“你也这样想好了，都是我那精子里潜伏的遗传密码，导致了这一后果。”她颇不以为然，我却从这一自我定性中，获得了很大的心理满足。

我满足于：儿子毕竟是我这一个体生命的延续，我愿我生命中的种种优势遗传给他，我也承认我必有显性或隐性的弱点乃至劣势，延续到了他的个体生命之中，我坦然地承担我对他先天素质的全部责任，同时，我相信就如同我从不怨责我的父母给我遗传着某些弊病似的，我儿将来也不会怨责我没有把他生成得更完美更具有在这人世上的生存竞争优势。

我从没觉得我儿如何超常的可爱，超群的聪明，然而不管怎么样，他是我的——我的亲子，因而我有浓酽的父爱。我常常亲吻和抚摸我的儿子。

十几年以后，我儿长成一个大小伙子了，当年邻居中他的一位同龄人，也长成一个大小伙子了，那小伙子有一天到我家新住处来玩时，对我这样说："刘叔叔，我真羡慕他——"他说着指着我儿，"您从小就总抚摸着他，我小时候可没人抚摸过我，稍大点以后，我渐渐懂事了，看见您把他揽在怀里，轻轻抚摸，心里就痒痒；到后来，再看见这种情形，我就浑身的皮肤，全都麻躁起来！……"啊，他所说的，即"皮肤饥渴症"，他生母早逝，生父娶了后妻之后，两人都对他非常不好，尤其是后母又生下个弟弟后，他简直就成了"多余的角色"，从未给予他轻抚柔摩的父爱和母爱，却是令他成人后回忆起来，再加对比时，铭心刻骨地感到哀痛的！天下欠缺父母爱抚而患有过"皮肤饥渴症"的人们，同来一哭！

爱自己的子女，特别是做父亲的，也如母亲般地乐于抱着他或她，把他或她拥在怀中，亲吻他或她的脸蛋，抚摸他或她裸露的皮肤和头发，挠他或她的胳肢窝而逗他或她欢笑……是非常、非常重要的人生责任和人生乐趣啊！从某种意义上来说，使子女温饱，教他们知识，予他们训诫，驱他们读书劳作……都还不足以体现出父母对他们的亲子之爱，轻轻地抚摸他们吧，给他们以温柔的摩挲吧，这应是他们童年乃至少年时代最重要的身心滋补剂，这也应是初为人父人母的你我所能享受到的最大快乐之一！

爱幼子，同爱一切新生的、幼小的生命、事物的心态，是相通的。

即使是狮虎狼豹那样的猛兽，其幼兽只令我们觉得活泼生动，绝不产生恐惧之感。

即使是犀牛河马那样的丑兽，只要一缩小为稚嫩的小兽，乃至缩小为仿制的玩偶，我们也就消除了丑感而生出欣赏之心。

甚至小鳄鱼也有种娇媚之态，刚从破裂的蛋壳里爬出来的小蛇也有种令人怜惜的憨相。

更不用说幼小的孩子，无论黑、白、黄哪种肤色的，也无论他们的眉眼如何，只要显现着一派稚嫩的情态，我们就忍不住心生爱意，想去摸摸他们的头发，拉拉他们的小手，乃至吻吻他们的脸蛋……

从地皮中蹿出的一针春草，竹林中刚刚拱出的带绒毛的新笋，花枝上刚刚鼓起的花蕾，缀着露珠还没有成熟的青涩果子，老松树枝丫上的嫩绿的新松针，池塘中刚出水还不及展开的一片荷叶一朵莲苞……也都具有相同的魅力——让他们成长！让他们开放！让他们渐渐成熟！原谅他们的幼稚纤弱，喜爱他们的勃勃生机，祝福他们的辉煌前程……

不能爱好幼小的生命，起码是一种病态的心理。生命的历程有其两端，我们中华民族传统一贯崇尚尊老，这其中有着值得永远发扬的精华，然而我们的文化传统中确也有过流传甚广的《二十四孝》，有过褒扬“郭巨埋儿”那种古怪做法的文字。生命的两端本来都值得格外重视，爱幼与尊老本应成为相辅相成的旺健民族生命力的驱动轴，然而“郭巨埋儿”那样的故事偏把新生命与老生命人为地对立起来，对立的结果，是肯定了老生命的无比崇高的价值，而主张以鲜活的新生命的彻底牺牲，来成全老生命的有限延缓——早在半个多世纪以前，先贤鲁迅先生提及此“孝行”时，便愤懑地发誓，要用世界上最黑最黑的咒语来诅咒“郭巨埋儿”一类的文化心态，那真是传统文化中地地道道的糟粕！

珍惜幼小的生命，挚爱鲜活的个体，千方百计让该长大的长大，该成熟的成熟，应成为我们中华民族新的美德！

如今侨寓美国的小说家钟阿城在一篇纪念其父钟惦棐的文章中回忆说，他18岁那年，父亲坐到他对面，郑重地对他说：“阿城，我们从此是朋友了！”我不记得我父亲是从哪一天里哪一句话开始把我当作平辈朋友的，但“成年父子如兄弟”的人生感受，在我也如钟阿城一般浓酽。记得在“文革”最混乱的岁月里，父亲所任教的那所军事院校武斗炽烈，他只好带着母亲弃家逃到我姐姐夫家暂住，我那时尚未成家，只是不时地从单位里跑去看望父母，有一天仅只我和父亲独处时，父亲就同我谈起了他朦胧的初恋，那种绵绵倾吐和絮絮交谈，完全是成人式的，如兄弟，更似朋友。几十年前，父亲还是个翩翩少年郎时，上学放学总要从湖畔走过，临湖的一座房屋，有着一扇矮窗，白天，罩在窗外的遮板向上撑起，晚上，遮板放下，密密掩住全窗；经过得多了，便发现白天那扇玻璃不能推移的窗内，有一娟秀的少女，紧抿着嘴唇，默默地朝外张望；父亲自同她对过一次眼后，便总感觉她是在忧郁地朝他投去渴慕的目光，后来父亲每次走过那扇窗前时，便放慢脚步，而窗内的少女，也便几乎把脸贴到玻璃之上，渐渐地，父亲发现，那少女每看到他时，脸上便现出一个淡淡的然而蜜酿般的微笑，有一回，更把一件刺绣出的东西，向父亲得意地展示……后来呢？父亲没有再详细向我讲述，只交代：后来听说那家的那位少女患有“女儿痨”，并且不久后便去世了。那扇临湖的窗呢？据父亲的印象，是永远罩上了木遮板，连白天也不再撑起——我怀疑那是父亲心灵上的一种回避，而非真实，也许，父亲从此便不再从那窗前走过，而改换了别的行路取向……

对父亲朦胧的初恋，我做儿子的怎能加以评说！然而我很感念父亲，在那“文攻武卫”闹得乱麻麻的世道中，觅一个小小的空隙，向我倾吐这隐秘的情愫，以平衡他那受惊后偏斜的灵魂！

也许，就从那天起，我同父亲成了挚友。

如今父亲已仙逝十多年，我自己的儿子也已考入大学，当我同儿子对坐时，我和他都感到我们的关系已进入一个新的阶段——他不再需求我的物理性爱抚，我也不再需求他的童稚气嬉闹，我们开始娓娓谈心……

这是更高层次的人生享受。

生活的乐趣真是无尽无穷，犹如永不重复图案的万花筒。

“八小时以外”的常见乐趣，可以举出多少来哇：读书，写字，作画，摄影，对弈，听音乐，侃大山，跳交谊舞，跳迪斯科，登台演戏，参观展览，远足登山，湖中泛舟，跑步打球，游泳溜冰，豢养宠物，饲鸟喂鱼，栽花种树，练拳舞剑，自制摆设，自烹美食，自创时装，自我美容，去卡拉OK，泡咖啡厅，收藏不仅可以集邮、集火花、集藏书票，亦可搜聚最冷门的物品，交流不仅可以请客、做客、写长信、“煲电话粥”，也可以暂且密密记下心声待瓜熟时再蒂落献出……消极一些的是堆放自己于沙发中，看电视看录像直至画消带尽，或早早地钻进雪白的被窝，把身体恢复为母亲子宫中的姿势，甜甜地睡上一觉……

一个萧索的秋日，我去离家不远的公园散步，人稀鸟静，灰缎一般的湖水毫无生气，我缓缓地沿湖行进，忽然，我发现前面不远处有位老先生，个子矮小，衣帽素朴，他似乎正弯腰在湖水中涮着一个拖把……再细细看去，他将那“拖把”从湖中提了出来，端头上却并非丛聚的布条布丝，而是捆裹成卵球形的人造海绵——他意欲何为？似颇怪异！又细观察，才发现他是用那东西作笔，蘸水在湖岸边镶砌的水泥护岸上书写着斗大的字，那水泥护岸恰好用浅沟分割为一块块的长方形，犹如一张张铺好的灰纸——我尾随着他，一格格跟踪读去，看见他书写的是古诗：“生年不满百，常怀千岁忧。昼短苦夜长，何不秉烛游……”写完这一首，又接着写：“青青园中葵，朝露待日晞。阳春布德泽，万物生光辉。常恐秋节至，焜黄华叶衰……”还有：“采葵莫伤根，伤根葵不生。结交莫羞贫，羞贫友不成……”忽然又是：“两叶能蔽目，双豆能塞聪。理身不知道，将为天地聋……”不知不觉，我已随他走了小半个湖畔，他似并未注意到我的追踪观察，依然悠悠然地俯身蘸水、书写，我回首一望，公园里仿佛除我两人而外，竟杳无人迹，而他写过的诗句，前头的已蒸发得不见踪影，剩下的亦缺笔少画，若非我细心随读，谁也不会知道那些水迹意味着什么……

那是一个北京秋日常有的一种雾蒙蒙的非阴非晴的天气，一切景物的色泽似乎都褪得趋向于灰调子，而且缺乏明暗对比，显得平板呆滞，可是那用大水“笔”书写着古诗的老先生，却使我眼中心中充溢着一种明亮的温馨的色彩。那老先生多么会享受生活啊！最高的享受境界，便是这种得大自在的超然与洒脱！

我本想过去招呼那老先生，同他交谈，后来我抑制住了自己，我意识到，人在自得其乐时，别人是不能去打扰的，他自己也是不需要同别人分享那快乐的。

每当我怨责生活单调无聊，每当我想从事一桩乐事却计较于“没有物质基础”时，我便想起了湖边的这一幕，想起了那位老先生“清风朗月不用一钱买”的巧妙自娱，于是我便忠告自己：生活的乐趣如满山遍野的烂漫野花，只怕你视而不见！享受生活的乐趣不一定非得有多么丰厚的物质基础，只怕你心夯脑笨！

扑向生活的山野，采撷芬芳的花朵吧！

……那回从宗璞大姐家出来，手握一大捧馨馥的白丁香，与妻同搭公共汽车回家。公共汽车上非常拥挤，我站在售票台一侧，挺直脊柱，抗拒逼我前移的力量，死死地护住那一大捧丁香；妻在我身旁，不时与我对视，亦不时朝白丁香望去，似在提供我支撑住的力量……终于下了公共汽车，步行一段便可到家了，我和妻在苍茫的夜色中，于路灯下细看那一捧白丁香——由于我们的精心护卫，毫无损伤！我们都欣慰而得意地笑了。

我们享受了生活，也护卫住了生活赐予我们的美。

生活如溪水，仍在汩汩地流淌，我们将继续在那也许是平淡无奇、也许忽然跌落翻腾的流程中，相依相偎地品尝生活之美；插入瓷瓶的白丁香怒放几天后，终于凋谢，然而世上仍有丁香树，仍有春风春雨，仍有丁香盛开的花期，仍有丁香般雅洁的友人，仍有如丁香花般芬芳的温馨人情，因而，从这个意义上说，我们将永可享受不会凋谢的人生之乐！

紫檀木狮子
——关于处世的随想

1

香港友人赠我一书法作品，上面写着：

登天难，求人比登天更难。
黄连苦，贫穷比黄连更苦。
春冰薄，人情比春冰更薄。
江湖险，人心比江湖更险。
知其难，甘其苦，耐其薄，测其险——可以处世矣！
可以应变矣！

这自然是友人几十年人生体验的结晶，赠我以做参考。

来我家的客人，见到这幅书法作品，颇有大感警动，掏笔抄录的。

说实在，我原来所欣赏的，主要是这位香港友人书法的洒脱遒劲；所感念的，主要是他对我的一片善意；对他那几句话，倒没怎么下工夫琢磨。我觉得自己与这友人所处的人文环境，差异太多，所以各自的人生经验，可供对方作为殷鉴的恐怕有限。

然而，从来我家的客人对这幅书法作品的浓厚兴趣上，是不是也说明，香港友人的这段“偈语”，也蕴含着某些不同人文环境下相通的东西，因而，颇可作些讨论呢？

2

“黄连苦，贫穷比黄连更苦。”诚然！

可是，“甘其苦”，就值得商量了。

甘于贫穷，不是一种值得提倡的德性。作为个人，“一箪食，一瓢饮”，“茅椽蓬牖，瓦灶绳床”，已非一种良性生存状态，作为群体，若不能温饱，或仅免饥寒，更非合理处境，所以，作为个人，通过投身社会公益事业，发挥自己聪明才智，改变贫苦的生存状态，而达到一种有尊严有教养的富裕生活，当称好事；作为群体，群策群力，团结奋斗，脱贫致富，起码首先达到小康，再争取更佳的共同富裕状态，应视为一种天经地义的美好追求。

倘若世人都堕入“甘于贫苦”的精神境界，那么，世上也就不会有反对剥削和压迫的社会革命了，也就不会有推动社会生产力迅猛发展的科技革命了，也就不会有反对法西斯和种族歧视的斗争存在了，整个人类社会也怕难走向繁荣昌明了。

我想，我那位香港朋友的意思，大概是说，当一个人仍处在贫穷状态时，应能咬牙挺住那贫苦的处境，振作精神，去诚实奋斗，切不可违反社会公德乃至法律秩序胡来，也不可心存侥幸希图陡中彩票或他人馈赠而暴发；摆脱黄连般苦涩的贫穷，必须靠自己扎扎实实兢兢业业一点一滴地做起。这个意义上的“甘其苦”，我当然是赞同的。

3

“登天难，求人比登天更难。”

确实，求人不如求己。

有时候，求己也难。

必须克服灵魂中的惰性，“己”才能挺直脊柱，从而可求、可依、可靠——可成！

4

有的事，到头来还得求人。

中国社会，从传统上看，就是一个人际关系织成网络的笼状社会。“万事不求人”，在中国几乎不可能。

既求人，就不能不顺人、从人、悦人、予人。顺人，搞不好就成了丧失原则；从人，搞不好就成了依附关系；悦人，搞不好就成了献媚取宠；予人，搞不好就成了行贿受贿。

但许多中国人练就了一身精巧的求人术。能做到顺人而不卑，从人而不污，悦人而不谄，予人而不贿，在“交个朋友”的心理态势和相关气氛中，跨越“求人比登天更难”的高度。

哪个中国人敢说，自己从不求人？

5

中国人夫妻打架，最后很可能是先找邻居来评理。

西方人夫妻打架，最后很可能是各自打电话找自己的律师。

中国人遇事喜欢“私了”。

西方人惯于“对簿公堂”。

“私了”的传统，似不必摒弃。“私了”中往往浸润着人情味。

“对簿公堂”的做法，在我们的法制渐趋细密的进程中，可望成为年轻一代公民解决他们之间民事纠纷的新习惯。

一位年轻朋友来我家看了香港友人那幅书法作品上的“偈语”后，自信地说：“如果求法律易，那我就不怕求人难。因为那时候我根本不必企求于哪一个个人！”

我听了只是微笑。我那香港友人可是生活于所谓“法制社会”之中，然而恰恰是他，依然发出了“求人比登天更难”的喟叹啊！

6

“春冰薄，人情比春冰更薄。”

要“耐其薄”。

我想这是对的。我们对人情的希求，有时实在过奢。除了蔼然的微笑、亲切的握手、温存的寒暄、诚挚的邀请、丰盛的款待，我们往往还期盼着物质上的支持、人际关系上的攀附。

一位短期出国的中国公务人员，用朋友提供的电话号码给那朋友在美国的朋友打了个电话，转达了朋友对那洋人的问候，那洋人倒也高兴，但问了问中国朋友的近况后，只撂下句“请你回国后代我向他问好吧！”便挂断了电话。打电话的中国公务人员握着冷然的话筒，心里感到空空落落，别别扭扭。“人情比春冰更薄”！

一位在中外合资企业工作的外国工程师，被中方的一位工程师热情地请到家中，中国夫妇弄出了一桌子大盘小碟大钵小碗的喷香饭菜，使洋工程师啧啧称奇，连连致谢，当酒余饭后，折叠桌收起，又摆上大盘水果时，中国主人满面红光地把洋客人视为挚友，坦率地提出了请求——帮他们把儿子办到洋人那一国去留学！洋客人吃了一惊，倒不是他绝对不能帮忙，也不是他压根儿不想帮忙，而是他难以理解：中国主人的“人情”，何以在极短的时间里膨胀到这样一种程度,他便极坦率地说他办不到。洋人走后,中国主人夫妇相对慨叹。“人情比春冰更薄”！

“耐其薄”，不仅在中、西两种“人情观”发生错位时适用，就是在中国人与中国人之间，也完全适用。

温馨的人情足可享受。

但不要企盼用人情来支撑自己的人生！

7

“江湖险，人心比江湖更险。”

“险”与“恶”相连。这就牵扯到人性的问题,涉及人性中的“恶”的问题。

下列“人性观”中，你信服哪一种？

人之初，性本善。

人之初，性本恶。

人之初，性无善恶，善恶均后天形成。

人之初,性即善恶兼有,后天或摆荡于善恶之间,或修成向善,或堕成全恶。

人之初，即因人而异，有人性本善，有人性本恶，有人性善恶兼有，而兼有者又有比例上的无数差别。

人之初，即不存在人性这种东西，人只有作为其物质基础的身体，以及高级神经系统（大脑）在社会实践中形成的思想（精神）。

人之初，人性中即有兽性和人性两种遗传基因，兽性是亿万斯年人从兽进化而来后潴留下的某些残余，人性则是文明史以来人类社会进化而积淀下的文明种子。

……

因未曾同那位香港友人讨论过这一问题，所以不知他的“人性观”靠近上述中的哪一种。但他相信人性中有“恶”，则毋庸置疑。

提防人性恶即“人心险”，以我个人的社会经验而论，是必要的。但“测其险”,这就难了。对人性即人心中的阴暗面,既难作定性分析也难做定量分析。“知其险”而有所警惕，也就够了。

8

“测其险”或“知其险”的，仅仅是他人的心么？

扪心自问，我们的自我人性之中，有否恶？这恶蠢动时，自我是否即处于险境?

测得清么?能自知么?

9

人心中恶蹿芽时，能及时掐断，即为善。

人心中的恶膨胀起来时，能及时惊悚，拼命抑止，即为向善。

人心中的恶迸裂流淌时，能中途羞愧，不使泛滥恣肆，即为从善。

人心中的恶大肆泛滥之后，尚能“放下屠刀，立地成佛”，是成善果。

恶之花，可结善果，关键在愧悔。

10

《红楼梦》里的王熙凤“弄权铁槛寺”时，对尼姑净虚说:“你是素日知道我的，从来不信什么阴司地狱报应的，凭是什么事，我说要行就行……”其行的结果，是害死两条年轻的生命。

不信阴司地狱报应，颇“唯物”，然而，“来世报”不信不怕，“现世报”也不信不怕么?更唯物的是:“不是不报，时候未到，时候一到，一切都报!”

“我做事从不后悔!”倘是一位一生高尚的人说出这话，还可倾听;倘是王熙凤之流说出这话，则只提醒着我们:恶人的特点即毫无愧悔之心。

毫无愧悔之心的恶人难有好下场。“机关算尽太聪明,反算了卿卿性命……枉费了意悬悬半世心，好一似荡悠悠三更梦。忽喇喇似大厦倾，昏惨惨似灯将尽……”难道只是对王熙凤一人的警告?

11

“我做事从不后悔!”倘是一位一生高尚的人说出这话，还可倾听。

仅仅可倾听而已。

说这话时，想必他是对自我在作一总体扫描，就总体而言，他无太多可愧悔处；而且，他若说这话，必预示着他将做出一桩重要的事，他其实是在用这样的语言，为自己即将做那桩重要的事壮行。

我以为，一生高尚的人，也许反而会这样吐露心声:“我做的事，回想起来，也有愧悔之处！”

人非圣贤，更非神佛，焉能无过?

能真心为自己的失误过错（哪怕与成绩和优点比只占很小比例）而愧悔的人，是世上最高尚的人。

12

香港友人那幅书法作品上所写的话语，最后归结到“处世”与“应变”。

人活在世上，作为社会人的时间，每一天的二十四小时中，至少要有八小时。其实往往不止。作为社会人,就必须善于“处世”。“世”由“事”与“人”两大要素构成，而最关键的还是“人”。所以，“处世”亦即“处人”。

“处人”，亦即处理自我与他人的关系。把人伦关系且排除在外，社会人所面临的主要人际关系无非：一、隶属关系，即上级与下级，领导与被领导，雇主与被雇，指挥与被指挥，这一类的关系；二、利害关系，即平行状态中的利益与共或利益冲突关系，有时也超出平行状态而延伸到隶属关系之中；三、潜在关系，即从发展眼光看，将会浮升为隶属关系或利害关系的种种远距关系。将这三种关系协调好并在其中有所运作，实非易事。

世事多变，人心难测，所以有“应变”之说。

“处世”与“应变”，是很累人的。

13

然而人的事业，确实基本上系于作为社会人的活动之中。“八小时之外”的种种人生乐趣，也许足可使个人生活艳丽甜蜜，却一般是在“事业”之外。

所以，要想事业有成，必得有“处世”之术，“应变”之敏。

14

这里所说的事业，是指个人的事业。

当然，在我们社会中，正当的个人事业，总是要与群体的事业相连的。

比如，一位运动员，他个人事业成就的标志，是夺取金牌，而我们国家体育成就的标志，也是在国际体育竞赛中夺取金牌，运动员心中有为国争光的想法，又有个人争取名誉的想法，二者融为一体，当是最佳精神状态。

15

处世之术的最高境界，是全靠一片天籁。

次之，是大事不糊涂，小事全糊涂。

再次之，是睁一只眼，闭一只眼。

最次之，才是心细如丝，锱铢必较。

16

应变的最高境界，是抱定初衷，矢志不渝，以不变应万变。

次之，是屈以求伸。

再次之，是暂作壁上观。

最次之，是舍弃无求。

倘改弦易辙，则逸出了应变的范畴。

17

清代“扬州八怪”之一的郑板桥那幅“难得糊涂”的书法作品，这些年来极为风行，其复制品不仅见于拓片，也借助于木刻、雕漆、织锦、画盘乃至塑料工艺品等等形式广为流布，许多人不仅将这四字供于厅室，更有将镌有这四字的徽章别于胸前的。

在多数当代人看来，“难得糊涂”似乎提供着一种轻松超脱的生活观，不管大事小事，公事私事，一概糊涂了之，好不快活！

其实，依我细想，郑板桥所谓的“难得糊涂”，不过是表达了一种对偏激的抑制欲望，即：

对事不要过于执，
对人不要过于知，
对理不要过于信，
对情不要过于迷。

说到底，也还是主张“中庸之道”，只不过那是更严格的中庸之道，真实践起来，是很费力气的，所以郑板桥解释说：“聪明难，糊涂难，由聪明而转入糊涂更难。”那不仅不是一种轻松超脱的生活观，那简直是主张以一种高等数学中的模糊数学来把握生活的极尽艰辛的生活方式，所以，他所说的“难得”，并非“很容易做到而人们竟忽略不做”的意思，而是“需历经艰难方可达到”的意思。

“糊涂”既那么“难得”，不得也罢！

18

还是应当聪明一些。

当然，偏激，即情绪化，那是理性的大敌。沉浸在偏激的心态中，人就不可能聪明。然而，靠中庸调和，去其两端，取其脊肋，“糊涂”之中，常会偏离真理，貌似平和，而恶果往往酷于偏激，实不可取。

我愿国人崇尚聪明，追求理性，勤于求知，勇于实践，小事或可糊涂，大事千万糊涂不得！更不可事无大小，只一味地浸泡在“难得糊涂”的境界中。

19

“早上四条腿，中午两条腿，晚上三条腿，是什么动物？”

这便是斯芬克斯之谜。

古希腊传说中，斯芬克斯是一人首狮身鸟翼的怪物，凡遇到他的人，如解不出这个谜，即会死去。

已有无数人死去后，一个叫俄狄浦斯的毅然地对斯芬克斯揭出谜底：“那是人！”的确，人在幼时四肢爬动，成人后两腿运行，晚年拄一拐杖，成“三条腿”。

这下轮到斯芬克斯怪嚎一声死去。

4、2、3，既非递增也非递减数列，“斯芬克斯”之谜迷惑人处无非在此。

人生的途程中，事业的成就既不可能单纯递增，一般也不会单纯递减。“手脚并用”是初创期的常态，“脚踏实地”是初有收获后的应有状态，而“美人迟暮”时总想借助于外力以支撑局面，也属常情。

20

一般来说，个人事业，都联系于个人从事的社会职业之中。

个人事业成功的社会标志，一是名，一是利。比如一位邮局职工，他个人想当一名出色的“绿色天使”，这愿望与我们社会需有一支优良的邮电大军相连，自然是值得鼓励的。他付出了诚实而有创造性的劳动，因而被评为了模范，报纸上登出了他的照片，发出了关于他先进事迹的报道，他因而获得名誉，同时又破格提级，甚至得到一笔奖金，遂致名利双收，那么，可以说，他个人那“当一名出色的绿色天使”的事业心，至少已得到相当程度的满足。他的下一步是如何保持住这一势头，并争取“百尺竿头，更进一步”。

个人事业，也可建立在职业之外。例如一位工程师，他在本行当中工作尚属称职，但绝不出色，他自己也只把那职业当作为社会做稳定贡献和谋取个体基本生存条件的手段，他的个人事业心，集注在写诗上，他是个业余诗歌创作者，从发表零星的诗作，渐渐到出版整本的诗集，又渐渐在诗界小有名气，这大大满足了他自我完善的欲望；他若在退休前一直是业余诗人，那么，社会应当对他在“业之余”去谋求个人事业成就表示宽容乃至鼓励，他自己则应处理好“职业”与“业之余”的关系。一个群体事业与个人事业能相融会相协调的社会，当是一个昌明的社会。

也有的个人事业，纯粹到确乎只满足于个人的精神，因进入到非社会性的范畴，所以也就无所谓成功标志，尤其与社会成功标志中的两个基本因素“名”与“利”无关，更往往是一种隐姓埋名以及不仅无利还需倒贴的状态。例如我就认识一位银行职员，他业余搜集勺子，大到葫芦剖成的海瓢，小到银挖耳勺，当然更多的是中外古今各色各样的瓷勺、陶勺、木勺、铁勺、钢勺、铜勺、金勺、玉勺、玛瑙勺、象牙勺、犀角勺、水晶勺……他的“私人空间”几被这类的东西塞满，而他在其中是乐陶陶、志满满。他的收藏，迄今并未公开，他也不求别人报道，更不愿转让任何一件藏品，他不仅不能从这收藏事业中得利，而且，他把自己的全部职业收入，乃至祖上遗款，除维系基本生活需求外，几乎都投入了进去。我想他的这一个人事业，于社会绝对无害，因而我们应予尊重和保护。

上海女作家王安忆曾写过一个短篇小说《庸常之辈》，里面的主人公是个平凡到极点的年轻女工，她似乎没有任何“事业心”，只是好好工作，挣钱攒钱，找个满意的丈夫，找间像样的住房，买些可心的家具，生个健康的后代，烧出爽口的饭菜，逛逛商店公园……其实，依我看来，她在向社会做出贡献之余，只向社会索取最低廉的满足，去架构一种于社会绝对无害并且有益的“平庸生活”，也仍是一种值得我们肯定、尊重并切切要予以保护和扶持的个人事业。

尊重各种不同层面上的个人事业，全社会的事业才能顺畅地推进。

21

嫉妒是一条毒蛇？

也许。但摘掉毒腺的蛇肉，在广东可烧制成种种名菜，不仅可口好吃，而且营养丰富，于人极有滋补功能。

任何事业心，都伴随着一定程度的嫉妒。完全没有嫉妒，我以为也就没有了事业心。

关键是，让嫉妒这条毒蛇把自己的心咬伤，从而中毒死亡呢，还是能够去掉它的毒腺，把它化为一种参与竞争的驱动力？

所谓嫉妒，分解一下，无非是这两种心理的交织：

一、怎么会轮到了他（她）？

二、我哪点不如他（她）？

去掉“毒腺”，从“一”中，即可“知彼”，从“二”中，即可“知己”，“知己知彼，百战不殆”，是纯粹的好事。

即如王安忆笔下的那位“庸常之辈”，有一天她突然发现同车间一位女工穿着一件花样新颖的自织毛衣，倘若她毫无嫉妒之心，那么当然也就算了，倘若她触眼生妒，心中自问：

一、她怎么能织出那么好看的样式？

二、难道我就织不出比她更好的吗？

于是她暗中琢磨，痛下决心，自己也编结起来，结果，一定织出一件比那同伴更精彩的毛衣！

去掉“毒腺”的嫉妒，如广东厨师刀勺下的蛇肉，滋补身体，增长精神！

22

“只问耕耘，不问收获。”

“重要的是参与，而不是结果。”

“过程比终点更瑰丽。”

这一类的话语，时下多了起来。

当然有一定道理。

然而，只是“一定”的“道理”。

因为，我以为，人毕竟不能模糊、更不能丢弃乃至遗忘了终极追求。

人生应有一终极追求。

确定、架构一个终极追求，绝非易事。

在外力打击下，崩塌了原有的终极追求，再重新确定、架构一个终极追求，更是艰难万分。

然而，人类当中至少有一部分人，一个民族当中至少有一部分人，一个群体当中至少有一部分人，哪怕始终只是少数的人，应当怀有一种热切的终极追求，并付诸实践活动。

任何终极追求，总会遇上艰难险阻，既来自外，也来自内，在内外交织而成的磨炼中，终极追求将发射出熠烁的光彩，生发出强有力的能量，并通过追求者，导引许许多多的人，构成一种潮流。

23

潮流的魅力，说穿了，是“罪不罚众”。

涨潮时卷进去，兴高采烈。退潮时急于脱身，“罪不在我”。

潮涨潮落，浪淘尽千古风流人物。

潮来潮往，引无数英雄竞折腰。

大潮退去，水落石出。谁是英雄？谁是罪人？也许都不是。然而水落石出。

24

60年代中期，美国校园中的反越战浪潮越掀越猛，终致警枪长鸣，学生喋血。20年后，同一校园中风平浪静，常春藤长绿，石竹花盛开，当年学运分子回母校聚会，互相一望，已知八九，再加叙谈，愈见略同——都已成为美国社会中新一代守法的白领公民。抚今追昔，感慨万端！

60年代末期，与中国内地的“红卫兵运动”相呼应，西欧特别是法国的学生运动，亦浪潮冲天，红旗漫卷，口号声声，群情激愤。20年过去，仍有个别的昔日弄潮儿，心火未熄，缅怀不已——他们来到中国大陆，理智上尚可勉强接受我们对“文革”特别是“红卫兵运动”的否定，感情上却实在转不过弯来，百结之肠，难以舒伸。

一位卷入过学潮的知识分子，去拜访一位当年学潮中的弄潮学子，发现该学子业已娶妻生子，正在厨房中耐心地煎一条鲤鱼，交谈中满口实际，再无半点浪漫气息，不免喟叹：既然如此，当初何必风风火火地来将我卷入？而且潮退之后，学子因“嘴上无毛”并未受到什么冲击，该知识分子却因归类于“长胡子的”而经受了应有的磨炼——潮后风景，引人惆怅。

25

然而只要地球仍在围着太阳转、月亮仍在围着地球转，潮汐现象便永无止息。

潮来，必有弄潮儿。

潮去，必有拾海人。

潮来潮去之中，亦必有一批观潮派。

26

短期行为的别称是“投机”。

短期无行为的别称是“犹豫”。

中期行为的别称是“随俗”。

中期无行为的别称是“沉沦”。

长期行为的别称是“追求”。

长期无行为的别称是“湮灭”。

27

一位海外友人来看望我，为我带来一件礼物——紫檀木雕成的走狮。这走狮形态逼真，而又颇具特点——一般的雕塑狮子，总要把狮嘴雕成张口露齿，乃至仰颈做“狮子吼”状，一来显其造型之雄伟，二来显其工艺之精细——这只紫檀木走狮却是抿嘴埋头迈步，看去意蕴无穷。

这位海外友人见到了香港友人赠我的那幅书法作品，并听我讲到已由那幅书法生发出了许多的随想，不禁调侃地说：“文字好比篱笆，表述得越清楚细密，就越把人的思维限定在有限的范畴内；而非文字的符号，比如这只紫檀木走狮，它绝不是篱笆，而仿佛一扇敞开的窗户，你可以从这里望出去，尽情地望，尽兴地联想，范畴几可达于无限，那乐趣当在咬文嚼字、阐述‘偈语’之上！兄何不把爱那书法之心，略移几分于这紫檀木走狮之上呢？”

当时听了，不过一笑。然而客走狮留，夜深人静，当我面对这只紫檀木狮子时，确乎浮想联翩、不能自禁起来。

处世、应变、人性、人情、职业、事业、终极追求、潮涨潮落……面对一只紫檀木走狮——它并不张牙舞爪，只是埋头趱行——我似乎有更多的思绪喷涌，有更多的思丝可吐为厚茧……

然而我决定不再吐丝。

紫檀木走狮如禅。禅是“不立文字，教外别传，直指人心，见性成佛”的。

不过我尚未“顿悟”。

期待着“当头棒喝”。

爱情红玫瑰
——关于爱情的随想

1

晨光中，你没有因为他或她的容光焕发而激动吗？

夕晖中，你没有因为他或她的身影消失而怅然吗？

青春的灵魂啊，倘若你从未品味过初恋的滋味，该是多么的不幸！

2

你不知道自己是怎么一回事。单知道在众人之中，他或她对你有着一种甜蜜酸辛的吸引。

他或她不知道你是怎么一回事。单感觉在众人中,你的眼光似乎有些异样，你的面容似乎有些超常，你的话语似乎有些阻塞。

你并没有从众人中挺身而出。

他或她并没有从众人中把你钩稽出来。

你的心默默地痛。

他或她的心只微微有点发痒。

这是朦胧的初恋。

3

你们在一起游戏，漫步，交谈……你有些害怕，怕家长、老师、同学、邻居看见，怕游戏很快结束，怕脚下的路太短，怕你的话太多而他或她的话太少，怕黄昏降临，怕明天不再能如此美妙……

你的心又甜又苦。像蜜糖里拌着辣酱。他或她的心其实也差不多，但他或她只给你一个含混的微笑，仿佛他或她的心只不过饮了一杯淡茶。

你从众人当中把他或她挑了出来。

他或她仿佛不经意地偏总是偶然同你相遇。

这是明媚的初恋。

4

青春已逝，而尚未尝到过初恋滋味，是人生无可弥补的欠缺。

人可以在青春后初恋。那滋味也许更为独特。然而人在青春期中竟然无恋，那无论如何是一种遗憾。

人在青春前、青春中、青春后都未尝到自发爱恋的滋味，只有“搞对象”和结婚，更是人生的不足。据说“婚后恋”（先结婚，后恋爱）差可弥补人生的这一缺憾，但虽为玉石雕成的花朵，总不及自然的花蕾别有情趣。自然的花蕾多有未能绽开便从枝上萎落的，不过缀着露珠的花蕾，即使终于萎落，它的一度存在仍属宇宙间最美妙的事情。

5

初恋而发展成婚姻，并维系到白头偕老，成为终生恋，当然是人世的佳话，然而，此种情形千中难一。

初恋而未发展成热恋，更未发展成婚恋，仿佛花蕾尚未绽开、尚未绽圆便萎落飘零；后来初恋的双方都另有成熟之恋，另有婚嫁，乃至嗣后的婚姻和家庭都很幸福，也白头偕老，也天伦融乐；然而那逝去的初恋依旧是人世的美事，人生的芬芳。此种情形屡见不鲜。

初恋的花蕾凋落后，再无真正的恋情，只是尽人生义务般地结婚、生儿育女，维系家庭；回忆初恋只能是隐秘的痛苦，偶有怀旧的流露便会惹来屋顶下的风波，初恋，仿佛是一次失足，一种羞耻，此种情形绝非罕有，甚至颇为多见。

夫妻能坦然对待对方有过初恋的事实，必是较为和谐的婚姻。夫妻双方都能倾听对方讲述初恋经历并予充分理解，必是相当美满的婚姻。夫妻双方在交流各自对初恋的缅怀时，充满了童真和幽默，则必是富有艺术气质的婚姻。

对对方的初恋不能容忍的夫妻，他们的婚姻必不美妙。甚至那就是他们婚姻必将破裂的根本原因。倘这样的婚姻竟一直维系下去，那就说明在他们追求的目的中也许什么都有，却单单独少一样——情感上的幸福。

6

"早恋"一词不知为谁发明。将"早恋"作为一"社会问题"提出，更不知始于何人。

凡初恋，大都在少年期、青春期，也许都可划入"早恋"的范畴。

上中学期间相恋，就属早恋么？我绝非一个主张中学生都去谈恋爱的人，然而，中学生，特别是高中生，他们之间倘出现花蕾般的恋情，难道就都属社会问题、道德问题、思想问题、品格问题么？

《红楼梦》中的贾宝玉、林黛玉，即使按最夸张的办法计算他们的年龄，也绝不到十八岁，按小说中的种种暗示，他们甚至只有十四五岁，但上至革命领袖、社会贤达，下至平民百姓、庸夫凡妇，少有斥他们的恋情为"早恋"，为"胡闹"，为"问题"，为"堪忧"的，一出戏曲舞台上的《红楼梦》、一套电视连续剧《红楼梦》，宝、黛的爱情惹出了多少同情，那悲剧的结局惹出了多少泪水。

为什么一到远比《红楼梦》的时代昌明的今世，我们就那么惧怕少男少女之间的恋情呢？

7

我知道有不少学校教师、社会人士乃至于公安部门的人员掌握着成千乃至上万的事例，我们的社会中确有着少年人——不仅是中学生，甚或还有小学生——“乱搞”的情形，他们小小年纪便不仅谈情说爱、争风吃醋、打情骂俏，还发生性关系，女孩子因而怀孕、堕胎乃至生出不明不白的婴儿。这当然是一种必须正视并应力求减少、抑止的社会问题。

然而，尽管做到这一点相当艰难——我们还是要划清花蕾般的早恋同脓疮般的早期非道德性行为之间的界限。

这界限其实并不含混。花蕾般的早恋，充溢着异性间美妙的吸引，但一般并不会含有做爱的企图；而直奔赤裸裸的性行为而去的“乱搞”，往往竟毫不知晓异性间相处的诗意和曼妙。只要细加考察，是并不难区分和澄清的。

然而不少成年人懒于去做这样的区分，他们只要一看见少男少女的亲密行为，便感到惊心动魄，往往如临大敌，急急忙忙地出面干预，雷厉风行地加以禁绝，有时更施之于从外而内的压力，当然有时他们确也挽狂澜于既倒，但往往他们也就如同摧残花蕾的冰雪寒霜，在本是一片天籁的少男少女心中留下甚至一生都难以愈合的伤痕。

我诚恳地奉劝普天下的父母、教师、社会工作者和一切成年人，当你发现少男少女之间出现你判定为“非正常”的亲密关系时，一定要不怕艰苦地、小心翼翼地作出区分：他们究竟是在开始朦胧的初恋，还是已发生明朗的初恋，还只不过仅仅是连初恋也还谈不到的无猜情谊，抑或确实是脓疮般地受了什么坏东西的影响在那里“乱搞”？

8

初恋往往如一个美丽的梦，梦醒后无比惆怅，然而亦可豁然清醒。

许多人在初恋结束后都有被生活施以启蒙之感。他们在伤逝之时，往往也就松一口气：原来这并不是真正的爱情。

初恋的经历，可促成人去寻求成熟而稳定的爱情。人一生中可能有多次爱情，但初恋之不可重复，不可取代，不可与其他的感情经历相提并论，并不仅仅在于它是“初次”，而是因为它既不是花朵也不是果实，它是一种未经证实的可能，一种已经证实的未必。人的情感往往就在初恋结束的那一天成熟。

9

朦胧的初恋往往只是一种单恋。

单恋的初恋，作为人生的一种早期感情经历，不仅无足怪，而且往往可丰富人的情愫，细腻人的感知，精微人的思维，回忆起来，我们不免羞涩，不免自嘲，不免惆怅，然而，无可悔，无可责。

单恋的初恋，应如天边的云霞，时过而尽散，倘固执不散，则有可能构成心理疾患，严重的，甚或可转为精神失常。

我原住北京一所大杂院中，后院有一男子，年已50，他的弟妹，均早已成家，唯独他仍与父母同住，乍看上去，他长相神态都还正常，细一观察，就发现有种随时处于梦游中的眼神——原来他少年时曾有一次机会接近了一位女电影明星，从那以后，他便处于狂热的单恋中，他搜集所有关于那位女明星的便装照、剧照、文章、报道，装满了一只硕大的箱笼，并固执地一而再、再而三、三而百、百而千次地给那位女明星寄去情书……结果他不仅中途辍学，并且无法就职工作，成了一名靠父母养活的精神病患者。据说他所单恋的那位女明星早已去世，父母也曾郑重其事地告诉他，他却只是傻笑，并不改其初恋。

因此，我又要诚恳地提醒少男少女们，我衷心地维护你们圣洁的初恋，然而，你们又要自持不昏啊！尤其是那单恋的初恋，又尤其那单恋的初恋对象竟是电影明星一类的“幻影”时，可千万不能陷溺其中而不能自拔啊！

10

不要单恋“幻影”。除上述提及的电影明星外，凡体育明星、歌星、舞星，以及知名作家、艺术家……包括其他社会知名人士，等等，倘仅凭一次观赏、一次神聊、一次签名或握手，便单恋不止，恋情痴浓，都属“幻影之恋”。也不一定都得是“星”，像有的学生暗恋有妇之夫，有的少男少女暗恋比自己大一辈的父母的同事、朋友，甚或有的爱上一附近商店的不知底细的售货员，爱上一总在附近绿地散步的陌生独行者……也都可纳入“幻影之恋”。“幻影之恋”倘浅浅地、隐隐地、偶尔地、易消地浮现过，不足为怪，倘浓烈起来，明显起来，经常起来，固执起来，则应自敲警钟——那不是真正的爱恋，那是一种心理偏斜，应及时化解，应自觉抑止。

11

不是“幻影之恋”而是确确实实对生活中经常相处的同辈人产生了恋情，却不敢正视，不仅出于羞涩和怯懦，不能坦然地同其谈笑、嬉戏、共学、互励，反而越有恋慕之心，越是回避、躲闪，甚而当对方来主动接触时，偏示之以冷淡，报之以拒绝，但又暗暗地监视他或她同别人的往来，生出嫉妒、猜疑、嫌怨、恚恨，那也是一种心理偏斜。稍有这类的心理偏斜，也许尚属人之常情常态吧，但一任其发展、泛滥、僵凝，则会毁掉自己原本纯洁美好的情愫，或使自己堕入痛苦的渊薮，或使自己爱恋的对象受到难以治愈的伤害。

勇敢些吧，坦荡些吧。纵使对方不能对你报之以对等之爱，但要相信这条公理——没有任何一个正常的人会将别人对他的爱恋视为侮辱和损害。你投之以桃，他或许不会报之以李，但绝不可能掷你以蒺藜。

不要怕人家不爱你。要怕人家根本不知道你在爱，甚至误以为你在厌、在恨。

12

爱入肺腑，情深骨髓，则难免由爱抚、亲吻而产生做爱之冲动。

情爱中含有性爱，这很正常。

但男女之做爱，应既受社会道德之约束，也受自我尊严之约束。

社会道德之约束，这里姑且不论。单论自我尊严之紧要。

自我尊严所包含的内容又很宽泛，这里单说自我之性尊严。

对于女性，自我之性尊严似乎更加重要。这倒不是我轻视妇女，这是由女性的生理特征所决定的——因为女性的童贞是否已然消失，有着最为明显的标志。倘一女性对自我童贞毫不珍惜，轻易许人，孟浪舍弃，那么，她也许并没有享受到真正的爱情，她们得到的，只是生理欲望上的满足。

我特别珍惜少女的初恋之情，我对任何亵渎少女初恋之情的攻击、诽议乃至误解，都大抱不平，然而我诚恳地劝告每一位怀春的少女，请珍重你那一生中只能具有一次、一旦失去再不复还的童贞！纵使你无法抑止你情感流云般变化，却不可任他人那流云般的情感轻易突破你的童贞！纵使你的情感已稳定而专一，你所爱的人的情感也已凝聚而不移，你也不应轻易迈出那关键的一步，对于你一生中只能具有一次的童贞的奉献，应在神圣而纯真的时刻实行，容不得半点的轻率与戏谑！

对于男性，自我之性尊严也绝不可或缺。许多少男不懂得什么是童贞，家长和教师应当告诉他们。失却珍惜童贞感的少男比失却珍惜童贞感的少女更可悲，也更具破坏性。人只能生活一世。一世中只有一期的童贞。童贞的结束不仅应伴随着生理上的快乐，而应升华出为人的责任感和在世的义务感，构成一种身为男子汉的豪气与潇洒。

不要讳谈性，不要讳言做爱，但要提倡具有自我性尊严。

13

没有研究过柏拉图。不知道他那“精神恋爱”究竟是怎样一种恋法。难道确实连起码的异性间生理吸引性爱因素都没有吗?

却确实听说过那样的真事:“文革”期间,经人撮合,一女“兵团战士”与一男“兵团战士”举行了“革命婚礼”,场面颇为隆重,唱了革命歌曲,朗诵了革命诗歌,领了作为礼物的“红宝书”,表了“革命到底”的决心;但第二天一早那女“兵团战士”却哭着跑到连指导员那里揭发她的丈夫:“没想到他是个坏蛋!昨天晚上他非跟我要流氓!”连指导员愕然,传出去后有人引为笑谈,也有人私下里互相探问:“结婚究竟是怎么回事儿呢?”我曾将此素材,用到长篇小说《钟鼓楼》中。1978年,我写过一篇小说,叫《爱情的位置》,是一种“直奔主题”的写法,宣称“革命者也可以讲恋爱”,当年中央人民广播电台就广播了,结果,收到7000封读者来信,有封信一开头就说:“当我听到电台里播出这题目,并且听下去发现果真是在谈爱情时,我简直觉得是发生了政变。”时过境迁,当今的青年人,对这些存在过的人和事,恐怕听了只会发愣吧?然而我们这个民族,在“文革”中的确倒退到了那样一种愚昧化的状态。

柏拉图搞纯粹的“精神恋爱”时,大概还不曾企图把世人的恋爱都“精神化”,更不曾连“爱情”也抹杀掉而只保留所谓的“精神”。我想,就是在今天,倘有人在不干涉他人的前提下,进行他个人的精神恋爱,而排拒性欲望和性行为,我们也应当予以尊重;倘有人连爱情也不要,纯粹精神上的异性相爱也以为耻辱,而只追求纯粹的革命战友之情,只要他是仅作为个人的一种存在方式而不拟推及于他人,我们自然也应当予以尊重。

但正常的爱情,不能缺少精神的共鸣,也不应缺少性的愉悦。

14

前几年电影院里演过一部电影,名曰《谁是第三者》。编导者讲了一个“第三者插足”的故事，但所插足时那对夫妇，已无任何感情可言，女方且十分狭隘、庸俗乃至于偏执，明明维系那样的婚姻对夫妻双方都是苦不堪言如居地狱，但女方为不让男方获得那“第三者”的爱情却死不同意离婚……影片有生活依据，也提出了一个尖锐的问题，而编导者的倾向性也是很鲜明的——他们认为，在这种情况下，那纯真贡献爱情的“第三者”并不应遭到谴责，那死不同意离婚的妻子倒是个梗在有情人当中的“第三者”。

影片拍摄过程中据说颇感到社会舆论的压力，因为编导者这样一种拍法显然具有“反潮流”的意味。不过我总觉得他们拍得十分费力，而并未向社会提出多少新鲜的有深度的启迪。

这类事其实往往是难以理论清楚的。倘若那妻子并不如影片所表现的那么狭隘、偏执，倘若那位“第三者”也并不如影片所描绘的那么纯情、高尚——生活中更多是这类两极端的无数难以评估的状态——再倘若那丈夫也并不如影片所塑造的那么正派和男子气，那么，“谁是第三者？”的问题也就成了一个没有什么意义的问题——他们或许应当被视作互为“第三者”，或许观众会说：“第三者”是一个固定的概念，即使尚未离婚的夫妻的两人中有一人是十足的混蛋，而且那“第三者”要取代的恰是那个混蛋，那么他或她也总还是“第三者”，你只能说他或她是一个“可爱的第三者”，而不能提出“谁是第三者”这样一个用不着回答的问题。

“第三者插足”的问题实质是一个婚外恋的问题。婚外恋涉及法律问题，因为现今世界上几乎绝大多数的国家都从法律上维护一夫一妻的制度，都视重婚为有罪，而离婚都必须依照法律程序办理，从这个意义上说，任何婚外的性行为和夫妻之间的“第三者插足”当然都有可能引出法律纠纷。但这种民事纠纷一般都只牵扯到夫妻和那“第三者”，他们或“私了”，或对簿公堂，或既“公了”又“私了”或“竟不了了之”，只要他们的事不干扰他人和社会，我们局外人似很难进行是非判断，更无必要卷进他们的法律纠纷。

婚外恋是否也构成着道德问题？特别是“第三者插足”，是否必定构成着道德问题？我以为既可能，也未必。从道德角度切入这类问题，去构成文学艺术作品，往往是难以成功的。然而，倘从人生的角度，把人的情感世界视为一不能用单一道德尺度衡量的复杂宇宙，去构成文学艺术作品，就往往大有可为了。读列夫·托尔斯泰的《安娜·卡列尼娜》，我们不会落入到“谁是第三者”这样的纯道德陷阱中，因为“不幸的家庭各有各的不幸”，而“清官难断家务事”，渥伦斯基不是个简单的浮荡公子，安娜也不是个简单的堕落妇女，而卡列宁也不是个简单的死不愿给他人幸福的坏蛋，他们之间的关系，非“简单”的道德尺度可以衡量，他们的人生遭际、情感遇合和内心冲突，桩桩都映衬着那个时代，那个人文环境以及他们个性的多棱奇光、我们读《安娜·卡列尼娜》也就既不是读一部道德宣讲录，也不是读一部“逆时尚道德”的“反潮流”挑战书。婚外恋更大程度上是一个遭遇者的个人情感危机问题。

15

一首著名的青海情歌唱道：

我愿做一只小羊，
跟在她身旁；
我愿她拿着细细的皮鞭，
不断轻轻打在我身上……

这首歌透露出了爱情中的一种秘密——爱者有施虐的潜意识，被爱者有受虐的潜意识。

轻微的施虐与受虐，简直是青春期中的男女爱恋时不可或缺的“作料”。

爱情也确像一盘菜。成熟的爱情，夕阳之恋，就像一盘清淡的菜；而青春恋情，又尤其是初恋，往往如一盘百味杂陈、浓酽刺喉的热肴，像辣椒、咖喱、油、芥末一类的“作料”，有时也过量掺拌。

你没有过这样的体验吗？约定的时间早已过去，等候的恋人却仍不见倩影，焦躁、疑惑、担心、痛苦……正当你热锅上蚂蚁般煎熬着时，她却突然出现在你面前——其实她并没有迟到，她只是躲在附近一家店铺，隔着玻璃橱窗，目不转睛地盯住你观察，直到她觉得看够了你为她而付出的苦楚，她才翩然逸出，予以你快乐的补偿……

或许你还有过这样的体验——散步中，明明是戏谑性的争吵，她却忽然认真到琴弦绷断的程度，突然转身弃你而去，任凭你如何追上去牵挽、道歉，她硬是不予原宥，甚而脸儿涨得红红，嘴儿噘得高高，发辫甩得凶凶，挣脱你的牵拉一路小跑着远去，给你一个“决绝”的刺激——自然，第二天，或第三天，总之并不会太久，经你的苦苦哀求，她又同你和好如初，而你渐渐也才发现，她其实那一回也并没有真正生你的气，她只不过是故意要那样“考验”你一下罢了。

一般来说，初恋中、热恋中的青年男女，女方对男方小施虐待的情形较男方对女方如此而为的要多，而男方在小受虐待中体验到一种酸麻的快感者，又比女方在同种情况下生出快感者为多。

人们常说爱情“好事多磨”，其实往往一大半的“磨”并非来自恋人以外，而是恋人间的相互折磨。磨来磨去，爱情也就如玉石般圆润光泽，双方都神采焕发，乐贯满盈了！

不过，要警惕！男女间的情爱，那施虐被虐，只能是“拿着细细的皮鞭，不断轻轻地打在身上”，“细细的”、“轻轻地”，至为紧要！倘一味地虐待起来，便可能发生心理偏执，形成虐待狂；而倘若一味地乐于受虐，也可能发生更怪异的心理偏执，形成被虐狂，甚或在失恋或单相思的情况下，变成自虐狂，那可就糟糕了！

16

一见钟情——中外古今爱情的常见模式。

为什么会一见钟情？

传诵千古的元曲《西厢记》开锣后的第一折，张生正在普济寺游逛，忽见崔莺莺引红娘拈花枝上，不由得立即“呀”了一声，立即唱道：“正撞着五百年前风流业冤。”他一眼看中了莺莺的相貌：“颠不剌的见了万千，似这般可喜娘的庞儿罕曾见。只教人眼花缭乱口难言，魂灵儿飞在半天。”当然还有她的风度：“恰便似呖呖莺声花外啭，行一步可人怜。解舞腰肢娇又软，千般袅娜，万般旖旎，似垂柳晚风前。”再加以她的呼应和暗示：“眼角儿留情……将心事传。慢俄延，投至到栊门儿前面，刚挪了一步远。刚刚的打个照面，风魔了张解元……”

一个郎才，一个女貌，这还其次，更主要的是“正撞着五百年前风流业冤”。也就是说，一见钟情是一个缘分问题。

《红楼梦》也这样设计贾宝玉和林黛玉的一见钟情，第三回写到林黛玉进到荣国府，宝玉一进屋，“黛玉一见便吃一大惊，心中想道，好生奇怪，倒像在哪里见过一般，何等眼熟到如此？”。而宝玉对黛玉的反应也是“这个妹妹我曾见过的”。全书基本是按严格的现实主义笔调写宝、黛爱情的，但其所以一见钟情，则已在第一回中用一神话故事极其浪漫地明确交代，一个是神瑛侍者的化身，一个是绛珠仙子的转世，分明是“风流冤家下凡造历”。他们的缘分也是前世天定。

究竟有没有“缘分”这么个东西呢？

我以为确实是有的。只不过我并不笃信它是前世的“风流冤家下凡造历”，并且每五百年为一轮回周期。

或许人体都确有一至今未察明的“场”，异性间的“场”互感，达到完全呼应并强度极大时，便可能导致“一见钟情”。

凡经历过初恋的人都会记忆犹新，当接近到所爱恋的人儿时，本身会有一系列的物理性的、化学性的、心理性的强反应，例如心跳加速、脸庞潮热、喉部燥涩、手心沁汗、内分泌活跃、神经系统超敏、心中忐忑不安、理智阻塞而潜意识流奔涌……但这类的反应，在与异性朋友（纯然是朋友而不含恋情）共处时，是几乎一点儿也不存在的。

一见钟情的爱情是可贵的还是危险的？

我以为是可贵的。

除非在二者中，一方是一见钟情，另一方却并非钟情而是逢场作戏，乃至别有所图，那才是危险的。

一见钟情的爱情加稳定牢固的婚姻加白头偕老的结局，是人生所开放的最美丽芳馥的花朵。

17

亲情可贵。亲情如溪流，明澈、晶莹、爽净、潺湲，可掬一捧饮用，可坐听汩汩奔淌，清心怡神，熏灵铸性。

友情可贵。友情如江河，浩荡、宽阔、深厚、活泼，可载生命之舟，可在托载中顺流而下，可歌可感，铭心刻骨。

爱情可贵。爱情如大海，浩瀚无边，瞬息万变，蕴含无穷的力量，又无比神秘玄奥，可予人最大的欢乐，也可予人最酸辛的磨难，在人的生死歌哭中，它的旋律即使时隐时现，或掩没在乐曲的深处，却永远是最令人心动神驰的音符。

人活一世，亲情、友情、爱情三者缺一，已为遗憾；三者缺二，实为可怜；三者皆缺，活而如亡！

18

爱情可以描写，可以表现，可以讴歌，可以咏叹，可以嘲讽，可以鄙薄，可以心仪，可以神往，可以追求，可以排拒，可以重视，可以忽略，可以公开，可以隐秘，可以坦然，可以赧颜，可以褒奖，可以贬抑……

唯独，爱情不可分析。

所以，世界上有社会学、伦理学、心理学、性学，却至今并无一门爱情学。有谈爱情的书，可读，然而建构不成一种专门的学问。

19

世界上各民族差不多都把鲜艳的红色同爱情、婚姻联系到一起。

红玫瑰，是许多民族用以象征热烈而纯真的爱情的花朵。据希腊神话，主宰自然万物生死的神阿多尼斯是一个风度翩翩的男子，女神阿芙洛狄忒（即维纳斯）爱上了他。一天阿多尼斯外出打猎，一向嫉妒他们爱情的战神变成一头野猪，将他咬伤。阿芙洛狄忒得知后，急忙向奄奄一息的阿多尼斯奔去，不想一脚踩在白玫瑰上，玫瑰刺扎进女神的脚板，鲜血从女神的脚板流出，后来，在她的血滴里，便长出一丛异常美丽的红玫瑰，从此红玫瑰在西方便成为爱情的象征。又有一种说法，是阿多尼斯被野猪咬伤后竟血尽而死，阿芙洛狄忒悲痛之中，以阿多尼斯的鲜血浇灌了一株小苗，使其长成一丛灌木，开出殷红的花朵，但那花儿一开，便被一阵风吹落花瓣，于是她再以鲜血灌溉，花儿再开，亦随风再谢……故那花儿又名“风花”。“风花”之说，更意味着爱情的高贵与易逝，能引出人无限的思绪与感慨。

中国自己的花卉中，如红牡丹，如红莲，如红梅，如碧桃，如凤仙……也都是爱情的象征，玫瑰传入中国后，红玫瑰也备受青睐，当今的青年男女，以馈赠红玫瑰表示献上爱心，已非罕事。

据说只有德国人，对红色花朵无浓厚的兴味，他们比较喜欢蓝色矢车菊一类的情调，这大约同日耳曼民族比较严肃、比较富于哲理思考、作风比较谨慎有关；不过，大束红玫瑰，自是他们婚礼上常见的装饰物，可见即使是比较喜爱冷色的人们，在爱情和婚姻中也都并不排拒红玫瑰所体现的热烈与真挚。

纵使我对爱情有着品评、议论的高昂兴致，诚如上面所说，对其进行科学式精微分析亦无能为力；自知这一束随笔也完全算不得爱情红玫瑰，但思绪是真诚的，秉笔是直书的，让过往的风将它们片片吹散吧，留不下些微的芳馨，能有一缕淡淡的水汽也好！

春在溪头荠菜花
——关于出名的随想

“我想出名。”一位青年朋友对我说。

其实有很多人都有这个想法。公开说出来的不多罢了。

出名，就是使代表自己的那个符号，让社会上众人知道。

世界上头一个出名的人是谁，弄不大清楚。但当我们落生到世界上以后，已有许许多多死去的和活着的名人。我们懂事以后，总会直接、间接地与名人发生关系。我们接受他们的教导，读他们的书，听他们的歌，看他们主演的影视或戏剧，观赏他们的画幅、雕塑或摄影作品，关注他们在竞技场上的胜负成败，攻读他们开创的学说，听他们作报告，买刊有他们照片和格言警句乃至轶闻传说的印刷品，听别人说自己也说给别人听关于他们的种种事情，碰上机会还找他们签名，挤上去同他们交谈，凑到他们身边跟他们合影，拿他们作例子激励自己、友人和子女，有时也拿他们开玩笑，对他们当中有的佩服一辈子，对他们当中有的则就渐渐撇嘴、摆手、摇头、皱眉……乃至讥讽、嘲笑、咒骂，因而也就拿那样的名人警诫自己、友人和子女……人可以做出“我绝不要出名”的抉择，却几乎不可能彻底摆脱名人那无孔不入的影响，你可以摆脱开一部分名人，但你不可能摆脱开所有的名人，特别是那些在社会生活中投下巨大身影的名人。

人出名，是一种与人类文明史相生灭的社会现象。即使你不想出名，你鄙夷出名，也仍可以就出名这件事做些研究，进行些思考。

出名现象，又可以称为社会知名度。社会知名度的强度、广度与渗透度当然有大小宽窄深浅之分。有的名字全世界都知道，几乎全体稍有文化知识的人都必然记得，而且从社会上层到社会底层一听那名字便都感到如雷贯耳；有的名字只在本民族、本国度、本地区为人知晓；有的名字只在一定的行业中、一定的社会生活领域中为人知晓；有的名字只在社会一定层面中为人知晓，上层知道的下层不知道，下层热衷的上层不了然……

出名当然更有美名、好名、善名、恶名、臭名、骂名……种种的区别，有的流芳百世，有的遗臭万年，也有的芳臭兼有，或芳多臭少，或臭多芳少，更有大名鼎鼎而人们评价一直分歧争论至今不得要领并将为后人继续争论下去的……也有那样的情况：起初交口佩赞，后来万人詈骂，或起初众口怨骂，后来却感恩不已……

“你想出名，是想出哪一种名？想出名出到怎样的程度？”我问那位青年朋友。

“当然是想正儿八经地出好名，出美名；当然出名的程度越厉害越好！”他回答我。

一位“正儿八经”地出了名的电影明星，在一次酒宴后脸颊绯红、眼含泪光地对我说：“也许你能理解我内心的悲苦，我演了几十年电影，拍了几十部片子了，也确实相当出名，可我……我至今还没有一部代表作！”

我理解她。

出名，即社会知名度，以电影明星为例，分为好几个档次。

一种，是他或她的名字不仅成了一种大众熟知的符号，而且，一听到或看到这个符号，人们便会不假思索地联想到他或她代表作的符号，也就是说，他或她的辛勤劳作与他或她的名字紧紧地粘到了一起。例如一提白杨，我们就会立刻想到她的代表作《一江春水向东流》、《祝福》；一提赵丹，我们就会立刻想到他的代表作《乌鸦与麻雀》、《林则徐》……

另一种，是他或她的名字并不太响亮，但他或她的代表作却留给世人强烈的印象，往往必须先提示那作品的符号，人们才能想起他或她的名字符号，不过大体而言，他或她的名字同他或她的事业成就还是黏合在一起的，只不过不具备上述的人名高于作品名的优势罢了。

还有一种，是他或她主创的作品非常出名，但他或她的名字，在社会人群中能耳熟详记的人数却大大低于对那作品名称有印象的人数，他们也算出了名，不过他们的名淹没在了他们参与主创的作品名称中。

第四种就是对我倾吐心声的那位女明星的状况。她的名字非常响亮，然而就连我遇上她，在惊慕她的大名之余，一下子也谈不出来她究竟有什么代表作，塑造出了哪几个令人难以忘怀的银幕形象……我印象中更深的是各种电影杂志刊登过她的便装照，以及关于她家庭生活和银幕外爱好的种种花絮新闻。她很有名，然而她的名字有点空虚——当然，就电影这门艺术的特殊性而言，主要怪不得她，她总没遇上最适合她的剧本，最善挖掘她潜力的导演、合作者总把她当作“美人”展示而未给她塑造活生生艺术形象的机会，她运气不好……

年轻的朋友，在某场合，当人们把一位电影明星介绍给你时，倘介绍人用了下列几种不同的语气，你当可以悟出那被介绍明星属于上述哪种情况了吧——

“这位就是鼎鼎大名的……啊！”（你可能立即脱口而出：“您演的那个……早就看过不知多少遍啊！”）

“这位是……怎么，你没看过那部……吗？对啦！当然是他（或她）主演的啦！”（你可能立即一拍手：“是呀！把您认出来啦！演得太棒啦！”）

“这位是……你看过那部……吗？很有名的片子哇！”（你想起了片子里由他或她饰演的角色，然而因为介绍者话说得太快你还是弄不清他或她叫什么名字，不过你立即乖巧地用那角色的名字称呼他或她：“……太棒啦！认识您真高兴啊！”）

“这位都不认识吗？对呀！……”（你早忍不住叫出了他或她的名字，然而你一时想不出他或她在银幕上的样子，你只记得电影杂志封面上他或她的大头像，你大概没谈上几句话就会问他或她：“您最满意自己演过的哪部片子啊？”）

电影明星的知名度可分上述几档，推而广之，其他许多领域的名人的知名度也可作如是观——倘人们往往只是记住你一个名字，而对你事业上的主要成就梦梦然，你会像那些女电影明星一样，酒后扪心，眼含泪光吗？

“您谈的那位女明星，她是出了名以后还痛苦；我却为现在还未成名而痛苦；我要像她那样出名，我就满足了。”年轻的朋友对我说。

他那后半句话，显然说得太早了。不过我们先来讨论他的前半句话。

他想出名，他为还未成名而痛苦。

他这个想法如何？

也许，我们该批判他的这一想法。“资产阶级个人主义”是顺手可取的标签。但仔细想来，出名现象，西方有，东方也有。各个国家、各个民族、各种意识形态下都有。各行各业都有。从儿童到老人都有。各阶级各阶层都有。既然有，它就必然要反映到社会人的脑海中，反映的结果，便会出现种种反应：有的反应是“出名不好，我不要出名”；有的反应是“出名虽好，可我不必出名”；有的反应是“出不出名无所谓，出名这件事很无聊，但遇上也不必回避”；有的反应则是“出名好，我要出名”。那位青年朋友，他见社会上有人出名，而且社会也未禁绝出名，我们国家眼下就有许多政府褒奖的名人，还几乎年年、月月乃至周周都有种种评奖活动在举办，报纸杂志电视电影广播讲座书刊磁带展览演出新闻广告……种种传播媒体上都在不断重复某些名字，夸赞某些名字，渲染某些名字，乃至于出题考你知不知道那个名字，用一个谜语让你猜出那个名字……因此，那青年朋友萌生了“出名”的愿望，并日渐强烈，我认为是正常的。

“文化大革命”当中，许多“红卫兵”和“革命造反派”曾经非常真诚、非常激烈、非常彻底地扫荡除了伟大领袖和他的“亲密战友”及“无产阶级司令部”成员以外的几乎所有“名人”的“名”，他们在那些名字上打上大黑叉，把“名人”们揪出来，给他们戴高帽子、剃阴阳头，批判他们，斗争他们，乃至于消灭了一些“名人”的肉体——“打翻在地，再踏上一万只脚”是那时最响亮的誓言之一。然而他们终究也还是抹不掉出了名的人在社会心理中刻下的符号。据说当时上海有位年轻的姑娘，她不是“造反派”也不是被造反的对象，她就每天不远数里路地跑到上海电影制片厂去观看批斗名演员，以往她是没有机会见到银幕下的名演员的，“文革”的批斗黑浪倒使她获得了这千载难逢的良机；无论那台上的名演员如何被丑化被批判，尤其是其中一位她所心仪的男明星，她仍心中崇拜眼睛发亮嘴中不由地叹息。再一个例子是北京电影制片厂的几位参与“造反”的工人师傅，突然得到了看管“黑帮分子”——昔日大导演崔嵬、谢铁骊等人的“革命任务”，他们激动不已，甚至事过很久之后，提起来他们仍有一种自豪感：“我们看管过崔嵬、谢铁骊！”他们觉得同出名者的这样一种关系，也提升着他们在世的价值。这就说明，“出名”现象在这个世界上是消灭不了的，而“名人”在未出名的人心里划下的痕迹，用强制的办法倒置的办法都是难以抹杀的。

“文革”中一度在放映经过检查后放行的“旧电影”时，一律剪去片头的演职员表，但当银幕上一出现角色时，观众们还是不免要想到某些演员的名字；“文革”中新拍了一些电影，演职员表尽量从简，目的大概是为了贯彻“革命不为名”的原则，但越从简，那剩下的几个名字便越刺眼，因而便越出名，有一些人就恰恰是在“文革”期间出名的——因为成千上万的名字都消失了，他或她的名字却“水落石出”，俨然是新的名人。

“文革”也许确是一次人类文明史上力图将个人净化到彻底忘我的至高道德境界的巨大而超常的努力吧，然而，“文革”失败了。个人无论如何不可能完全失掉他的个体特性、他的个体符号。只要社会中仍有符号价值超出他人的个体即“名人”存在，就一定会有想出名的社会心理存在，也就一定会有为达到此一目的而做出努力的人存在。

“你想怎样去出名？”我问那位青年朋友。

他微笑了：“当然是走正道出名，而不是走邪道出名！”

想走正道出名，我觉得可予鼓励。当然，倘若一个人走正道而并不想出名，也很好，甚至或许更好。

走正道出名，就是用自己为社会为群体为他人做出的有价值的贡献，去换取社会、群体和他人对代表自己的那个符号的承认、揄扬与流布。

比如一个人想当名诗人，那他就应拿出自己呕心沥血写成的诗作，去赢得社会群体的赞赏。

走邪道出名，一种是想投机取巧、走捷径，虽然也想向社会提供有益的东西，但或模仿乃至抄袭，或“走后门”、“攀高枝”，即“七分活动三分工作”乃至“八分宣传两分实际”，华而不实，浮躁虚夸，当然就不免赶时髦，凑热闹，看风向，测气候，墙头草两边倒，甚至于不惜通过踩踏他人的办法抬高自己，有人就如此这般地果然出了名。另一种走邪道的就邪到底了，在那种人心目中，出名既是目的也是出发点，不能流芳百世，遗臭万年也在所不惜，坑、蒙、拐、骗，为出名可以出卖自我灵魂，当然更不惜出卖朋友、家庭乃至民族，他们“人血染红顶子”而沾沾自喜，当狼狗疯狗癞皮狗巴儿狗都不以为耻反以为荣。所谓欺世盗名，说的就是此辈丑类。

想走正道的青年朋友啊，出名不应是你的出发点，也不应是你单一的目的。你的出发点还是应当定为向社会、群体、他人提供有价值的创造性劳动，以及完善你自身，发挥你自身；你的目的是努力使你创造的价值超出寻常的标准之上，发出特有的光彩；在这个目的之中，可包含着这样的因素——你希望社会、群体、他人通过对你名字的重视，来体现对你创造性劳动的价值的肯定。

名是一个人的符号。不管你的名“出”没“出”，你的这一符号首先体现着你为人的责任。你要为你说的话做的事造成的后果负责任，所以即使是没有“出名”的人，也免不了要签许多的名——最低限度要在领工资的表格上签名，在考卷上签名，在一封信的末尾签名，在结婚或离婚的手续中签名，在挂号信或汇款单送达时签名……

人的出名，他的个体符号便被放大了，因而责任也就更大。从这个意义上说，出名可不是一桩轻松愉快的事。一个普通的不出名的个体商贩偷税漏税，事发后即使被罚了款登了报，除了最接近他的人，谁也不会记住那桩事，然而倘若一个歌星、笑星哪怕是少缴了迟缴了并不一定比那个体商贩为多的税款，不等登报，一传十、十传百地传开去，就很可能使社会舆论为之沸沸扬扬，使得他或她承受着沉重的精神压力。在公共场合，一个不出名的人与别人接触时态度粗暴了一点，举止轻浮了一点，或乱扔了果皮，或随地吐了口痰，事情一过也就随风而散，连他自己都不会再记起。倘是一位名人，不然了，报纸上会有报道，评论家会出来评论，社会上的人们会对此议论纷纷、久久不忘，而名人固有的形象，也便会受到损害。一个普通的不出名的人，他的事业蒸蒸日上，固然得不到全社会的关注和赞赏，但他的事业波动、下落、衰败，也引不出除他周围那一点人以外的社会的注意，因此他也就遭不到许多的白眼，不会有很多的手指戳他的脊梁骨，更不会引出种种舆论上的连锁反应，倘要是一位名人，那就不同了，他的事业一出现危机，马上便有铺天盖地的反应袭向他，倘他在事业上失败，那么，他就准备着承受急风暴雨般的指责、讥讽、幸灾乐祸、落井下石吧！谁让他那么有名呢！

所以，有的“名人”慨叹说：“人生出名忧患始。”“出名是痛苦的别称。”一位女强人更说：“当名人难，在中国当名人更难，而一个女人在中国当名女人更难。”

在中国当名人，比在世界上其他地方更难吗？

不好笼统地这样说。

不过，在中国的文化传统中，确实是不提倡“出名”的。

中国自己的宗教是道教。道教是主张清净无为的，“大音希声，大象无形，道隐无名”，要“和光同尘”才好，以“不敢为天下先”为美德，所以，与人竞争，敢作敢为，使名声显突，当然都是不对的。

从印度那边传来的佛教，在中国发展成为禅宗，与道教异趣而同样摒弃对名的追求，著名的慧能和尚偈语“菩提本无树，明镜亦非台。本来无一物，何处惹尘埃”，便体现着一种既超越实体也摒弃符号的空无精神。

至于比佛、道在中国文化中根植得更深的中国儒学，也是主张“克己复礼”的，个体需忠诚地认定自己在“君君，臣臣，父父，子子”的既定秩序之中的位置，“非礼勿视，非礼勿听，非礼勿言，非礼勿动”，这当然大大限制了个体符号的突出显明；但儒学与佛、道不同之处，在于它毕竟是主张“入世”的，因而孔子本人也就比较重视人生在世的名声问题。《论语》中就记载着他说过“君子疾没世而名不称焉”的话——那就是说，类似曹雪芹那样生前“举家食粥酒常赊”，除了几个相好的朋友邻居，整个社会全然不知道他的存在，直到死后才渐渐为人所知，以至一二百年后才名声大噪的这种遭际，倘孔夫子地下有知，是绝对受不了的，他要求“现世报”——现世做的事，应博得现世的名。

中国历史上的知识分子，一般是儒、道、释三教的思想都接受，并尽量加以融合，而又以儒教思想为主体的，因而对于“功名”，总有一种羞羞答答的情态，也总有一种强烈而执着的追求。他们一会儿说“喜名者必多怨，好与者必多取”，“吁嗟身后名，于我若浮烟”，“不汲汲于荣名，不戚戚于卑位”，“但看古来盛名下，终日坎缠其身”……一会儿却又大肆鼓吹“患名之不立，不患年之不长”，“虚死不如立节，苟殒不如成名”，“豹死留皮，人死留名”，“死无所留，不如无生”，“功略盖天地，名已青云上”……

在中国世俗社会里，“雁过留声，人过留名”，“十年寒窗无人问，一举成名天下知”，“光宗耀祖，青史留名”一类的心理倾向，也是源远流长的，所以，同世界上其他地方一样，中国既有名人，也有没出名的人想出名，也有名人崇拜。

这样看来，在中国当名人，也还是有一定社会文化传统为依恃的。

有人说，中国人嫉妒心特强，又缺乏竞争心理，看见别人出名，不是想办法通过自身努力，在事业上与人家合理竞争，以赢得盖过人家的名声，而是用“我出不了名，你也别想享那个名”的心理，支配自己干出造谣中伤、诽谤诬陷乃至拆台置障、破坏伤害的事，一旦出名者失势，或果然身败名裂，则不但拍手称快，还要落井下石——其结果，并不是自己取而代之成为名人，倒是获得一种“怎么样，你出名有什么好下场？我没出名，我可比你安全！”的心理满足。

上述情况，确实存在。不过，是否仅中国人中才有、才突出，却也未必。我们只要读过几本法国作家巴尔扎克的《人间喜剧》，也就可以发现，在西方，在基督教文化传统熏染下，一些人的心理中也仍有嫉妒之恶、“我好不了你也甭好”之恶、“拽人下马”之恶与落井下石之恶。对名人的这种嫉妒与毁辱之心，大约是人类人性中恶之一种，具有普遍性。

与其反对想“出名”的思想，不如反对“反正我也出了名，那么，谁也别想出名”的人性恶心理。

一个国家、一个民族，其文化发达的程度，一般总是用有多少杰出人物令别的国家、别的民族承认为标志的，也就是说，需要“墙里开花墙外香”，方能“为国争光”。体育是最超越意识形态的，所以在国际大赛中获取金牌的体育明星的知名度一般来说最高；其次是影视歌界的明星、作家和画家，以及科学技术界有发明创造的人物。我们国家中即使最淡泊名利、最自认是马克思主义者、最反对资产阶级个人主义的人，似乎也不反对中国优秀运动员的名字传扬四海。近年来我们的报纸新闻中，还不断报道某某界某某人被西方一本何等权威的《世界名人录》收录于其中，某某人的某创作或研究成果在西方某国际性展览中、比赛中、会议上被颁了奖、受到好评、引起震动……说到底，世界上不管哪个国家、民族，总希望自己当中有人能名扬于国外族外，誉满全球，任何一届中国政府和任何一茬中国人，都不例外。

有人说，中国净是些个“墙里开花墙外香”的事，有些人的创造性劳动成果，倒是先引起外国人重视，然后“出口转内销”，那名声才反馈到中国。先扬名海外再扬名国内，乃至在扬名国外却仍在国内受压抑，反得不到应有之名。这类情况当然是有的。不过是否为中国所独有，也仍然未必。1984 年诺贝尔文学奖颁给了法国作家克洛德 · 西蒙，消息见报后，巴黎街头就有人面面相觑地对问：“他是谁？”因为在法国，所谓“新小说派”的代表人物，人们会认为是罗伯 · 格里耶、玛格丽特 · 杜拉斯等人，克洛德 · 西蒙在该流派中并非带头人，也非最知名者，何况还有另外许多其他流派的大作家存在，所以，克洛德 · 西蒙的获诺贝尔文学奖，也属“墙内开花墙外香”之一例。

“墙内开花墙外香”的因素很复杂。往往主要是因为墙内墙外的价值标准不同，或衡量方式不同。中国过去大体是一种封闭的状态，而在封闭的空间内，又过分强调个体的无价值，不但要“斗私批修”，还要“灵魂深处爆发革命”，乃至“狠斗私字一闪念”，因此抑制了花开，也就淡灭了花香，墙内无花香，也就不足为奇了，偶有花开，香气从墙缝溢出了国门，受到墙外人赞肯，便成为一桩大事，或“转内销”后使墙内花得以“明正身”，获开花放香的特许，或竟导致大祸从天而降，几至于花落人亡——前者的例子，是 70 年代初期，美国总统尼克松访华时，提及了中国科学工作者陈景润在研究“哥德巴赫猜想”方面的成就，导致了陈景润处境的一路好转，并跃入到国内最知名的人物行列中；后者的例子，是天津一位用世界语创作的诗人苏阿芒，当时有人告发了西方世界语组织的刊物上登了他投寄的诗，并且在那组织的建筑物中还给他塑了胸像，于是他以“里通外国”罪被捕坐牢，直到粉碎“四人帮”后才被无罪释放，那时一检验他的诗，才发现里面不但绝无半点国家机密，更无半句卖国辱国之辞，而且几乎完全是颂赞长城一类的弘扬中华之光的爱国诗歌，呜呼，“墙内开花墙外香”竟酿成一件冤案，这样的例子，他国他民族怕就实在不多见了——愿在我国亦属一时的偶例吧，叹叹！

让墙内百花盛开吧！为香溢墙外而自豪吧！也让墙外的花香飘进来吧！

“原来我崇拜名人，可是现在我感觉受到名人的压抑！”年轻朋友对我说。

他的感觉我可以理解。已经出名的人，既可能成为未出名而想出名的人的引路人，也可能成为未出名而想出名的人的挡路石，在后一种情况下，原来对他崇拜的未出名者而产生压抑感，是必然的合理反应。

一个社会，倘若它的名人在相当长的一段时间里居然没有流动和增添，那么，它一定是缺乏活力了。正常的状况，是名人有一个良性的流动、更迭、增添过程，换句话说，就是社会知名度应有一种正常的递换，大体而言，正常的递换律为：

（1）群体的递换，从老年人递换到中年人和青年人。

（2）从创造力相对衰竭的人递换到创造力大爆发的人。

（3）从以传统模式创造的人递换到以创新精神发展传统乃至突破传统而架构出新模式的人。

（4）从整体创造状态平稳的人递换到因其创造状态特异而引出争论乃至惹出风波的人。

已经出名的人，很容易产生一种保名的心理，这一心理的健康机制为：

（1）焕发更大的创造力，从量上扩大已有的成就；

（2）突破自己，因而在新的高度上创造出新的名声；

（3）无论在量上、质上都似乎不可能再有大的突破，则“爱惜自己的羽毛”，宁愿名气渐衰渐隐，也不做非创造性的无聊甚至有害的事；

（4）甘当“人梯”，以自己现有的才华和水平，奋力推出新的名人。

但这一心理也有可能产生不健康的机制，往往表现为：

（1）嫉恨比自己年龄轻、资历浅或原来比自己名气小的同辈人追赶上来，认为“还轮不到他们”，总是想方设法忽略、冷淡、贬抑、否定他们的创造成果；

（2）不承认自己的无为与创造力的衰竭，对他人创造力的旺盛抱怀疑和否定的态度，不是认为他人狂妄，就是指责他人不肖；

（3）对他人特别是年轻人对传统的挑战和突破不分青红皂白地感到惊惶和愤慨，尤其是当年轻人的锋芒指向自己或涉及自己时，易激怒而绝不宽容，恨不能踏平而扫荡，以除抢名之患；

（4）不承认自己的平稳状态其实倒体现着社会对自己的稳定尊重，反而对一些新冒出来的人物引出的争论、惹出的风波也抱嫉恨的心理，轻率地斥人家为“投机”、“无耻”、“无聊”，总企图把社会上对有关争议关注的“热点”，转移到自己这固有的符号位置上来。

社会生活仿佛一条大河，封冻期死气沉沉，谁也别想出名，但一旦春暖花开，冰河解冻，则大小冰块一齐向下流出海口涌去，这时候，倘有大冰块堵住河口，那么，许许多多的小冰块便会潴留堆积而无法前进。已经出了名的人，可别充当那堵住河口的大冰块啊。

说了半天名，没有谈到利，更没谈到权，为的是讨论问题方便。

名——利——权，确实往往是联系在一起的。“名利思想”，“名利双收”，“争名夺利”，“名缰利锁”，“名利两空”……从这些语汇上看，名与利不啻是一对双胞胎，至少是一对“隐形伴侣”，常常是“一荣俱荣，一枯俱枯”的；而权位又往往是名之母利之父，“一朝权在手，便把名来行”，那“名”是既可扬自己之名，也可收自己之利的。

但也还毕竟不能把名、利、权等同起来。权欲熏心的人，连贾宝玉都斥之为“国贼禄蠹”，不足与论。利欲熏心之人，即便他是在法律容许的范围之内敛财发迹，也终究一身铜臭气，俗不可耐。以上两种人，也可能同时要名，但一为欺世盗名，一为附庸风雅，都足令人鄙薄。有没有淡薄权力和财富，一心只想靠自己的才华和努力，并通过对社会、集体、他人有益的创造性劳动，获得名气，以满足自我的人呢？我认为确实是有的。这样的人，我认为可尊敬，可鼓励，倘若他获得成功，则可祝贺，可庆幸。

“话虽这么说，可是，在咱们中国，一个文化界、科技界出了名的人，不管他自己想不想要，那政治上的头衔不就送上去了吗？有时不也就真去当官了吗？生活待遇自然也就提高了，利也相随而至了。所以，我才不相信有人真是只为名不为权和利哩！”青年朋友对我嗔怪起来。

我只好微笑。

这不好作什么争论。但我相信，不图权、利，而只渴望以自己的才华和成就出名，确是一种实存的心态。

有没有那样一种人呢？他很有才华，很能为社会、群体、他人做出杰出的贡献，但他不仅绝对不向往权力和财富，而且绝对不愿出名呢？当然有的！那是人类中最高尚的人。但也许他会很不幸——因为一旦他有着杰出的贡献或高于众人的德行，他终究也还是要显名的——没有办法，因为人类的认知不能不借助于一个符号，而他的名字，便不可避免地要成为一个最合适最简洁的符号，以显示那贡献或德行本身，如“爱因斯坦相对论”和“雷锋精神”都是如此。

当然，世界上、人生中，更有极大数量的“庸常之辈”，所谓“芸芸众生”。他们既不渴求权力，也不奢望发财，更不企盼出名，他们宁愿或安于过一种诚实工作、按劳取酬、不犯法不受罚、平平凡凡、恬恬淡淡、稳稳当当、安安全全的小康生活，他们也会知道一些“名人”，喜欢一些“名人”，佩服乃至崇拜一些“名人”，但他们从根本上觉得出名是“名人”的事，他们并不幻想进入“名人”世界，他们也绝不欢迎“名人”干扰他们平静安适的生活。对他们，该怎么看呢？

他们是这个世界的主体。

他们是承载“名人”之舟的汪洋大海。

他们是最可尊敬的。他们合成一个整体后，任何一位“名人”在他们面前都会显得渺小。

真正有水平的名人，名实相符的名人，也许会同其他的名人产生矛盾，也许会鄙薄、蔑视其他的某些名人，却都能最清楚地意识到，他们必须尊重乃至于讨好这些“芸芸众生”——无论是知名的政治家，还是著名的文学艺术家，还是科学家发明家，还是企业家、银行家，乃至于体育明星和杂技明星，都该懂得这一点。日本的商业界最早提出来“顾客是上帝”，可见深得其中三昧，政府不是上帝，商业部不是上帝，商业学权威不是上帝，其他商界巨头更不是上帝，一切“名人”都不是上帝，而那不知名不知姓的广大顾客，才是自己的上帝。这种“上帝崇拜意识”，想出名的人要有，已出名的更要有。

当今的世界是个“信息大爆炸”的时代，几乎每一分钟世界上都有新的论文产生，都有新的书籍在出版，都有新的视听文化节目在播出，都有新的名字在传播媒介中出现，因此，在这样排山倒海的信息潮流中脱颖而出，获得最强烈、最充分、最圆满、最持久的符号价值，就越来越难了。而且当今世界的科技发展，使得人类的行业分工越来越细密，互相的依赖性也越来越强，已不可能再出现诸如 16 世纪意大利达·芬奇那样的全面发展的巨人；他既是伟大的画家和雕塑家，又是了不起的建筑工程师和兵器设计家，又是最早进行人体和动物解剖并做出研究的生理学家，还最早提出了直升机的飞行原理并制作了模型进行了实验，还是地质学家、化学家、植物学家，还试验了新型颜料，改进了纺织机械，在冶金学和冶炼工业方面也有独创性发现和发明，并且他本人又善弹奏竖琴，能写漂亮的文章，有绘画和色彩学方面的专著……我说了这么多都还并没有说完，你看他的名涉及多少个方面，而且都属一流层次。现在世上名人的名分流了，年年在颁发诺贝尔物理奖、化学奖、生物学奖……年年报纸都登出获奖人的名字和有关他们的研究成果的介绍，我们中国毫不例外，但不仅再没有居里夫人、爱因斯坦乃至于杨振宁、李政道、丁肇中式的轰动，那些获奖者的名字除了跟他或她在一个小学科中是同行的人记得住外，甚至于同一个大行业的人也都不能记住乃至于懒得记住，因为他们的成就大都仅是在前人众多的贡献基础上，将那一个科学之细微分支又有所推进而已——理解他们那贡献的重要意义，已非只有一般常识的人所能。

又由于当代社会文化层面的拉开，社会中的人们已并不共享提供于社会的共用符号了，例如文学艺术中，高档的东西，像探索性文学作品啦，古典音乐啦，意大利美声唱法的演唱啦，中国古典音乐的原器原谱演奏啦……都不一定能使在那些方面有才能有成就的人物充分地在社会上出名，相反，一些通俗的东西，像武侠小说和言情小说啦，流行音乐啦，霹雳舞啦，“迪斯科”啦……却使一些这方面的幸运儿名声大噪，他们的知名度，不仅大大高于上者，而且连不欣赏不喜欢他们的人也不得不下意识地记住他们的名字——因为在那几乎无处不在、无法躲闪开的传播媒体中，特别是家中电视和街头广告里，你总能遇上他或她。

在近20年的中国，从70年代初中国同美国等西方主要资本主义国家建立外交关系到“四人帮”倒台，中国共产党的十一届三中全会的召开，向中国社会提供了使一大批人出名的机会，许多小说家、诗人、画家、发明家、企业家……得以成为新的名人；而80年代中期由于中国实行了卓有成效的改革开放政策，中西文化开始发生更大规模更大程度也更坦率和直接的碰撞，这就又构成了第二个成批出名的机会，例如造型艺术界的几次展览，使一些在以往划为禁区的创作领域（如裸体画）和创作方法（如现代主义、后现代主义和“超级现实主义”）中有所突破的作品及其作者，引发了轰动效应，从而大大提升了一批人的名气，或使他们一举成名。

这里不探讨这两次机会中出名的人“该不该出名”或“出名者是否名实相符”以及“出名后他们表现如何”、“如何对待他们的出名”等等问题。我只想指出：个人的成名，才能和努力固然是主观方面的条件，社会容纳和接受的可能固然是客观方面的条件，但更有一个使主、客观相激相荡、相辅相成、相生相长的机遇因素。

在人的一生中，大的社会机遇往往只能遭遇一回。中等的社会机遇很难遭遇三回。小的社会机遇顶多也不过五六回，七八回，绝不要妄想有十回以上的运气。因此，你想出名（这里指的当然是走正道出名），就必须善于抓住机会。

机不可失，失不再来。

一个封闭、压抑的社会环境固然绝不利于个人出名，一个开放繁荣而稳定、持平的社会也难以提供个人出名的充足机遇——因为名人已经太多，不出名的“芸芸众生”没有“名人渴望”心理，反倒有符号满溢的厌腻心理，水不乐于载舟，你舟虽华美，又奈之何！

在一个社会的变动期、转换期，特别是良性的变动、转换期中，必有大的机遇，必能推出一批新的名人，而有志于扬名的个人，则必须有预感力、把握力和勇气与智慧，不失时机地迎上前去！

“走正道出名，究竟还有什么规律可循、什么诀窍可用呢？”青年朋友问我。

规律我已经总结了：

你的本钱——才能；

你的努力——心血和汗水；

你的勇气——突破与创新；

你的可能——社会的接纳度；

你的机遇——往往是擦肩而临的运气。

诀窍么，实在想不出来。

“不搞行贿受贿，不搞虚的假的，绝不乌烟瘴气，更不低级庸俗，但勇于积极地宣传自己，不卑不亢、亦庄亦谐地在人际关系中进行活动，调整好个体在社会网络中的‘地位’，以便增加脱颖而出的润滑性；眼观六路，耳听八方，精于捕捉信息，能触润而知雨之将至，以防机遇来临时失之交臂、一去不返……”“这些难道不是诀窍么？”青年朋友反问。

我想了一想，点头。

但人的出名，又往往出于偶然。“有心栽花花不开，无心插柳柳成荫。”“聪明得福人间少，侥幸成名史上多。”世上确有不少的名人，本是一点也不曾妄想出名的，却在种种机缘凑拍下，倏地一举成名天下知。

人的出名可能缘于偶然。出了名的人的知名度，何以膨胀得那么厉害，或何以萎缩得那么迅速，其间的原因，也不是都那么好做出合情合理的解释，恐怕也有种种偶然的因素，在其中起到关键的作用。

有两位搞社会学的大学生，在西北一处偏僻的农村找 100 位 40 岁以上的农民做了口头调查，他们发现，固然有 100 个人都理所当然地知道毛泽东，却偏有二十几位对“知不知道林彪？”这个问题表现得令人惊奇——他们真的不知道，那是在林彪成为毛的“亲密战友”和“接班人”写进“新党章”，并且又摔死在蒙古温都尔汗，全国“批林批孔”运动正如火如荼进行的时候，可叹林彪，他高升到“一人之下，亿万人之上”时，以及焚毁于异国荒漠之后，其符号仍然未能进入这中国的二十几个农民意识之中！本来，这倒也不难解释，如该农村地理上之偏僻，传播媒介对该处之鞭长莫及，政治运动在该处的几无运作，所询问到的农民文化水平之低下……都足可令调查者平息最初的惊奇；可是，当他们提出“知不知道梅兰芳？”这个问题时，却大出意料——100 个人中仅有 7 个人说不知道，93 个人都说知道！他们怎么会知道呢？梅兰芳从未到过那种地方，他们甚至从未见过梅兰芳的便装照或戏装照，更从未听过或看过他的演出，而且梅兰芳在那十几年前就已死掉了……但他们偏知道！

那两位大学生，久久地未能对这一调查结果做出自认为合理而顺达的解释。我闻其事，也感到既新奇又有趣。

偶然是必然的一种显现。我想，其中奥秘必能解开。

“你想出名，可是努力了半天，还是没有能出名，或者成绩已经显著却名气不大，名不符实，你又当如何呢？”我问那位朋友。

他想了想说：“当然觉得遗憾。不过也许倒也能聊以自慰——我毕竟以自己不懈的努力，推进了自己热爱的事业，并且也算为社会多作了一些贡献。尽管我没有取得社会名气，但我的亲友，我的恋人，我周围的同事，显然都比以前更尊重我，更信赖我，我的自尊心、自信心也大大地增强了……我想，就是永远出不了名，这样也不错。”

诚然。

想走正道儿出名，经过努力出不成大名，总能出点小名，就是严格意义上的社会名气没能取得，那么在周围的普通人眼中增添些尊严，实际上也是获得了一种符号价值。

想到古人颂春，有说“春在乱花深处鸟声中”的，即所谓“江南草长，杂花生树，群莺乱舞”，标准比较高；有说“乱分春色到人家”的，很为春光的分配不均和漫无规律不平；又有说“芳树无人花自落，春山一路鸟空啼”，春色虽美，却无人赞赏；还有叹息“狂风落尽深红色，绿树成荫子满枝”的，春光春色虽好，怎奈它不久长！另有惊喜于“老树着花无丑枝”的，可见机会到老亦自有，全看你能否奋力开出好花朵；又还有“春江水暖鸭先知”的说法，鼓励人们如鸭入水般地先占春意……倘将春光春色比喻出名，那么，我最喜欢的一种说法还是宋人辛弃疾的“春在溪头荠菜花”。

向往春光春色，是无可责备的美好追求。向往走正道出名，亦是无可指摘的人生追求。但一味地执着于出名，则很可能弄得“世事空得两目瞠”，“无数杨花过无影”，令人讥为“可笑区区当世上，满怀冰炭苦相煎”。想成为一朵占尽春光的牡丹固然雄心可嘉，但倘若自己才气、功力、机遇都不那么具备，那就甘为溪水边的一丛荠菜花吧，甚至于“苔花如米小，也学牡丹开”；享受春光春色既不应是我们的出发点，也不应是我们目的的靶心，我们的出发点和终极目标是以自我的努力，也去构成春色春光的一部分，使世界更美好，使人类更幸福！

风中黄叶树
——关于逆境的随想

逆境往往突然袭来。

渐来的逆境，有个临界点，事态逼近并越过临界点时，虽有许多精神准备，也仍会有电闪雷击般的突然降临之感——如金钱的匮乏发展到身无分文；等待中终于接到不录取通知；经过多方查验确定为癌症；一再追挽而无效，恋人确已投入他人怀抱……

逆境的面貌不仅冷酷无情，甚而丑陋狰狞。

逆境陡降时，首要的一条是承认现实。承认包围自己的逆境。承认逆境中陷于被动的自我。

“我不能接受这个事实！”这是许多陡陷险逆境中的人最容易犯下的心理错误。事实是客观的存在，不以你的接受与不接受为转移。不接受事实，严重起来，非疯即死，是一条绝路。必须接受事实，越早接受越好，越彻底地全面地接受越好，接受逆境便是突破逆境的开始。

承认现实，接受逆境，其心理标志是达于冷静。处变不惊，抑止激动，尤忌情绪化地立即做出不理智的反应。

面对逆境，要勇于自省。

逆境的出现，虽不一定必有自我招引的因素，但大多数情况下，总与自我的弱点、缺点、失误、舛错相连。在逆境中的压力下检查自己的弱点、缺点、失误、舛错是痛苦的，往往也是难堪的——然而必须迈出这一步。

迈出了这一步，方可领悟出，外因是如何通过内因酿成这一境况的，或者换句话说，内因为外因提供了怎样的缝隙与机会，才导致了这糟糕局面的出现。

不迈出这一步，总想着自己如何无辜，如何不幸，如何罪不应得，如何命运不济，便会在逆境的黑浪中，很快地沉没下去。

但在迈出这一步时，如果不控制好心理张力，变得夸张，失去自尊与自信，则又会陷于自怨自艾，甚而自虐自辱、自暴自弃，那么，也会在逆境的恶浪中，很快地沉没下去。

逆境的出现，当然与外因外力有关。在检验自我的同时，冷静分析估量造成逆境的外因外力，自然也非常重要。

外因外力不一定都是恶。也许引出那外因外力的倒是我们自身的恶，外因外力不过是对我们自身的恶的一种排拒，从而造成我们的难堪与逆境。例如因为我对恋人撒过一个谎，恋人拆破这个谎后对我的人格产生怀疑或竟至鄙弃，从而断然中止同我的恋情，乃至投向了别人的怀抱，陷我于失恋的痛苦之中，这一失恋又招致了家族、同事乃至邻里对我的嫌怨与鄙夷，构成我个人感情生活中的一大逆境；在这逆境中，外因外力对我的冲击首先是由我的谎言而引出的，尽管我当时以为那只是个无关宏旨的谎言，并且万不想以谎言相处为常事，我仍是深爱恋人，愿与她长相守共白头的，但我的一次谎言，哪怕小小，终究也还是我人性中恶的流露。

外因外力又很可能含有恶。恶总是乘虚而入，我们的弱点是它最乐于入的空隙，我们的缺点是它最喜爱的温床，我们的失误舛错等于是开门揖盗，恶会欢蹦乱跳地登堂入室，从而作弄、蹂躏我们心灵中的良知和善。

当我们对外因外力的分析估量导致第二种感受时，我们仍要保持冷静。

是恶造成了我们的逆境，当这一意识确立时，如何冷静得了？

要有一套冷静术。

首先是物理方式的排遣术。

例如，在自己家中，把橱柜中一些早已用旧的瓷盘瓷碗，集中一处，然后找一适当地点例如室内相对空旷的一角，或阳台之上，将它们逐一高举掷下，在砸碎瓷盘瓷碗的过程中，以泄心头的怨怒。

又例如，到户外，昂首挺胸，快步行走于人行道上，遇对面来人迅速绕过，或以咄咄气势使来人主动闪开，一路上不必用脑，只图痛痛快快前行如飞，行至一定距离折回，方式如初，待回到家中时，略做体操再加舒展，则心中郁闷，必得锐减。

莫以上述物理方式的排遣术为浅陋。初坠逆境，此种排遣术可收立竿见影之效，使自我不至于在正式的社会活动中陷于狂躁或抑郁，得以冷静地处事待人，以渡难关。

比这类方式高一级的可称为化学式排遣术。

这包括吃好、睡好和玩好三个方面。吃可补养身体，睡可平衡精神，吃、睡中自然都有一系列的化学反应，而玩则是把良性的化学反应导向一个高潮，文静式玩法如去公园赏花钓鱼，活泼型玩法如登山游泳，如能在玩中引发出微笑、嬉笑乃至大笑，则体内的化学反应必将更趋活跃而激发出勃勃的生机，正是逆境中最宝贵的避暗求明之利剑。

有人在逆境中食不甘味，寝不安席，玩又没有条件，笑不出来只想哭，那么，找个无人在旁的机会，大哭一场，哭个号啕淋漓，也能激活体内化学反应，导致良性的调节效应，痛哭之后，人就会心理松弛而归于冷静理智。

人在逆境中，最令他痛苦的，往往倒不在那袭向他的恶，而是受恶影响、控制的人群。

一位老资格的电影明星告诉我，在“文革”中，江青点了她的名，造成了她一生中最险恶的逆境，她深知江青底细，且已看透她的心理，所以对江青之恶，只是心中鄙夷，倒并不怎么感到痛苦，然而，许许多多本是善良乃至懦弱的同行和群众，或出于对江青的迷信，或慑于江青的淫威，或迷惘而无从自主，都来参与对她的批斗、侮辱、惩罚，却使她万分地痛苦。

有的亲人，与她划清界限，所言闻之惊心，所为令人狼狈。

有那过去的朋友，包括堪称密友的人，不仅对她视若瘟疫而远避，更做出落井下石、雪上加霜的事情，有的还自以为乃革命义举，沾沾自喜，津津乐道。

有许多本不相干的人，奔着她的知名度而来，似乎是在欣赏她的沦落与苦难，也许其中不乏怀有同情与不平者，但都无从显露，在那肃杀的环境中，人人要戴上一个冷酷无情的假面，看得多了，也就搞不清那面具究竟是否已融入了人的皮肉心灵。

逆境逆境，“逆”还可受，“境”却难熬！

熬过逆境，需有一种观照意识。

拉开与恶的距离，拉开被恶所控制的人与事的距离，并且拉开与逆境中的我的距离，跳出圈外，且作壁上观。

这是真正的冷静，彻底的冷静。

读过杨绛女士的《干校六记》么？所记全系逆境，然而保持着一种适度的距离，于是成为一种超然的观照，在观照中透露出一种对恶的审判与鄙弃，显示出人性与理智的光辉。

最严酷的逆境，会使人丧失最起码的反抗前提——没有道理好讲，没有法规可循，没有信息来源也没有沟通渠道，完全是一种孤立无援、悲苦无告的处境，例如陷于希特勒的纳粹集中营，或落到“文革”中的“群众专政”，那时，一切的信念和行为，必围绕着“活下去”三个字而旋转。但当“活下去”必须付出人格尊严时，有人就毅然地迈出了以自杀为反抗的一步，如“文革”中的老舍、傅雷，那也是一种对逆境的突破，也是一种对逆境的超越，使造成逆境的恶，背负上巨大的、不可推卸的历史罪责。老舍、傅雷他们以个体的宝贵生命为沉重的砝码，衡出了那恶的深重的达于怎样的程度，从而警醒着继续存活着的人们，应怎样坚持与恶势力搏斗，并应怎样通过艰辛的努力，达到除恶务尽的目标。

许多从逆境中咬牙挺过来的人士，回忆出若干逆境中降临到或寻觅出的光明，例如在“文革”中仍有周总理那样的有一定发言权的上层人物的关怀，例如本应是来实行审查和处治的“革命左派”中天良发现者给予的庇护与拯救，再例如在过激假面下显露出的人间正义，以及最底层的老百姓那超越政治和意识形态的一派温情……

在重重阴霾中努力捕捉住哪怕仅只一线的暖光，当然是渡过逆境不可缺少的手段之一。不过切不可对阴霾中的光缕产生依恋之情，更重要的是保持内心的光明。能从逆境中打熬过来的人，毕竟主要依赖着灵魂中的熠熠光束，那犹如不会熄灭的火把，始终照亮着生命的前程。

逆境有种种，各种异中有同，同中有异。

政治逆境:例如“反右”中被错划,“反右倾”中被打击,“文革”中被迫害，等等。此种逆境往往来势汹汹，且株连亲友，极为险恶，然而此种逆境又往往是群体逆境，即“不是一个人的事儿”，因此在社会群体的共同承受中，有时又比较易于挺过。

经济逆境:不一定都是政治逆境的派生物，例如天灾、车祸、疾病、被盗、被骗、赌博、挥霍等等因素都可能造成经济上的困窘，更不消说即使是相当精明的生意人也难免遭逢亏损乃至破产的境遇。此种逆境往往并不给人一种群体共承的感受，当事人内心中会有一种“为什么偏轮到我”的巨痛，所以，有时此种逆境比政治逆境更难挺过。

人际逆境：常伴随政治逆境和经济逆境出现，遭人白眼，受人排挤，刺痛自尊心，产生孤独感；但在政治、经济状况并不坏时，也有可能出现，或因自身的狂傲不羁，或因不善为人处事，或因有人造谣中伤、挑拨离间；此种逆境对不同地位不同性格的人产生的效应很不一致，但一个人一旦感受到在人际关系网络中出现较大问题时，那一定是陷于此种逆境相当之深了，必须采取措施，加以缓解以至消除，否则，越陷越深后，亦可能引出悲剧。

以上三种逆境经常纠缠在一起，袭向人生。这样的逆境最磨砺人的灵魂。鲁迅先生少时曾处于此类逆境之中，他在《呐喊》自序中说:“有谁从小康人家而坠入困顿的么，我以为在这路途中，大概是可以看见世人的真面目。”其实当年的曹雪芹，也正是其家族和个人遭遇了政治上、经济上和人际上最浓黑的逆境，“看见世人的真面目”，这才“燕市哭歌悲遇合，秦淮风月忆繁华”，写成“字字看来皆是血”的《红楼梦》的。

除以上三种逆境外，还有：

感情逆境：例如失恋，就是一种对个体而言相当严重的逆境；当然也还包括婚姻破裂、婆媳不和、公婿冲撞、妇姑勃谿、叔嫂斗法、朋友反目、父母失尊等等因素所造成的感情创伤；在伤感情的逆境中，人内心的痛苦往往也会达于断裂点，所以对克服这类逆境，亦不可等闲视之。

心理逆境：如总是无端地生疑，或无端地恐惧，天下本无事，庸人自扰之，乃至杯弓蛇影，杞人忧天，惶惶不可终日。这种神经质的状况如不及时得到纠正，则有可能发展为癔病及精神病，所以亦不可对这类心理逆境掉以轻心。

健康逆境：如被医生确定为已患不治之症，虽自我心理状态尚属坚强乐观，但毕竟面临着死亡的逼近，是人生中最沉重的逆境，战胜这一逆境，往往需要精神上的高度升华；在形而上的探求中，辅以各种治疗及补养，将死亡逼近的逆境击退，乃至终于康复的例子，也是有的。

算来已归纳出六种逆境了，但还必须开列出第七种逆境——事业逆境。以上六种逆境，均可导致事业逆境。这里所说的事业有着宽泛的含义，从工厂车间里一个普通工人希望能逐级升为一级工，到一位科学家希望能有轰动世界的发明；从公共汽车上的一位售票员希望能得到乘客的表扬，到一位作家希望得到诺贝尔文学奖……事业好比一片黑土，事业心好比一粒充满生命力的种子，事业心在黑土中生根、发芽、开花、结果，本不成问题，但人生中难免风雨袭来，乃至冰雪顿降，又有严寒霜冻，酷暑骄阳，因而人的事业心很可能会受到挫伤，人在事业上因而很可能无成乃至失败，以至陷于严峻的逆境。从这一逆境中挣扎出来，自强不息，奋力精进，当是人一生中最可宝贵的篇章，最足自豪的乐曲。

逆境，也就是人生危机。据说美国前总统尼克松对汉语“危机”一词的构成很表赞赏，危机 = 危险 + 机会，危险人人惧怕，机会人人乐得，“危机”是在危险中促人寻觅把握机会，既惊心动魄，又前景无穷。

记得鲁迅先生写过这样的句子：“在危险中漫游，是很好的……”我想，他是深知唯其在危险中，才能调动起自我的全部生命力，从而捕捉住那通向璀璨未来的机会！

《红楼梦》第二回写到，贾雨村到智通寺去，见门旁有一副破旧的对联曰：

身后有余忘缩手

眼前无路想回头

他因而想到："这两句话文虽浅其意则深……其中想必有个翻过筋斗来的也未可知。"

贾雨村所见到的智通寺对联，是中国人一种典型的"防逆境"告诫，也就是说，为防陷于逆境，凡事应留有余地，万不可求满，"满则溢"，"登高必跌重"，需自觉地收敛、回缩、抑制、中止。不过人在顺境中，欲望又是很难收敛、回缩、抑制、中止的，所以"翻筋斗"又很难避免，但"翻过筋斗来"，则有可能"吃一堑，长一智"，从而做到"身后有余早缩手，眼前有路亦回头"。

人当然没必要自我寻衅，吃饱了撑的似的往逆境里扑腾，即使是正当的欲望，适度地加以抑制，以及勿以完美为尺度，知足常乐，见好就收，都是处世度生的良策。不过，一些中国人往往过度地自我收敛，把唯求苟活奉为在世的圭臬，以致有"宁为太平犬，不做乱世人""好死不如赖活着"等等想法产生，弄得不仅丧失了终极追求，也失却了最低限度的正义感、同情心和自我尊严，我以为那是一种可怕的犬儒主义、可悲的活命哲学、可鄙的人生态度、可恨的良知沦丧。人不应因为惧怕身陷逆境，便以出卖乃至奉送自我灵魂来求得"安全"；人一旦陷于逆境之中，更不应什么道义、什么责任都不愿承担，唯求自保以苟延性命。

逆境逆到头，无非一死。"人生自古谁无死，留取丹心照汗青。""我自横刀向天笑，去留肝胆两昆仑。""砍头不要紧，只要主义真。""宁愿站着死，不愿跪着生。"这类志士仁人的豪语，昭示着我们"曲生何乐，直死何悲"的真理。在逆境中我们当然要珍惜生命，钟爱自己，怀抱"留得青山在，不怕没柴烧"的志向，但万不可为留皮囊，出卖灵魂，万不可为捱时日，自丧尊严。

要勇于在逆境的火中炼成真金，但也不惧怕在逆境的抗争中玉碎。

人在逆境中，万不可堕入自虐的状态。

自虐首先是一种畸形的心态。一种是群体自虐。如“文革”中，广大知识分子普遍遭到迫害打击，绝大多数遭受迫害打击者，互相是同情相怜的，但也有这样的情形出现，如两个知识分子在街上相见了，甲惊讶于乙的境况：“怎么？你还没有被揪出来？”甲从理性上当然并不认为自己是敌人该“揪”，以此推理当然也不认为与自己相似的乙是敌人该“揪”，但他的心理架构已经扭曲，所以把乙的尚未“揪出”视为“不正常”；再如过了几时乙与甲街头相遇又感到意外：“怎么？你还有心思买条鱼回去烧着吃？”乙从理性上当然并不认为甲被贬抑后便该过另一种非人的生活，但他的心理架构也已经扭曲，所以把甲的遭贬抑后仍“大摇大摆”、“乐乐呵呵”地买鱼烧着吃视为“奇观”——这种被不公正地置于逆境中的知识分子间的互为畸视畸思，就是一种群体自虐。当然，更有发展到互相违心地揭发、批判乃至于真诚地反目、斗争的，那就超出我所说的自虐而成为帮凶了。

另一种是个体自虐。如一个人事业上失败后，便躲起来不愿见人，甚至觉得自己吃好些、穿好些都成了“恬不知耻”，不仅把自己的物质享受压缩到自罚自禁的状态，还从精神上折磨自己，自己诅咒自己为“低能”、“白痴”、“饭桶”、“废物”……或走另一极端，故意到人群中“展览自己的失败”，恣肆吃喝玩乐，纵欲求欢，使精神陷于亢奋以至麻木，自己视自己为“痞子”、“流氓”、“赌棍”、“无赖”……

逆境中的群体自虐，是延续恶势力的无形助力，它往往给本来还有所顾忌的恶势力一种启发和鼓舞——原来还可以“揪”更多的人，并且可以把压制扩展到更不留缝隙的地步！逆境中的个体自虐，不消说更是一种导致毁灭的行为。

禁绝自虐！一个染上自虐症的群体是没有出息的群体！一个患有自虐症的个体是没有前途的个体！

为免于陷入逆境，有一种人甘心助纣为虐，成为所谓“二丑”。

鲁迅先生曾为文剖析过“二丑艺术”。现在戏曲舞台上仍常有“二丑”出现，例如拿着一把大折扇，跟在大丑——恶人——身后屁颠屁颠地去帮凶，但他会在行至舞台正中时忽然煞住脚，将折扇一甩甩成屏障，挡在自己与大丑之间，面朝观众，指指大丑背影，挤眉弄眼地对观众说:“你们瞧他那个德性！”说完，又把折扇“哗”地一收，接着跟在大丑身后，依旧屁颠屁颠地帮着大丑去干抢掠良家妇女之类的坏事。

在好人面前，“二丑”希望好人体谅他的“不得已”——他是“身在曹营心在汉”；在大丑面前，“二丑”对自己朝好人眉来眼去的行径，则解释为帮大丑“缓解矛盾”,他是“拳拳之心无可疑”。他深信有朝一日好人战胜了大丑，定会“首恶必究，胁从不问”；他并不相信大丑会永立不败之地，但乐得用此法免吃“眼前亏”,还可分一杯唾余——他有时也苦恼,因为在扇子一甩开之时，并不是那么好掌握面对好人戳指大丑脊梁的分寸；他有时也有牢骚，因为他感到“两面受压,受夹板气”;他有时也颇惶恐,因为明知无耻但已“无退路可走”;他有时也颇惆怅，能发出“瘦影自临春永照，卿须怜我我怜卿”一类的感叹，所以“二丑”不像大丑那样除了一味作恶全无“正经创作”，他也能吟诗作画，也能才华横溢——例如明末南明小朝廷的阮大铖，便是如此。谁说他在追随马士英等佞臣迫害爱国知识分子之余所写的《燕子笺》、《风筝误》等剧本不是典雅精致之作呢？他自己也是知识分子，是文人，是艺术家啊，因此他又常常在这一角度上，把自己与被他胁从迫害的知识分子视为“同行”，同时把自己与那些所追随的卖国官僚“严格地区别开来”——“瞧他们那副德性！”

“二丑”也许确能免于他们害怕的逆境吧，但，一、他们选择的那个“境”，难道美妙吗？二、他能免于一时，但能经久如此吗？阮大铖的下场可为殷鉴，详情可查史书，读起来怕是要脊梁骨发凉打颤的。

逆境中，亲情和友情固然是重要的感情支撑，然而最重要的，还是自己对自己的钟爱。

要自爱。

要善于自爱。

例如，当你失恋后处于感情逆境时，单靠身边亲友的安慰是无法疗治自己的心灵创伤的，这时你万万不能自己也抛弃自己，把自己封闭起来，蜷缩起来，藏匿起来。你要想方设法来填补心灵上感情空间的虚无：

去逛商店，精心为自己选购一件礼品，回到家细细地欣赏。

给久未通信的亲戚、老同学、旧相识写信，不必倾诉你失恋的痛苦，但可向他们报告你事业和生活中的进展和乐趣，报告你的居住地的奇闻趣事，同时希望他们给你来信，告知你他们的近况和他们那边的种种趣闻；信寄出后不必等候回信。

去一处几年没去过的公园，在那被你长久遗忘和忽略的地方，寻找意外的美感；不必为所看到的爱侣双双的甜情蜜意感伤，要多注意单独的游览者，从他们当中那悠悠自乐者的神态中捕捉人生的真趣，条件具备时可与那样的单打一游览者攀谈，但亦不必希望从中获得建立长久关系的人物——人生中可有许多的露水情谊，让晶莹单纯的露珠点缀你的生活，滋润你那干渴的心。

去你从未光顾过的街区，漫步于那些你从未钻进去过的小巷，你可细细体味“人们到处生活”这句话中所包蕴的真谛，从而悟出你的逆境在众生相中其实远非特殊与不可忍受。

买一束鲜花或采一束野花，带回家中插入瓶中，摆在书案或床头，细细观赏它们的美丽，吮嗅它们的馨香。

去看一场你以前不可能入场观看的电影或舞台演出，如果你购票时已经开演一阵，那更好，进去后你可以最宽容的态度对待那使你觉得毫无趣味的场面，当你觉得实在难以奉陪时，便提前翩然退场，并在退场后微笑地联想到，既然将生活加以艺术化的演出尚且可以如此失败，那么，生活本身的缺憾又何以令我们痛不欲生？

……

在这般温馨细腻的自爱自慰中，你定能安渡感情逆境，达到一个新的彼岸。

“人们到处生活。”

这是一句字义浅显而意蕴很深的话。

在逆境中，这类朴实无华的自我判断是实现心理平衡的瑰宝，还可举出：

“这个世界不是单为我一个而存在的。”

“没有一个上帝规定我必须成功。也没有一个上帝规定我必定失败。”

“别人怎么看我是一个几乎可以忽略不计的问题。问题是我自己究竟怎么看自己。”

“当我以为人人都在注意我的时候，其实几乎没有哪一个人在特别地注意我。我不必为那么多别人来注意我自己。”

“不要总觉得全世界的不幸都集中到了自己身上。倘真是那样的话，自己可就太幸运了。”

“不要总觉得自己受骗，自己被抛弃。也许问题出在自己过分自信和过分依赖别人这两点上。”

“为什么总希望别人都来同情自己？我们何尝有那么多工夫和精力、感情和理智去同情别人？人类需要同情，然而我们无权独享。”

“如果有时幸福是从天而降，那么为什么灾难非得先同我们预约？”

“轮到我了。不仅排队购买一件惬意的商品会终于轮到我买，想尽办法预防的流行感冒也终于会轮到我得。”

“事实并没有所想象的那么可怕。对事实其实完全用不着想象。事实就是事实，面对它，不要想象它。”

“即使是最亲近的人，也没有道理让他们与自己平均承受逆境的压力。”

“多听别人对你的逆境的分析，少向别人倾诉你在逆境中的感受。”

“认为逆境对你是一桩大好事这类的话，倘说得太夸张，便同认为逆境对你是罪有应得等义。”

“不必为体现所谓的勇气徒使自己陷入更险恶的逆境。尤其不必为勇气观赏者去进行无益的表演。他们的怂恿和喝彩随时可能会转身离去与不吭一声。”

“那些对你说‘我早就跟你讲过，不要如何如何……’的人，他们现在的话你简直一句也不要听。那些对你说‘我早就想到了，可一直没好意思跟你讲……’的人,他们现在的话听不听两可。那些直接针对你现状提出建议的人，他们的话才值得倾听。”

“使你处于逆境的人，他们可能正处于另一种逆境。”

“用自己的逆境与别人的顺境对比，是糊涂。用自己现在的逆境同自己以往的顺境对比，是愚蠢。用自己的逆境和他人的逆境相比，是卑微。”

“走出逆境后得意忘形，便可能迅即陷入另一逆境。逆境消除后缩手缩脚，便等于没有走出逆境。”

“在任何时候都不要接受这样的安慰：人生的逆境比人生的顺境美好。或：人生在世的义务便是经受逆境。”

1915 年诺贝尔文学奖得主罗曼·罗兰说过：“累累的创伤，便是生命给予我们的最好的东西，因为在每个创伤上面，都标志着前进的一步。”

自然是好话，可作为座右铭。

但，那种“只有历尽人生坎坷的作家，才能写出优秀作品”的说法，显然是片面的。德国大文豪歌德，一生物质生活优裕，生活状态平稳，却写下了一系列传世之作；俄罗斯批判现实主义文学的最后一个高峰契诃夫，在动荡的社会中一直过着相对安定的小康生活，无论小说还是戏剧都硕果累累；苏联作家肖洛霍夫，自苏维埃政权建立后也一直安居乐业，斯大林的大规模“肃反”也好，第二次世界大战的战火也好，赫鲁晓夫时代以后的政局变换也好，都未对他造成什么坎坷，然而他却写出了一系列文学精品，并在 1965 年获得了诺贝尔文学奖。过度的坎坷，只能扼杀创作灵感，压抑甚至消除创作欲望，如胡风的坎坷，“胡风集团”重要“成员”路翎的坎坷，都使他们后来几无作品产生。因此，我呼吁，那种“人生坎坷有利创作论”发挥到一定程度后便应适可而止，否则，制造别人坎坷遭遇的势力似乎倒成了文学艺术创作的恩人了，例如沙皇判处了陀思妥耶夫斯基死刑，到了绞刑台上又改判为流放，这以后的一系列遭遇，自然使陀氏的一系列创作有了特异的发展和特有的内涵，但我们总不能因此感谢沙皇，颂扬他对陀氏的迫害，或认定非如此陀氏就不可能写出好的作品——在他“坎坷”以前，《穷人》就写得很好。

不要颂扬逆境，颂扬坎坷，颂扬磨难，颂扬含冤，那样激励不了逆境中、坎坷中、磨难中和被冤屈、被损害的人。要做的只应是帮助逆境中的人走出逆境，只应是尽量减少社会给予人生的坎坷，只应是消除不公正给予人的磨难，只应是尽快为含冤者申冤。

当然，逆境的含义有三个层次。

一种，是大含义。按基督教的“原罪”说，人生而有罪，人生即赎罪的过程，从这个意义上说，自然无人不逆境、无时不逆境。中国也很早就流行“人生识字忧患始”、“不如意事常八九”等人生哲学，所以除了不能解事的孩童，也近乎无人不逆境，无时不逆境。我对逆境的讨论，不取此意。

另一种，是细微含义。即如上面提到的歌德，也有过“少年维特之烦恼”那类的感情深处的逆境；契诃夫，也有过其剧作《海鸥》首演失败的逆境；肖洛霍夫，也遭际过有人诬他的《静静的顿河》乃抄袭的逆境——但这些逆境不仅不能同陀思妥耶夫斯基遭遇死刑、流放那样的逆境相比，就是以他们的失恋、首演失败和被人中伤同别人失恋、创作失败和遭人诬陷相比，也都属于损伤较轻、不危及他们原有的生存和创作状态的遭际，实际上是遇“逆”而并不陷于“境”——歌德并不面临维特式的轻生抉择；契诃夫一剧暂不成功，却依然保有稳定的名誉；对肖氏的中伤，从来不曾获得社会舆论的广泛支持——所以我把类似状况称为细微含义上的逆境。我对逆境的讨论，有时包含这一层面的意义，但基本上亦不针对此种情况。

第三种，是介乎上述二者之间的准确含义上的逆境，是与顺境相对的一种倒霉、失败、遭难、被弃、困窘的局面，此局面大体上覆盖了一个人那一时期的整个生存状态，不是枝节而是整体，不仅触及表层而且浸入深层。

说明了这一点，再体味我们进行过的讨论，当不至于再有误解。

中唐诗人司空曙在一首《喜见外弟卢仝》的五律中有两句：“雨中黄叶树，灯下白头人。”明朝诗评家谢榛在其《四溟诗话》中说：“韦苏州曰：‘窗里人将老，门前树已秋。’白乐天曰：‘树初黄叶日，人欲白头时。’司空曙曰：‘雨中黄叶树，灯下白头人。’三诗同一机杼，司空为优……无限凄感，见乎言表。”

自古文人多逆境，逆境中咏诗，多此种凄清之句。我读此诗，常有自己独特的感受。“灯下白头人”，固然令人扼腕不止，因为人寿几何，而岁月悠悠，既已白头，所余无多；但“雨中黄叶树”，却未必只引发出关于艰辛和苦难的慨叹，因为雨过必有天晴，树落黄叶乃至满树枯枝之后，逢春必有绿芽蹿生，而终究还会有绿叶满枝、树冠浓绿之时，也许还会有芬芳的花儿开放，结出丰满光灿的果实……所以，我常以“雨中黄叶树”来象征某种逆境，又因为觉得无风之雨未免没劲，而风雨交加中更令人感到惊心动魄的还是那呼啸的风，所以又愿将此诗句中的头一字改换，成为“风中黄叶树”，我认为“风中黄叶树”能更准确地体现出既充满危险又蕴含无限机会的逆境，足可填满意象的空间，所以，当逆境降临时，我便常以“风中黄叶树”自喻，也借以自勉。

人生终究是波诡云谲，难以预料的。“风中黄叶树”般的逆境后，很可能是“病树前头万木春”的悲剧结局。

然而，勇者必将在逆境中奋争，尽管是不免“白了少年头”，但那前景，却更可能是“老树春深更著花”！

却道天凉好个秋

——关于幽默的随想

新写了一篇小说，不怕退稿地投出去了。不是“新潮小说”，没有“语言颠覆”行为。有故事。讲一个人去百货商场买牙刷，女售货员冷若冰霜，态度生硬，于是……当然不是吵架，也不是提意见，而是，他惶恐地向女售货员道歉：“真对不起，我惹得您这么不高兴，请您原谅我……”女售货员白了他一眼，转身躲开了，于是他只好去找值班经理，值班经理说如果售货员态度不好一定要进行批评教育，并立即带他去落实买牙刷的事，但他强调：“买牙刷事小，我犯的错误事大——我让你们商场的一位售货小姐生气了，我愿意向她道歉，我希望得到她的原谅……”值班经理目瞪口呆……后来他一直找到副总经理，人家对他挺好，一点也不急躁地听他讲话，耐心地给他解释，可就是听不懂他那个“道歉”的逻辑，结果……没有结果，没人接受他道歉，他离开百货商场，走了。小说题目叫《缺货》。

缺什么货？

小说不能太直露。各派批评家都主张含蓄。我自然留给读者去思索。

——你就不能幽默一点儿吗？

现实生活中，可能会有亲近的人这样提醒你。

的确，为什么不能幽默一点儿呢？干吗弦儿绷得那么紧，那么一味地严肃，一个劲儿地庄重，总那么副正儿八百的模样？

你可能比我还强点。我这人就特别缺乏幽默感。有时候倒是想幽默，可幽默不起来。

有人告诉我，中国文化传统中，没有“幽默”这个东西。

“幽默”这个词，两千多年前的屈夫子可是用过，在《楚辞·九章·怀沙》里，有“孔静幽默”的字样。可历代论家对这句里的“幽默”的解释都是静寂无声的意思，没有争论。

我们现代汉语中的“幽默”一词，据说是林语堂（1895—1976）在本世纪30年代初从英文中的humour一词音译创造出来的，指有趣而含意颇深的言语、行为。“幽默”是“舶来品”,这个词其实是个外来词,同“干部”、“沙发”一样。

中国文化传统中，竟真的没有“幽默”这个东西么？

有没有与“幽默”同义的词？“滑稽”、“诙谐”、“揶揄”、“戏谑”、“调笑”、“逗趣”……似乎都与“幽默”不同。《史记》里有《滑稽列传》，里面写到的淳于髡、优孟、优旃、郭舍人、东方朔、西门豹等“滑稽人物”，或擅“谈笑讽谏”，或擅“敏捷之辩”，有些地方，近乎“幽默”，然而他们都直接以其术参与高层政治，负荷太重，与今天我们所谈的日常生活与社会活动中的幽默，究竟还是两码事。

《唐诗三百首》，算是历来最被叫好的一本清人选的唐人诗集，认为它选的作者、内容、风格都相当广阔，且有代表性。但你一首首读下去吧，竟很难找到几首有幽默感的来。以我个人愚见，只有王建的一首五绝《新嫁娘》，算得上一首幽默诗：“三日入厨下，洗手做羹汤。未谙姑食性，先遣小姑尝。”

《红楼梦》，被誉为“中国封建社会的百科全书”，尽管笼罩总体的是悲凉，里面倒也百味俱全，幽默似乎也有那么一点，却实在只是极次要的因素。同时代产生的长篇小说《儒林外史》专事讽刺，近幽默处更多一些，然而也非作品的精髓。晚清的《官场现形记》和《二十年目睹之怪现状》，就连高档的讽刺水平也维系不住，有些地方几近于愤激与怨骂，离幽默境界就更远了。

直到“五四运动”之后，中西文化发生第一次大撞击，中国文化中才喷涌出了一些幽默，其中最突出的例子是鲁迅先生《阿Q正传》的发表。它从1921年12月即在《晨报》副刊“开心话”专栏开始连载，那时林语堂还远未发明“幽默”一词，但中国文化中的幽默高峰，实际上已经涌现。

中国古文化中，人们津津乐道的，只是“杜工部之沉郁，韦苏州之淡雅，温八叉之绮靡，李义山之隐僻……”就连“诙谐”，也从未成为气候；中国新文化中，《阿Q正传》式的幽默又并未繁荣起来，所以，与世界上其他一些民族一些国家相比，我们似不必讳言——中国人比较缺乏幽默力和幽默感。

承认幽默的缺乏，我以为并不丢脸，所以也无需“鼓起勇气”。

一个民族有一个民族的素质和风格；一个国家有一个国家的具体情况。比如我去过法国也去过德国，总体而言，印象中法国人相当浪漫，德国人过分严肃，两者相比，法国人就比德国人来得幽默。我有的德国朋友就承认他们德国人不大会开“巧妙的玩笑”，这些丝毫也不意味着他不爱自己的祖国，或在比较会开“巧妙的玩笑”的法国人面前有民族自卑感，我想也不会有另外的德国人听了他这话，便斥他为“丧失民族尊严”。这就犹如蒙古国的人承认他们国家没有出海口也没有大的河流一样，那是一桩事实，承认那事实无碍于他们自立于世界民族之林，无碍于他们国家的尊严。

近些年来，一些报纸副刊上，一些杂志上，常以“西方幽默”来“补白”，虽说点点滴滴，却也“润物细无声”地往中国人心灵中浸渗着幽默元素。

信手拈来几例：

①有人问演员、体育播音员鲍勃·于克尔：“你是如何处理作为一个演员的压力的？”回答：“非常容易。当我失败了，就把压力放在了我后面的人身上。”

②有人问名演员伍迪·艾伦：“永远活在人们心中是你的梦想吗？”回答：“我更愿意永远活在我的家里。”

③父：皮埃罗，今天不要去上课了，昨天晚上，妈妈给你生了两个小弟弟，明天，你给老师解释一下就是了。

儿子：爸爸，明天我只说生了一个；另一个，我想留着下星期不想上课时再说。

④一个主妇指着柜台上出售的青春护肤膏问：“老板，这玩意儿到底有啥

用？”“有啥用？”老板理直气壮地叫来一位年轻女售货员：“妈，让这位太太瞧瞧您的皮肤！”

⑤南因先生家里来了一位客人，要向他请教学问，可是客人没有听他的话，自己却滔滔不绝地大谈起来。过了一会儿，南因端来了茶，他把客人的杯子倒满以后仍在继续倒。客人终于忍不住了：“你没看见杯子已经满了吗？”他说，“再也倒不进去啦！”

“这倒是真的。”南因终于住了手，“和这个杯子一样，你自己已经装满了自己的想法。要是你不给我一只空杯子，我怎么给你讲呢？”

以上①、②两例，都是当别人提出一个颇为严肃而重大的问题时，以轻松巧妙的介绍躲闪了过去，而又不显得失礼，并颇有深意。这是西方人日常生活特别是社交活动中最常见的也往往最调剂气氛和引出兴味的语言幽默。林语堂在晚年的《八十自述》中记述说：“有一次，我在台北参加某学院的毕业典礼，很多人发表长篇大话，轮到我讲话，已经十一点半了。我站起来说：‘演说要像迷你裙，愈短愈好。’话一出口，听众鸦雀无声，然后爆发出哄堂大笑。报章纷纷引用，变成我灵机一动所说的最佳幽默之一。”出生于爱尔兰的英国著名剧作家也是幽默大师萧伯纳（1856—1950）1931年访问中国时，林语堂为他做翻译，萧伯纳是在一个晴朗的冬日到达上海的，欢迎者中有人对他说：“萧先生，你福气真大，能看见太阳在上海欢迎你。”萧伯纳答道：“不，我想是太阳有福气，能在上海看见萧伯纳。”林语堂认为这是萧伯纳幽默水平的一大展现。像法国文学家大仲马（1802—1870）、小仲马（1824—1895）、美国小说家马克·吐温（1835—1910）、欧·亨利（1862—1910）等，都有一连串这类幽默应对的轶闻趣事。

③、④两例则是体现在文字上的供人阅读引人一笑的幽默。据说英国伦敦有家店铺门上挂着个牌子：“我要你的脑袋！”乍一看吓一大跳，再细看，原来有红蓝相间的斜条纹旋转柱，却是一间理发馆。那幽默便不是“说”出来而是“写”出来供人发噱的。

⑤则属于行为幽默。在英国电影演员卓别林（1889—1977）主演的美国好莱坞一系列以“流浪汉”为主角的无声影片中，这种行为幽默被发挥到了极致。

幽默是个好东西。当然，没有它，地球照样转，人们照样过。

政治家的政治事业之成败，绝不取决于他是否有幽默感。但有幽默感的政治家，也许自信心就比较强，应付复杂局面的招数就比较多，在公开的政治活动中，在民众心目中，形象也就比较易于被接受，甚至魅力大增，因而幽默便成了推进他政治事业的一种助力。作为一个伟大的政治家，毛泽东便具有相当的幽默感，据说 1971 年“九一三”事件即林彪叛逃事件发生的当天，他的反应是说了一句中国俗话：“天要下雨娘要嫁人，由他去吧！”体现出他在突发事件面前举重若轻的承受力。他的幽默感也体现在他那四卷选集中，尤其是解放战争期间的几篇文章，例如《别了，司徒雷登》，单从行文之幽默也可称佳作。

搞经济的，银行家、企业家、商人以及各种公务人员，还有科学家、工程技术人员，也许从事业角度最无需幽默，然而表现幽默和感受幽默，对他们缓解精神，松弛心弦，调剂人际关系，润滑利害间的搏击，总也还有些好处。

至于活跃在大众传播媒介中的种种人物，如作家、新闻记者、艺术家，尤其是演艺人员，幽默就不是可有可无之物了。有的行当，如曲艺中的相声，话剧中的小品，戏曲中的丑角，乃至魔术表演，那简直就全靠幽默立足。社会中的一般人，有的原本就很幽默，有的本来不那么幽默，借助于“传媒”，从某艺术家那比较精致的幽默中获得一些启迪，或更能幽默，或有意无意地模仿着在自己的生活中增添些幽默，则都能大大地使心灵轻松，获得一种特殊的愉悦与慰藉。

对上司的幽默：“当您想要辞退我的时候，请务必先跟我请示！”

对下属的幽默：“您要再迟到的话，我们只好给您一笔小小的奖金了——不过请把您下一个工作单位的地址告诉我，以免奖金汇错了地方。”

对丈夫的幽默：“你跟姚太太以后再在街头相遇的时候，不妨再没完没了地回忆你们的中学生活——只是希望先教会我更多的体操动作，因为我跟姚先生除了耸肩、摊手、摇头、吐气四个动作外，再想不出别的动作来。”

对妻子的幽默：“都说骆驼穿不过针眼，但我的两眼都是针鼻，你的身材永远能畅通无阻地穿过！”

儿子对父母的幽默：“爸爸，妈妈：想念你们！你们很不容易，当然不必给我汇款！我现在用最后一张信纸、最后一个信封和最后一张邮票给你们写信，就是为了告诉你们：我自己会有办法的！附言，我的门牌号是105不是108，切记！”

女儿对父母的幽默：“爸爸，妈妈，这个星期日我不回家了——真的什么事也没有发生！电话里讲不清……简而言之，我不过是想对你们25年前的状况，做些模拟试验，搞点学术研究罢了！”

作者对编辑的幽默：“鉴于批评家们对颂赞好作品已经厌倦，所以寄上拙作，将使批评家们为其拙劣却又可大发议论而欢欣鼓舞——贵刊将因此广为人知，先此致歉；并对贵刊可能预付稿酬一事，竭诚致谢！”

编辑对作者的幽默：“大作拜读，诚系佳构，但‘还君明珠双泪垂，恨不相逢未嫁时’——相似之作，本刊近期已发，实不敢做第三者插足事，以免法律纠纷也。完璧奉还，各系情心！”

老师对学生的幽默：“你答不出这个问题是必然的。我只不过偶然点到了你的名字。希望下一次我必然点到你的名字，而你偶然地做出正确的回答。”

学生对老师的幽默：“老师，今天您提出的这个问题对我不合适，就像您今天穿的外套对您不合适一样……怎样才合适？那要我自己挑才行，您在服装店难道不也是自己挑吗？您今天的外套大概不是您自己挑的，所以……让我挑一个合适的问题来答吧！”

以上的幽默都是我临时虚拟的。实际上我个人在生活中和社交活动中都很少像上面那样地幽默，也很少接受别人那一类的幽默。

妨碍中国人彼此幽默的因素，我想有：

传统“礼教”的影响。连《诗经》中都唱道：“人而无礼，胡不遄死？”所谓“夫礼，禁乱之所由生，犹防止水之所自来也”。幽默则一定要如“自来水”般一时的灵感兴致，属“乱来”行为，当然不能畅行。人自处时尚且以“眼观鼻，鼻观心”为正，互处时当然更要“以礼相待”，哪容“非礼”行径。

“以阶级斗争为纲”的影响。据说“文革”中有人呼了领袖万岁的口号，仍被打成“现行反革命”，为什么呢？因为他身旁一人揭发他：领呼者领呼的是“万万岁”，而他只喊“万岁”，减岁一百倍，居心何在？！在那“以阶级斗争为纲”的前提下，你错出那符号系统一丝一毫便有“反动”之嫌，怎能打乱既有的符号系统，另起一“幽默”的炉灶呢？

心理结构的特点。中国人好面子，因此最怕“丢面子”，尤其怕因别人生出“误会”而“丢面子”，所以同别人接触时总愿把话说清楚，因此正话正说，反话反说，这样可以不生误会，保住“面子”。幽默的语气特点却是正话反说和反话正说，最易招致误会，误会中或伤别人“面子”，或自己显得无礼和唐突而“丢面子”，后果都不好，因此最好少幽默和不幽默。

近代史以来的群体处境。自“鸦片战争”以来，便一直有“中华民族到了最危险的时刻”的群体感觉，所以从本世纪初始，中国知识分子就有的呼吁救亡，有的主张启蒙，有的则认为既要救亡又要启蒙，而无论救亡和启蒙，都沉重而严肃，实在容不得幽默插足。

中西文化大撞击中的抉择难度。近百年以来，西方文化先是伴随着宗教渗入，后来更成为经济侵略和政治、军事侵略的先导或“随员”，对中国人的心灵撞击猛烈而痛楚；20世纪中叶中国终于站起来了，排除了西方对中国政治、军事与经济的宰制；80年代后更主动采取了改革开放的战略，使中西文化的大撞击更正面也更广泛，在这大撞击中，中国人有了更主动也更宽阔的抉择余地，并且可在平等、互利的前提下进行抉择，然而这也就派生出了抉择的难度——面对的方面太多，涌来得太急，考察不可能太细，把握不可能太准，而自发的模仿、照搬、流行又起得很猛，很难控制和驾驭、劝导与排疏，因此，面对着萧伯纳式的“太阳有福气在上海看见我”一类的西方幽默，我们就不一定心里好受，不一定愿意借鉴，不一定乐于“以牙还牙”地也“幽默”一下；像西方现代派文学中的“黑色幽默”，自有人介绍到中国以后，模仿者竞起，而许多人就觉得此乃“不良倾向”，应加以排拒——究竟是借鉴吸收好还是批判排斥好，对更多的人来说便构成了一个两难的问题。

文化水平的限制。幽默的能力很大程度上来源于知识的丰富、联想的快速、使用语辞的技巧，而这都需要较高程度的文化修养。在中国农村你可以遇上语言做派颇为幽默的老农，但你细加考察，便会发现，即便他是一位文盲，但总也是当地见多识广、思路敏捷的人物——他总比其他当地人去过更多的地方，有更多的耳闻目睹，听到过更多样的语言表述方式，“读”过更多姿多彩的生活画卷与人生百相，所以他能幽默。但总体而言，中国人的平均文化水平还不够高，因此幽默也就相对难以流行。

有人说“幽默是盲人吃撑了肚皮打出的饱嗝”，其实不然。贫窘处境中的人，乃至危难中的人，往往也具有幽默感，且幽默的水准相当之高。幽默能力之高低，与人的物质生活丰裕与匮乏程度无关，但与人心灵的丰裕与匮乏却成正比例。幽默是心灵富有者的特产。

据说一位无辜被捕者戴上手铐时问：“这镯子是18K还是24K的？”

又据说一位无辜被枪杀者向刽子手说：“等一等，我还有一泡尿没撒！”

幽默有时候成为灵魂飞升的翅膀。

幽默都是软的，硬幽默不成其为幽默。

“幽他一个默。”生活中偶尔有人这样提议。语法上似乎是说得通的，但幽默不应为响应提议而产生。幽默应是自然而然生出的，灵感似的，即兴的。

幽默不应重复。

幽默最尊崇独创。

抛出的幽默如果没有丝毫效应，则说明对方完全不能体察幽默。这时应不必再幽默，幽默不应浪费。

抛出的幽默如果使对方感觉到你在幽默而他觉得你幽默得不够味儿，一般他必回敬你一个幽默，倘也不太成功，一般你会再补他一个幽默，直至双方的幽默势均力敌——幽默如水，有流平为止的倾向。

幽默多一分便成为油滑。

幽默少一分则成为做作。

幽默≠玩笑。

幽默多少有些深度,可资回味。玩笑只不过博人一笑而已,笑过就随风而散。

幽默≠诙谐。

幽默往往不仅体现于语言，也溶解在表情、手势、身姿和风度里，而诙谐一般只是一串逗趣的语言。

就引出的笑声而言，强度上一般是幽默 < 玩笑而 > 诙谐。

玩笑搞不好会伤人。

幽默即使不成功也不会伤人。

诙谐搞不好会流于庸俗。

幽默即使不成功也不同于庸俗。

幽默是高雅的一个分支。

幽默会使人发笑。但哄堂以及捧腹、喷饭一类效果不一定标志着最佳的幽默。

最佳的幽默引出的笑有两种:

一种是会心地抿嘴而笑,

一种是含泪的微笑。

预先构思好的幽默往往显得笨拙。

灵机一动的幽默往往更加精妙。

就个人而言，幽默的能力与性格、气质相关。像我，性格比较内向，气质比较拘谨，就不擅主动幽默。

但接受别人幽默的能力，似与性格、气质无关。像我，虽有上述的性格、气质，但当别人对我幽默时，我却能达到愉快的体察，并能情不自禁地做出迅速的回馈。

在两个以上的人相处时，幽默常常是提供给第三者欣赏的。

从旁欣赏别人之间的幽默，是人生一大乐事。

自嘲不一定都是幽默。

但幽默的自嘲必是最出色的自嘲。

幽默的自嘲仿佛灵魂的热水浴。

幽默是更高层次上的理解。

幽默是更高层次上的宽容。

在群体大悲怆时，幽默是不受欢迎的客人。

在个体大悲恸时，幽默更应退避三舍。

幽默是一种高级冷静。

幽默有时又是一种可贵的同情。

“为幽默而幽默”往往并不幽默。

幽默是对突临境遇的一种超越术。突临境遇并不单指灾变，像爆发的好事，也是一种突临境遇。1990年诺贝尔文学奖颁给了墨西哥诗人奥克塔维奥·帕斯，当记者问他将怎样花掉这笔奖金时，他说：“在西方社会，作家都是瘪三。我不知道怎样花这笔钱，也许买一幅画吧。但是如果画太贵的话，那就买半幅怎么样？”对于一个普通知识分子而言，高达二三十万美元的诺贝尔文学奖奖金是一笔巨大的财富，但相对于商业巨子而言，那只不过是金钱交往中的一个小零头，他们抛出几百万美元买一幅画是寻常的事。帕斯深知自己突得殊荣和奖金在世上远非登峰造极的境遇，所以自嘲，所以幽默，体现出一种明智的超越，而不是“烧包”，不是忘乎所以，不是“露小”而徒供人从旁窃笑。

幽默是一种自知。

幽默也是一种知人。

幽默是什么和幽默不是什么说了许多，究竟还是不能严格地界定出幽默概念的内涵和外延。

有人查了各种外文辞典，发现英语 humour 源于法语，而根又植于拉丁文，原意是“体内汁液”的意思；德语辞典中的解释最详。但各种辞典的解释不仅不能划一，有时还相当艰涩难懂，还竟至相互抵牾，使人莫衷一是。在《大不列颠百科全书》中，查汉字“幽”打头的词语，并无“幽默”的词条，只有“幽默曲”这一音乐术语，从附录中查 humour，再查回去，则只有“体液”的解释，竟丝毫不提有“幽默”的含意。

林语堂本人对中文“幽默”一词的解释也前后并不一致，有时把意思说得极大，有时又说得较小，不过，他有一次说幽默是“处俏皮与正经之间”，倒很传“幽默”之“神”。

幽默虽常常依仗语言和文字传达表现，但幽默的定义却似乎又只能意会足而不能言传尽。

幽默只能算是作料。

生活中有幽默，生活更有味。

但生活本身不能由幽默构成，就像一盘作料不能构成一道菜。

幽默不能当饭吃。

有人很能幽默。无处不幽默，无事不幽默，面对任何人都无不幽默，将一切都化为幽默。

幽默到这种程度，我以为便不可取。

一天到晚满嘴幽默的人，往往是述而不作之人。

将一切都化为幽默的人，往往是没有终极追求之人。

幽默不可强加于人。

幽默亦不可强求强取。

我那篇题为《缺货》的小说，买牙刷的那位顾客似乎就有点强求强取。女售货员表情冷淡、态度生硬，服务态度不佳，他不是正面提意见，不是抨击争吵，而是极为谦恭地表示："我为了买一把牙刷，惹得您这么不高兴，我犯错误了，我得向您道歉……"他祈盼着对方或莞尔一笑："恕你无罪！你接着犯错误吧——买几把牙刷？"或露齿微嗔："瞧你！干吗这样？你是我们的上帝呀……"但都不是，那女售货员竟一扭身，躲进货柜后面的休息间去了。他满楼寻找那祈盼中的东西，竟渴望而不能得。

他感到深深的寂寞。

但他的遭际实在也算不得什么大事，一桩平淡无奇的小而又小的事。

最后他走在街头，像顽童弹玻璃球般地弹了一下自己的鼻子，笑出了声来。

总算他自己还有……

"两岸猿声啼不住，轻舟已过万重山。"

两岸无猿啼，或啼声时断时续，或前半截啼后半截住，轻舟也都会过万重山。

轻舟如生命，万重山如世事，猿啼便如幽默。

"两岸猿声啼不住"的人生，自然是兴味盎然的人生。

两岸无猿啼，或时断时续，或前有后无，亦是人生，也未必就枯燥萧索，因为还有满目青翠，还有江浪滔滔，还有碧空远影，还有阳光月色，少去猿啼固然遗憾，但也不是什么重大的损失。

总说幽默可有可无。然而还是有好。

幽默是一种天籁。

世界原本很单纯。人类把它搞复杂了。

儿童原本很单纯。岁月把人搞复杂了。

幽默往往能使人从复杂中跳出，回归单纯。尽管可能只是一瞬间，却足可珍爱。

幽默常表现为童真。

在写出来供人欣赏的幽默中，儿童往往担任主角，他们那些并非刻意幽默的“童言”，常如潺潺溪水，流过成人读者的心头，产生一种清凉甘爽的效应。

辛弃疾（1140—1207）的《丑奴儿》词：

> 少年不识愁滋味，爱上层楼。爱上层楼，为赋新词强说愁。
> 而今识尽愁滋味，欲说还休。欲说还休，却道天凉好个秋。

有一种解释，说之所以“欲说还休”，是因为“恐言未脱口而祸不旋踵”；“却道天凉好个秋”是古诗词中难得一现的幽默。

倘“欲说还休”而果然“休也”，那是悲凉。倘“欲说还休”而竟大爆发为“可怜报国无路，空白一分头”，那是怨愤。倘“欲说还休”而化解作“满城春色宫墙柳”，那是粉饰。

“欲说还休，却道天凉好个秋。”“好个秋”，一笑，确系幽默。

公共汽车上，照例满载着乘客，总是遇到什么紧急情况，车子猛然刹住了，站着的乘客不免都往后仰倒，一位男乘客虽揪着把手依然不能抑制身躯，后背撞到了一位女士身上，该女士不禁愤怒地来了声：“德性！”

“德性”是北京人骂人话中比较文明的一种，但倘男士被女士骂为“德性”，在旁人听来则总有些“那个”。“德性”两个字的原意是“有道德”，“瞧你那臭德性！”自然是正面地骂，简缩为“瞧你那德性！”变为了反骂，再简缩为“德性！”便成了饱含鄙夷与批判的浓缩之骂。

那被骂的男士在一声响亮的“德性！”之后，做出这样的反应：“对不起，小姐，不是德性，是惯性！”

话音落后，车厢里听到这话的人们一大半都笑了。那女士笑没笑无从考察，但她也便不再吱声。

男士的话，十分幽默。一句幽默的话，顿时化干戈为玉帛。本来，旁边的一些人预料一场司空见惯的车厢争吵必定爆发："谁德性，你才德性呢！""咦！你撞了人你还有理了！""怕撞，你坐小轿车去！"……谁知男士一句话便"和平解决"，大家回过味来，也不禁化观战的心理为隽语的回味。

幽默有传染性。

别人传染给你。

你传染给别人。

大家交叉传染。

也许，日后的中国，幽默会像感冒一样，时不时地流行起来。

没有医生、护士的事儿。

因为，幽默是一种健康。

蓝郁金香

——关于“海外奇谈”的随想

1

曾在巴黎街头花摊，想买一束鲜花，好在拜访荷兰电影大师伊文斯时，作为见面礼。一眼看见了大瓷瓶中的郁金香，郁金香的故乡正是荷兰，持赠伊文斯最恰当不过；然而俯身细看花价，便不禁顿感囊中羞涩——特别是那蓝色的郁金香，可购一束石竹花或鸢尾花的法郎，仅能换它一枝。稍有犹豫之后，我还是把全部购花预算落实在了一朵蓝得明目爽心的郁金香上……

伊文斯一生主要从事纪录影片的创作，他的早期作品如《雨》、《桥》等，都属于先锋派的结构，他创作出了一种纯粹的镜头语言，对于那一时期的电影发展起了开拓性的作用，并长久地影响着后来世界电影的发展；看起来，伊文斯当时是个刻意于形式创新的先锋派艺术家,似乎属“为艺术而艺术”的一流，实际上，正是那种刻意求形式之新的锐进精神，使他和许多同类艺术家一样，与当时西方的主流文化发生激烈冲突，这就导致了他们政治上左倾，这种“左倾”的政治激情又大大促进了他们的艺术创新，从而构成他们波澜壮阔、诡异多彩的一生。

伊文斯在20世纪30年代与海明威、白求恩等人一样，亲赴西班牙参加共和军与佛朗哥独裁政权做殊死斗争；40年代更积极投身于世界反法西斯斗争，伊文斯同白求恩都到达中国，同中国共产党站在一边，伊文斯用他的摄影机，白求恩用他的手术刀，谱写出了动人的国际主义篇章；50年代后，伊文斯投身于当时兴旺发达的社会主义阵营，拍摄了大量左翼影片，力图将社会主义阵营和国际共产主义运动的真相展现给西方观众；60 年代后，伊文斯倾心于毛泽东思想，面对令西方人瞠目结舌的“文革”，他仍力图拍摄出既保持他个人风格又梳理出事件逻辑的新作；80 年代后，他以老弱之身，仍多次到中国访问，并一直筹划着新的片子……尽管伊文斯如此“左倾”和亲华，在西方即使政治上最“右倾”的人士眼中，他仍是一代电影大师，他在纪录性影片中的先锋派艺术风格，仍被不管是哪一种政治倾向的艺术家们所尊崇；而尽管伊文斯的艺术主张实质上与我们所尊崇、奉行的艺术理论有着明显的差异，我们仍不得不承认他不仅是我们至死不渝的国际佳友，也是启迪我们中国当代艺术发展的一块美玉。

“他山之石，可以攻玉。”何况“他山之玉”，当更可助我们碾璧琢玉。

那回在伊文斯巴黎寓所，得到他和夫人罗丽丹的热情款待后，没多久伊文斯竟然谢世；那朵蓝色的郁金香，却似乎并没有凋谢，仍艳丽地绽放于我的心中。

我愿自己以开放的胸怀，从本世纪以来的西方哲人、学者、作家和艺术家的石、玉之中，获得蓝色郁金香般的触动与启迪。

2

法国思想家米歇尔·福柯（Michel Foucault，1926—1984）说：“自由是人类避免不了的特点。自由是权利，也是责任；自由非常危险，也非常伟大。”

一位 20 岁出头的中国青年知道了这段话后，感慨地对我说：“我常常只向往自由的权利，而忘记了自由的责任；只痴迷于自由的伟大，而全然不曾警觉它的危险。”

一位年过花甲的友人，40 年前同父母包办的婚姻毅然决裂，曾被报纸称为“敢于冲破封建枷锁、争取恋爱自由的新女性”。然而 10 年前，她又同那“自由恋爱”而结合的丈夫断然离婚，我问她：“你为何同自由分离？”她说：“自由是争取权利也是放弃权利，自由是恪守义务也是解除义务。”

我想补充说：“自由也许是权利和义务之间的桥梁。桥梁永远不是目的地。”

3

赫伯特·马尔库塞（Herbert Marcuse，1898—1979）是犹太裔的德国人，20世纪30年代成为所谓“新马克思主义”的重要流派——“法兰克福学派”的代表人物之一。他1960年发表了《单面人：先进工业社会意识形态的研究》一书，在这本书里，他认为：“在当代，科技的控制和操纵，仿佛正是理性的具体显现，对所有的社会群体及利益都有利——这种情形如此之甚，凡相违则显得无理性，而一切反抗皆不可能。”因而，“一种舒适的、平顺的、合理的、民主的不自由，弥漫在先进工业社会中；这正是科技进步的一个表征”。他认为这种情况使人们都变成了“单面人”，即眼中只有现存世界的人，心中只充斥着“满足意识”，他希望人们能从这种状态中突破出来，形成“忧患意识”，从而成为“双面人”。

当我们面对着西方先进的科学技术，而且不得不为自身的发展加以引进和运用时，我们可曾有过必要的形而上思考？不管马尔库塞的观点有多少我们不能苟同之处，他那关于警惕成为“单面人”的呼号，那针对当代西方工业社会所发生的树立“忧患意识”的忠告，当能促使我们做出必要的思考。

4

1975年起流亡西方的捷克作家米兰·昆德拉（Milan Kundera）说：“人不能没有感情。但当感情本身变成了某种价值、衡量是非的标准，或是开释某些行为的借口时，就非常危险。”又说：“情感超越了理性时，理解和宽容都失却意义。”

我们可以不喜欢他的诸如《为了告别的聚会》、《生命中不能承受之轻》等成本的书，然而不可忽略他的存在，我们也不能只记住他说过“人们一思索，上帝就发笑”那样的名句，对上述两段话，我们亦可加以玩味。

“人不能没有感情”，“不能”两个字是关键。不能“没有”，而又不能让这个“有”变成任意驰骋的野马，这就必须学会驾驭。

人不能没有感情，人必须能够控制感情。“道是无情却有情”，当是最高境界。

5

美国“意象派”诗人庞德（Ezra Poud，1885—1972）在第二次世界大战中堕落为法西斯主义的宣传员，战后被判处徒刑，1958年才获准侨居意大利。他曾说过这样的话：“显然，如果我们真的要认识任何事物，我们就必须先准确地知道大量相关的细节。”

庞德政治上的堕落，是否是因为只重“大量相关的细节”而忽视了把握事物的本质，当可研究。倘若一个人总是从抽象的概念出发，或总是“远远一望”便“计上心头”，那他们倒不如听听庞德的建议。倘若一个人只是看重浮面的细节而忽视透视事物的内里，从而不能把握事物的本质，那么，他越是“知道大量相关的细节”，哪怕知道得很“准确”，终究也还是可能栽跟斗。

6

英国大雕塑家亨利·摩尔（Henry Moore，1898—1986）的雕塑作品，近年来多次被我国文艺性刊物介绍，他的艺术风格对我国年轻一代雕塑家的影响，已远远超过较为古典的法国雕塑家罗丹（Auguste Rodin，1840—1917）。亨利·摩尔并非纯粹的抽象派造型艺术家，他曾说：“纯粹抽象的雕塑应该是透过像建筑之类的其他艺术来表达较为适当。”他说，他最欣赏那样的雕塑：“传译到石头上的，就我所知，完全是人物，而加诸其上的，是最令人兴奋的概念——人性。”他又说：“一件雕塑必须具有其自身的生命……要令人感觉到他所看见的，是含容着有机的、向外扩张的能量……无论雕或塑，都应给人一股由内而外的力量和不断成长的感受。”

摩尔的这些话，当可成为我们欣赏一大批他那样的艺术家的创作的钥匙。同时，也可使我们不难悟出，为什么时下国内若干模仿西方现代艺术的创作，会那么样地令我们失望——因为它们实在不能“给人一股由内而外的力量和不断成长的感受”。

得摩尔皮毛似易，得摩尔精髓实难！

7

有位叫保尔·费若本（Paul Feyerabend）的当代美国学者，著有《反方法》等书，宣扬一切想法都可试试看、做做看，对科学理性权威提出尖锐挑战，因此被英美科学界称为“知识论的无政府主义者”。有一位学者因而向他挑战说：“若一切都可以试，一切理性都可怀疑，为什么你费若本不从50层楼的高窗跳下去？”费若本则答辩道：“虽然我知道‘从高楼跳下会死’的说法可能是‘谣言’，但我登到50层楼走到高窗前时会有‘害怕’的心理，这‘害怕’的心理将阻止我往下面跳。这‘害怕’或许是训练而成的，或许是与生俱来的，但绝对不是源于什么科学哲学的理论认识。”

这位反理性主义者实在“害怕”得有趣。不过，倘若他遇到另外的情况时并不“害怕”甚至“不但不怕，而且勇气百倍”，那么，我们可真得“害怕”了。

尊重理性，尊重科学，尊重前人的知识积累、文明建设，尊重优秀的传统和杰出的创新，不仅必要，而且应作为我们生存和发展的前提。当然，在整体尊重的前提下，对局部提出怀疑，以期校正，使整体更加值得尊重，也是必要的。也许，在人类文明的发展进程中，理性和科学会经历一个全然更新的坎儿，那时或许会出现思想和科学上的革命，“怀疑一切”的口号在那个坎儿上也许不仅会激动千万人的心，并会开出灿烂的思想和科学新花，但那也并不应导致理性与科学的虚无。从50层楼窗中跳下地去会把人摔死，永远不会是一个“谣言”。

8

德国一位存在主义哲学家伽达玛（H. G. Gadamer）有过这样的论述：“对于我们说来，理性只能是具体的，历史的，就是说它并不是自己的主人，却总依赖于一定的条件，总在这样的条件下活动。”又说：“其实不是历史属于我们，而是我们属于历史。早在以反思的方式理解自己之前，我们已经以自然而然的方式，在我们所生存的家庭、社会和国家这样的环境里理解自己。”还说：“事实上，传统里总是有自由的因素，有历史本身的因素。甚至得以存在的最纯粹稳固的传统，也不是靠曾经有过的东西的惯性力量便能自然如此，却需要不断确认、掌握和培养。它在本质上是保存，是在一切历史变迁中都很活跃的那种保存。然而保存正是一种理性的行动，尽管是以不声不响为其特色的行动。”

当今的中国知识分子，对丹麦的克尔恺廓尔（Seren Kier Kegaurd，1813—1855）、德国的雅斯贝斯（Karl Jaspers，1883—1969）和海德格尔（Martin Heidegger，1889—1976）等存在主义哲学家注意较多，而对伽达玛这样较新近的注意得还很不够。存在主义哲学是一个很庞杂的哲学体系，像法国作家加缪（Albert Camus，1913—1960）和萨特（Jean-Paul Sartre，1905—1980）的“存在主义”，就离上述几位的观点更远，表达得也往往更迷离扑朔和自相矛盾。

但这位伽达玛关于理性、历史和传统的上述思考，却不乏启人深思之处。特别是他指出传统需要“不断确认、掌握和培养”，是一种“很活跃”的“保存”，这对以虚无的态度对待传统者，固然是一种明智的提醒，对以凝固僵化的态度对待传统者，也不啻一帖清凉剂。

传统不是趴伏的石狮，传统是迈腿前行的大象。

9

1971年获得诺贝尔文学奖的智利诗人聂鲁达（Pablo Neruda，1904—1973），曾就“读得懂”与“读不懂”的问题，有如下妙语：“一个诗人，如果不是现实主义者，便无足观。可是，一个诗人如果仅仅是个现实主义者，也无足观。如果诗人是个完全的非理性主义者，诗作只有他自己和爱人读得懂，那是相当可悲的。如果诗人仅仅是个理性主义者，就连驴子也懂得他的诗歌，这就更可悲了。”

在中国文学界人士眼中，聂鲁达确实既非现实主义也非完全的非理性主义，他好像是个“现代派诗人”，政治上却又相当“左倾”。聂鲁达的诗我国翻译过不少，“读得懂”的人颇多，相信也有不少人会觉得“读不懂”。“读得懂”的当然并非他的爱人，更非“驴”，“读不懂”的则多半是不能进入他所运用的符号系统。

据说世界上第一部使用特写镜头的电影放映时，当银幕上呈现出一个“被斩掉了的大头”朝着观众微笑，有的观众被吓得尖叫起来，并有患心脏病和神经衰弱的观众当场晕倒，这就是因为那第一批观众还不能进入电影艺术家所使用的新的符号系统——在那新的符号系统中，当人物的面部特写出现时，是假定他头部以下的身躯和四肢都仍存在于银幕画面之外的；当观众熟悉了那新的一套符号系统之后，再看电影，倘若银幕上总是全身毕现的大全景，又该不满足了，甚至有时观众会尖声喝起倒彩来。

艺术家要适应观众的欣赏习惯，也要培养观众新的欣赏角度和新的艺术趣味；艺术家要善于驾驭运用已经成熟的符号系统，又要不断创造新的符号系统，并将观众诱进那新系统中去获得新的乐趣。

10

奥地利作家茨威格（Stefan Zweig，1881—1942）的小说深受中国当代读者欢迎，不少中国当代作家的创作也很受他那《象棋的故事》、《一个陌生女人的来信》、《一个女人一生中的二十四小时》等中篇小说的影响，他 1942 年因不能忍受希特勒纳粹主义的横行，与妻子双双自尽；著名的德国作家托马斯·曼（Thomas Mann，1875—1955）当时流亡美国，竟未著文致悼，茨威格的前妻甚为不满，后来托马斯·曼写信给她，解释说：死是容易的，茨威格因绝望而自尽，成全了他自己，却不为天下同道者设想；如此英才而率然自了，何异于自承破产，徒供希特勒及其党徒窃笑又去掉了一个大敌而已！茨威格不应“个人主义到不在乎这一点”！所以，他虽然为好友的死去而悲痛，却万不能赞同好友的昧于大义！

托马斯·曼在茨威格自杀一事中所体现出的人格高标，令人凛然起敬。托马斯·曼的顽强图存，不是为了苟延生命，而是为了坚持用自己的笔，为人类写出新的闪烁着理性与人性光辉的篇章。他的哥哥亨利希·曼（Heinrich Mann，1871—1950）亦为一代文豪，纳粹兴起后亦流亡国外，1933年托马斯读到亨利希一篇新作，兴奋地写信给哥哥说："世人必定会奇怪我们这卑污的时代竟能产生这等作品——他们必定也会明白，这一切愚蠢行径和罪恶毕竟不是最重要的，人性的精神根本上不屈不挠，仍勇往直前，创作不辍。"

在恶的膨胀面前像花一样地凋零，莫若在恶的膨胀面前仍倔强地结出果来！

11

本世纪以来，西方主要文学批评理论中，形式主义批评、"新批评"、结构主义批评、解构主义批评，都认为"作者该死，作者死去，作品才会出世，读者才会出头"。例如结构主义大将法国的罗兰·巴特（Roland Barthes）就宣称："是语言，不是作者在说话。"后结构主义的健将法国的德里达（Jacques Derrida）则更明快地说："正文之外别无其他。"但作品的正文的含义往往并不那么确定（特别是诗），那么，读者既不去了解作者也不去了解作品产生的背景，岂不会陷入迷宫？美国解构主义批评家米勒（J.Hills Miller）对此则振振有词地说："唯有循着一条特定的线索，一路走进迷宫，批评家才能抵达死胡同……诠释之终点的绝境。"他们的乐趣，竟全在钻语言的"死胡同"上！

我们所熟悉的传统文学批评方法，有时确也失之于过多地纠缠在作者身世、思想和作品产生的时代背景一类"作品之外"的因素上，对作品的"文本"，往往缺乏细致深入的研究分析，上述"文本主义"的批评主张，对我们提升文学批评的素质，当有一定的借鉴意义；但，近年来国内有些批评家似过分崇慕上述西方新派文学批评理论，把他们针对西方拼音文字作品的文本分析，照搬于我们方块字作品，结果时常给人一种"画虎不成反类犬"的感觉。国内更有一些作者，为适应上述"文本主义"批评方法的需求，在创作时更竭力使作品"只有文字而无其他"，这恐怕就连罗兰·巴特他们都会感到惊讶莫名了，因为他们尽管主张“作者该死”，却仍乐于面对活人创作的活作品，他们只不过是表示他们在面对作品时，不计作者本身的因素，而乐于就“正文”搞烦琐分析或解构罢了。

且不管批评家怎么搞他们的文学批评吧！我们作为作者，不该死，不能死，更不能自己把自己变成一具徒供人解剖的僵尸！

12

詹姆森（Fredric Jameson）是美国新起的“后现代主义”鼓吹者，他前些年曾到北京大学讲学，似未引起中国学术界的足够注意，但他的理论目前在西方一些大学中以及台湾等地，极为走红，一些年轻学人大有“开口不谈詹姆森，到底还是学问浅”的架势。詹姆森著述颇丰，比较有代表性的是1984年在《新左派评论》上发表的《后现代主义，或是后资本主义的文化资本》，宣称当今的世界已出现一种新型的社会主义逻辑，概言之有四个特点：一、一种“无深层感”的形成。例如随着视听文化尤其电视的泛滥，使得人们对事物的认识，完全依赖具象式的逻辑，映像逐渐取代了事物本身，成为一真实的事件；换言之，所谓真实的事物都已呈现在没有深度的表面上。二、“历史感”的淡弱。真实的历史无法重现，电视中的历史连续剧替代了真实的历史，而这些历史连续剧其实又是混杂了各个历史时期乃至掺入了现、当代因素的一种非原历史面貌的混合物，所以说人们的“历史感”已大大淡弱。三、新兴的情绪结构的出现。例如西方的荒诞派戏剧、愈演愈奇的抽象造型艺术、断裂解体的新诗作，等等。四、与前三者不可分离的是新科技的发展。

詹姆森认为“后现代主义文化”是“后资本主义经济”体系下的产物，即多国公司式资本主义这一基础上的上层建筑，要化解多国公司式资本主义对文化的宰制，他提出了一些诸如“同种治疗法”等相当玄奥的突破策略。

詹姆森的理论对西方现存的体制和文化表现出一种严格批判的态度，因此理所当然地被认为是个左派学者；但詹姆森企图将他的理论覆盖于全球，包括中国，他在一篇《文学革新与生产形式》的文章中，断言已故的老舍是现实主义的代表，而一位当代大陆小说家则是现代主义的代表，另一位当代台湾小说家则是后现代主义的代表，这显然都是他过于自信和并不了解中国所致。他的理论还将如何深化、发展与变化，我们应当密切注视。

一位为詹姆森所尊敬的学者鲍德里亚（Baudrillard）曾这样形容当代世界的状态:“真实不再有时间去呈现自己的外貌。”那也许更明快地为“后现代主义文化”作了一个注脚。

迅即变化着的事实，需要我们当代人更敏锐更果敢地去把握!

13

法国作家安德烈·马尔罗（André Malraux，1901—1976）的《人类命运》是一本以中国1925年大革命为背景的长篇小说，他并因此小说赢得了1933年的龚古尔文学奖，后来又被搬上银幕，但多年来这本小说并不为中国人所看重，我想这大概是因为马尔罗这本小说题材虽是中国，思想却全然是西方，特别是具有他个人色彩的，因而反与一般中国人隔膜。

马尔罗应归入现实主义作家的范畴。《人类命运》并非向壁虚构，或像卡夫卡（Franz Kafka，1883—1924）写《万里长城建造时》，只不过用“万里长城”这一中国事物构成一象征罢了，马尔罗20年代不仅来过中国，并亲自投入过以广州为中心的大革命浪潮。马尔罗的文学观体现在他如下的话语里:“所有的杰作都是世界的净化。带给人们的共同启示，就是它们存在的意义；每位艺术家克服奴性的成就，无可限量地与艺术战胜人类命运的成就合而为一。艺术是反命运。”也就是说，他认为艺术家的创作，乃是与人类和个人本身那难以把握的命运抗争的产物。马尔罗一生波澜壮阔，目睹了白云苍狗般的人世变迁，有着曾经沧海般的人生体验，他常常感到世相和人生的荒谬，但他说:“人活着可以同时接受荒谬，却不能活在荒谬里。”与加缪、萨特等存在主义作家不一样，他总是力图从荒谬中挣扎出来，以求心灵的净化。他的这一努力曾遭到某些批评家的讥评，认为他的失误即在于“人性，太过人性”。

马尔罗一生对中国和中国人民怀着深厚的友好感情。他对“人类命运”的孜孜探求所获得的感受也许并不能为我们充分理解，更不能为我们整体接受，但他那种与命运抗争的精神，那种决意冲出“荒谬”的斗志，应如雄狮抖鬃般地给予我们一种激励。

个人的命运毕竟与人类的命运相连。净化人类的心灵，要从净化我们自己的心灵开始！消除人类中的荒谬状态，也要先使我们自己从荒谬中冲决出去！

14

毕加索（Pablo Picasso，1881—1973）自然是中国画界和美术爱好者所熟悉的，一般人印象中，他是个“为艺术而艺术”的纯艺术家，他的许多脱离具象的画幅，常令人惊喜不已，却又莫名其妙。但毕加索却说过这样的话：“你认为艺术家是什么呢？是一个笨蛋吗？如果画家就只有一双眼睛；如果音乐家就只有两只耳朵；如果诗人就只在心里有一张竖琴……不，画不是为了装饰房子而画，可以是攻击和抵御敌人的武器！”他不仅这样说，也这样去做，1937年4月26日德国飞机轰炸了西班牙古城格尔尼卡，1654人罹难，890人受伤，全城几乎被夷为平地。毕加索对法西斯主义的肆虐心血沸腾，夜不能寐，遂经过反复构思，画成了至今全世界惊叹的《格尔尼卡》一画，并在当年的一次公开发言中说：“我想提醒诸位：我一直相信，也继续相信，艺术家是为了精神价值而生活而工作的，因而，就不能也不应对这场涉及人道及文明最高价值的冲突视若无睹！”

当然，检视毕加索遗留下的大量作品，大多数乃至绝大多数都是与政治无关的，也并不都能使我们在鉴赏中直接体验到可捉摸的“精神价值”，然而他那“为斗争而艺术”、“为政治而艺术”的作品，如《格尔尼卡》，在他一生的创作中占据着重要的地位，则应无疑义。

“艺术家是为了精神价值而生活而工作的”，对于穷困潦倒终其一生的梵高（Vincent Van Gogh，1853—1890）是如此，对于大半生富裕优越的毕加索也是如此。

爱毕加索吧！把“不能也不应对涉及人道及文明最高价值的冲突视若无睹”

作为座右铭吧！

15

在纯金般的日光中
开花 结果
那样正大光明
那太阳——
女性的力量

这几行诗，是一位叫梅·沙腾（May Sarton）的美国女诗人的诗作《姊妹们，啊，姊妹们》中的几行。这几行诗多次被西方风行一时的“女权主义批评”引为例证，说明女性创作中确已有了开拓性契机——以往，以太阳喻男人，以月亮为女人，已成定规，而沙腾此诗却以太阳礼赞女性的力量，意味着一种新的坐标系已然架起。

如果说西方的结构主义、后结构主义、解构主义等等文学批评方法近年来已颇为国内一些批评家借鉴，女权主义批评方法似尚未有人尝试。文学上的女权主义批评的兴起，自然只是西方女权运动的一个侧面，过去我总以为女权运动的宗旨不过是要求男女平等，后来发现其内涵远非那么简单。比如在西方，你与一女权主义者同时步入一家旅馆，你若主动为她开门或接取她脱下的大衣，她便会愠怒，认为你仍是以不平等的态度对待她，同西方社会一贯奉行的“女士优先”传统并未划清界限。那么，需怎么样才能如她的意呢？那就必须真正地不把她视为一个“女人”才行。但你若有意把她当男人对待，她又会生气，认为那仍是对她们追求的一种误解。女权主义的文学批评就更让人难以捉摸了。有时她们会出人意料地批评一些你认为很不错的作品，例如我就看到过一篇针对我国电影《红高粱》的文章，认为影片中所展现的高粱地里野合前的一组镜头，以及嗣后的一曲“妹妹你大胆地往前走”，都是忽视女权的男性中心视角的典型例证——女人的情爱和性爱只是男人情爱和性爱的对应物，而失去了对等性，全片中巩俐所饰演的那一女主角尽管戏份不少，但几乎从未以她的心灵为中心来展现世界，影片中虽然也有不少以她为本位的主观镜头，但到头来仍只是为男性中心的大视角作注释而已。这是用女权主义的文学批评方法施之于电影艺术。在针对文学作品的批评中她们更加苛刻,例如用月亮比喻女性的惯用句法，就会被她们勾出以证明男性本位的“流毒”有多么深重！为女权主义文学批评所肯定的文学作品中，丹麦女作家丹妮森（Lsak Dinesen）的《走出非洲》，美国黑人女作家爱丽丝·渥克（Alice Walker）的《紫色》，我国都已有了译本，有意钻研者不妨以女权主义批评的眼光一读，悟其壶奥。

法国女作家西蒙·德·波伏娃(Simone de Beauvoir)认为,女性的“温存”、“柔顺”及一系列与此有关的观念，仅仅是文化的产物，是社会性构作，而不是由生理特性决定的，因此应以“第二性”取代“女性”的称谓，以此弱化传统观念所强加于妇女身上的各种文化性限定。但“第二性”在序列上仍不能与作为“第一性”的男性平等，所以，由此推理，何不干脆称“另一性”？但男性与女性又互为“另一性”，行文时倘先不说明，又会令人一头雾水不得要领了。

女权问题看似简单，其实很伤脑筋。波伏娃是萨特的“终生伴侣”——既非妻子，也不互为情人，又非一般意义上的朋友，他俩之间的生死之交，也许确实为男人与女人的对等相处创立了一个美丽的典范。

愿天下的男人都坦然地面对女人。

愿天下的女人都坦然地面对男人。

坦然，就是同对待自己一样地自然。

16

爱因斯坦（Albert Einstein，1879—1955）大家都是知道的，他在科学发展上起过开辟新天地的伟大作用。哥德尔（Kurt Gödel，1906—1978）一般人就不熟知了，他是出身于捷克的大数理逻辑学家。哥德尔比爱因斯坦小 27 岁，但爱因斯坦生命中最后的 10 年，几乎每天都要同哥德尔在美国新泽西州的普林斯顿高等学术研究所附近的林荫道上散步，成为引人注目的忘年交。

一位与他俩都过从甚密的学者回忆说：“大逻辑学家哥德尔毫无疑问是爱因斯坦临终前几年间唯一特别亲近的朋友，而且也是在某些方面和他最相似的人。但就个性而言，他们却截然相反——爱因斯坦合群、快活、笑口常开、通情达理；哥德尔则极端古板、严肃、相当孤独，而且认为寻求真理是不能信赖常识的。”

这样两个个性全然不同而且年龄上又明显差一大截的人在一起散步，远远望去，一定令人觉得既奇怪又有趣。

1953年，哥德尔也已取得了重大的学术成就，在科学界声名鹊起，他母亲来信问他在盛名之下有何感受，哥德尔回信说：“至今我并不觉得有什么盛名的负担，那只有像爱因斯坦，名气大得连街上孩童都知闻的时候才会出现。那时就不时会有疯疯癫癫的人要来解释他们的古怪念头，或埋怨世界大势。但是如你所知，这也并不是什么大问题，毕竟爱因斯坦已活到74岁的高龄了。”

据另一位与他们二位都相熟的学者回忆：“爱因斯坦多次告诉我，他在晚年经常找哥德尔见面，以便讨论问题。有一次他甚至说，他自己的工作已不再有太大意义，他到研究所来只是为了‘有幸和哥德尔一起散步回家’而已。”

爱因斯坦和哥德尔的“一起散步回家”的友谊，超越功利，超越伦理，超越科学，成为普林斯顿地区人们眼中的一幅美景，心中的一个甜蜜的谜。他们究竟都谈了些什么？不消说，爱因斯坦会谈到他企图完成的“统一场理论”，而哥德尔对之的怀疑是众所周知的，当然不会在散步中加以支持；哥德尔的哲学兴趣，却又不一定会引出爱因斯坦的谈锋，因为爱因斯坦对纯粹哲学的爱好一贯比较淡薄，也是尽人皆知的；他们谈些琐屑的私事么？抑或是世界大势？……总之，咳唾珠玉，随风尽散，令后人回想起来，无限神往，亦无比惆怅。

“一起散步回家”式的友谊，清如水，朗如月，有几多人在茫茫尘世中得以享受！

17

一位名叫凯金·罗森斯托－胡西（Eugen Rosenstocu-Husey）的西方历史

学家在1964年写了一本名为《西方人的自传》的书，他认为笛卡儿（Rene Descartes，1596—1650）那“我思故我在”的命题，对历史学的影响就是只强调个人记忆而抹杀集体记忆，结果导致历史的失真。他主张：“历史学者有道义去恢复一个民族乃至全人类的记忆。”“历史学者所要做的，就是使历史上的伟大时刻从个别细节的雾障中重新呈现出来。”《西方人的自传》似还没有中译本，不知道他有何妙法可达到他所说的“恢复一个民族乃至全人类的记忆”。历史是已逝去的岁月和人事，而人的回忆是一个筛子，纵使筛子眼小些，终归是要在记忆中筛掉一些东西的。官方的记载很可能为尊者讳，且线条必粗；个人的回忆录则一般都越不过“难为情”的心理障碍，虽有种种生动的细节，但却可能失去最宝贵的真相。历史学者要“使历史上的伟大时刻从个别细节的雾障中重新呈现出来”，谈何容易。

不过，关于集体记忆比个人记忆更有价值的这一提法，还是颇警动人的。保持一个民族乃至全人类的集体记忆，其实不仅是历史学者的神圣职责，我们作为民族中的一分子、人类中的一员，亦应有此种自觉性和积极性。那办法就是在回顾往事时尽量不要筛去那些使我们个人和群体都感到难为情的东西，我们使用的记忆工具不应是平面的筛子，而应是立体的沙漏。不会写的就用口讲，讲给我们的子孙后代。

忘记，意味着背叛。那么，记起，也许便意味着精进！

18

20世纪将尽，21世纪将临，又是一个“世纪末”。上个“世纪末”的种种文化现象，海外有人将其特质归纳为：颓废的、再生的、混浊的、魅惑的。他们认为：文化精致到烂熟的阶段，则颓废必生；而在颓废中又暗藏着新的力量，由于这力量还如鸡卵般未能孵出新生命来，因而混浊，然而如同对着太阳照看一枚混浊的鸡蛋般，我们又可透过那即将被啄破的薄壳，获得一种魅惑的感受。历史并非循环发展，尤其不一定以百年为转折点，所以，“世纪末”除了年代记数上的意义外，究竟是否一定蕴含着特殊的契机，颇令人怀疑。

不过，年代记数一天天逼近2000，那单纯化的一个两三个0的符号，毕竟冲击着我们的心理，使我们不由得不产生一种潜在的激动。也好，让我们把上一个百年缩一个结，让我们朝下一个百年张开双臂，坦然而自信地迎上去！

19

1976年获得诺贝尔文学奖的美国犹太裔作家索尔·贝娄（Saul Bellow）说，他之所以选择文学为业，正是由于受到那千秋难题的激励："对生命的神秘境遇加以诠释。"又说："灵魂是只想听灵魂所需要的东西的。"

索尔·贝娄的写作路数基本上还是现实主义的，他重视到社会上与各种各样的人交往，他说："你与各种人会面，这些人有的挺坦率，有的不说真话，这就要你想办法去了解了；某些人有内心斗争，某些人没有；某些人挺有意思，某些人没有意思。总之是一幅五光十色的图画。最使我感到兴味的是那些关心自己人格的人……"他写作时凭借的却是心中的感觉："我认为，作者深藏内心的直觉一旦打开，也就算走对路子了。如果你写的句子不是从这个直觉得来的，你就会写不下去，满纸都会显得虚假无味。你胸中好比有一台陀螺仪，随时会告诉你哪里对了，哪里错了。我总是感到，作者好比某种媒介，一旦路子对头了，就会具有某种超人的洞察事物的眼力，就能把握住形势。我每出版一本受到广泛注意的书，总是感到世界上竟有千千万万人跟我想的一样，好像我有先见之明似的。其实我当初并无此意，但我现在却知道是可以预知的。"

察人→入魂→直觉积淀→释放自觉→"陀螺仪"校正→诠释"生命的神秘境遇"，这也许就是他走向成功的"公式"。作家与读者的关系既然是灵魂说灵魂听，那么，"陀螺仪"能否找准接榫点，便是至要的关键。

我们胸中该不该有一台"陀螺仪"呢？该有怎样的一台陀螺仪呢？

20

有的人误认为当代西方文学只有“现代派”在那里驰骋，其实，比如像新潮文学层出不穷的美国，文学界就大有仍重视情节性的严肃小说家活跃在文坛上，如约翰·欧文（John Irving）就是一例。他说：“当我还是孩子时，我就很注重事物的情节。情节是使我倾心小说并使我有志于当作家的第一因素……我至今仍然坚信，小说家的职责之一便是叙述好故事。”他并在一篇文章中毫不客气地对某些“现代派”作家进行抨击：“近代小说在‘优越论’和高度‘唯理论’的名目下沦于一小批作家之手，而这类作家却只能为其他作家所赏识；看到这种现象，我深感憎恶……如果我们忘记小说曾一度是供人们阅读的艺术形成，而不是为了那些研究或写作小说的人的话，我们会陷入困境的。”在美国，并无人把他视为文学上的“保守派”或贴上“传统派”的标签；相反，1981年他那本《新罕布什尔旅馆》出版时，《纽约时报》发表的书评所使用的赞词，已超过对许多刻意创新的“现代派”作品的鼓吹。据说《新罕布什尔旅馆》的主题也绝非模糊而是明确的，它通过主人公的话激励读者：“世道如此，但不致使人变得愤世嫉俗，或者陷入幼稚的绝望……世道如此险恶，正好是一种强烈的刺激，使人们的生活有目标，并决心生活得更美好。”此书似尚无中译本，究竟写得如何，不好揣论。

在中国，似已有专为研究小说的人和另外的写小说的人看的小说出现，目标是圈内人叫好，而全然不顾一般读者的需求。我想，小说写到这种地步，真好比蚊入牛角，气量未免太小了。

永远会有要故事的读者，永远应有讲故事的小说家。

21

日本物理学家汤川秀澍（1907—1981）是世界著名的核物理学家。1949年曾因研究基本粒子的成就而获诺贝尔物理学奖。他有一段名言：“假如某件事是某人所不懂的，而他刚好注意到这件事与他颇为熟悉的另一件事有着类似之处，通过二者的比较，他可能便会对在此之前不能了解的那件事有所了解了。如果他这种了解是正确的，而且任何其他人都没有形成这种认识，那么他便可以宣称，他的思想是真正具有创造性的。”

这就告诉我们，创造性的思想并不神秘，它往往源于朴实的联想，深化于冷静的比较，而完成于实践的验证。头两个环节是人人可产生、发展而又常常容易失之交臂、浅尝辄止的；后面一个环节实现起来往往非常艰苦，然而又是乐趣无穷的。

22

奥地利哲学家卡尔·波普尔（Karl Popper）却与汤川秀澍看法不同，在他1985年所著的《科学发现的逻辑》一书中，彻底否定了久已确定的培根（Francis Bacon，1561—1626）根据感性资料归纳、分析、比较、实验的科学方法原理，他认为科学发明是从某种猜测性的预感出发的，而这种预感往往超出已得到的信息。一种理论要发展成科学理论，从逻辑实证主义角度上说，基本上必须是可谬证的，而不是可确证的——即所应做的事不是证明它对，而是对照世界来检验这一理论，如证明它错，则放弃，如不能证明它错，则成立。

从培根到汤川秀澍到波普尔，他们的主张我们都应当知道——尽管我们并不从事科学理论的研究。

世界真大，人类真精，想法真多，学问真深，分歧真绝，判断真难。

23

据说有一门学问，如今世界上专门研究它的还不足200人，其创始者却是1991年才45岁的美国康奈尔大学的学者米切尔·菲根鲍姆（Mitchell Feigenbaum）。康奈尔大学是一所公园般美丽的学校，校园中不仅有爬满常青藤的古典式建筑和贝聿铭设计的线条简洁的现代派建筑，也不仅有树丛、花圃和点缀其中的圆雕，还有自然生成的瀑布，极其壮观。据说十多年前菲根鲍姆从凝望瀑布中获得一种启示：水流跌落的过程中，在接近于下面水潭之前，运动的规律性是显而易见的，可是，即使在气候等外部因素不变的前提下，水流一旦击中下面的水潭，则所溅起的种种水花，造成的种种湍流、漩涡和波浪，便极为紊乱，几乎每一秒钟都在变动，绝对看不出重复，尤其是水花激变为水雾和气泡，其情景就更加复杂——于是他憬悟到人类应当研究紊乱，无论是失调，还是扰动，无论在水里，在大气中，在野生动物群无规律的繁衍衰败和湮灭中，或在人类心脏的纤维性颤动中，紊乱都无所不在，而在这个领域中，数学似乎就根本没有存在过！于是，他决定用电子计算机为工具，以高等数学为基本手段，对紊乱现象进行研究，从而创立了"紊乱学"。这就把人类对于宇宙的认识，引入了宇宙运动的最精微的区域中。经过数年的研究，他取得了一些重要的成果，大体来说，就是捕捉住了某些紊乱中的规律——那当然是至今仍蒙着神秘面纱的极难加以概括和表达的一种规律。这一"紊乱学"的开拓和发展，有可能逐渐走向实用，帮助人类预测地震、战胜癌症、预防和治疗心肌梗塞，乃至更精微地把握经济发展和调整生态平衡……

有一派西方学者认为"紊乱学"敲响了量子力学或然论的丧钟。这就引出了爱因斯坦说过的一句名言："上帝是不是在和宇宙掷骰子？"一位"紊乱学"家站出来作答说："当然！但这些骰子是灌了铅的。现在我们的目的就是要弄清这些骰子是依照什么规律灌铅的，还要弄清我们怎样才能使这些骰子为我们服务。"

对于"紊乱学"这样高深的学问，我不敢胡乱插嘴。不过，世上有这样的学者、这样的学问、这样的研究在渐渐地推进，使我意识到，人类对各个领域的探索都已进入到精微阶段，因此，总是粗线条地依据固有的老知识老模式在那里想事情，恐怕确实是要落伍的。

努力使我们的思路精微起来吧！

24

美国学者罗伯特·尼斯贝特（Robert Nisbet）著有《偏见：一本哲学词典》一书，其中有一章专门论述“厌烦”。他认为:“在支配人们行为的种种力量中，厌烦是最经常和最普遍的力量之一。”“厌烦是人类的大脑在长期形成过程中对不相适应的条件的一种反应。”“毫无疑问，过分的享受和满足是引起厌烦的一个关键因素……在生活中，比历经奋斗而毫无成就更为糟糕的事只有一件，那就是百事顺利。”“虽然从历史上看，厌烦的影响可能是有害的，但是这种心理状态也产生过一些好的后果。许多有害的教义、教条或其他延续下来的理性概念最终都破产了，其原因并不是受到抨击而是由于其受害者感到厌烦。例如，首先是由于厌烦而不是任何其他的原因，使文学上因循相袭的陈套得以结束。”

我们社会生活中常见的“逆反心理”,其实即是一种“厌烦”。化解这种“厌烦”的办法当然不是一定去承认“逆反心理”的合理并附就那种心理去改弦易辙，而是一定要寻找出适应群体心理反应的新的刺激方式，并在因那刺激而发生的鲜活反馈中检验出我们初衷的欠缺或失度,加以补充或校正,从而超越“厌烦”，达到生动活泼的新局面。

25

华人血统的知识分子真正进入西方文化主流的，有人说屈指数不到十来个人，头两名，一是美国的建筑艺术大师贝聿铭，一是法国的大画家赵无极。贝聿铭的作品，不仅遍布美国各地，好评如潮，也出现在了中国，最新的一例是香港中国银行大厦，这栋造型如立刀的玻璃墙面大楼高达70层，据说不仅是香港最高建筑物，也是欧亚大陆上最雄奇的建筑物，他在中国大陆的作品则有北京的香山饭店。

据说北京香山饭店建成后，一位中国官员前去参观，他说:“嘿，这种建筑我以前就见过。这是中国式的。”贝聿铭当时觉得，这位官员似乎不太高兴，因为他大概觉得既然请了你美国建筑艺术大师来，总该搞出个洋气的东西，否则何必非请你设计呢？贝聿铭当时听了却心中窃喜——因为他设计香山饭店时所追求的，恰恰是西方建筑艺术与中国建筑传统的融合，他后来在一篇文章中回忆此事说："你知道，当时正值'四个现代化'开始之时，因此他们希望所有的一切都要模仿西方。所以那位官员说的那句话并不含赞赏之意，不过我还是把它当作一种褒奖。"

其实，香山饭店的某些素质，是很洋的，例如前堂的设计，就体现着贝聿铭最拿手的准则："如果你要创造令人精神舒畅的户内空间的话，那你就得考虑各个立体结构之间那些空着的地方。"他的处理，是相当"现代派"、相当泼辣奇突的。这种大面积的"户内空间"，在中国传统建筑中几乎是没有的。但贝聿铭对香山饭店的总体设计，却是基于这样的想法："我想看看能否找到一种建筑语言，一种仍然站得住的、仍能为中国人所感受的并且仍是他们生活中一部分的建筑语言。"他并且希望以此给中国年轻的建筑家们一种启发，那就是"完全现代派的国际风格不适合我们，我们应该有自己独特的中国风格"。

贝聿铭在寻找"为中国人所感受的并且仍是他们生活中一部分的建筑语言"时，是非常下功夫、非常精心的，他说："我记得自己从小就有一个有趣的想法，即在中国人的观念中，窗户的作用和意义与世界其他地方大不相同，与日本也不同。""在西方，我们是个非常讲究实效的民族。窗户就是为了让光线、空气和阳光等等进入室内。因此窗户的设计必然符合这一特定需要和目的。也总是从实用角度出发的……但是，在中国，窗户却是一幅图画。一个窗户构成一个景色，而这个景色则是由屋主来设计的。窗户的形状就是这幅画的框架。最理想的是每个房间都应该有个花园。但花园不必太大。花园里的花草则不是现实的，而是自然世界的一个缩影，从这些窗户中人们可以看到这个缩影。这就是他们的生活方式。因此，在建造香山饭店时我就广泛地采用了这类形式的窗户。"倘有机会到北京香山饭店参观，你就会发现，那整座建筑的的确确体现出了上述设想的一切。我记得在香山饭店后面的庭园中，还有一处屋壁是一整面无门无窗无漏气孔的素白墙体，紧临着池塘，那也是贝聿铭刻意设计的一个"神来之笔"——他让园林工人在墙体前稍偏斜地栽植了一株形态古雅的老松，这样，在正午以后的日照中，便形成了一墙三树的美景——即除松树本身而外，墙上树影亦成一树，水中倒影又成一树，蔚为奇观。

不过我们应当意识到，贝聿铭是一个美国人，一个美国建筑师，在美国没有人把他看作一个中国人，都把他视为美国自己国家最杰出的人物之一，你再翻回去读上面我所引的他的话，他是用“我们西方”如何如何和“你们中国”又如何如何那样的语气讲话的。

在香山饭店里，我们中国迎来了一幅法国抽象派绘画大师赵无极的作品，赵无极早已归化法国，法国人都把他看作“我们法国人”，所以我们也不必因他的血统而非把他认作“我们中国人”，他的绘画作品中尽管确也浸透着某种中国传统绘画中的大写意及文人画的笔趣等等因素，但那作品总体而言却是一种西方绘画，一种法国绘画，所以，一般中国人未必能欣赏喜爱。他的画悬挂在香山饭店前堂后，大概是觉得价值昂贵，而不少中国人又确有一种难以抑制地伸手抚摸展品的癖性，所以，饭店就用玻璃柜把那幅画柜压了起来——而赵无极的那幅画，是不能压上玻璃来欣赏的，何况玻璃板对光影的反射映照，也使得人们无法辨清那幅画的真面目。据说赵无极本人和不少法国文学界人士，都对此大为不满而又无可奈何。

这样我就又想到了几年前在法国巴黎与荷兰电影大师伊文斯的会见。我买了一枝蓝色郁金香送给他，他和他夫人罗丽丹非常高兴。那种杯形的花朵中国人不一定喜欢，特别是蓝色的，许多中国人会觉得不太喜气，但伊文斯夫妇却能体味出蓝郁金香的华贵、高雅与蕴含着的尊重与钦慕。这就说明不同文化之间存在着显著的差异。人类同居一球，各民族的文化必定要互相沟通、互相撞击、互相融合，而必定又要各自执拗地保持固有的素质和特色。

这里采撷的是一束蓝郁金香，我们中国人不一定要喜欢它，然而，在欣赏梅花、牡丹之余，对蓝郁金香、黄风信子等洋花略作浏览，不也能丰富我们的心灵，激活我们的想象、展拓我们的思维吗？

灯下拾豆
——零星的随想

1

记忆有三种。

红色记忆——那些给予我们强烈刺激、曾引起过我们兴奋的人和事、场面和细节。

黄色记忆——那些厚实而平淡一如黄土地的人生流程。

蓝色记忆——那些隐秘的、浪漫的，不可告人而绝非邪恶的露珠般晶莹的鲜活体验。

三种记忆交相融会时，便开放出姹紫嫣红、化黄幻绿的思绪之花。

2

我不喜欢舞台上的三种舞姿：
男人像女人般柔曼，
女人像儿童般天真，
儿童像木偶般滑稽。
我不喜欢人生中的三种表现：
少年时如老年般沉稳，
壮年时如少年般幼稚，
老年时如壮年般鲁莽。

我不喜欢情感中的三种变化：

悲伤时忽然发笑，

忧郁时突然暴跳，

愤怒时猛然恐惧。

3

一个人牙齿的清洁程度，与一个人的文明程度成正比。

一个地方公共厕所的清洁程度，与一个地方的文明程度成正比。

一个人能不能准确地将手中的废物投进垃圾桶，标志着一个人的教养达到怎样的程度。

一个地方的排水系统是否完善，标志着一个地方的现代化达到了怎样的水平。

4

我们的眼睛从来不曾直接看到我们的后脑，我们的左耳从来不曾与我们的右耳会面。

在我们的生命流程中，这类的终生遗憾是一定会有，无可避免的。

5

在灰的胡同小院里，人情如一杯搅匀的蜂蜜水。

在拔地而起的高层公寓中，人情如一杯凉白开水。

总喝蜂蜜水也会生厌。总喝凉白开水会感到舌胃寡淡。

据说正在修筑一种院宇式的公寓楼，那里的人情将如清茶，浓沏淡饮总相宜。

在保证私有空间的前提下，共用空间的宽阔与人情的浓度是成正比的。

6

长期居住在城市中的人，有时甚至在很高的楼层上，从阳台、窗口望出去，也仍然望不见地平线——天际是另外一些建筑物的轮廓线。

长期居住在内陆的人，有时甚至登上很高的山巅，极目望去，也仍然望不见海平线。

长期不见地平线、海平线的人，会失落某种难以解说难以命名的感觉，而这种感觉，是构成一个美好的生命所不应欠缺的。

请抓紧一切机会，冲出城市，奔向田野；冲出内陆，奔向大海。

在宽阔的地平线面前，

在辽远的海平线面前，

寻找那使我们灵魂充实的东西！

7

蹲下去，请蹲下去，细细观察一棵草，哪怕是一棵最平常最弱小的草。

草也是一个生命。生命与生命相对。你不再是观察，而是面对着另一生命，交流，领悟。

草也不再是观察你，草面对着你这庞大而复杂的另一生命，将自豪地显示出自己的全部尊严、活力与憧憬。

蹲下去，请蹲下去……

8

一片叶子落到你的肩膀上，如一只手将你轻拍。

落叶是刚刚结束的生命。它以变化了的色泽、正在失去的柔软，以及开始蜷曲的形体，向你展示着一个生命那最后阶段的依恋与惆怅。

落叶跌在你的肩上，如轻拍轻抚，提醒着你：请珍惜！

9

在我们书架上，总有一些书，我们买来很久了，却总未读过它。

在我们生活中，总有一些人，我们与他们长期乃至朝夕相处，却总不清楚他们的灵魂。

10

《红楼梦》是一部颂赞青春女子的书。那里面的男子汉太少！

贾宝玉是“面若中秋之月，色如春晓之花，鬓若刀裁，眉如墨画，鼻如悬胆，眼若秋波”，又说是“面如傅粉，唇若施脂”；

贾蓉是“面目清秀，身材夭娇”；

秦钟是“眉清目秀，粉面朱唇，身材俊俏，举止风流……怯怯羞羞有女儿之态”；

贾芸是“长容脸面，长挑身材……生得着实斯文清秀”；

蒋玉菡则是“妩媚温柔”；

柳湘莲是“一个标致人”，“年纪又轻，生得又美”，“最爱串戏，且都串的是生旦风月戏文”；

……

你看，这些书中的重要青春男角，哪一个具有阳刚之气？说他们美，不过是因为他们的容貌气质靠近青春女子。

晚清达到繁荣的京剧，小生这一行当把那一时代对于青春男性的美凝练成了那样的一个符号系统：“眉清目秀，粉面朱唇”，“举止风流，妩媚温柔”，尖细的嗓音，雅致的动作，文小生大多“怯怯羞羞有女儿之态”，武小生也“着实斯文清秀”，总之，全都“如春晓之花”，是一种阴柔之美。

整部《红楼梦》中，也许只有焦大、醉金刚倪二，以及贾雨村多少有点男子气概，第一回写到甄士隐家的丫环“掐了花方欲走时，猛抬头见窗内有人，敝衣旧服，虽是贫窘，然生得腰圆背厚，面阔口方，更兼剑眉星眼，直鼻方腮”，这样的男子汉肖像，在整部书中竟非常之罕见。可是，在《红楼梦》中，贾雨村又只是个“奸雄”，阳刚之气，并未成为讴歌的对象。

时代更迭，不敢说我们民族中的男子汉阳刚之气未得到舒张，然而，把阴柔之美也施之于男性，至今却依然小成风气。

我厌恶如女子般美丽的男子。

我不能承受如女子般“妩媚温柔”的男子情谊。

11

每一片圣洁的雪花都有一个赖以凝结的核心，那核心必是一粒灰尘。

每一个伟大的胸怀都有一个出发点，那出发点必是凡人的需求。

12

除却医生和护士，你问一位成年人：嘴里一共有多少颗牙齿？他很可能答不出来。或者立即用舌尖去舔数，以期做出正确回答。人就是常常如此不能自知。

13

人不能接受蓝色的食物。

试想这样的一桌菜肴：宝蓝色肘子，蔚蓝色的烤全鸭，紫蓝色的炮羊肉，靛蓝色的烧鲤鱼，湖蓝色的酸辣汤……

已有心理学家，对人类拒绝“蓝食”做出一些解释。然而，鲜有能解释透的。

人类的心理，真奥秘重重。

14

牌戏中，对手不按牌理出牌，却又不能中止牌局；

比赛中，裁判既聋且哑，而球还必须踢下去，直至锣响；

演出中，观众早已走散，而幕仍未落，还必须把戏唱完；

人生中常有这类困境。

15

在万千种颜色中，黑、白、灰三种颜色最美。

在奇诡瑰丽的人生中，出生、事业成功、死亡这三个场面最壮观。

16

人类是唯一能制造工具的动物——这一论断受到了特例的挑战：水獭能够用石块作为工具击碎贝壳以吮食里面的软体。

人类是唯一懂得羞耻的动物——这一论断也似乎并不那么严密，因为有人发觉马戏团的猩猩在表演失败遭到倒彩时，面部脱毛部分也会陡然变得绯红。

人类是唯一居然同类相残的动物——这一论断也许在哺乳类动物中完全适用，然而我们都知道，至少在昆虫中，蜘蛛交尾后，母蜘蛛就会将公蜘蛛吃掉。

人类是唯一具有幽默感的动物——这一论断，难道仍会遭到挑战么？

17

弱者的典型心理，是怀疑情况的不正常——为什么恶人的欺凌还没有降临？

弱者所津津乐道的，是恶人欺凌另外弱者的情况。因为他觉得恶人的精力乃一常数，欺凌其他弱者的次数越多、程度越烈，则轮到自己的几率便越小。

弱者所引以自豪的，是恶人对他的欺凌，毕竟比施之于其他弱者的为轻。

弱者所悲痛欲绝的，是恶人不承认他乃一弱者。

18

女人爱在家中照镜子。

男人爱在公共场合照镜子。

男人比女人更爱照镜子。

女人在家中照镜子时很坦然。男人在公共场合照镜子很不自然。如偷窃一般，短暂如闪电，然而又难以抑制，常常照上不止一次。

男人常说女人爱虚荣。

男人往往比女人更爱虚荣。

19

当人想去同邻居交往时，那便是他最孤独的时候。

20

世事如草，绿了又枯，枯了又绿。

人生如草，绿了易枯，枯了难绿。

21

人一生中要从居室里扔出多少垃圾！然而，人却往往不能从心灵中清除垃圾。倘若人永不从居室里扔出垃圾，该是怎样的情景！然而，人却往往不能为心灵中垃圾的淤塞而惊骇。

22

常常凝想宇宙的浩渺无际，时间的茫无头尾，会使心灵在重负下受伤。

永不意识到宇宙的浩渺无际，时间的茫无头尾，会使心灵永远轻浮浅薄。

23

问一位百岁老人:“您的养生之道是——?”

“不养生!”他应声而答。

刻意养生的，总处在一种怀疑自己健康的不安全感中。

不养生，则是一种对自己生命力的高度信任。

自然生存，胜过雕琢生存。

24

悲剧是把有价值的东西撕毁给世人看。诚然。

科学家居里过马路时为车辆撞死，这当然是个悲剧的场面。

不过，这并非正宗的悲剧。

正宗的悲剧，还得是表现人内心中的痛苦挣扎——人把自己的灵魂撕来扯去:“活着，还是死，这是一个问题!”

倘若一个人过马路时，内心中不断斗争:“要不要滚卧到轮下，了此一生?”而最后竟做出了滚卧的抉择，被碾得血肉淋漓，那便是彻头彻尾的悲剧。

也还有超越这之上的悲剧。

内心的挣扎，并未导致一种痛快的解脱，求死不成，求生不欲，活着如死，死难酬愿，所谓“此恨绵绵无绝期”，“千古艰难惟一死”，那方是悲剧的极致。

极致的极致，是连挣扎的痕迹亦渐渐模糊，终于寂静无声。

一口古井——最深最黑的悲剧。

25

意志坚强的人，是那有自嘲能力的人。

生命力旺健的民族，是那有自嘲能力的民族。

自嘲防癌。自嘲克癌。

26

我年轻的朋友G君，他——

不抽烟，不喝酒；

不吃肉，忌荤油；

不喝茶，只喝白开水；

不吃零食，只吃三餐饭；

吃饭每餐只吃一两粮；

与和尚不同的是他吃鸡蛋；

不恋爱，不结婚，不接近女人；

不看小说，不听音乐，不进剧场；

偶尔看看电视；

偶尔翻翻报纸；

不旅游，不游泳，不溜冰；

不打球，不打牌，不做游戏；

不交朋友，不聊天，不侃山；

只读关于《易经》、河图、洛书、太极、八卦、气功、占卜、诺查丹马斯预言、外星人来访遁去一类的书刊；

只练气功，不练武术，不做体操，不跳迪斯科和霹雳舞；

按时上班，按时下班，在班上恪守规章，下班后守法遵纪；挣的工资除了吃饭、买上述书刊及缴纳进气功班听功的学费外，全部存在自家抽屉中——不去银行储蓄，不谋求利息；

不问别人借钱，也不借别人钱；

不和家里人谈心，也不同家里人冲突；

身体变得精瘦，但据说人全靠精、气、神活着，肉多无益；

表情总那么平静，据说喜、怒、哀、乐都泄精、伤气、耗神，所以要永保无动于衷；

不讲究穿戴，不经常洗澡，不爱洗衣服，不爱打扫房间，总喜欢一个人坐在那里琢磨“气感”；

不爱接电话，从不打电话；不写信，也基本上没信可收；从未拍发过电报；

怕坐飞机，因为飞机可能摔下来；怕坐火车，因为火车可能出轨；怕坐汽车，因为汽车可能撞翻；怕骑自行车，因为自行车可能被汽车撞倒；走路相比最安全，所以他尽量步行；

不爱花鸟虫鱼，不喜亭台楼阁，不向往高山大海，不仰慕名胜古迹，只愿到离家不远的公园一角去“接气”……

我曾问G君：你这样生活，为的是什么？

可是出于某种宗教信仰？他虽看了不少论道谈禅的书，却既非道教徒也非佛教徒。他并无宗教信仰。

可是出于韬晦之计，以图某种终极追求的推进和实现？他却又并无哲学层面上的、政治层面上的、社会层面上的、人生层面上的、科学层面上的以及其他层面上的任何终极追求。

一再追问下，他说他这样是为了活得长久，活得安全。

可是，舍弃了那么多人生乐趣，又并未架构出超越人生乐趣的终极追求，活得久又有什么意义呢？本不在危险中，又没有冒险的欲望，安全并不存在问题，通过拼命抑制和收缩去寻求安全，所寻求到的那种“安全”并不比危险中的处境舒适，又意义何在呢？

像G君这样的人，目下社会上不乏其例。

也许，是一种时代病。

愿这仅是一种局部的病态，也仅是一种短期流行的疾患。

27

真理的碎片绝不是真理。

谎言撕碎后仍是谎言。

28

西方过去与建筑物相配的往往是人造喷泉。

西方现在与建筑物相配的往往是人造瀑布。

中国近年修建的豪华饭店，与建筑物相配的瀑布亦已明显突出于喷泉。

人造喷泉是精神飞扬的一种外化。

人造瀑布是精神舒泄的一种象征。

中国仍需修建更多的人造喷泉。

29

一个男人应当记住父母、妻子、儿女和自己的生日。除自己的生日外，母亲和妻子的生日最不该忘记。因为母亲生下了我们，妻子与我们共同创造了更新的生命——并在这过程中单独承受了痛苦。

30

市面上出售着若干《世界人体艺术画册》、《人体艺术摄影》、《中国人体艺术展览作品集》……翻开一看，里面全是女体。

我并不是女权主义者，但我纳闷，为何一到供人欣赏，人体便仅只等于女体，男体难道不是人体么？

据说当北京中国美术馆进行“人体艺术作品展览”时，一位年轻的女观众走完一圈后愤懑地问：“为什么没有一幅男裸体的画像？”我想有她这个问题的观众一定不少，只不过大多数人都不大声表达罢了。

建议只收女体的画册和摄影集，再印行时都正名为《世界女体艺术画册》、《女体艺术摄影》……

可能印行《男体艺术画册》或同时收有男体和女体形象的《人体艺术画册》，还太不现实。但我想，只将女体作为人们——而且主要是男士——欣赏对象的做法，无论如何是不公正的！

31

一本书不曾出版的知名作家的存在，是文坛的不幸；

出版过一百本书而仍不知名的作家的存在，则是他个人的不幸。

32

在公共浴室里，赤条条的人们坦然相处。

一本成功的著作，使作者和读者如在公共浴室里邂逅一般。

33

迷路时，胡乱的指引比自我判断的偏差更可怕。

34

窗户敞着，一只鸟飞来落在窗台上。

有人立即想去捉住它。

有人屏气凝神欣赏它。

有人蹑手蹑脚想去接近它——看它是否受了伤。

有人立即挥手跺脚轰开它。

有人无动于衷不理它。

有人立即琢磨上了：是凶兆，还是吉兆？

有人幻想着：它要不再飞走有多好……

你是哪种人？

35

遇到一个不认识的字，有人想到该去查字典，恰好屋里有字典，他便取出字典来查；

遇到一个不认识的字，有人想到该去查字典，但身边并没有字典，他便记住这个字，待回到有字典的地方时，立即去查；

遇到一个不认识的字，有人想到该去查字典，但身边并没有字典，他便放过了这个字，待回到有字典的地方时，也没有去查；

遇到一个不认识的字，有人想到该去查字典，但即使屋子里有字典，他也终于并不去查；

遇到一个不认识的字，有人根本不想去查字典，他就根据偏旁或与其字形相似的字的发音去读那个字，并想当然地去解释那个字的字义，再遇到时，他就以为自己认得了那个字；

遇到一个不认识的字，有人根本不想去查字典，也懒得多想，他便跳过那个字去继续他的阅读；

遇到一个不认识的字，你会怎么样？

36

雨后马路上的水洼映照着晴空，显得无比深邃。

一知半解的人引述着最新学说的只言片语，正如雨后晴空下的水洼。

37

一个谣言，人们明知是谣言仍固执地加以传布，则体现出一种群体的潜在愿望，有可能使那谣言化为活的现实。

38

辟谣的最佳方案是绝对地对之沉默。

39

造谣者的法宝是似是。

传谣者的法宝是吞吞吐吐。

信谣者的法宝是宁信其有。

40

妻子就是那个永远要我们对她的发型和衣着鞋袜表态的人。

一离开孩童期，儿女就成为绝不希望我们对他们的发型和衣着鞋袜表态的人。

41

在公园、饭馆和百货公司，我们最不乐于遇上同事和邻居。

无论是在台上表演还是领奖，我们最乐于从台下的观众席中发现同事和邻居。

42

石头有时看去很温柔。

湖水有时看去很冷酷。

43

假如你有了一大笔来路光明的金钱，你打算用其中一部分报答昔日对你有恩的人，你却可能又犹豫起来。

因为你可能想到，用金钱来报答别人的感情，是庸俗的；

因为你可能想到，人家虽曾从物质上援助过你，但你以金钱回报，便无异于给双方的情谊画了个“两清”的句号；

因为你可能想到，纵使把整笔钱转赠给人家，也并不能报答人家的恩情；而整笔的转移无论在你在他都是难以实行的；

因为你可能想到，还可以寻找另外的报答方式；

因为你可能想到，人家施恩是绝不图报的，现在给予露骨的报答乃是对人家人格的一种不尊重；

因为你可能想到，即使以金钱回报，也还不必如此着急，待你有了更多的收入，你将更厚重地报答他；

因为你可能想到，总而言之，这笔钱是你自己挣来的。你可以用之对另外的人施恩，却不必一定用来报答恩主。

于是你打消了最初的念头。

是这样吗？或者不是？

44

“卑鄙是卑鄙者的通行证，

无耻是无耻者的墓志铭。”

这两句诗很被人称道。

其实，

“无耻是卑鄙者的通行证，

卑鄙是无耻者的墓志铭。”

这才准确。

卑鄙者活着时绝不承认自己卑鄙，他们闯入他人生活损害他人时，总打着“正义”或“真理”一类旗号，支撑他们的是厚颜无耻。

卑鄙者往往要到死后才令世人看清他们的脸皮有多厚；无耻的厚颜会迅即腐烂，而卑鄙的名声却尸臭仍存。

45

“处女作”的说法不知自何时始。

其实，既“作”，则已非“处女”。倘仍为“处女”，则应尚未有“作”。

第一篇作品的印行，应是灵魂为所爱献出的童贞。

46

一个人在一生中，连一次满怀喜悦地等待和欣赏日出的体验也未曾有过，该是多么不幸！

一个人在一生中，连一次满怀惆怅地面对和品味日落的经历也未曾有过，该是多么不幸！

47

最贴近皮肉的内衣，破损得最快，最早地被我们抛弃。

最贴近我们的朋友，知道我们最多的隐私，往往也早于那些同我们保持一定距离的朋友离去。

我们最好的朋友往往如同我们最喜欢的外衣——并不紧贴我们的皮肉，但以使我们更加光彩而赢得我们的心。

48

我们记不清一生中究竟穿过多少双鞋，就如同我们记不清一生中有多少人扶助过我们在生活中前行一样。

我们只大略记得目前自己究竟有哪些鞋可穿，我们会迅即做出决定：平时上班穿哪双，下雨时穿哪双，跑步锻炼时穿哪双，上街买菜穿哪双，去亲友家做客穿哪双，出席高级社交活动时穿哪双……

我们很少为穿破的鞋保持久远的怀念，如同我们很少为曾利用过而且不能再利用的关系保持久远的感激一样。

49

卡式录音带的发明，并没有完全取代放唱盘的留声机；

激光唱片的发明，并没有完全取代常规的针走唱片；

电视艺术的出现，并没有完全取代电影艺术；

彩色胶片和相纸的出现，并没有完全取代黑白胶片和相纸；

激光视盘的发明，并没有取代电影胶片和录像磁带；

……

一种新事物的出现，并不一定预示着老事物的灭亡。长期并存，越来越成为我们这个世界的常态。

50

在拍摄了许许多多的相片之后，我们一定会从中至少发现一张——就连我们自己看去，也实在不像！

在经历了许许多多的人生坎坷之后，我们一定会至少憬悟一次——我们对自己的了解永不完全，在某一瞬间，自我会变得那么陌生！

51

最难以筹划设计的，是梦境。

如果你筹划设计，那就不该是出于对梦的追求。

梦往往求而不得，不求自来。

谁为我们筹划设计了梦境，并使之浮现？

梦境也许是无需筹划设计的。

你筹划设计，要超越梦境。

超越无梦。超越即是清醒。

你筹划设计，清醒地为一个具体得如同你双脚踏地般的目标。

无数具体而微的目标重叠在一起，也许会近似于一个美丽的梦。

52

当爱神给你打电话的时候，你要立刻告诉他，更要紧的是给你的意中人去电话，你应恳求他不要忘记，并且最好立刻就打。

当死神给你打电话的时候，你要正告他，他拨错了电话号码！

当凶神给你打电话的时候，你一听出他的声音便应沉默，待听完他的主要意思以后，你就轻轻地挂上电话。

当懒神给你打电话的时候，你根本不要听他的唠叨，你要立刻给他唱一首快乐活泼的歌曲。

53

当文思涌来而一叠纸平铺在你面前，你手中握着笔时，你要毫不犹豫地开始写作。

也许你会写得很糟。但没有哪个上帝有权限定你必须写得出色。

也许你写的会被编辑部退回。然而被编辑部退回过的世界名著还少吗？一个编辑部没有通过，另一个编辑部也没有采用，但是，也许就会遇上那么一个编辑部，他们将很得意地把它刊出。纵使所有的编辑部全都拒绝采用，你也没有白写，因为你会铭心刻骨地懂得什么是当今的时尚，从而下决心：或者迎上去决一雌雄，或者退下来以待转机。

也许你写的发表后会被批评家们置之不理。但你原本就不是为他们而写，如果他们跑来说三道四，置之不理的应当是你。

也许你写的发表后喜欢的读者很少。但细想想你的爱子或爱女也不见得都那么惹老师、邻居们喜欢，重要的是他们是你生命的延续，哪怕只有一两个路人对你的爱子或爱女投来仅为一瞥的赞肯，你都应心满意足、其乐融融。

也许你写的东西根本不能传世。但你过去、现在、将来都不必有那种大而不当的抱负。巴尔扎克和陀思妥耶夫斯基发疯般地写作是为了还债；曹雪芹写《红楼梦》时根本没想到镌版刊行；鲁迅写《阿Q正传》是为报纸上的“开心话”专栏供稿……你甚至根本不必把自己同他们哪怕是谦虚地联想到一起，你写，是因为你想写；传世不传世是时间老人的活计，与你无关。

也许你以后再写能写得更好——没有比这更愚蠢的想法了。也许你以后再生活比现在能生活得更好——但难道你现在就中止自己的生活吗？你现在想写就一定要写，因为你不可中止你灵魂的颤动。

54

一个人下意识地哼着什么歌曲戏文，最能反映他或她的性格，亦最表露他的心情。

一个人在“卡拉OK”中的演唱,则往往只是他或她潜在的扮演欲望的实现,他或她的心绪很可能与唱出来的不符甚或相反。

55

宣布超越善恶而中立，其实是助恶。

宣布对区分善恶无兴趣因而中立，其实也是助恶。

任何中立都是助恶吗？不。心中有数，但无力助善，所以不介入善恶间的直接斗争，但绝不与恶发生关系；采取人道主义立场和行动，救护援助受害的善者；这才是中立。

最令人厌恶的“中立者”是：凑拢到恶一边，还振振有词地说：“我跟谁发生关系是我个人的事。”

56

幸福温馨的童年是一杯已吃完而回味不尽的冰淇淋。

痛苦不幸的童年是一笔心灵的财富，如能自觉而有效地利用，将大大地促进青壮年期事业上的精进。

平淡无味的童年是人一生中无可弥补的损失。

57

与其竭尽全力地耗费大量光阴和精力练气功以开眉间的“天眼”，不如以等量的光阴和精力去掌握一门外国语。

学会一门外国语便是多了一只眼睛。

58

一位苦练气功的朋友走进门来便上上下下打量我，又伸出手掌捕捉气感，连连告诫我说：“别的地方都没有什么，唯独腹腔左下侧……”

我颇不悦。

我总怀疑有些苦练气功的人为的是能窥破别人的隐私。

一个人的病患，也是一种隐私。没有主动求医问诊时，别人不好轻率地对他以“天眼”透视，或伸掌以气感检验。

中国有句成语叫“讳疾忌医”，是贬义词。讳疾且不论，我以为一个人是有“忌医”之权的——起码他有选择在何时何处找何医生以何种方式查病治病的权利。

59

镜子反映出的是一个同我们左右相反的人，但我们总认为那就是我们自己。

录音机录出的明明是我们真实的声音，但我们乍听时总觉得那是另一个人的声音。

即使是电影演员，据说也还是搞不清自己严格意义上的真实面貌究竟如何。

我们最真实的形象，存在于他人的肉眼中。

60

法国存在主义作家萨特说：“他人即地狱。”

其实，有时，“他人即天堂”。

即使同我们最亲近的人，也往往不知道我们心底最隐秘的记忆与思绪，他们以“地狱”的眼光审视，往往仍是“天堂”的效果。

我们那心底最隐秘的记忆与思绪，既是自我的“地狱”，也是自我的“天堂”。

“地狱”与“天堂”是一对双胞胎。它们实际上无处不并陈。

61

一本书最值得读的部分是版权页和目录，其次是序或跋。

没有比把任何一本到手的书都逐页逐行读完更愚蠢的事了。

任何人都有一目十行的能力。问题是你把这种潜力挖掘出来了没有。

妨碍一目十行地阅读的不是生理原因而是心理原因，去掉那样的心理障碍——如果我读得太快太潦草，那是不认真的表现——你就能飞快地鸟瞰一本书，从而获得一个整体的印象。

许多书，读过它能获得一个印象就行了。获得一个模糊的印象也挺不错。

要懂得，一个清朝的学者，他是有可能“把书读完”的——即凡正式刊印的经史子集（“闲书”及指导应考的八股文选等除外），都逐册读过或至少是翻检过。那个时代用一辈子时间翻阅《四库全书》是能够翻完的。但，现今的任何一大学者，都不可能“把书读完”了——即使只读中文书而不计外文书，即使只读本学科及相邻几个学科的书，也不可能“读竟”了。这就促使当代人不但要学会读书，而且要学会不读书。

不读有的书，不过细读许多书，不认真读太多的书，是最善读书的表现。

指导别人读书，最高的水平体现在断然地告诉别人，什么书根本不要去读。

62

经常产生自我渺小感的人，也许客观上达到伟大。

经常产生自我伟大感的人，大半客观上恰恰渺小。

当着别人特别是当着大庭广众声称自己渺小的，他心中未必真有渺小感。

当着别人特别是当着大庭广众声称自己伟大的，他心中也未必真有伟大感。

经常测量自己在渺小和伟大之间的位置，并冷静得出恰切结论的人，是必能有所成就的人。

63

一个少年问我："为什么只提'保护野生动物'的口号，不提'保卫动物'的口号？"

我自然耐心解答："保护野生动物是为了保护地球上的生态平衡。而非野生的人饲动物，其中大部分如猪、鸡、鸭、鹅、鱼以及肉牛、肉羊等等，都是为了宰杀以作肴馔的，怎能笼统地提出'保卫动物'的口号呢？"

他说："那么，我要是脱离社会脱离人类，跑到大自然中去野生，你们是不是也就会对我格外珍爱、格外加以保护呢？"

我不禁哈哈大笑。

笑完了，却发现那少年人一脸的认真。

面对着少年的纯真，我的心发紧了。

是呀，我们为什么只保护"野生"？

64

我问一位居士朋友："佛教主张不杀生，因此和尚尼姑都吃素。但本世纪以来的生物细胞学的发展，证实植物的细胞和动物的细胞在可称生命这一点上并无质的区别，因此，吃素即吃植物，实质上也还是杀生。看来还是道教的道士'涧底束荆薪,归来煮白石'比较的高明——干脆只吃无机物,吃泥土和矿石；当然这大概也很难坚持，到头来也还得吃植物，起码吃低等植物，如藻类菌类蕨类植物……所以，人要生存下去，恐怕是不能绝对不杀生的，您说是吗？"

他微笑了："的确，任何事情都会遇到一个'边际困境'，比如，究竟什么是死亡？心脏停跳，呼吸停止，瞳孔放大，但身体还温软，算不算死亡？身体僵了，体内许多细胞还未完全停止活动，算不算死亡？时下谁能算准一具尸体所有细胞都完全熄灭的那一刹那？……还有谋杀，谋杀一个已生出娘胎的人，固然罪大恶极，谋杀一个母腹中的婴儿，算不算同等的大罪？一个人把一个孕妇粗暴地推倒在地，致使那孕妇流产，胎儿生出后死亡，那人算不算杀人犯？倘若那流产的死婴尚不成形，是不是罪便轻些？……如此等等，都说明人类常常面临‘边际困境’——就是找不到定义上的、理论上的、道德上的、法律上的最准确的界限。”

他没有解答我的疑难，却提供了一个“边际困境”的概念。

的确，人类需要不断地从“边际困境”中挣脱出来。而化解了原有的“边际困境”，必将又出现新的“边际困境”。人类也许就是在将“边际”不断推向精微的过程中变得越来越聪敏的。

65

一个求学的人，中学时代对他或她最具永难磨灭的光彩。中学时代的老师印象最深，中学时代的同学友情最笃——常可以终其一生，中学时代唱过的歌永远还能唱，中学时代看过的电影总觉得最好，中学时代崇拜的影星、歌星、球星和文星（作家与诗人）在心灵的天空永不陨落，中学时代朦胧而失落的初恋沉淀到心底成为个人最珍贵的隐私……

中学时代，是在青春的门槛两边——一只脚在门槛外，而一只脚已迈进门槛内。

珍惜你的中学时代！

一个中学时代度过得充实、美丽而常无端烦恼却又不断憬悟的人，他在以后的生活中可望得以自持并有所成就。

一个中学时代度过得荒芜、丑陋而并无自知陷于混浊颟顸的人，他在以后的生活中很可能会遇上很多麻烦并可能给社会带来麻烦，他当然还可能有所转变，但那一定是非常痛苦和艰难的。

好好上中学！

66

抽香烟抽到最后，剩下的那小小一截，中国人或称之为“烟头”，或称之为“烟屁股”（简称“烟屁”）。

在这个特指中，

头 = 屁股

中国人是尊头而抑屁股的。对头之尊又尤其体现在对口之尊——倒不是尊口才，而是崇“口福”。

吃——口腔的物质和感性享受是至高无上的。

10 年前，有一回我千里迢迢到一座城市，是应邀前往，甫下火车便被接到了该市一处最豪华的饭店——直接被带到了一桌酒宴前，主人的热情，令我感动；坐下没多久，便大盘小盘络绎不绝地端上来许多色、香、味俱全的佳肴，确是口福不浅。但我这人不争气——实在也是旅途劳乏，吃喝都不能与主人同兴，却又提出来一个不雅的要求——希望能到卫生间去方便方便。

谁知那装潢豪华的饭店，竟没有卫生间，“内部使用”的也没有，经理一指窗外——“我们也都是去那儿方便。”

那是一座公厕。只好前往。倒很近，就在马路对面。一进去，我便不禁倒胃。不在这里形容，相信许多读者都有同类经验。

回到饭店，我实在难以再吃什么喝什么，勉强支撑到散席。

我想，豪华饭店而不设卫生间，当然不是为节约造价，而是心内没有那样的要求。

这也是一种文化——重口腔享受而轻肛门享受。

其实，卫生间、抽水马桶，其意义同厨房、餐厅是不相伯仲的。

中国人对一个人美不美的评价，往往也集中在对面庞的检验上，偶尔说到身材，但都比较粗疏，至于屁股即臀部，那是坚决回避的；但西方人论美人，身材往往放在比面庞更重要的地位，而在所谓“三围”——胸围、腰围、臀围之中，臀围是一点也容不得忽视的。

这也许都正在成为过去。

如今中国新修建的饭店、宾馆及其他公众设施，都设有卫生间了；对美人的品评，也渐及面庞以下；对抽水马桶的重视，也渐渐与对灶盘的重视平齐。所以，当现在我们发现“烟头”又称“烟屁股”因而“头 = 屁股”时，大概不会觉得好笑了。

头和屁股都在我们一个身体之上，哪样也不能缺。口腔和肛门是消化道的两端，更是哪头也不能出问题。让我们平等对待自己身上的所有器官。

67

抽水马桶即恭桶，在国外一般都叫 toilet，据说源于法文，在英美有叫成 commode 的，我曾问一美国人，为何叫 commode？他没从字头、字尾的构成上对我解释，却说：“也许是从它的发明者康明斯的名字转化来的吧。”康明斯（Cummings）于 1775 年获抽水马桶的发明专利，自那以后的二百多年里，抽水马桶基本上没改变根本的原理和结构。

抽水马桶的发明，对人类的意义并不亚于火箭、导弹的发明，真用发明者的名字称呼，也并不可笑。

这还不是“莫以善小而不为”的意思。在我们的观念中，应将排泄一类的事情提升到与制造美酒佳肴同等重要的位置来考虑，例如城市的地下排水设施，应与城市表面的栽花种草同等重视；工厂的“三废”（废水、废气、废渣）处理，应与其产品的高质优美包装同等重视；居民楼的垃圾倾倒、集中与运走的功能，应与其供水、供电、供暖功能同等重视……凡此种种，都兹事体大，善莫大焉！

68

儿童怕鬼。

少年怕强盗。

中年怕“知人知面不知心”的“笑面狼”。

老年怕孤独。

69

儿童怕天黑。
少年怕噩梦。
中年怕夜短。
老年怕夜长。

70

无聊才读书。
无聊才去看画展。
无聊才进电影院、剧场。
无聊才听音乐。
无聊才自奏或自唱或自奏加自唱。
无聊才同亲朋聊天、侃大山。
无聊才外出旅游。
无聊才同旅途中的陌生人搭话交谈。
无聊才怀旧，才想办法与久不联系的老同学、老相识重建联系。
无聊才画画，才练习书法。
无聊才在工余写诗、写小说、写散文或其他忽然想写的文字。
无聊才请朋友来家里做客，无聊才去串门。
“无聊”并不是个坏东西——除非你不想将它化解。

71

作为一种文化的生活方式，总是要从富裕的地方朝比较不那么富裕的地方流动。

比方，由于珠江三角洲在改革开放以后比较早而且比较普遍地富裕起来，因此，粤菜开始在北方大行其道，原本北京人是不怎么赏识粤菜的，除了鲁菜和川菜，连淮扬菜都不大吃得开，街上只有很少数量的粤菜馆，如今呢，却几乎每条街上都有不止一家标榜“特请广州名厨主理”的经营“游水海鲜”的粤菜馆，而豪华型的高档粤菜馆的数目似乎也已超过了烤鸭店；许多并不专卖粤菜的饭馆也学着广东饭馆的做派，顾客一坐下来先上茶，而且送上的第一道热菜必是羹汤。

原来，北京街上只有理发店，如今到处是粤式的发廊、美发屋，标榜的都是“特请广州技师”，“蒸汽油，七彩享受”。

T 恤原非北京人所惯穿的衣衫，以往的北京人包括年轻人亦很少有名牌意识，如今一入夏季几乎满街 T 恤，而且年轻人都懂得“梦特娇”、“稻草人”、“彪马”、“鳄鱼”等等牌号，有的还很能辨别真货和水货。

1949 年以前和那以后好长一段时间，起码穿衣方面的时髦标准，是朝上海方面看齐；80 年代以后连许多上海人也甩头朝广东看了；有人说其实时髦标准来自香港，是香港文化流向广东再朝北浸润，不仅穿衣如此，吃饭如此，美发如此，像歌厅舞榭的兴起，都是这样一个源头和流向。

但时下北京多到令人瞠目的豪华饭店和“卡拉 OK”，则绝非香港文化，我去过香港，进过香港的半岛酒家、香格里拉饭店等豪华饭店，感觉不仅数量上远比不上北京，其超豪华的气派也在若干北京拔地而起的饭店之下；“卡拉 OK”在香港我简直就没见到过，那是从日本流过来的一种大众娱乐的俗文化，1981 年去日本，进过东京的“卡拉 OK”，不过印象中似乎也未必有如今北京这样多，在欧洲和美国，据说简直并没有“卡拉 OK”这种东西。

这真是奇观：从富裕的地方流向不那么富裕的地方的生活方式，如超豪华饭店，如“卡拉 OK”，竟不仅“水流平”，而且这边反倒比那边浪头高。

还有可口可乐和雪碧、肯德基、星球大战玩具、牛仔衫裤、洗水衫裤等等美国文化，也汪洋恣肆地流进了北京；美国肯德基在全世界有数千家以上的连锁店，最大的一家在北京，而且就在北京天安门广场毛主席纪念堂往南一箭之地，自开张以来，生意一直兴隆不衰。还有一家“加州牛肉面大王”，想来该是华侨在美国加州卖中国牛肉面发了家，现在“外转内”，排队吃那牛肉面的顾客很有享受到阳光普照的加利福尼亚风味的“洋感觉”。

这确乎是超出好不好、行不行、愿意不愿意、喜欢不喜欢的一条规律：除非你不开放，只要你开放，就生活方式而言，富裕处的那种俗文化便会率先朝你这里流淌过来。

72

当我们批判一个人，说他不爱国的时候，常常从这个角度说——看，外国人在什么报纸什么刊物什么书本上夸他了，资产阶级的舆论工具怪声叫好，问题还不严重么？

当我们表扬一个人，说他如何为国争光时，也常常从这个角度说——看，外国人把他的成绩载入权威性的《世界名人录》了，给他颁了奖或授予什么学位什么称号了，在什么报纸什么刊物什么书本上给他好评了，他为祖国赢得了声誉，多么光荣啊！

其实，前面批判某人时所指出那些西方舆论工具固然属资产阶级性质，后面表彰某人时所列举的那些标志，又何尝是西方无产阶级或马克思主义者所授予呢？即如我们报纸新闻中多次提到的英、美几种《世界名人录》，就我所知，编撰都相当严谨，但你要究其性质，那么，对不起，当然都是资产阶级性质，而且是正宗老牌。

西方同一份报纸，我们一会儿引其中一篇文章，说他表扬某中国人是“怪声叫好”，以证明此人糟糕；一会儿引另一篇文章，说他讽刺抨击某中国人，“连外国人都说他不好”，亦可见该人之差劲。而我们引出文字说明某中国人为国争光争气的例子，往往又也出现在同一份西方报纸上。

一个中国人该批判你就直接批判，一个中国人该表扬你就直接表扬，除非有特别的原因，我以为不但不必引西方人的话为立论依据，就是作为旁证，也大可不必。

73

一个中国人被西方权威的《世界名人录》收入，我们的报纸当然可以并应当报道。这是一桩中外文化系统中值得一提的事。这说明西方在注意我们，在搜集有关我们的资料。但不必在报道中给人这样的印象：似乎这一收入就意味着达到了“世界水平”，或一定比未收入的同一行业的中国人成就高名气大。这不应成为一个了不得的标志。并且，据我所知，由于长期缺乏交流和了解的历史原因，由于搜集资料方面存在的种种技术困难，西方编撰《世界名人录》的人士尽管心存良善且进行了不懈的努力，他们对中国以及其他一些第三世界国家各行业人士成就的了解，仍不免相当地片面与主观，所以不仅挂一漏万，而且往往不甚准确。

一定要同西方交流。

一定要破除对西方的迷信。

74

年年临近诺贝尔文学奖公布获奖者名单时，都有中国人——不仅是文学界的人士和文学爱好者——叨念：这一回会不会授予一位中国作家呢？颁奖快颁满一个世纪了，该授予一位中国作家了吧？

瑞典是北欧的一个小国，人口还不到1000万，我们差不多有12亿人口的泱泱大国，每年秋季竟翘首以盼他们的一项文学奖，细想起来，多少有些气短。

诺贝尔文学奖，确是一项殊荣。历届获奖作家中，大多数确是经得起推敲的优秀作家。我们当然应对这项颁奖抱尊重的态度。

但应化解掉“诺贝尔文学奖情结”。

什么时候，世界上其他国家的作家，翘首以盼我们中国的一项世界文学奖呢？

75

人类发明、制造出了电视机，电视机已开始宰制人类。

一个即使是最不喜欢看电视的人，他的住宅里也总买一台电视机摆在那里；有几个人能够完完全全做到不在电视机前“浪费时间”？

想想我们的一生统共能有多少时间，而我们花在看电视上的时间，竟已占去了多少？还将占去多少！

当代最勇敢的人，便是那家里毅然不买电视机的人。

谁有此等气魄？

76

当今世界上，大概只剩很少的国家和地区，电视上和大街上没有商业广告。

年纪稍大的中国人，都曾在没有广告的环境中生活过。那时候没有商业广告，但有大字报，有大批判。那味道同现在很不相同。

现在广告真不少。电视上的广告有时一连数十条，不少人投书报刊对此加以抨击，但电视台几无改进，照播不误。

有广告的环境，意味着有竞争机会，也有选择余地。广告是诱惑，也常常成为陷阱。人们对广告常常是又恨又爱，又厌又喜，又信又疑，又惊又怕，又嫌其多而滥，又恐其少而无。不管怎么说，广告总比大字报好，广告词总比大批判听来顺耳。

“不要相信广告！”人们互相告诫，但当人们走进商店，到头来还是选购了那从广告上获得过深刻印象的商品。

广告是社会怪物。人们制造了这个怪物，让这个怪物吞噬自己。

当代最勇敢的人，便是那绝对不照广告购买物品的人。

但你也许会说：那是愚勇！

77

30 年前，参观过一个轻工业展览会，会场上布置出了一个房间，里面一切物品都是塑料制成：从墙壁、窗框、窗帘，到桌椅、茶杯、茶壶、饭碗、面盆、水桶、糖缸、烟碟、灯罩……当时不仅是我，几乎所有围观的人都啧啧称奇，无比艳羡；我回到家里，还津津乐道地对大人说："……那些东西全是用化学合成方法制造的，神了！要是有一天，咱们家用的也都达到那个水平，该多美呀！"

前些时候，有幸到一家豪华饭店赴宴，去之前，就听说宴请将在一间西方客最欣赏的特殊房间里进行，我走进去一看，原来整个房间的六个立面都用原木镶成的，桌椅也都用原木制成，保其纹理，并不刻意修饰，桌上的餐巾全是手织粗布，盘碗筷子都用真的松木刨剜而成，其他餐器或粗釉陶器，或竹筒截割，餐厅里的装饰品，或藤编图腾，或稻草工艺品，乃至蓑衣蓑帽、瓦釜土瓶……

真是"三十年河东，三十年河西"。有人告诉我，30 年前西方正处在工业化社会的盛期，所以把享受工业技术最新成果作为最高时髦，而如今西方已经处在"后工业化社会"，人们反把享受原始的、质朴的、未经工业化"污染"的、手工艺的自然材料制成的东西，当作最高档的时髦做派。

中国似乎还未进入到"后工业化"状态，但中国实行开放，因而西方最新的时髦浪潮也涌进了中国，不少中国人也激赏从非洲木雕到湖南傩戏面具等一系列的原始味的手工艺品，也总对塑料制品提心吊胆怕用久了中毒，也懂得在挑选罐装饮料时注意它是否标明了"不加添加剂"，懂得吃药最好吃用纯生物制剂制成的药而尽量避免化学合成的药品，也开始鄙弃一度视为高档物品的"的确良"而追求百分之一百"康申"（全棉）的衣衫，也开始理解混纺的毛衫尽管华丽多彩终归还是不如有全羊毛标志的单色毛衫高贵……

工业化社会消费的时髦心理是："别人已有了，我也得有！"中国大体而言尚处在此状态中。许多中国人购买 21 英寸以上的直角平面电视机以及多功能的录像机，并不一定是自我的实际需求，而是因为"人家都买了"……

“后工业化社会”消费的时髦心理是：“我要尽量同别人区别开来，我要买到跟别人不重样的东西，最好是‘只有这一件’的东西。”难怪非批量生产的时装和“只此一件”的手工艺品标价令人咋舌。

再过30年，“后后工业社会”又将如何呢？不知道。也许绕一圈，又回到前30年的某种趣味上。

尽管很难，我以为一个中国人应当不受上述所谓“世界性消费潮流”的宰制，而完全根据自己的实际收入状况和实际需求以及自己的真实趣味，去选择自己的消费品。

78

据说西方某国破世界纪录获金牌的游泳运动员的教练自己并不会游泳。

又据说西方某国高薪聘请的足球教练能训练出夺金杯的球队，自己却简直不会踢球。

这说明世界上各种行业各个学科都已走向分支化、精微化、尖端化，游泳教练与游泳运动员是两种职业，足球教练与足球运动员也又是两种行当，再不要把他们混为一谈。如今医院里一位临床经验很丰富的内科大夫，他可能就完全不能操纵B超机或CT机给人查验，检验与治疗已分化为两个相对独立的医学部门。

过去人们常常嘲笑一个知识分子“四体不勤，五谷不分”，一个大学生分不清麦苗和韭菜会被视为天大的笑话和不能原谅的耻辱。那是因为过去的中国基本上是一个农业社会，一切知识都围绕着农本位旋转运作，在一个以农为本的社会中，知识分子不懂农耕，分不清麦苗韭菜兰草，当然是个昏蛋。但现今的中国，农业固然仍是基础，却已全方位地进行着快速的发展，就是农业本身，也日渐机械化、科学化，一个专门研究作物学的知识分子分不清麦苗韭菜固然不应该，一个专门研究机械铸造的工程技术人员就无妨分不清，一个专门研究“哥德巴赫猜想”的科学家只要他在那研究项目上有所推进，他就是再分不清更多的农作物，我们也不必讶怪更不应责备。

倒是懂不懂英语，会不会操纵电脑、编制电脑程序，渐渐成为替代“分不分得清麦苗韭菜”的新标志，以衡量一个知识分子“够不够格”了。面对这一新的现实，无论我们有何感想，乃至反感和愤懑，却也不得不——尽量攻下一门外语（尤其是英语），尽早熟悉电脑！

79

没有珠走玉盘般的华贵思绪，只有宛如干豆荚裂开后蹦出豆粒那样的一些零星感想，灯下拾豆，居然也成一钵，敝帚自珍，存以备用——或煮食，差可强身；或播布于土中，则生根发芽，蹿藤举荚，再生鲜豆，亦未可知！

私人照相簿

序

“你为什么要写《私人照相簿》？”

有人来信问，有人当面问。

其实，在上海《收获》杂志1986年第1期开辟《私人照相簿》这个栏目，刊出的头一篇《影子大叔》中，我对形成这么一组文章的缘由已有详尽的交代，在后面的若干篇中，也有我搞这样一种文学试验的探索意向的具体说明。我想，问我的人，不是忘记了我已写出的那些理由，而是希望我能袒露出更多的隐情。

在我内心深处，常涌动着莫可名状的情思。作为一个独特的个体，我们出生在什么时间、什么地点、什么家庭，处身于一个什么样的时代，什么样的人文环境，我们承继着什么样的遗传基因、文化遗产，都是不由自主的。我并不是一个宿命论者。唯其不是，当我想到上述情况时，就更意识到个人命运的悲壮。人们常常认为自己是不得不如此。但自己以外的人，往往又都认为你不应如此。人应当对自己对他人对社会都负起责任。人就必须常常克服自己。但一味克服自己会失去自己。为保持住自己又往往不得不失誉于自己以外。所谓人无完人，其实是世人无一样的眼光。人在世人的眼光中生活，艰辛而紧张。当人独处一室，翻动着自己的私人照相簿时，或者可以松弛下来。人在这时可以意识到其实自己是可爱的，有道理的，不必那么自怨自艾，更不必悲观失措，既然那么多路都走过来了，前面的路，总不至于走不下去的。

“你不是最主张尊重个人隐私的吗？你怎么又弄起《私人照相簿》来了呢？”

有一位读者来信这样发问。

的确，我写过《我爱每一片绿叶》、《黑墙》那样的短篇小说，强烈地表达出我对个人隐私权的捍卫意识。在目前的中国，个人隐私权是最脆弱的。首先，你就难以获得一方私人空间。常常是三辈人同住一处。就是总算有个人的一间私室，亲友同仁邻居们多余的关心也常常弄得你心神难定。我祈盼中国人的私人空间得到适度的展拓，隐私权得到切实的保障。

《私人照相簿》虽然以披露一组组私家照片为其组成部分，却是以尊重隐私权为绝对的前提的。就整个社会而言，任何强制性或诱骗性地让人披露隐私都是一种罪恶，但就文学本性而言，又总是建立在一定程度甚至最高程度地自愿袒露隐私隐情之上的。《私人照相簿》中大量的私家照片出自我自己的家庭，其出于自愿固不待言，其他凡刊载出来的私家照片，都是取得其主人信任，理解与自愿，而作为对我创作的支持与对文学的钟爱出借的。当然，有一些照片上的人物已不知乃何许人也，或不知所终，但即使是这样的照片，选用时我也尽量考虑到不要产生副作用。

中国是一个盛产血泪控诉书而绝少忏悔录的国度。一方面，在社会生活中不懂得不善于尊重个人隐私；一方面，在文学艺术中又不懂得不善于袒露出个人心底最隐秘的东西。这两方面往往又颇为相辅相成，构筑成一种人文环境。《私人照相簿》产生于这样一种人文环境所造成的大苦闷之中。

“在你个人的创作中，《私人照相簿》占有着怎样的位置呢？”

一位研究中国当代文学的学者这样问我。我个人自 1977 年以来的创作，一般研究者较看重的是所谓三个阶段的代表作，如“伤痕文学”阶段的《班主任》、《醒来吧，弟弟》；写人生阶段的《我爱每一片绿叶》、《如意》、《立体交叉桥》；追求纪实性阶段的《5・19 长镜头》、《公共汽车咏叹调》；集三个阶段经验之大成的长篇小说《钟鼓楼》。我自己很看重的两部作品，一部发表于 1986 年年初的中篇小说（长十万字，其实也可以算长篇小说）《无尽的长廊》，另一部即由十篇文字组成的《私人照相簿》，却很少引起研究者的注意，读者自然还是有的，也有热心的支持者写来亲切的信函，但比起《5・19 长镜头》、《公共汽车咏叹调》那样的东西，就简直是寂寞的状态。

人生中的许多事，往往最终取决于机遇。自己希图得到的，得不到；自己并不曾妄想的，却偏偏撞到怀中。在我已经历的人生中，热闹时也真够热闹，寂寞时也真够寂寞，现在我时时这样想：凡我得到的热闹，也许那该是属于别人的；凡我身处的寂寞，则都属于应得。

“你为什么弄了十篇，就不再弄下去了呢？”

这也是不止一个人向我发出的问题。

弄这玩意儿真难。在中国这样的人文环境中，更难。

比如，倘若有一位三十多岁的朋友，向我提供了一组非常独特的私人照片：1966年夏天，他还是个中学生，参加了“红卫兵”组织，正在贴大字报，正在“破四旧”砸烂商店的古匾，正在批斗“黑帮”，正在街头宣传“最高指示”，正在举着红旗进行“徒步长征”，正在瞻仰革命圣地韶山，正在自己构筑的工事中与武斗的另一方相峙，正在接受解放军军训，正在欢庆“革命委员会”的成立……随着一张张照片的展现，他也向我倾诉着他的心路历程，你说，我该多么激动，在我已发表的十篇《私人照相簿》中，哪一篇能比他所提供的材料所组成的一篇更具有史料性，更具有个人命运的庄严感与悲怆感？我相信会有数量很大的读者乐于看到这些照片和读到关于他和他的同伴们的心路历程，然而，我写好了文章，编排好了照片，甚至准备好了寄往上海《收获》杂志编辑部的大封套，在最后一分钟，会出现怎样的情况呢？他来找我了，他搓着双手，喘着气，痛苦地、坚决地要求我撤下这篇文章，退还他全部照片，因为，他担心这文章这照片刊载出来以后，会有人指斥他为“文化大革命”中的“打、砸、抢分子”。我怎么办呢？我深深地懂得，尽管按实际情况，他只不过是一个当年最普通的“红卫兵”，绝无个人的劣迹可言，他和他当年的伙伴爱好摄影，所以在所经历的各个环节中，都相互拍摄了一些有自己在内的照片而已，这些照片倘由他个人私藏下去，是不会给他惹来麻烦的，但一旦公开印出，则至少他周围同他嫌隙的人是不会放过这个找他麻烦的机会的。我难道能够犹豫吗？我立即退还他全部照片，并且将写好的文章也送给他，随他留作纪念或加以销毁，我并且立即另作他想，努力从备用资料中为《收获》另搞一篇文章，这样的情况不止一次。再比如，一组关于旧社会两代妓女的照片和文字，也在最后关头尊重提供者意愿而撤下……我想由此读者可以理解，为什么有几篇《私人照相簿》显得非常仓促，又为什么有的《私人照相簿》这个栏目在《收获》杂志上不得不轮空。

至少在目前的中国，完全不伤害别人，仅只是自我解剖和自我忏悔，太深入了也是难以被世人所容的。什么时候中国文学中的自剖与忏悔能达于令自己和别人都战栗得遍体清凉，什么时候中国文学就有了最关键的突破。愿《私人照相簿》是我自己通往这个境界的一个阶梯。

《收获》杂志 1986 年接受我这《私人照相簿》的构想，专为我开辟一个与“长篇小说”、“中篇小说”、“短篇小说”、“散文”等栏目并列的“私人照相簿”栏目，已属破格优待。众所周知，1987 年初我被停止《人民文学》杂志主编职务，停职期长达二百天，处境相当尴尬，几家有我去稿的杂志，或既不刊登也不回信，或原稿退还说是为难，唯独《收获》照常来长途电话催我寄此栏目的稿件和照片；凡我寄去，照发不误。九月底，我被宣布复职，并被批准到美国访问，纽约的《华侨日报》刊载出一篇《刘心武与〈收获〉》的文章，里面说：“刘心武倒霉之时，大陆报刊发表他文章的似不多见，而《收获》却一如既往，对他来稿照发不误。这是需要主持者有点胆识的。因为政策虽然明确规定刘心武在停职检查期间并不影响他的作家活动与写作发表的权利，然而中国社会却有一种无形的习惯势力：‘门前拴着高头马，不是亲来也是亲；门前拴着讨饭棒，骨肉至亲不上门。’作家一遇磨难，他的文章就难以和读者见面了。《收获》这样热情地对待一位遇有‘麻烦’的作者，固然是编辑部风骨的表现，但同时也正说明大陆文艺政策毕竟与昔日不同了。即如刘之‘停职’与‘复职’，亦是文艺政策的反映。”《收获》对我创作的宝贵支持，可谓世人共睹。我现在所想的，是如何能将自己下面所写的最努力的作品，交给他们发表。

我还要向读者说明，香港南粤出版社出我这本书，是副总编辑潘耀明先生，在我麻烦并未过去的停职期间，来北京时当面同我敲定的，这也同样使我感动。

一是如上面所说，搞下去很难；二是我的写作兴致有所转移，所以“私人照相簿”暂且收场。许多年以后，我会不会再弄起这玩意儿来呢？难说。

人生，是在确定性与不确定性之间向前流动。不信，就请你翻翻自己的私人照相簿。

1987 年 11 月 28 日于北京绿叶居

新序

跟人有人的命运一样，书也有书的命运。2005 年，我到中央电视台 10 频道去录制了一套《揭秘〈红楼梦〉》的系列节目，又出了两部同名的书，没想到大受欢迎，两本《揭秘》全成了畅销书。我虽然从三十年前就开始出书，但这么多年来，许多书都只是常销书，而非畅销书。《揭秘》是我的书第一次畅销。

《揭秘》畅销了，我自然高兴。现在买书的人，谁能强迫他或她掏钱包呢？畅销，说明受到很多人欢迎，往往也说明有一些人在激烈地反对，畅销总伴随着争论的声音。在 2005 年的几次签名售书时，我发现，不少来买书的人非常年轻，有一些刚工作不久的白领，有很不少的学生，大学生居多，也有中学生。这些年轻人里，有的过去只模模糊糊地知道，我在上世纪七十年代末发表过一篇《班主任》，曾经引起过轰动，后来，到八十年代中期，写过一本长篇小说《钟鼓楼》，获得了茅盾文学奖，至于我还写过些什么，就不清楚了。这很正常。我这么个写作者，能有那么一两部作品，给人们留下点印象，已经是三生有幸了。

但是，确实有这样的情形出现，就是有一些因为看了《揭秘》，因而对我这个写作者产生了好奇心，想看看我《揭秘》以外的文字。一个写作者，他把作品拿来公开发表，当然希望有人看。有人说我在《揭秘》热销以后，“聪明地”把一些过去的作品拿来再版，语含讥讽。人在世上，被讥讽，乃至被“扁”，是再正常不过的事。其实，更聪明的是出版者。或者说，是市场那只无形的手。那只手，按我看，也无所谓聪明不聪明，有买方，才会有卖方，没有“聪明地”购书的消费者，我这样的写作者无论怎么聪明，也无法左右书的出版与发行。

我不放弃这样的一个时机，就是当有数量不算少的读者，想看看我除了《揭秘》究竟还写过些什么东西，那么，好，我就挑出自己觉得最值得向这样的好奇者奉献的作品，来交付出版者再版。当然，也许，还有些过去阅读过我这些作品的人士，他们喜欢过，甚至保留着旧版书，那么，他们如果心中仍保持着一份对我的善意与赞赏，看到这个新版本出现，也会替我高兴的。

这本《私人照相簿》，是我自己珍爱的心灵结晶。这些篇什，最早作为专栏文章，在 1986 年和 1987 年的《收获》杂志上连载。现在的出版物，可以说是“无书不图”，或者叫作“无图不成书”，而在 1986 年那个时候，像我写《私人照相簿》那样，文章里有那么多照片，而且那些照片又并非一般的“插图”，照片内容与正文叙述之间的关系，绝非“看图识字”，而是文与图、图与文互相补充，交融成一个独特精致的文本，那种做法，是非常出格的，从肯定的角度说，是一种文本创新，从否定的角度说，则是违反规范，“你这究竟算什么？小说不像小说，散文不像散文，也不像报告文学，你搞些什么名堂？”

说实在的，当时我那么写，并不是刻意要搞什么文本创新，只是在构思和创作时，觉得非采取那样的“四不像”形式，不足以挥洒出我胸中的块垒。

我从涉世以来到如今，总是遇到“资格问题”和“规范问题”。我在高中时本是一个成绩优秀的学生，但在 1957 年时，有一天中午在教室吃饭——那时候我从家里带中饭到学校，学校负责蒸热，中午取来，在教室里和别的带饭的同学一起边吃边聊——不知怎么个话头引起，我眉飞色舞地说起吴祖光先生编剧的《风雪夜归人》，那一年春天北京人民艺术剧院刚推出了那台戏，我看了觉得非常之好，正当我大赞那出戏时，有同学正告我：“吴祖光是大右派！”我那时才 17 岁，根本不懂政治，当然知道“右派分子是反动派”，但不怎么相信吴先生会是“反动派”，据说——这是直到上世纪末，当年的班长才在老同学聚会时告诉我的，我自己完全没有记忆——当时我竟然对那位同学说：“要是吴祖光是右派，我也当右派！”结果，这个言论被汇报上去，并记录在了档案材料中，到高考的时候，虽然我的考分并不低，但有那份材料，而且据说操行评语上还写有“建议不予录取”的字样，就造成了那样的结果：开头，任何大学都不要，后来，师范类院校招不满，才又被北京师范专科学校录取。我此后再没有更高的学历，至今我在学历一栏填写的，仍是“大专”两个很不“硬气”的字样。《揭秘》在 CCTV-10 录制播出后，有人对我的抨击就是“师专毕业的人也有资格上《百家讲坛》吗？”

从师范专科学校毕业，自然是分配到中学教书，“他不就是个中学教员吗？”尽管社会现在强调尊敬老师，包括中学、小学和幼儿园的老师，但是，这样身份的人士如果参与更广泛的社会活动，往往还是被人质疑其“资格”。

资格？我不反对以学历、职称等来衡量一个人在某些领域里的参与资格，但是，那应该不是一种不可以逾越的标准。自从高考被人暗算栽了筋斗失却了过硬的“资格标签”，我就发誓要凭借发奋自学，挖掘发挥自己内在的潜能，闯出一条迈向社会最广阔处的通道。现在，我可以说，我实现了自我。

人是生而平等的。这是我的“资格信条”。

自学可以成材。这也是我的“资格信条”。

凭本事吃饭。这更是我的“资格信念”。

以创新的能力、感召力、吸引力，而不是地位、头衔和特权去获取社会承认。这是我永远不会更变的“资格信念”。

1988 年，香港《大公报》举行报庆活动，邀请我参加，那时我是《人民文学》杂志的主编。同时被邀请的人士中有原新华社和《人民日报》负责人吴冷西和他的夫人肖岩，而肖岩“文革”前一直担任北京师范专科学校的校长。她见到我，不禁说出了这样一句话：“鸡窝里飞出了凤凰来！”这是她对我的资格的一种评价。

我在那前后也已经与吴祖光、新凤霞两位前辈伉俪有了交往，后来吴先生听我告诉他，我曾因为激赏他的《风雪夜归人》而遭遇人生中一次坎坷，喟叹良久。

自 1977 年发表出短篇小说《班主任》，我的人生越来越富于戏剧性，福祸相倚，荣辱交替，有想得到的事果然发生，更有想不到的事情忽然降临。

《私人照相簿》的写作和发表过程中，1987 年 2 月我因一场“舌苔事件”而被停职检查。这样的人的文章，还能继续发表吗？又是资格问题。《收获》却坚持接受和发表我稿件，直到我又戏剧性地复职——我又一次使用了“戏剧性”这个字眼，那的确很有“戏剧性”，我不但复职，而且还立即获准到美国访问，那是 1987 年秋天，我应邀到美国一系列最有名的大学演讲，其中包括哈佛、耶鲁、史坦福、哥伦比亚、伯克利、康奈尔、麻省理工……我演讲时底气很足，资格？他们邀请我，我当然有资格。

2000 年，我接受英中文化协会和伦敦大学邀请，到英国讲了两场《红楼梦》。至少，英国的邀请方认为我有那样的资格。

但是，资格问题仍然会朝我袭来。我的内心是脆弱的。我深深地意识到，有时候，看起来遭遇到的是资格问题，甚至只是资料问题，技术性问题，但其实，所遭遇到的，是人性，而且并非人性中的善意和宽容，乃是人性中某些最阴暗和诡谲的东西，原来觉得法国那个萨特说“他人是我的地狱”，属于“语不惊人死不休”，现在才憬悟，那表达的是“人要不死语必惊人”的生存欲望。

人要自信。要尽量不去成为他人的“地狱”。要自己给自己一座哪怕是小小的天堂。

《私人照相簿》是我为自己建造的，小小的一座天堂。这里面有温情，有宽容，有自我忏悔，有去理解其他生命的努力，却没有对其他生命的苛责与贬损。

大约是在 1997 年，山东画报出版社当时的负责人来我家，说到《私人照相簿》，他们想印这本书，但那时我跟另一家出版社签的约还没有到期，他们就说，他们受到我这书的启发，打算创办一种《老照片》，一辑辑地编下去。后来他们编印出版的《老照片》果然大受欢迎。

说我是把老照片和文字交融一起的文本的创新者，也许夸张了一点，但是，使图文交融的文本流行起来，我的《私人照相簿》确实起到了引领风骚的作用。

规范，我当然尊重。没有规范，人们怎么交流？但是，人文方面的规范，与科技方面的规范还有不同。更何况，任何规范，也都有一个粗成、精化、成熟、调整、筛汰、更新的过程，这过程呈螺旋形方式，始终在运动，不能僵化。

曹雪芹写《红楼梦》，符合那时候写作的规范吗？如果他去符合那些规范，还有《红楼梦》吗？《红楼梦》的写作的实质，就是一次成功的反陈腐规范的创新行为。在文学艺术的发展中，没有比自主创新更重要的了，印象派绘画不反古典绘画的规范，能产生吗？卡夫卡如果不敢超越规范，又怎么能写出《变形记》？……

从写《班主任》起，我就总试图超越那些我认为是束缚我思想的规范，从写《私人照相簿》前后，我就进一步去尝试不怎么规范的表达形式。我从来不是一员所谓的闯将，我在新尝试中总是小心翼翼的。现在我懂得了，不管你怎么谦虚谨慎，像我在《揭秘》里不仅没有 VS 或 PK 任何他人，而且一再地申明自己仅是一家之言，对不同的看法我引用后总要说“对此我很尊重”，但是，到头来有的人还是绝对不能容忍我上电视和受欢迎，为什么？就是我没有到他们的那个老灶上去讨生活，而试图盘出一个自己的新灶，熬一锅自己的汤，惹得那么多人来喝。

盘新灶，熬新汤，这是我生而为人的创造自由，我绝不能放弃。

您盘您的灶，您熬您的汤，您的灶火旺，熬的汤好喝，找汤喝的人自然就都到您那边去了，是不是？

如果我盘的灶居然火不灭，熬出的汤一时间大受欢迎，您可以告诉要喝汤的人，我的汤不好，别来喝，但是，您怎么能来砸我的灶，必欲掀锅毁灶而后快呢？

在人文领域，灶越多不是越好吗？汤的品种越多味道越不一样，不是越好吗？把精力放到盘好自己的灶熬好自己的汤上，不是比去掀人家锅毁别人的灶好吗？保障盘灶熬汤的自由，让想喝汤的人自由流动，自主择汤，不是一个更良好的有汤世界吗？

《私人照相簿》里，其实早有类似的诉求。希望人与人能尽量达到沟通，相互理解与谅解，宽容与谦让。谁的生存是容易的？生命都有弱点和缺点，甚至错误与罪过，只要大体是于人无害，就都应该得到尊重与怜悯。

这本书 1988 年先在香港出了一个版本，1997 年又在上海出版印了两回，但是，却没有引起我预期的反响，更谈不到畅销。而我自己觉得这是一本让大多数读过它的人都不会失望的书。这本书通过一系列个案，探讨了人的生存之谜，个体生命在与时代、社会、环境、家族、他人的互动中，遭逢革命、巨变、离乱、邂逅、大悲大喜和往往又显得颇为悠长的平淡和庸常，怎样从中寻觅出活着的意义，以及如何面对那必不可免的死亡的神秘。

也有知音。不仅国内有，国外也有。法国汉学家戴鹤白（Roger Darrobers）

就非常欣赏《私人照相簿》。虽然他已经翻译了我五本别的书，一时还并没有翻译这本书的计划，但是他告诉我，每当他翻阅它时，读到某些片断，心里会涌出阵阵感动。书里有一篇《留洋姑妈》，写到我的两位姑妈上世纪二三十年代留学法国的故事，其中有她们在巴黎卢森堡公园大台阶上拍的照片，2004年我第四次去巴黎，戴鹤白陪我重游卢森堡公园，他事先也没告诉我，他带着一本《私人照相簿》，原来，他是建议我，到七十多年前姑妈留过影的位置，也拍张照。他翻开那书，带我寻找那个位置，找到后，给我拍了照片。空间依旧，而伊人早去，令人唏嘘不已。

由于这本书里原来使用的那些照片，借来的后来都还给了人家，自己的也未能集中保存好，现在这个版本，只能使用1988年的香港版里的印刷照片扫描，效果不是很好。这不是一本追求靓丽效果的当代写真集，这些老照片即使是原照，也大都陈旧模糊了，阅读这些照片，意义在于体味历史的沧桑和人生的艰辛，希望读者们理解和谅解。

一切都难以预测。这个新版的《私人照相簿》会吸引到多少读者呢？随缘吧。

2006年2月12日 元宵节

影子大叔

我爱看旧照片。越旧越爱看。

据说世界上第一张照片是法国尼普斯兄弟拍成的，被拍的人物是丹保瓦兹主教，所用的材料是涂抹某种沥青的玻璃版，后又重制为铜版片。那是一八二二年七月间的事，距今一百五十多年。

世界上所存在的历史文物多矣。人像，自世上有人便开始出现。举凡洞穴山崖的原始壁画、陶俑、铜人、石料制成的圆雕或浮雕、砖刻或木雕的形象……到各个历史时期的绘画作品，信息量可谓浩瀚繁复，然而这些历史信息所给予我的刺激，却大都不如旧照片强烈。

照片毕竟是照片，固然照片也可以作假，更难说照片不会失真。然而照片所传递出的信息，总有一种难以言喻的权威性。

即使是一张二十年前的照片，往往也会引出我许多的联想和感慨——我这里所说的还不是我个人的照片，而是别人的照片，并且主要是指陌生人的照片，说得更精确一点，便是非名人的私家照片。

私人照相簿是一种无法计量的社会存在。持有者有权不让任何其他人窥视。然而社会上也有提供私人照相簿让客人翻阅以示友好的习俗。北方的一些人家，尤其是农村和城市中的劳动人民家庭，更喜欢用许多的镜框，将私家照片密密麻麻地陈列出来，悬挂于壁，供来客观览。到别人家做客，每当主人向我提供私人照相簿赏玩时，我总格外感激；倘是用镜框悬挂于壁，我更经常凑得很近，细细欣赏。我自然尤其注意那些年代较久远的、发黄的照片。

这是我的一种癖好。

怪癖吗?

不管别人怎么评价，我不想改变这一癖好。

我出生于一九四二年。我对一九四二年以前的照片兴趣尤浓。因为一九四二年以后的世界，我毕竟身处其中。固然我的见闻有很大的局限性，但我的一双眼睛便是不知疲倦的照相镜头,我的大脑中更有屡用不废的成像软片，我自己更常有机会被真正的照相机摄成影像,对比于还没有我存在的那个世界，这一切信息的神秘感和可贵性当然都略逊一筹。

一九八四年十一月，北京中国美术馆同时举办着几种展览，其中包括相当热门的“现代日本著名画家作品展”。那时我正忙着准备到联邦德国访问，诸事繁冗，好不容易抽个时间，大老远地赶到了那里。我所沉迷的是其中的哪一个展览呢？竟是屈置于展览馆三楼的一个规模最小的“中国早期历史照片展览”。

这展览所陈列的不过是百十来张旧照片。照片都是由美籍华人刘洪钧先生收藏的。其中最早的大约是一八五六年英法联军侵华时的照片，最晚的大约是一九一一年辛亥革命前后的照片。其中历史名人的照片和历史性场面的照片所占不多，大多数还属于那个时代的私人照片。我所久视不已的，便是那些早已不知何名何姓，其骸骨不知抛掷何处，其后人不知今在何方的普通人照片。

说是普通人，其实不普通。他们大多是当年的阔人。阔到能请人照相的地步，这大约总相当于今人阔到能雇直升机旅游的程度。但他们都未青史留名，无论作为正面或反面的“典型”,他们都不够格,要没有刘先生收藏他们的照片，他们早就湮灭得不剩一点点痕迹。

这些照片对我有着强有力的震撼作用。我从中获得了一种难以言传的特殊的历史感。

何谓“特殊的历史感”？

不特殊的历史感，或者说一般意义上的历史感，是被定向训练而形成的。那当然是一种必要的感受。但那感受好比只是一副骨架，还缺乏血肉。我总是渴望着认识不仅有骨架，而且有血肉的鲜活物。对历史也是这样。别人将经过梳理、筛汰、消毒、漂白、凝练、净化的历史感传授给我，我在接受之余，总有一种淤积于心的不满足。我希望自己也能参与对原始材料——即所存全部信息——的考察，倒不是我一定要经过独立思考去得出相反的结论，更多的可能，也许是我反而从此更加坚信被告知的结论。我不过是向往具有一种更立体化、更鲜活的历史感罢了。

旧照片便最能满足我的这种追求。

不要把我的这种癖好理解成艺术欣赏。比如我去参观刘洪钧先生的藏片展览，便并非是一次审美活动。说实在的，其中大多数照片使我体验到一种难以忍受的丑恶。比如其中有这样一帧照片：三位上世纪末的中国富户妇女坐成一排，郑重其事地让人拍照。显然，她们为拍这张照片进行了细心的装扮。她们以当时审美标准的规范来使自己“典型化”。那真是骇人眼目的形象。她们的脸都像冬瓜般肥阔，脖子粗且短，这当然是她们恭履孔夫子“食不厌精，脍不厌细”八字方针的收效。她们头上的厚发看来并非头套，梳成一种羊尾式的发髻，上面戴着式样古怪的绣花帽罩，并辅之以一些贵重的簪钗绢花。她们身材粗短，宽大厚重的袍褂也绝不以衬托腰身为任，那肥得如同法国号般的短袖，以及对襟式袍褂边缘那极宽的镶边，都令我吃惊。不知为什么今天所摄制的电影、电视片中的那个时代的妇人装束，总还原不到这类照片所提供的信息上，尽管编导者肯定也参阅了这类照片。我想那心理障碍就在于不愿把自己的艺术品弄得那么丑。因为当时的真实照片所提供的形象实在不乏地地道道的丑恶。我还没有形容到她们的下部呢。裙子毫无风趣且不论，最要命的是那双故意显露无遗的小脚。小得如同最小的粽子，但套着绣饰得密密麻麻的小花鞋，下面是高高的鞋底，看上去确实令人作呕。但那个时代就是那样的时尚。展出的所有那个时代的妇人照，几乎都把一双双畸形的粽子脚当作拍摄的重点。丑恶。最深刻意义上的丑恶。但你还是想看这些照片，因为有一种“尽在不言中”的效果。你产生了一种特殊的历史感。你可以联想到晚清以后的各种工艺品，为什么不仅汉唐雄风荡然无存，甚至明代的飘逸空灵也所存无几，而呈现出一派烂熟的恶俗、精致的丑陋？仅从这一角度上考察，你也该感受到中华民族那时确已逼近了生死存亡的最后关头，衰落的文明必须予以彻底的改造，方能获得新生。

还有一张晚清刑场行刑的照片。我注意审视了每一个细节。我想这照片肯定是最早来华的洋人摄影爱好者的作品。他从猎奇的角度去拍，因此不可能真正地“客观”。我甚至怀疑他对这一场面是否进行了某种程度的导演。尽管如此，这一照片所提供的信息仍然弥足珍贵。比任何当今精心拍摄的电影场面都珍贵。当然也比任何画家绘制的图画更有权威性。照相同绘画的重大区别之一，便是不可能完全根据主观意识安排每一个细节。这张晚清刑场的照片对我的吸引力，不在总体效果上，而在那些也许是拍摄者并未特意关注的细节。从那些细节里，我获得的特殊历史感更其浓酽。

可惜我们不能将刘洪钧先生供展的照片抽选几张印在这里。比如上述的晚清刑场照片，如果刊印在这本书里，相信一定有不少读者会产生兴趣，并且可以同我交换观感，甚至引发出有意思的争论。在那次看展览时，我很渴望得到某种附有一点复制品的说明书之类的材料，但是没有。后来打听到，当年的《国际摄影》杂志第六期上有介绍刘先生收藏历史照片事迹的文章，急迫地去买来看了。文章果然有，还是该刊驻纽约记者的专稿。但奇怪的是整本刊物中并无一张刘先生藏片的图例。该刊本是以图文并茂著称的。我很纳闷。后来再细读那文章，内中引用刘先生的原话云：“我可以自称是百万富翁了，这几千张照片价值上百万美元。”原来他那些藏片平时都存在美国权威银行的保温、保湿、防虫、防腐的特殊保险柜中，他只偶尔选出一部分供展，显然是不允许别人翻拍、复制的；“版权所有，翻印必究”，难怪《国际摄影》只能向读者提供第二信号系统（文字）的信息，而不能给读者以直观的信息了。

刘洪钧先生收藏中国早期历史照片一事，对我的价值观念也是一次冲击。

我是喜爱旧照片的。然而旧照片如此有价值，却是以前未曾料到的。尤其是旧的私人照片也如此有价值，颇令我惊异。

我想起了十多年前的一桩往事。

那时我是北京一所中学里的教员。时届“文化大革命”后期，我参加了一次打扫学校仓库的劳动。我们那学校当时有位管总务的老徐，他真可谓“爱财如命”，不过这里实在是称颂他的意思，因为他爱的是公共之财。他每天巡行于校园之中，随手总要抄起一点被什么人不经心丢弃的物品，然后顺便就放进仓库里保存。即使在混乱的“文革”之中，他也不改旧习。他所安排的仓库往往都较隐蔽，因此大多不被激情飞扬但粗心毛糙的“红卫兵”发觉。他甚而把“红卫兵”漫不经心抛掷的一些“抄家物资”也悄悄地拖进他那些隐蔽的仓库之中。在“文革”后期，世态至少在表面上不那么混乱了，他带领我们清理仓库。在一次清理中，我偶然地发现了一只旧皮箱，打开一看，里面全是大大小小的旧照片。

不难判断出来，那皮箱和照片全是“红卫兵”抄家的“战利品”。照片显然并非一个家庭的，当是“红卫兵”把从许多家抄出的照片集中塞到了这只旧皮箱中。

那天的清理活动不知怎的只有我一人在那仓库中，而时间又很充裕。于是我便关起门来，将那箱中照片逐一检阅了一遍。

当时的感受是震撼性的。随着时间的推移，那震撼性未曾减弱反倒增强。特别是看了刘洪钧先生藏片展览后，一种切肤的痛惜感涌上心头。

“文化大革命”该毁灭了多少旧照片！

即以我那回看到的那箱旧照片而言，其中就起码有十多张堪与刘先生藏片“媲美”的。它们的不同只不过在于刘先生所藏现存于美国银行的高级保险柜中，且为刘先生带来了万贯家财，而那箱中所藏据我所知终被当作“四旧”烧毁，并曾给它们的拥有者带来过可以想见的巨大痛苦。我记得我们那所中学的“红卫兵”在“文革”初期的“红色恐怖”中至少活活打死过三位“反动派”，那些旧照片中的哪位主人便是游魂不散的“反动派”呢？

同是旧照片，命运价值竟如此这般不同。

坐在幽暗的仓库里，惴惴然地检视那些旧照片（因为随时有可能被人发现而落下罪名），双眼贪婪地吸收那些难得的信息，脑中任联想和思绪瀑布般跌落飞溅，那是一种何等独特的人生体验！

我循着那堆照片上某些人物在不同岁月不同场景多次出现的线索，大体可以把它们分为几个不同的家庭，这里面有的或许是清朝贵族的绵延，有的或许是本世纪初为西风渐来所熏染成的所谓“新派家庭”……有古老的，尺寸极大而发黄的起码是四世同堂的“合家欢”。从作为背景的轩昂厅堂和人物的服饰上不难判断出，那还是辛亥革命前的镜头。有当年豪富家请戏曲演员来演“堂会”的全景照和近景照，那台上该是在演出《霓虹关》？“东方夫人”会不会是梅兰芳？而另一帧的背面明确写着是杨小楼在他家献艺。从照片上可以看出，老一辈死了，正在大出殡，而下一辈在结婚，当年时兴给新人送一种放在玻璃匣子里的大及西瓜的“银心”。你可以看到最早的西装、最奇特的旗袍，大约是第一批烫发的妇女和守旧到底的遗老和遗少，还有昔日的骡车、冰橇、方盒子般的汽车和蚱蜢般的自行车……

我不知道照片上那些人是否有罪，我想他们其中绝大多数确实属于没落的阶级，是剥削者、寄生虫乃至于社会渣滓，他们的悲欢离合、生死歌哭值得同情和谅解的地方也许不多，其中有的人也许理应遭到我们唾弃和痛恨，但这都不能成为毁掉他们照片的理由。他们存在过。他们的照片是历史的见证。他们那些照片的价值与他们本身的价值已经完全成为两回事。就如我们不能因为痛恨封建王朝就放火烧掉紫禁城一样。

在我上中学的时候，从五十年代编印出版的一套《中国近代史参考图片集》中，我得到过一些满足。那套图片集中有陈独秀的照片，并且并非作为“反动派”出现。这曾促使我乐于接受被灌输的有关陈独秀的最后结论。我以为我这种心理至少是社会上很大的一部分人共有的心理。为了保证某种观念被人接受，是向被灌输者提供足够的信息好呢，还是向被灌输者仅仅提供严加筛选的单一信息好？我的答案读者当能自明。但不知读者以为然否？

但我很长时间生活在一种不能直接获得大量信息的环境中，我总是被强制去接受某种单一的经过“纯化”的信息。我想这也不是我一个人的遭遇。后来连《中国近代史参考图片集》那样的印刷品也少了。对于许多明明有照片留下的“反动派”，我们似乎永无可能看到他们的“真面目”。有很长一段时间不仅照片这种直观的信息是严加控制的，就连文字性的历史材料也不允许普通人知道。比如遵义会议当年的与会者名单、开国大典时天安门城楼中央究竟都站着哪些人等等，也必须经过“筛选”、“净化”后方能让普通人知道。但这只能引出更多的好奇心乃至于胡思乱想。一幅《开国大典》的油画尚且要改过来改过去，当年的照片是否适宜公布当然更要斟酌再三了。

以上所说还只是涉及历史上重要人物、重要场面的信息，令人更加不解的是有关普通人的信息，比如过去年代的一般生活照片之类的东西，何以也很难出现在公共信息传播媒介之中？我就很长时间都不知道民国初年一般人的穿着打扮、器用玩物、婚丧嫁娶、居家状态……究竟如何。固然也有少量的小说、图画乃至于故事影片可供我了解，但我更企望一睹“原版”。我想世界上绝大多数人总是不能满足于仅止得到“转手货”的。人们大都有“原版欲”。特别是当人们一旦发现“转手货”与“原版”差距巨大时，“原版欲”便会膨胀到难以压抑的地步。

这真是一桩古怪的事。我那长期被压抑的“原版欲”，却在最可怖的社会环境——“文革”——中在那尘封的仓库里得到了一次空前的满足。

现在让我们一同来回答这样一道智力思考题：你以为世界上最甘美的、急欲一尝的果实是哪一种？

它的标准答案是——“禁果”。

其实“禁果”大多酸涩难吃，少数还确实有毒。

倘若对“禁果”取不禁，或者尽可能禁得少些的办法，人们摘尝禁果的欲望定会消失或锐减。但往往是禁得太多了，反倒使偷尝者感到那“禁果”意外的甘美。这便是在信息社会中最不应出现的政策失误。

现在我们在一切方面都变得好起来。我们坚定不移地实行开放政策。开放中极重要的一环便是信息开放。除了国防机密之类的信息需要保密、诲淫诲盗之类的信息应当杜绝而外，所有信息都应可以参加流通。

于是我想到了旧照片。刘洪钧先生的藏片在中国美术馆展出，这便是一种开放和交流。类似的事，我们也可以做。我现在想到就干。

我觉得尽管经过“文革”的浩劫，中国大地上的旧照片总量有惨痛的锐减，但被侥幸保存下来的，肯定也还是一个可观的数目。我相信许许多多的个人都还有自己的私人照相簿或照相匣，里面仍旧珍藏着无数二十年前、三十年前、四十年前、五十年前乃至更久远的“原版”。当然，许多人是不肯将它们公之于社会的。这种权利应该得到社会的尊重和法律的保护。但也会有为数不少的人乐于或经过说服应允将一部分私人照相簿上的“原版”提供给社会，加入当今的“信息大爆炸”，以丰富和增进世人的情感和思想。

于是我在《收获》杂志上开辟“私人照相簿”专栏，并争取最后印成一本书。我自信这是一桩有意义的工作。

我家也曾藏有许多旧照片。

这里所说的“我家”，不是单指我和妻子、孩子组成的小家庭，而是指从我祖父母到父母再到兄、姐各家这样的一个大家庭。

我祖父是晚清最后一届科举考试中举的举人。当时中举的举人可以选择两条出路：当官和官费留学。我祖父选择了后者。他是中国最早官费留学日本的知识分子之一。不消说，他很早便有照片。而他在上世纪末本世纪初个人所拍或与家人、友人合拍的照片，至今还存留若干。有的我看其历史价值未必比刘洪钧先生所藏的低，比如其中就有他与中国共产党先驱人物的合影。我父亲和母亲是本世纪初最早受到高等教育的那几批人中的两位，因此他们自然也有许多照片。后来我们这个家庭的照片更以几何级数增加着。“文化大革命”当然不会放过我们这样一个世代知识分子家庭。当时父亲在一所大学任教，尽管他并无“民愤”，也还是遭到“例行”的抄家，祖父一辈和他与母亲一辈的照片被抄走不少，但总算还留下一些，“文革”后落实政策，又发还一点。现在父亲已溘然长逝，母亲尚健在，祖父那辈与父母那辈的残余旧照，都锁存于母亲床下的一只旧铁箱中。母亲每个白昼坐在那床边沉思，每个夜晚睡在那床上梦游，箱中的旧照片一定常常牵动着她的思绪和梦境。

我撰写这“私人照相簿”的专栏文章，自然不能仅止向读者提供我家的照片，抒发一己的情思。我必将努力引入更有价值的信息。但我又觉得自己承担着一种不可推卸的义务，便是从自己家族掀开这“私人照相簿”的扉页。

在母亲那收藏旧照片的大铁箱中，有一只隐秘的抽屉，里面用一只不仅发黄而且发脆的信封，装着一组长期使我感到神秘的照片。在我幼小的时候，每当我试图去翻看那组照片时，母亲便毫不留情地呵斥我“不要乱动”，直到我成年后，我才有机会看到那一堆旧照片。

那是与我大叔有关的一组照片。

母亲近两年同我的哥哥住在一起。我给母亲和哥哥写信，说明了我的想法，希望他们能将那些与大叔有关的照片寄给我。母亲毕竟是开通的。她同意了，并让哥哥给我回了信，寄来了供我选用的旧照片。

我大叔刘天泽号北强，生于一九一四年，殁于一九三八年，在这个世界上存活过二十四年。他死后四年我方落生，所以我只能从旧照片上认识他。对于我来说，他只是个影子大叔。

现在我们看到的图1，便是我大叔的一张坐像。这张像摄于一九三二年，地点在浙江宁波。距今已半个世纪还多了。这类的照片，在“文化大革命”中是一律被视为“罪证”的。那定罪的理由非常之简单：（1）在“万恶的旧社会”，什么人能住在那样的房屋里，并安坐在沙发之中呢？（2）在亿万工农大众处于水深火热之中时，什么人能西服革履呢？自然只有“资产阶级反动派”才有可能。但事实是即便在“万恶的旧社会”，也有种种并不能循简单逻辑推论而作结论的社会相。马克思、恩格斯自然是住洋房、坐沙发、穿西服、着革履的，就是孙中山、廖仲恺、周树人、周恩来……也都留下过类似的“铁证”。被“红卫兵”“破四旧”浪潮所席卷的一代人，往往被训练成了一种简单化的眼光和狭隘的心理，他们经过极其痛苦的历程才终于知道，从上世纪末起，特别是本世纪二十年代以后，中国大地上出现了一批新的知识分子，他们有的

▶ **图1** 1932年，刚刚考入上海同济大学的一位大学生。半个世纪后的当今大学生对他作何感想呢？

虽然出生在封建官僚或封建地主家庭，但本身并未参加封建剥削，其中多数人在西方文化影响下崇尚民主和科学，和处于水深火热之中的工农大众相比，他们的生活处境固然要好得多，但在那国难深重、动荡不安的年代中，他们也有着许多的艰辛和痛苦。说到我大叔，那么他连“出身”也并非剥削者。他的父亲，即我的祖父，家里是个自耕农，中举后到日本留学，是孙中山先生所创同盟会的早期盟员，一九二五年大革命时期更从北京奔赴广州，任广州中山大学教授。北伐战争中他以军医身份随北伐军北上，一直打到武汉。在国民党发起“四·一二”“清党”的血腥屠杀后，他撰写长诗《哀江南》痛斥蒋介石、汪精卫，后来流亡到上海，于一九三一年“一·二八”日本飞机轰炸上海时，牺牲在上海一家医院之中。祖父到广州参加革命后，无暇顾及子女，当时尚年幼的大叔，便由我父母负责养育。我父亲是低级职员，母亲一度当小学教师，他们一直把我大叔供养到成为上海同济大学土木工程系的大学生。这张相片便是他刚考入大学不久的留影。

图 2 是我的大叔和他同学的合影。除了他们穿在身上的以外，我们可以注

▶ **图 2** 1932 年冬天，两位当年的大学生。我们现在所提倡的西装，半个世纪前已在知识分子中流行。我们是否会重新戴起礼帽呢？

意他们两人中间，暂时搁在台阶上的礼帽。这张照片也摄于一九三二年，比前一张大约只晚几个月。由此可知五十多年前的大学生已经是这种“全盘西化”的装束。其实当时我大叔每月只有我父亲汇去的有限的钱钞，据说当时有许多大学生同他一样，别看走出宿舍这么“派头”，其实生活上是拮据以至于穷窘的。回到宿舍，那一身“行头”便要一一掸净叠好，细心加以保护。不知右边那位合影者如今安在？如果活着，该有七十岁了吧？是当今国内哪所大学里土木工程专业的老教授？不至于在“反右”、“文革”一类的“运动”中已经“自绝于人民”了吧？抑或早已成了蜚声海外并频频回国观光的“外籍华人学者”？中国大地上的知识分子啊，谁让你们那么早就着洋装、念洋书？你们的命运，引出多少令人扼腕的叹息？

现在我们看到了一张发黄的照片（图 3），摄于一九三六年。是大叔和他的同学在钱塘江畔实习时所摄。当时的大学生也搞实习。他们起码不全是“精神贵族”。他们也从事直接建筑人类文明的劳动。现在仍在使用的黄河大铁桥和钱塘江大桥，就是由大叔他们那一代知识分子设计并指导施工的。但日本帝国主义对中国的猖狂侵略，使他们不能有一张安稳的书桌。于是他们同济大学开始了辗转南迁。图 4 这张照片是师生们在逃难中所摄。他们一边南撤，一边仍旧开课，并且进行实习。倘若细心观察，可以看到这一组人之后的地面上，摆放着一些测量器材。左边第二人是个外国人，不难判断出，那是一位洋教授。同济大学是德国人办的教会学校，该洋教授多半是位德国人。当时德国正是纳

▶ **图 3** 1936 年的大学生在实习。前面一位想必今天还活着。他今在何处呢？

▶ **图 4** 1937 年，同济大学师生在南撤途中。那位洋教授为什么也随中国师生南下呢？

▶ **图 5** 1938 年，徒步千里到达昆明的上海大学生。请注意他们各不相同的表情。

粹当权，德、日、意已开始形成所谓的“轴心国”，妄图称霸全世界。这位德籍洋教授并没有回到“祖国”去为希特勒的纳粹政权效力，也没有留在上海等候“日本盟友”的到来，以便受到优待，而是风尘仆仆地随同济大学的抗日师生南撤，这就再一次说明了在任何一个历史阶段中，对任何一类人都不能凭简单的逻辑去下统一的结论，而应当逐个了解和确认他们的价值。

大叔他们的南撤是极为艰辛的。据说是从广西绕道越南，好不容易才到达昆明。其中绝大部分路程是靠步行走完的。图 5 是他们在接近昆明时的留影，四个人脸上分别显露出疲惫（右一那位）、欣慰（左二那位）、乐观（左一那位）和沉思（右二的大叔）。那一代人终于走完了他们认为应当走的一段路。我们在生命的途中，不也常有类似的体验吗？美国有位哲人说：“应当坚信阳光之下无罕事。”是不是在某种意义上成立呢？

可是我的大叔没有与他的同辈人一起把人生的路走完。哥哥在随信寄来这些旧照片时，写了很长的一封信给我，信里披露说：“在大叔悲剧性的一生中，有一段重要的，也是唯一的罗曼史，那就是同济大学医学院的护士 L 女士与他的热恋史。一贯严肃持重、沉默寡言的大叔，在偶然的机缘下与她结识，便完全被这个美丽的少女迷住了。他们的热恋持续了三年之久。一九三八年大叔与同学们及 L 女士等一起由上海经广西、越南历尽千辛万苦终于抵达昆明，经过长途跋涉，大叔那运动员般的强壮体格也垮下来了。正在这时，L 女士却又爱上了大叔的同学、知心好友T君。此人家里系湖南的豪富，L女士很可能是出于经济上的考虑，竟忍心抛弃大叔而投入T君的怀抱。最后的谈判，是三个人在一个公园的角落里举行的。L女士坚决表示弃大叔而就T君。大叔以友谊为重，表示礼让。但大叔当晚就因极度痛苦而饮酒醉倒。次日有同学开玩笑，赌谁吃‘冰粿’最多（‘冰粿’是一种用植物种子浸泡出的胶质物，当年是平民最普通的一种冷饮），他竟一口气吃了十碗，获得第一名。不久他就发病了，是猩红热。这种传染病在今天不算什么了不得的病，仅用青霉素就可以制服它。可当时缺医少药的旧中国，又处于抗日战争最艰苦的阶段，哪里去搞青霉素？大叔在医院中高烧昏迷，口腔咽喉渐次溃烂，不久便惨然长逝。这便成为我家历史上的重大悲剧之一。大叔去世，爸爸最为悲痛，甚至使爸爸在其后的年代里脾气变得暴躁、乖戾。爸爸当时已有我们四个子女，外加一个未成年的小叔（你还未出生），负担很重，但多年来倾力供大叔念书，一直念到大学，一心盼望他早日成业，没想到却突然在重庆得到从昆明传来的噩耗。爸爸与大叔极富手足之情。我犹记得在一九三五年我们全家由梧州经香港乘海轮到上海，船靠码头时，大叔在下面等我们。爸爸这个一贯以冷静内向、严肃持重而著称的硬汉子，竟也感情外露地欢笑着大呼：‘北强！北强！’一边对妈妈说：‘看到了，北强在那儿！’而一九三八年当大叔暴卒的消息传来时，爸爸回到家来，把电报往桌上一搁，只向妈妈轻声地说了声：‘北强完了！’然后进屋，碰上门，传出了一阵令人心碎的呜咽……我当时虽然只有十二岁，但却也懂人事，我所心爱的大叔、我崇拜的偶像死了。我简直难以相信，我哭泣不止，在床上翻来覆去地哭，直至干噎……快半个世纪了，你这促狭仔儿！真讨厌，来翻这老段子伤心史干吗？心灵深处记忆单元库里封存过久，已然积满老茧的伤痕似乎又被你搔破了，使我一时心里又沉起了一种惆怅……”

哥哥的信使我的感情也波动起来。其实我与大叔的命运轨迹毫无重叠交叉。多年来我被训练只能为历史上和当今的伟人和英雄模范奉献我的感情，至少也只能为优秀的文学艺术家们塑造的“典型环境中的典型性格”所感染，然而我同许许多多的凡人一样，竟常常不能在这种训练中取得好的成绩。除了对历史上和当今的伟人和英雄模范产生尊重之感，以及对某些“典型环境中的典型性格”产生或爱或憎之情，我也常常为一些极为平凡极为琐屑的人和事摇荡我的感情和心绪。从大叔这样的没有业绩的早夭者，到一张发黄的照片，一片偶然发现的夹在书中的枯叶，雪地上的一行陌生的脚印，从高处望见的城市的万家灯火……乃至一条无名小河中那缓缓游动的鱼群等等，没有办法，我的感情无法一一纳入别人的“规范”。因而我抒发感情的文字也便无法一一符合某些“原则”。

大叔是在离大学毕业仅仅还有两个月的情况下突然患病去世的。他的去世使他来不及在这个世界上留下更多的痕迹。哥哥在信中说:“在我童年的记忆里，大叔的形象是高大完美的。他的个头儿在当时够得上称为挺拔健美。戴着近视眼镜，穿一身整洁的西服。他在高中及大学念书都极为用功，成绩优秀，总是名列前茅。他爱好诗文。由于爸爸的影响，他的文学根基也是坚实的。他更爱好美术，在漫画方面小有成就，在当时上海的漫画杂志上，曾发表过几幅作品，笔名刘田则（或田则）。他是田径运动员，又打得一手好网球（曾在上海某种全市水平的比赛中获得过银牌），还是游泳的好手，练就了一副肌肉结实、强劲有力的体格。当年我最喜爱的游戏之一，就是两手攀着大叔的手臂，两脚收起，让大叔提离地面。每当他毫不费力地玩这种举重游戏时，一臂上挂着我，另一臂上就挂着你大哥。他融强毅、俊秀、儒雅于一身，真是一个难得的人才。唉！如果他还健在，且让我随想一番：就大叔的政治倾向而言，我以为他受祖父熏陶，再兼时代潮流的影响，至少是进步的。倘若他顺利地活到今天，肯定是一个高级工程师，甚至已经参加过武汉长江大桥及南京长江大桥的设计及建造……”

哥哥比我大十六岁，和我并非一代人，因此我的思路同他的思路不可能重合。他对大叔用了“高大完美”这样的形容词，这只能引出我淡淡的笑。至于大叔的生活走向，我以为即使是进步的，也很难“肯定”他“倘若活着”会怎么样。他们“西南联大”最进步的左派教授吴晗，当时没有得猩红热，“顺利地”活到了一九六六年，但一场“文化大革命”的“红色风暴”，不就把他打成了“老牌反革命分子”，而且毫不留情地吞噬了他的性命吗？中国的知识分子啊，你们真是命途多舛，只有当整个民族终于认识到你们的宝贵价值时，你们才有可能“顺利”起来，并且“肯定”有较好的共同命运……

其实没有必要从政治倾向上去分析我那大叔。他之早夭，是一场纯属个人感情范畴的爱情悲剧。从图6上我们可以看到他与他所热恋的L女士。这张相片摄于一九三四年，到现在刚好过了半个世纪。不知L女士如今健在否？她还保存得有相同的一张照片吗？人的感情，又尤其是爱情这一种感情，是最微妙莫测的。哥哥来信中判断L女士是嫌贫爱富，所以弃大叔而就T君，我以为是根据不足的。她既然能将大叔和T君找到一起，三个人把自己的感情坦诚披露，并共商体面而妥当的处理方案，这应当说是相当文明的一种表现。我现在将她少女时期的相片公布出来，丝毫不包含谴责或讽刺她的意思。从照片上看出，她当年确实非常美丽，无论面容还是身材，乃至于气质和风度，都是值得男大学生们爱恋的。图7是她一九三七年撤离上海前的单人照，更显示出超过一般的风姿。她同那T君结合后，白头偕老了吗？在她嗣后的人生道路上，都经历了些什么样的风风雨雨？在那些雨丝风片中，她可曾偶然想起过我的大叔？她可曾愧疚？痛惜？遗憾？抱恨？……

岁月啊，你就这样匆匆流逝。留下一些越来越旧的照片。在无数的私人照相簿中，旧照片默默地诉说着无数的人和事，凝聚着不能忘怀的情感，埋藏着难以探明的秘密……

我知道，这一切都“不典型”。然而我们这个世界上大多数人竟都是“不典型”的。塑造“典型”是一种美学追求。忠实地记录“非典型”也是一种美

▶ **图6** 半个世纪前的一对恋人。至少有一方是悲剧的结局。另一方呢？……

▶ **图7** 1937年。一位少女的青春。倘若她还活着，并见到这本书……

学追求。人们可以通过“典型”认识世界，也可以通过大量的“非典型”认识世界。也许把二者结合起来，互为印证、互为补充，便能更全面、更立体、更准确、更深刻地认识世界。

所以在这个世界的信息交流之中，既可以出现伟人、名人、有代表性的坏人以及重大历史场面的照片，也可以出现凡人、不知名的人、芸芸众生中一员以及最普通的生活场面的照片，它们实在是各有各的作用，并互为作用。

你愿把你那私人照相簿中的相片提供给我们这个专栏吗？让我们共同来创造一种新型的信息系统，或者说是一种有新意的文体吧！

一九八五年夏写于北京垂杨柳

留洋姑妈

“文化大革命”究竟摧毁了多少册私人照相簿？那是个必定巨大而又无法统计的数字。但即使是如此暴虐的“横扫”，也仍会有若干“四旧”照相幸存下来。而且，不到“文革”结束，一些人已重建了私人照相簿。

一九七三年，我到一位朋友家中做客。他把一册私人照相簿拿给我翻看。开头的若干页上，无非是些体现着“革命化”的新照片，看去只觉得平淡无奇，但突然有一页呈现在我眼前，那上面的一张六英寸大的旧照片使我本能地惊呼起来：“嗬哟，你们家以前这么阔啊……”他没预料到会招来我这般的反应，脸立即红了，不由得讪讪地从我手中卸下了照相簿。他爱人闻声过来，竟比他还惶悚，一边埋怨着他：“我跟你说过别往上头放嘛……”一边情急地把那张照片抠了下来，简直是要将它撕碎的架势。我自知失言，忙转移话题，才使他们的情绪渐次平复。一次本应给双方心灵多少引来些慰藉的会见，竟闹了个在双方心灵中留下刮痕的结果。

在我这方面来说，有一种被欺瞒了的感觉。这位朋友的出身，据我知道是城市贫民。在“文革”当中，一个好的出身该有多么重要，是众所周知的。这位朋友尽管没有利用他的红色出身去捞取好处，但至少他凭借着这红色出身躲避了无数的凶厄，这是我一直对之羡慕不已的。在我想象之中，他家解放前即便不是面若菜色、鹑衣百结的一群，至少总与照相无缘。没想到在他的私人照相簿上，竟赫然保存着那么一张照片。

那张照片的背景，是一个西洋风味的客厅。他的父亲穿着一身西装，端坐在一把古罗马式的靠背椅上。他和他的哥哥则站立两厢，也都穿着一身西装。

一瞥中留下的印象里，似乎还有带长穗子滚边的幕帐，以及西洋式的花架和下垂的藤蔓……

城市贫民？！我感到困惑。特别是坚信我的这位朋友绝不会谎报出身，我就更感到迷惘。我那被“文革”前的极左因素与“文革”中的极左浪潮所定向培养出的思维框架，竟被一张旧照片震裂。

后来我才渐渐懂得，一个抽象的概念中涵聚着极其丰富的可能性。根据同一个划分阶级成份的条文所划出的某一阶级的不同成员，他们所曾有过的生活状态不仅可能是千姿百态的，并且在很多方面会有相当幅度的差距。

近年来我抽空搜集了一些旧照片，走访了一些历史悠久的照相馆，阅读了一些有关摄影发展的书籍,才终于彻底解除了朋友那张旧照片所带给我的困惑。

原来，到本世纪三十年代以后，照相馆在中国的开设不但已经渗透到县、镇一级，而且偶尔进照相馆照一次相，至少对于某些工人和城市贫民家庭来说，也并非完全力不能及之事。照相馆知道凡来照相的人，即便是穷窘不堪的，也总希望留下一个富贵的梦影。因此照例有若干画出的豪华背景和搭配的时髦道具，有的更出租西装、旗袍、结婚礼服、戏装等等“行头”，以满足顾客在人生大舞台上感到厌倦而希图在照相馆的小舞台上假扮另一种人生的心理。那位朋友所留存的旧照片，倘细加检验，便不难发现所谓阔绰完全是照相馆的布景造成的假象，而他们父子三人所穿的西装没有一套是合身的，更说明那只是一种租借来的短暂“幸福”。

所谓“照相馆布景”，曾是文化界人士贬斥某种低下的美学趣味的用语。现在也偶尔还在袭用。其实倘若我们把每一个历史时期的照相馆布景顺次对比研究一下，我们便不会那么轻率地对它们嗤之以鼻了。那实在是非常宝贵的市民风尚的形象说明，有着不可低估的民俗学、社会学、心理学、商业史、照相史等方面的资料价值。

早在一百多年前，照相术在西方就已走向了平民。一八六一年伦敦的《摄影新闻》杂志曾发表社论说：“摄影已经拆除了妨害自由的贫富之差。由于有摄影所带来的恩惠，一个勉强可以维持温饱的贫苦人家，也可以为自己的妻儿们拍摄一些很讲究的人像照。”照相馆既然认识到了自己的造梦使命，便格外注重布景的绘制。随着社会生活的演变,人们所要求的标准梦境也便不断演变。以英国照相馆的布景为例，在上个世纪六十年代，流行以栏杆、圆柱、帐幕为背景，到七十年代，便流行以独木桥、栅栏为背景了，而到八十年代，又竞相以吊床、秋千为背景，进入九十年代，则流行以棕榈树、鹦鹉、脚踏车为背景，进入二十世纪，一些大显绅士派头的俗人，便立即用汽车作背景了。

照相馆的布景，以及布景前的人，给我们留下了一串世风的刮痕。在众多的私人照相簿中，无数这样的照片默默地诉说着往往被正史所忽略的世态人心的轨迹。

照相术是随着帝国主义以洋枪洋炮入侵而传进中国的。我们所能见到的关于中国的最早的照片，百分之一百都是随着侵华军队入华的外国人拍摄的，他们有的本身就是军官,有的是传教士,也有个别的新闻记者。不是中国人自己,而恰恰是他们，拍摄下了诸如一八六〇年英法联军攻陷大沽炮台、焚毁后的圆明园、几经劫掠的北京街巷等实况照片。西方是先有大量的人物肖像照涌现，然后再出现越来越多的风景照，再后才出现有意识的新闻照片，而我们中国成批地进入照相机镜头的画面，竟首先是敌方用以显示他们赫赫战功的死尸与废墟，想起来真是百感交集。

不过照相术这一人类文明成果毕竟从二十世纪初开始在中国得到了普及。照相馆布景也依中国的世风而演变着。最早的一批布景，后面仅是一块不绘景物的绸绢，在被摄者所坐的太师椅旁，往往安放一只花机，上头或是瓷瓶菊花，或是盆栽兰草，有时更在机下椅侧另摆几盆花卉。最值得注意的是往往还有一只华丽的痰盂，也总是摆放在机下或椅侧，有时更置于被摄者腿旁。那痰盂或是鼓肚形的，或是长颈阔嘴、两重肚子的，体现着非凡的容积。为什么禁止随地吐痰直到今天仍是中国政府的一大课题，从一批旧照片上也可得到启示吧。不过辛亥革命之后，照相馆布景似乎有一次巨大的变革，以卷帘式的多种彩绘背景招徕顾客，大概自那时勃兴。在二十年代前后，最流行的是中西合璧式的客厅绘景，有古希腊和古罗马的多利安式或科林思式立柱，有显得过分夸张的壁炉，但也可能有纯粹中国式的挂落飞罩与花瓶香炉，有显得十分矫情的鹦鹉架……在三十年代前后，渐渐流行一种室外月光景，景片上画着冲破云翳的圆月，以及仿佛是别墅阳台一角的栏杆和廊檐……进入四十年代，照相馆布景有全盘西化的倾向，不管其他部分绘制得如何异趣，一架斜伸在人体后的楼梯却惊人的雷同。显然，那楼梯标志着背景上是一座起码两层的楼房，而“楼上楼下，电灯电话”，直到解放以后，也曾是富裕生活和理想境界的一种同义语。这种突出豪华楼梯的照相馆布景，一直延续到今天，无数着西装、穿纱裙的新婚夫妇以它为背景拍下了神圣的结婚照。“文革”初期的风暴，把所有照相馆的布景一扫而空。但风暴稍敛，一些画照相馆布景的人又被找来，他们绘制出了诸如北京天安门、延安宝塔山、南京长江大桥一类的布景，内容确实刷新了，却体现着同一种匠气。“文革”结束以后，在七十年代初，最时髦的布景是摆上一台真正的张开羊角天线的电视机。而到如今，进照相馆照相的人要求有布景的日渐减少，照相馆的冲印业务成倍地高过了拍照业务，人们渐渐进入了一个用自己的照相机拍摄 135 彩照，并用插袋式相册构成私人照相簿那么一个新阶段了。

岁月悠悠。面对着私人照相簿中的旧影，我真是思绪万千。有着值得永远自豪的古代四大发明的中华民族，近百年来不得不接二连三地引进西方的发明。更确切地说，是西方首先强行将他们的发明引入到我们中国来的。一八六四年英国商人杜南特利用北京宣武门外的旷地铺敷了约五百米的铁路，第二年试驶了小火车，结果很快被清朝官吏勒令拆毁。如果清朝官吏是基于不能允许外国商人随意在中国享用建造、经营铁路的权益这一认识而采取这一措施的话，那我们甚至值得向他们致敬，但他们当时之所以出面干预，却仅仅是因为火车那东西令“观者怪骇”，他们便是率先怪骇的人物。照相术传入中国以后，许多守旧的人物也是怪骇有加。一度盛传被拍照者会被照相机摄去精魂，因而我们在中国早期某些肖像照片上，不难看到惊惶不安或视死如归一类的多余神情。在西方的科学技术新发明面前因怪骇而产生出的拒绝心理，就是今天也仍未绝迹。但从很早开始，也就有一批先进的中国人勇于睁开眼睛看世界，他们不是被动地让西方的发明来令自己怪骇，而是主动地迎向西方，甚至跑到西方去了解、学习乃至参与他们的发明创造，其目的，是为了中华民族的振兴。这批人里，就包括早期的中国留学生。

最早也是最有名的一位留学生，当推容闳。他在道光二十六年即一八四七年即到美国留学，一八五〇年考入了著名的耶鲁大学，后来加入了美国籍。他的留学似乎有着某种偶然性。一八七二年，清朝政府在洋务派推动下第一次派了三十个学童赴美留学。一八九六年，张之洞奏派二人赴日本留学，成为后来大批中国学生赴日之滥觞。一九〇五年，清政府初次考试出洋归国学生，授翰林院取衔及进士有差。同一年在时代潮流推动下又诏示天下停止乡会试及生童岁科考，延续一千余年的科举制度，终于宣告结束。辛亥革命后，到日本和西方留学的浪潮更加高涨。一九一二年，李石曾、吴稚晖在北京发起留法俭学会，并设留法预备学堂。同年，第一批赴法勤工俭学的学生自北京启程。一九一五年，蔡元培、吴玉章等又组织了留法勤工俭学会，明确提出了“勤于作工，俭以求学”的口号。毛泽东、蔡和森等湖南新民学会的领导人闻讯积极动员湖南青年参加。一九一八年夏秋，毛泽东为落实湖南青年赴法勤工俭学事宜，首次来到北京。到一九二〇年，赴法留学形成了一个高潮。我的一位姑妈，便是在这年随着一个勤工俭学团体奔赴巴黎的。

出于某种可以想见的原因，我手头至今仍留存着些这位我称为大姑妈的长辈的早期照片。现在让我们来看我所挑出的头一张（图 8）。

这是大姑妈到达巴黎不久，与她的中国学伴在照相馆的合影。这张照片的原大恰似一张明信片。它实际上也确是一张明信片，在背面有“POSTCARD”的字样及中缝线及贴邮票处的标志。据说这种明信片式照相起源于上世纪的中叶。一八五〇年以前，拍摄人像大部分是采取银版法，用银版法以及玻璃版法、火棉胶版法拍照不仅成像程序复杂、成本高，而且每次只能制出一张照片，所以难以普及。自从有所谓安布罗式摄影术的发明，拍一次照能同时印出八张相同的照片来，人们便不仅将拍得的照片珍藏于自己家中，而且还开始分赠亲友，名片式或明信片式的照相才应运而生。到本世纪初，硝化纤维素软片的登场，使照相更加普及，等我大姑妈她们到达巴黎时，大概连最小的照相馆也可以拍摄印制这种明信片式的相片了。

时代进步得多么快啊。像我大姑妈她们赴法留学时，社会上只有一小部分先进人物理解这些漂洋过海的留学生，特别是年轻的姑娘。她们的毅然西去，

▶ **图 8** 左为大姑妈，右为她的学伴。注意学伴的表情与她那似乎禁不住微微颤动的双腮。伊人今何在呢？

往往是连她们的父母也视为不光彩的离经背道的忤逆行为，她们的精神上大都承载着相当沉重的压力。而今天，绝大多数父母都巴不得让自己的子女到国外留学，已经有亲属在国外留学的人们，当他们同交谈者提及那留学者时，几乎全都会禁不住露出自豪与欢愉的神色。倘若我们把时代氛围和社会心态的差距弄清，再来看这张照片，我们便会从中体味到更多的东西。六十五年前的两个中国姑娘，她们远离贫弱的故国，来到人地两生的异乡，她们穿着廉价的洋装，显露出她们的“天足”（那个时代的无数中国妇女仍被强制着裹出“三寸金莲”），挺直着腰肢，在傲然中又不由得相互依偎，她们的心弦该是在怎样地颤动？她们的灵魂该是在怎样地吟哦？

大姑妈她们在巴黎站住脚据说历尽艰辛。但她们绝大多数人确实既做到了勤工，也做到了俭学。摆脱了刚到异国的生疏与拘束，通过勤工也毕竟积攒了一点法郎，大姑妈和她的学伴们似乎再不到照相馆去拍照。她们当中有的人已经拥有了自己的照相机。于是我们看到了一些“非照相馆化”的照片。我现在

▶ **图9** 西洋古典音乐，影响着一代又一代的中国留学生。对此是应当感到欣慰。还是应当感到困惑？

挑出了这样两张，一张是大姑妈站在居室的墙壁前摆出一个拉小提琴的姿势（图9），一张是大姑妈坐在安乐椅上作沉思状（图10）。这两张六十四年前的照片同今天时兴的“生活照”相比，自然还有生硬做作的痕迹。但它至少可以使我认识到，从很早开始，中国留学生就开始自觉地接受西方的种种文明成果。看着这样的照片，你甚至无妨说他们有股子“全盘西化”的倾向。

不可否认，从最早的一批到最近的一批，所有中国留学生中，都有一些所谓“读耍书”的人物，同样不可否认的，则是无论哪一茬的中国留学生，其中大多数都是怀着格外敏感的爱国心的。“洋装虽然穿在身，我心依然是中国心”，时下传唱甚炽的这首流行曲的这两句歌词，确可移来概括自容闳到最近的中国留学生的心态。当然，同样自认是爱国，所选择的报国之路却并不相同乃至大相径庭。大姑妈她们所处的那个时代尤其如此。一九二一年，大姑妈的一些学友，周恩来、赵世炎、王若飞等人，发起组织了中国社会主义青年团。他们选择了一条投身政治活动的爱国道路。当然，他们信仰的是马克思列宁主义，他们从那时开始，坚定地把自己的一切包括生命，贡献给了为中国开辟社会主义道路的宏伟事业。也有另外一些投身政治活动的热血青年，他们却完全有另外

▶ **图 10** 六十三年前，当大姑妈以这种装扮拍照时，无数的中国妇女还处在不准剪发，必须缠足，甚至不允许随意迈出家门的境况中。

的信仰，有的人后来成为国民党的高层人士。这些政治信仰全然不同的中国留学生当时不仅能够在一起上课，也能够在一起散步，甚至也偶尔同在巴黎的街头咖啡馆小坐，或偶尔同去游览巴黎的名胜古迹和风景区。我挑出的第四幅照片（图 11）便是这种状况的一个见证。左边第一位是我的大姑妈，因为不是在照相馆拍照，全然依赖日光照明，她的脸部恰巧落满阴影，当时学友使用的照相机无闪光装置，因而难见她的“庐山真面”。但从她穿的裂肩式连衣裙和相当放松而优雅的姿势，当不难判断出她已完全适应了当地的生活。其余六位（包括面对他们拍照的一位）据说到达法国也都有三年以上。这一群中国留学生那天同游风景区时其实一直争吵不休，这永远留存下来的和谐面影只不过是短暂的一瞬。据说他们当中倾向于各种时髦主义的都有，从共产主义到安那其主义（无政府主义），从三民主义到工团主义，全都提出来了，有的一人游移于几种主义之间，有的一人竟坚信两种主义……在近代中国的思潮激荡和政治斗争之中，他们有的后来成为死敌，当其中一位在一九二七年的“清党”黑潮中惨遭枪决之时，另一位却可能并不夹带私怨地认为是“咎由自取”；而当其中又一位在一九五四年的“镇反”运动中被镇压之后，则又可能有再一次义愤填膺地判定他是“罪有应得”……历史进程无情，个人命运无定，面对着这类于短暂中呈现出亲密与和谐之一瞬的旧照片，我们的思绪当不至于紊乱，而应更趋于丰富与准确……

对于这第四张照片，我还想多说几句。请注意右侧取蹲式的那位留学生，她是一位女性，但她却有意穿着中国式的男装（她穿的并非旗袍而是大褂），并留着男式的发型。在那个时代身处巴黎却取此种装扮，不消说是一种反封建与民族意识强烈的表现。此人名叫罗衡，当时是一位思想激进、热血沸扬的青年，后来追随何香凝先生，可以算是国民党左派中的一员吧。再后来她渐向右转，国民党从大陆溃退时她也去了台湾，并成为台湾政权中的一位资深位高的女性，前几年传来消息，她已病逝于那里。像她这样的人物，倘若在追随何先生时即因不测而亡，是否便会永留左派美名于世呢？由此联想开去，真是感慨万千。一九一九年六月十一日，陈独秀起草的《北京市民宣言》发表，向当时的卖国政府严正提出了取消中日密约等五项要求。同日，他还沸着一腔热血走上街头，亲自散发《宣言》的传单，并在“新世界”商场被当局逮捕入狱。那一天里，他的形象闪耀着多么壮美的光辉啊。倘若那一天他不幸被军警殴毙，

▶ **图 11** 悠悠历史中的短暂一瞬。右边蹲着的那位是男子还是女士？

历史将对他作出怎样的结论？而一九一五年八月二十三日，为袁世凯称帝鼓噪的“筹安会”粉墨登场，为首的“筹安会”理事长杨度成为国人嗤骂的丑类，在如此重大的历史事件中成为货真价实的头号反动派，该永被钉在历史的耻辱柱上了吧？但杨度并没有在那一天或袁世凯称帝的前后死去——比如说被拥护共和的昂奋青年所刺杀——他后来思想竟发生了巨大的变化，并在一九二九年秘密地加入了中国共产党，据说为党做出了许多宝贵的贡献，因此我们今天提到他时还称他为同志，甚至称他为先烈。倘若我们同时印出了当年陈独秀和杨度的照片，面对着这两位作古的人，我们的心情能不复杂吗？

话题还是回到大姑妈。在繁纷多样的主张中，大姑妈选择的是哪一种呢？像她那样的留学生其实是最多的——他们被称为“科学救国派”，他们决心踏踏实实地在科学技术先进的异国学到一种专门的学问，然后回国为中华民族效劳。对于那些热衷于政治活动而观点对立的两派学友，她同样友好，而当时的那两派学友，对她都同样宽容——没有人强迫她投身政治，也没有人批判她不问政治。我曾问过大姑妈，当年在巴黎见没见过周恩来，她说自然是见过的，握过手，说过话，对方对她很尊敬，称她为“先生”。但她实在提供不出什么有价值的材料，充其量不过是回忆出：“啊，我记得他跟我握手的时候，我看见他西装袖口已经磨旧得掉下了呢毛毛……”人家忘我地投入了革命，她却忘我地扑向了科学。从第五张照片（图12）上我们看到深秋的巴黎街头，以及已经补习完法语，准备各自转到选中的专业去正式留学的几位中国学友。

大姑妈后来考上了里昂大学生物系，开始钻研细菌学。因为同时还要在巴黎巴斯德研究所进修并在实验室“勤工”，所以她时常来往于巴黎与里昂之间。当时著名的科学家比埃尔·居里已在车祸中去世，但他的遗孀居里夫人继续在研究放射性。居里夫人的好友，也是著名科学家的郎之万正潜心于研究气体电导率。而居里夫人后来的女婿约里奥·居里，当时正在大学求学。居里夫人当时已经五十多岁，郎之万刚过五十，而约里奥才二十出头。大姑妈学的既是细菌学，化学是必修课，所以她有幸聆听过居里夫人的讲授，在实验室中她给郎之万打过下手，并同约里奥有同窗之谊。这期间她很少与本国学友聚会并拍照，相反却出现了一些外国朋友拍她和她拍外国朋友的照片。我所提供的第六张照

▶ **图 12** 可以领略一下六十多年前的巴黎街景。大姑妈站在最后面目不清。当中穿浅色大衣的那位，叫张邦珍，曾一度追随何香凝先生，后来随国民党政权跑到台湾，并病死在那里。她在台湾的亲属也保留着相同的一张照片吗？

片（图 13）便是一次郊游中大姑妈为法国师生们拍摄的。那里面站立当中的，会是郎之万吗？最右侧的一位，该不是约里奥吧？不管是不是，那作为背景的老式大巴士却实在是有一股子特殊的历史感。

第七张照片（图 14）是法国朋友所拍的大姑妈在地中海游泳的照片。她脸上充溢着快乐，这透露出她获得了虽然迟来却万分强烈的爱情。

关于她同那位大姑爹的爱情经历，至少可以构成一部中篇小说。不过要理解他们的爱情也并不是那么容易。大姑妈出生在上一个世纪最后几年，她赴法留学时已经二十多岁，在同一级的留学生中，她的年龄是偏大的。大姑爹比她要小两三岁。直到今天，女大男小的恋爱婚姻在中国仍是被俗人忌讳与侧目的。但大姑妈和大姑爹真诚相爱，毫不在乎这一点。他们久久地相爱着，但他们并没有马上结婚。大姑爹据说是个十足的书呆子，但又是个聪慧过人的科学家。他在巴黎大学取得化学博士学位后，又到美国进哈佛大学专攻兵工化学，因为他觉得唯有富国强兵，方可拯救中华民族于帝国主义的欺侮之中，而要强兵，当时西方最先进的兵工化学专业绝对是应当拿来我用的。大姑妈为支持他的苦

▶ 图 13 某几个法国家庭的私人照相簿里，仍保留着同样的郊游纪念照吗？照片上这些兴致勃勃的郊游者，如今还有在世的吗？

▶ 图 14 幸福能够在照片中长驻。幸福也能在人生中长驻吗？

学，自己毕业后便滞留法国巴斯德研究所工作。她等待着他，竟一直等了十几年。到一九三六年，大姑爹在美国取得三个博士学位后，方才回到巴黎同大姑妈结婚。第八张照片是他们的结婚照（图 15）。照片生动地显示出了大姑爹的迂学者神姿和大姑妈已然逝去芳龄的面容。

第九张照片是这对新婚夫妇同前来祝贺的华侨们的合影（图 16）。

这既是一次结婚典礼，也是一次告别仪式。因为日本对中国的全面侵略迫在眉睫，而大姑爹和大姑妈的学业均已修完，为国报效的时刻终于来到了，他们心情激动，归心似箭。其实无论在哪一个时代，中国留学生都是不可能完全脱离政治的。大姑妈没有投身于政治，但她并非没有政治倾向。她的政治倾向是进步的。一九二九年，我的二姑妈也到法国留学。二姑妈不是勤工俭学的留学生，而是国民党的官费留学生。这官费留学的名额是何香凝先生为她争取到的。她从一九二六年夏天起，便追随何先生参加了北伐战争，从事战地救护工作。在一九二七年的“清党”逆流中，她没有在右派胁迫下写“悔过书”，而是从武汉逃到上海，又找到了何先生。但那时蒋介石把持了党政大权，国事日糟，何先生便让她出国留学，并且告诉她自己也打算出国待一段时间，以示绝不与蒋介石合作。果然，二姑妈在巴黎安顿下来不久，何先生便也从上海出发，

▶ **图 15** 大姑妈将近四十岁才当上新娘。据说他们蜜月是以对坐攻读科学书籍，不时交换满足目光的方式度过的，饿了，就喝一杯红茶，啃一只蟹形面包……

▶ **图 16** 这张婚礼照片拍在巴黎，却没有一个法国人。据说新娘旁边那位女士便是画家张玉良，谁能来辨认判断呢？

经香港、马尼拉、碧瑶、新加坡、柔佛、吉隆坡、红海、地中海到达法国。抵达巴黎后，何先生在题赠我二姑妈的画册上写道：“民国十九年以国事紊乱寄迹巴黎，晤故人天素于法京车站，异地相逢，悲喜交集，天素留学于法，赠此以留纪念。”经二姑妈介绍，大姑妈也与何先生相熟了。现在我们来看第十张照片（图 17），两个姑妈相逢在巴黎，她们是多么高兴。

第十一张照片则是何香凝先生与我二姑妈的合影（图 18）。当时国内右派擅权，而何先生的爱子承志又被德国政府拘押于柏林，她的表情是沉郁而坚毅的，这自然也感染了我二姑妈。从照片上我们可以清楚地看出这一点。

当时她们也拍过三个人在一起的照片，可惜后来遗失了。何先生抵达巴黎后只停留休息了十天，即赶赴德国柏林探望在那里居留的孙夫人宋庆龄，并设法营救她钟爱的儿子。一个月后，何先生从柏林给巴黎的二姑妈来信，嘱代租房屋，并决定与我的两位姑妈同住。她虽然以前并不认识我大姑妈，但认为大姑妈一心苦读，稳重可靠，表示三人同住当更为方便。于是两位姑妈租定了处于清静地段的一所公寓里租金较廉的一套房间。何先生自柏林经瑞士回到巴黎后，她们便住在了一起。那套房子在二楼，一共三间，何先生住最里面的一间，我两位姑妈住最外靠楼梯的一间，中间一间仅摆长桌一张，普通椅子四把，那便成了何先生的画室，她那有名的《红叶雪景》、《红梅菊花》、《月虎》、《雪虎》等作品，便都是在那间小画室中完成的。她自然也画了些专为两位女伴而作的小品，可惜大姑妈的一份全都流失了。不过大姑妈所保留的一帧何先生赠她的小照，现在仍在，我将这小照作为这篇文章所插入的一打照片的压轴照奉献出来，让我们共瞻何先生当年的风采（图 19）。这位有着波澜壮阔的一生，在旧民主主义革命、新民主主义革命和社会主义革命的每一个阶段中都站在正确立场上的伟大女性，她的光辉形象将永远铭刻在我们心中。

▶ **图 17** 巴黎的中国姐妹花

▶ **图 18** 左为何香凝先生。据二姑妈回忆，何先生身穿的大衣，还是早在日本留学时做的，到法国只不过翻改了一下。而何先生却用节省出来的钱为二姑妈买了一件蓝色的新大衣（照片上二姑妈穿的正是）。何先生自奉甚薄，待人甚厚，这也是一例。

大姑妈的进步倾向，不消说是大大得益于何先生的熏陶。在国内形势一天天紧迫的一九三六年，大姑妈和大姑爹不等度完蜜月，便订下回国的船票。但当他们从巴黎来到马赛港等候上船时，悲剧发生了。大姑爹突然便血，几天内病情急剧恶化，医院诊断的结论是直肠癌，唯有立即动手术切除病变部分方有得救的希望，大姑爹说服大姑妈接受医生的建议，微笑着被推进了手术室，但他却偏偏死在了手术台上！

据说大姑妈一夜之间瘦得不成人样，并白了整绺的头发。船票到期了，一些朋友劝大姑妈留在法国，毕竟她已经在法国学习、工作了十六年，完全适应了那里的一切，那里也有现成的工作岗位等着她去就职，她早已取得生物学博士学位，待遇上不会太低。但她却毅然地登上了回国的海轮。她觉得自己肩膀上承载着双倍的责任。无论祖国那边有着多么难以想象的艰辛，她决定以双倍的勇气去承受。于是她回到了祖国。回国不久便爆发了抗日战争。大姑妈先在云南和四川教大学，后来到四川一个叫隆昌的小县里的蚕种改良场工作，因为她觉得那工作更实际一些，或许能够使自己的汗水更直接有效地浇灌于民族解放事业之花……据说在那个小县城里她从未抱怨过物资的匮乏与生活的不便，完全看不出她是一个在巴黎和里昂生活过十六年的洋学生。

不过大姑妈实在只是一名极平凡的中国知识分子，她后来的命运同大多数

▶ **图 19** 何香凝先生像。此像当早于 1930 年。

最一般的中国知识分子相同，经受了无数的误解、闲置、限制、波折，在坎坷和遗憾中度过了许多的光阴……

自一九七六年十月之后，我们又有一批接一批的留学生奔赴海外，累计起来大概达到了容闳以来的最高数字。这些留学生取得博士学位以后，会怎样安排他们的前程呢？他们与大姑妈那一代的留学生之间，有哪些继承性，又有哪些变异性呢？他们大概多数都有私人照相簿吧？那里面有怎样的心态？蕴含着怎样的动向？

愿那不是永远的秘密。

一九八五年十二月二十九日

写于北京劲松东街

伶人传奇

一九七三年初秋的一天，台北刚下过一场雨。住在板桥大观路一号的梁秀娟女士忙碌了一天，精神有些疲惫。她坐在前厅的沙发椅上，等着丈夫白莲丞先生到前院取报纸回来。

小小的院落里，雨水把花木冲洗得更加翠绿明艳。白先生不经意地走向栅栏门后的信箱，顺手把报纸抽了出来。忽然，一低头之间，他发现地上斜躺着一封信。信封已被地上的雨水浸湿了。他赶忙弯腰拾起了那封信。信是他抽报纸时掉下的呢，还是邮差没有对准信箱口，粗心所致呢？他也顾不得细想，便回到了屋中。

那封信寄自香港，是写给梁秀娟女士的。梁女士不经意地接过信，不经意地撕开了封口，从信封里掉出了一张相片，还有窄窄的一个纸条。梁女士刚朝那相片瞥上一眼，便禁不住全身一震。正在一旁翻报纸的白先生忽然听到一阵悲喜交集的呜咽声，他抬眼一看，夫人已然泪流满面，举着相片的手不住微微抖动。

现在我们将这张相片（图 20）公布出来。大陆上的读者们对这类“前排坐、后排站”的“公式化”相片可谓司空见惯。但就是这张相片，引出了海峡那边的满掬热泪与苦苦思念。这张照片也成为一个契机，导致了一个伶人家庭的奇特遇合。

照片上的老太太叫梁花侬。她父亲是晚清在庆乐剧场拉“官中胡琴”的穷艺人。后来潦倒得只能到前台去当个茶房。有一回剧场掌柜的当众奚落他“穷得叮当响”，他便直起腰，自豪地说：“我家有三男二女，赛过无价之宝！”掌

▶ **图 20** 一个姥姥和四个外孙。中间那辈呢？姥姥名叫梁花侬。三个外孙是白其麟（后右）、白其龙（后中）、白其平（后左）；前左是外孙女白泽玲。

柜的是个“绝户”，顿时语塞。梁花侬其实并非这位穷琴师亲生，她是老爷子从瓦砾堆里捡回家中来的。后来，梁家的三个男孩都送往富连成科班学戏，两个女孩都送到了崇雅坤社。梁花侬刚入科时学老旦，后又改丑行。她比较拿手的剧目有旗装戏《送亲演礼》（戴眼镜和“仔儿表”）、《探亲家》、《盗魂铃》、《五花洞》等。

在照相术传入中国以后，京剧艺人是最早接受这一新鲜事物的。“同光十三绝”之一的谭鑫培不仅照了大量的便装照和戏装照，他还挺身成了中国最早的电影演员——一九〇五年琉璃厂丰泰照相馆为他拍摄了《定军山》中的舞刀动作，后来这部“活动照相”还曾在当年大观楼戏院公映过。现在也已进入晚年的名净袁世海在他的回忆录《艺海无涯》中特别提到：“我常去的照相馆是大李纱帽胡同容丽照相馆和廊房头条的荣丰照相馆……我每逢年假，都去将演过的角色照下来作为纪念，将一些喜欢而又没演过的角色也勾上脸，穿好衣服，随心所欲的摆个姿势拍下来。我感到这其中有着无限乐趣。”什么乐趣？他没有细说。其实拍照和玩赏照片，特别是化妆拍照和对着梦境般的照片遐想，这里面很有值得挖掘的社会学、心理学的内容。

梁花侬所专攻的女丑一行，成功者寥寥。与她同时代有个艺名“一斗丑”的女丑，算是最叫得响的了，但时过境迁，并未能如“四大名旦”、“四大须生”那样获得永久的声誉。因此梁花侬很早便将心血倾注到子女身上，尤其是倾注到女儿梁秀娟身上。她在从小培养梁秀娟成为一个优秀的青衣兼花旦的同时，也就不断地领她去拍照。

现在我们看到的第二张照片便是梁花侬领着梁秀娟到当年北京前门外观音寺红中摄影社所摄的便装照（图 21）。那大约是民国十九年，秀娟刚刚十一岁。她已由李玉龙老师开蒙，学会了青衣戏《朱砂痣》、《奇双会》；又由张彩林老师开蒙，学会了花旦戏《鸿鸾禧》、《铁弓缘》；该年农历五月十八关圣爷诞辰，她在关帝庙容纳千人的大礼堂中，酬神演出了《朱砂痣》，这是她生平头一回登台演出。不消说这张照片对她有着重大的纪念意义。不知如今台北大观路住宅中她的私人照相簿，还有没有这张能唤起她无限回忆的照片？

▶ **图 21** 当今的少女们，对半个世纪以前的这种青春，会是怎么个感想呢？

▶ **图22** 她的身材怎么这般高？请注意下面的细节，由此可以判断这是一张几十年前的戏装照。

在《私人照相簿》的头篇《影子大叔》发表后，我便接到读者来信，建议今后这个栏目里尽量多登照片，减少文字，“因为一组连续性的照片，只要编排得宜，足能勾勒出令人品味的人生，并富于文学意味”。我是极乐于接受并履行他的建议的。但落实起来的确难乎其难。前些天我儿子整天唉声叹气，急得团团转。为什么？因为他还没有搞到今年发行的“虎票”。自一九八〇年起，邮电部开始逐年发行“生肖票”，自该年的“庚申猴”起，到如今已发行了“辛酉鸡”、“壬戌狗”、“癸亥猪”、“甲子鼠”、“乙丑牛”和“丙寅虎”。要坚持攒到一九九一年，历经十二年，方能将一套“生肖票”攒全。难度真够大的。没有耐性，兴趣转移，固然不可能攒全这套邮票；就是有心搜集而一时错过机会，也很可能不成系列。集邮如此，集照片也是如此。多少父母立下誓愿，每年生日一定要为自己的宝宝拍下一张纪念照，但能坚持到十五六岁的实在不多，因为即使是在最太平的年月里，人事也常有不可捉摸之处，最善良的愿望也可能烟消于匆促忙乱之中。更不消说还有战乱和社会动荡，使人们对本已积攒成系列的照片实行自我淘汰，或被外力全数毁灭。

言归正传。上述梁秀娟在红中摄影社所摄的相片，大体上还是“梁家有女初养成，养在深闺人未识”的味道，后来的相片，却都浸透着另外的人生滋味了。这里展示给读者的第三张照片，大约是梁秀娟十三岁时饰演《拾玉镯》中之孙玉姣的戏装照（图22）。

请注意她脚下踩着跷。所谓“跷”就是假的小脚（“硬跷”用木头制成，“软跷”用布纳成），当年科班里训练花旦、武旦、刀马旦，踩跷是重要的一课。梅兰芳先生在《舞台生活四十年》一书中回忆说："我记得幼年练功……冬天在冰地里，踩着跷，打把子，跑圆场，起先一不留神，就摔跤。可是踩着跷在冰上跑惯，不踩跷到了台上，就觉得轻松容易，凡事必须先难后易，方能苦尽甘来。"踩跷作为一种基本功的训练方式似乎好处颇多，但随着时代审美趣味的变化，女人的小脚不仅不成其为美，反成了惹人恶心的丑之最，踩跷在舞台演出中也便日趋减少。梅先生告诉我们："我家从先祖起就首倡花旦不踩跷，改穿彩鞋。我父亲演花旦戏，也不踩跷。到了我这一辈，虽然练习过有二三年的跷功，我在台上可始终没有踩跷表演过的。"但踩跷在舞台上的完全绝迹，那已是五十年代后期的事。梁秀娟当年学戏和登台时都还要踩跷。如果今年已经六十七岁的梁秀娟能看到我们印在这里的半个多世纪前她自己的戏装照，想必无数的往事会涌回她的心头。她也许会为自己那永驻于红氍毹上的烂漫青春而无限神往；但同时她也可能不禁为加诸一个十三岁女孩身上的近乎残酷的训练而扼腕叹息。当年母亲让她在泼水成冰的院子里踩跷，一踩就是一整天！而母亲所请来的名武旦"九阵风"阎岚秋，把手教她时也是容不得她丝毫懈怠的，为掌握《梁红玉》中的击鼓技巧，阎老师硬是天天让她来回来去地击鼓，直敲得她手腕子肿得通红，敲出半年开外，这才点头承认她敲得上谱。

一九三三年，梁花侬自组了梁剧团，成员有五十多人，秀娟是旦角台柱。梁剧团首演于华乐戏院，秀娟贴出《盘丝洞》和全本《金山寺》。在保留至今的一张《盘丝洞》戏装照（图 23）上，我们可以看出这位仅只十四五岁的女伶面容上已失去了天真和稚气，在"一赶二"乃至"一赶三"的走马灯式的职业演出生涯中，她已开始尝到人生那更艰辛更复杂的滋味。

一九三四年，梁秀娟十五岁时为"四大名旦"之一的尚小云先生正式收为徒弟，我们从第五张戏装照上看到了尚派名剧《汉明妃》中的王昭君形象（图 24）。

秀娟的这张留影，是否颇得尚先生之神韵呢？这以后的三年是梁秀娟舞台生涯的黄金时期。她戏路很广。除演旦角外，她还随丁永利学会了昆曲武生戏《林冲夜奔》，据说她饰演的林冲不仅英气逼人、嗓音嘹亮，而且其中的飞脚、片腿、大卧鱼三个身段能够一气呵成，引得台下戏迷们连连喝彩。一九三五年她

▶ **图 23** “蜘蛛精”会这般疲惫与忧郁吗？从小舞台上透露出了人生大舞台的消息。

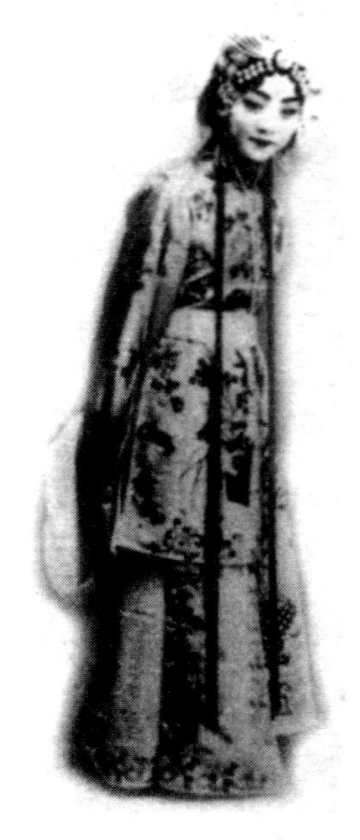

▶ **图 24** 是不是尚小云？京剧艺术的流派继承和流派发展为我们提供了些什么启示？

以十六岁的芳龄在上海黄金大戏院作新春公演，从正月初一开始，连演两个月，名老生麒麟童（周信芳）竟甘心挂二牌陪她同台演出。但梁秀娟在舞台上的黄金时期是短暂的。世上绝大多数人在事业上的黄金时期都是短暂的。一九三八年她十九岁时嫁给了一家洋行的经理白莲丞。婚前她在长安大戏院贴演了《汉明妃》和全本《玉堂春》，观众哪里知道，这实际上便是她的告别演出。

人在一生中总有自己的秘密。而个人秘密之中，往往也融解着所处时代、所处地域的政治、经济、文化、道德、法律、习尚等等复杂因素的影响。

一九八三年，六十四岁的梁秀娟在台北编写出版了印制十分精美的《手眼身法步——国剧旦角基本动作》一书，书中有一千余幅清晰生动的相片和数目大体相同的示意图，售价昂至每册四十美元。像如此详尽、精美的京剧基本功分解记录的科研、教学资料，大陆上尚未见出版。该书并附有她本人的《戏剧生活年表》，该年表称：“民国廿八年，二十岁，白先生从事地下抗日工作，秀娟一度受累，和婆婆被抓进北平宪兵机关，在牢里禁闭讯问了四个多月。获释后，为转移日方对秀娟行踪的注意，梁母花侬二度重组梁剧团，先在北平哈尔飞戏院作复出公演，旋用赴河南演出为由，在剧团掩护下，避开日人监视，中途在徐州下车，由两位包头师傅护送，起早回到后方夫家，才算脱险。民国廿九年，二十一岁，长子其麟出生于太原市。民国卅年，二十二岁，秋天，白先生一位李姓同志因公殉难，留下弱妻幼子孤苦无依，秀娟在西安特别为其义演三天，贴出的剧目有《大劈棺》、《花田八错》、《春香闹学》、《梁红玉》，都是重做工的戏，是因这时秀娟已久惯家居生活，突然要唱，才发现嗓子已经没了……”以下的年表中再无营业性演出的记载。从年表中我们继续得知，梁秀娟于一九四五年抗战胜利才从西安回到北平，一九四八年十一月“在东四牌楼前临时辟的飞机跑道，只身登上飞往南京的军机”，一九四九年先从南京到上海，然后又从上海飞抵台湾“与白先生相聚，定居台北”，后在一九五六年（当时她已三十七岁）到“国立艺专”开始了戏曲教学生涯，两年后任该校国剧科主任，一九六二年后又应聘于“中国文化学院”，一九七二年五十三岁时收如今已蜚声台岛的郭小庄为徒，一九七五年后应华冈艺术学校之聘，担任国剧科主任至今。

但是，我们在一册出版于一九四二年的《立言画刊》中，却可以看到如下的报导：

梁秀娟三部曲：嫁人离婚唱戏

重拾歌衫始末记

坤伶群中又添一支生力军！

·神算子·

念良人不禁黯然

……花侬还是那么有丈夫气，不过头发已经有些白了！

……秀娟虽然她是曾经沧桑的少妇，可是她还像以往那么美……

“离婚”这是一件多么怕人的事，何况他们夫妇之间，已有一个爱的结晶，提起往事，她有些黯然失色，昔日的良人，如今二人天各一方，势同陌路，这是人间惨事，她一定感觉到往事难重述的滋味了。

她时常泪沾衣襟

秀娟的那个孩子小名“狗小”，今年已经三岁，轮廓长得特别像他娘，花侬对于她这个外孙较比疼自己的姑娘还疼爱，她有话，这是秀娟的命根子，秀娟二次唱戏为谁？不是为她这个孩子吗？……“狗小”已经很伶俐的能说会道了！他时常问秀娟：“娘，我爸爸上哪去了？！我找他！”这是一句多么让秀娟难过的话！……为孩子问这话，秀娟勾起往事，她时常泪沾衣襟呢！

将与吴、童一争短长

贯家胡同路东一座红门里，时常能听见鼓板齐奏，引吭高歌：“二八的小佳人懒梳妆……”一类圆润的声调，那是秀娟在溜嗓子呢！由秀娟此点见来，她未来是有唱《戏迷传》、《溪皇庄》一类戏的可能了，秀娟此戏一出，理想中一定会高于吴素秋、童芷苓两位“棉花姑娘”的。梁家母女娘几个这么在戏班找出路，自是中兴可望了！

无聊记者披露的这些仅供当年看客消遣消闲的情况，在梁秀娟晚年自撰的《戏剧生活年表》中竟避讳得不见丝毫痕迹。当然也不能“天衣无缝”，《年表》中从“民国卅年”一条（前面已引）直接跳到了“民国卅三年，二十五岁，次子其龙出世于西安”，其间明显地留下了空白。之所以避讳，恐怕主要还不是有一段婚变史，而是因为在敌伪治下的北平登了台。其实作为唱戏糊口的普通伶人，这也实在算不上什么问题。同一期的《立言画刊》上，便有马连良《借东风》的剧照，尚小云亲自编导《一粒金丹》的消息，以及“侯玉兰首演别姬”、“谭元寿改文武老生”之类的“花絮”。最近我读了袁世海的《艺海无涯》，更深知当年一般伶人在铁蹄下谋生的酸辛。在国难中，梅兰芳先生“蓄发明志”，程砚秋先生“躬耕农圃”，固然是他们高风亮节的体现，但他们的名望和积蓄达到了一定程度，恐怕也是功德得以圆满的保障之一。梁秀娟女士这样编撰自己的《年表》是完全可以理解的。即如我自己，在为出版社之类的部门撰写自己的“小传”时，不是也常将我在“文革”后期发表过作品（自然是打上当时政治烙印的）这一点，加以避讳吗？

这是中国人独有的心理，还是整个人类都有的弱点？——总是在事过之后避讳自己的缺点与错误，隐匿或销毁自己以往的某些照片、日记与信件，即使是晚年写自传，也尽可能不仅“为贤者讳”还为自己讳，甚而在明知是错了之后，还要想方设法证明自己是对的，一直发展到强行改变是非标准，以满足自己“一贯正确”的心理欲望。我隐约感到这便是世上许多罪恶的根源之一。我想到这里才突然意识到，卢梭撰写《忏悔录》是为人类开创了多么伟大的一个先例！

扯得远了。现在还是让我们来看另外的两张照片。第六张照片是梁秀娟六十岁时的便装照（图 25）。

届时她尚能登台与徒弟郭小庄同台合演《小放牛》，反串牧童。第二年她所著《国剧表演艺术论》一书出版。又过了两年，她编著的《手眼身法步》问世。她为该书拍摄了若干张正式的戏装照（书中大量插图系只穿练功服的动作表情示范照），现在我们印出的第七张照片（图 26）即其中之一，这是刀马旦的形象，如《擂鼓战金山》中的梁红玉、《穆柯寨》中的穆桂英等，都可做这样的扮相。把这两张相片同她半个世纪以前的相片相比，我们该觉得人生真是步履匆匆，同时又不免会觉得人生中总有某种东西是恒定的吧？

同女儿梁秀娟相比，母亲梁花侬的经历更富于戏剧性。这大约也同梁花侬的性格有关。从某种意义上说，性格即命运。从本文所附的头一张相片上即可看出，梁花侬生就一副男相，她也确实有鲁男子之风。她敢于把只知道抽大烟的檀姓丈夫扫地出门。她很早便挑起了维持一大家子人生计的重担。她的钱来得快也花得快。在经营梁剧团并获得成功的时期，有一天她家的黄狗对着房上吠个不停，她觉察出房顶上躲着个贼，但她不动声色。傍晚时她在贼下房的必经之地支起了两块瓦，在支成三角形的空隙中搁了五十个“袁大头”。第二天天亮，那五十个“袁大头”不见了，狗也不叫了。两年后，忽然有一位“口外

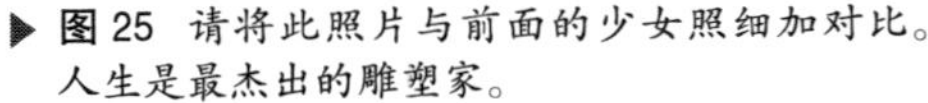

▶ **图 25** 请将此照片与前面的少女照细加对比。人生是最杰出的雕塑家。

▶ **图 26** 这与大陆京剧舞台上的形象有什么区别？同一种文化怎能长久分裂？

客”来访，挑了许多的口蘑、猴头等土产来，原来那便是当年隐匿房上的贼人，他自称用那笔钱作本钱，走正道做生意，发小财了，特来拜谢。梁花侬豪爽地向他一抱拳：“君子施恩不图报！”坚决不收他带来的东西。她积极参加“梨园公谊会”的赈济同行活动，每当来募捐时，她总是问：“梅老板（梅兰芳）捐多少？”人家说多少，她就掏多少。唱老生的石惠宝晚年没嗓子了，哪个戏班也不要他，梁花侬便把他接到家里来白住着，石惠宝没事便画兰花解闷，一时间梁家到处挂满了墨兰。因为搞剧园演堂会，她自然也认识了一些达官贵人。她多次利用这种关系为关进牢里的人说情。解放前夕，她把一名共产党死刑犯从警备司令部保出来，用汽车将他和他妻子送出了西直门，再由地下党用大车接往了西山。她只是觉得自己应当扶危济困，见义勇为，其实并无什么政治意识。抗战胜利后东北流亡学生对国民党政策不满，砸了北平市参议会，遭到军警镇压。梁花侬闻讯自动跑到医院去看望挨打受伤的学生，为他们包下医药费，后来又让他们按组织到家里领钱买粮食买衣服，并为十二三个住在城根窝棚里的东北青年提供了路费，供他们去投靠八路军。其中也不乏借机来占便宜的品质恶劣的本地青年，但即使发现了，梁花侬也只是一笑了之。这件事做下来，她经济上捅了个大窟窿，不得不卖掉一处房产，但她依旧风风火火地东奔西走，到处去大管闲事。解放初她依然还很富裕，一天她跑进国营皮货商店去买皮衣，忽然有人招呼她，她扭头一看，那人好生面熟，但想不出究竟在哪里见过。经那人自述，她才认出原来便是由她保释出来的那位"死刑犯"，人家已然当上北京市第一任皮毛公司的经理了。经理要自己掏腰包送她一件皮衣，她乐呵呵地拒绝了。她为自己行了善而高兴，却并不懂得为共产党保存了一名干部的重要意义。

对从旧社会过来的一大批戏曲艺人，究竟应当怎样对待？这是共产党在接管政权后遇到的问题之一。一九四八年，当时北平尚未解放，但贺龙、王震两位将军已经找到了梁花侬，请她为西北野战军培养京剧演员。当时许多共产党领导干部对具有独立人格的旧艺人都很尊重，并着意吸引他们来为新的观众服务，特别是为急需慰劳的人民解放军服务，至于演出的剧目，他们并不那么苛求，刘少奇同志一进城就发表意见说：不要急于改造旧戏，一出《四郎探母》唱了那么多年，没有什么了不起，不是唱出一个新中国来了吗？梅兰芳先生一九五〇年到朝鲜前线为志愿军演出《贵妃醉酒》，谁也不以为怪，更无人指责他是用"四旧"腐蚀官兵。

梁花侬应承了贺、王两位将军的托付后，兴高采烈地经营起"西北戏校"来，校址就在北长街她自己的房产中，当院搭了个大席棚，有篮球场那么大，供学员们练功排戏使用。她自任校长，聘请著名的红生李洪春任副校长。教员请到了刘砚芳、陈丽芳、孙盛文、贾多才等人，先后招进了一百多学员，其中不少学员是第二回坐科。

虽说当时的北京城还是国民党的天下，但梁花侬这么明火执仗地为共产党解放军办戏校，倒也没怎么遭到干扰。一九四九年一月底北平宣告和平解放。解放军入城后，"西北戏校"正式编入了部队。现在我们来看一张饶有趣味的相片（图 27）——梁花侬与她的同事穿上了中国人民解放军的军服，梁花侬

▶ **图 27** 一种新旧交错的独特景象。人物的表情中有着无尽的意味。什么时候我们才能对人的表情进行定量和定性分析呢？

胸前还别着一枚具有时代特色的纪念章，她的脸上，呈现着既自豪又矜持的那么一种微妙神色。

一九五〇年，“西北戏校”的第一批学员，包括梁花侬的儿子梁先庆（梁秀娟之兄）、外孙子白其麟（梁秀娟之长子，即“狗小”），随贺龙的部队去了重庆。第二批学员，则由梁花侬亲自带队，奔赴了王震部队所在的新疆。临行前梁花侬变卖了自己所有的房产和财物，一路上她毫不吝惜，随走随花。当时火车不通，长途汽车也得分段乘坐，有时还必须搭乘马车或列队步行。越往西北走越感觉寒冷。梁花侬走到半路便给每个学生添置被褥，来接他们的人员对她说：“供给制里可没这一份啊！”她甩着大嗓门宣布：“我包了！不能让孩子们白冻着！”好不容易走拢乌鲁木齐，当时部队文工团处于初创阶段，经费不足，梁花侬就拿出自己的钱给团里买了三轮车和发电机。

但是随后便爆发了梁花侬和一位领导之间的矛盾。矛盾还日趋尖锐。

那位领导看不惯梁花侬。确实也难以看惯。梁花侬依旧是往昔那种班主作风。十几二十岁的学员们闹上了想家的相思病，一个传染一个，团里的政委给他们训话，批评他们不能全心全意地干革命，梁花侬却粗鲁地说：“你讲这些个有什么用？只要咱们像亲爹亲妈一样照看好他们，就能让他们不想家！”她自作主张在文工团剧场的门口搞了个小卖部，自制煮果冻出售，赚来的钱用以补贴学员们的伙食；作为团长，财务干部向她请示时，她就用手指头上戴的一只有玉石刻花戒面的金戒指代替印章，在印泥上一戳再往单据上一盖。诸如此类的行为作风，那位领导听到耳里，看到眼里，怎能不由反感而义愤，由义愤而生出与之斗争之心呢？

梁花侬也看不上那位领导，她想贺将军、王将军咱们都是见过的，是他们把“孩子们”托付给自己照看教导的，他们搁下话便放心地让我去干，哪里像这位首长这么蝎蝎螫螫、小肚鸡肠？嘿，你来这一套老娘还真个地不尿你！有了这些个想法，她和那位领导之间的冲撞自然更其频繁。

“三反”、“五反”运动来了。政治运动的得以开展，除了其本身固有的理论上的推动力外，某些人物想借此机会将自己厌恶的东西搞倒，也是助推力之一。梁花侬被宣布为“老虎”，喝令她交代。她一气之下喝了一大缸红汞水，但并未能结束生命，反闹下了个“抗拒运动”的罪名，罪上加罪，她的前途变得空前的黯淡。

但是事态并未按照某些惯常的模式朝下发展。梁花侬的“贪污罪”定不下来。她这人你说她达观开朗也行，说她没心没肺也行，反正一结束隔离状态，她便又在学员们面前手舞足蹈地教起戏来。那位领导你说他心胸狭隘也行，说他心眼太实也行，一九五六年毛泽东同志在最高国务会议上提出了“百花齐放、百家争鸣”的方针，他怎么也理解不了，于是他与别人联名写文章公开发表，以苦谏的用心希望别搞“双百”。结果，他却在复杂的情况下，自杀身亡了。

那位领导的自杀身亡，给了梁花侬一个强刺激。以她的政治头脑和分析能力，很难弄清这究竟是怎么一回事。不过当各种座谈会向她发出邀请，当各种不同的人根据不同的想法怂恿她发言时，她却一反常态地沉默了下来。因为在那一时期的任何发言记录上也找不到她的片言只语，所以尽管有的人以为她是个天生的“右派”，却终究没有在反右运动中给她戴上“右派”帽子。

梁花侬的沦落是在一九五九年。“反右倾”时当地部队若干据说与彭德怀有关系的干部挨了批，梁花侬也捎带着算为一个“右倾分子”，排于最末。她被判处“两年机关管制”，降下两级工资。这时梁花侬的积蓄已所存无几。国家进入三年困难时期，她与团里的其他教员、学员一样，每人都足足瘦下了一圈。她女儿梁秀娟和女婿白莲丞住在台北的事越来越成为一团阴影，罩在了她的头上。她被认定为“特嫌”。但她依旧兴致勃勃地教着戏。直到一九六三年，她才退休回到北京。一九五〇年她离京时将北长街三十号的二十八间房子全部卖掉了，因此十三年后回到北京时只好先同三女儿一家合住于一间十二平米的小屋中，后来又搬去与外孙白其麟合住，白其麟当时已经从部队复员回到北京，在一个区级京剧团里当丑角演员。

不久便爆发了“文化大革命”，连梅兰芳的遗孀和子女都受到了凌辱，梁花侬及其亲属的处境可想而知。在粉房琉璃街的小小住房中，梁花侬与外孙白其麟相依为命。每到晚上，在幽暗的灯光下，梁花侬便娓娓地对着外孙忆旧。她的记忆仿佛是一面筛子，专筛出那些足以唤起自尊和快乐的事物。她不止一次重复地讲到关于那两盆宝石花的故事。白其麟依稀还记得，小时候家里的大条案上，与掸瓶、帽筒同样对称地摆着两盆宝石花，在珊瑚做成的枝干上，用翡翠宝石镶出了若干花朵，那很可能是从皇宫或王府里流散出来的摆设。梁花侬告诉外孙，两盆宝石花实际上是两条人命。四十多年前她带戏班到沈阳演出，两个死刑犯的家属跑来跪着求她，让她到大帅府找少帅（张学良）求情。于是她抻抻衣襟，跺跺脚，便去闯了大帅府，居然说动了张学良，放出了那两个死刑犯。得救的家庭给她送来了这两盆宝石花。她开头死活不收，后来人家说：“好歹是两条命，你留着当个吉利。”她才收下了。这故事的前半段，她讲的时候声量比较小，措辞上也常犹豫，但讲到下半段，她的声量就放大了，节奏也加快，流利而生动。她说解放后她将那两盆宝石花带到了新疆，摆在她的办公室里，王震司令员待她很好，在办公室看见了那两盆宝石花，还夸赞过。后来苏联来了个代表团，她强调是“斯大林派来的”，王震司令员亲自主持接待，她也参加了。双方十分友好。临分手的时候，王震司令员觉得原来准备的礼物不怎么丰厚，她便主动提出来，将她那两盆宝石花，作为王震司令员所辖部队的礼物，送给苏联朋友。王震司令员一听觉得很好，于是那两盆宝石花便被搬到了苏联人面前。那群苏联人一见，眼睁得滴溜溜圆，嘴张得茶杯般大，末了团长搓搓手，咽咽气，激动万分地说：“这礼物太珍贵了！我们这个代表团无权保留，带回去我们就转交给博物馆……”

这类美好的回忆，使梁花侬每晚入睡前能达到心理平衡。但一到白天，其麟去单位参加“斗、批、改”了，她一个人留在家中时，便烦躁忧闷不堪。一九七二年以后，她便利用白天的时间写申诉材料，这些申诉材料有的后来并没有投寄出去，但铺开纸写下些自己想说的话，同样也是求得心理平衡的一种手段。她总是在其麟回家以前将纸笔收藏起来。同其麟吃过晚饭以后，她又变得乐观而活泼。她的心理状态就这样在一天里经历着一冬和一春。其麟在好几年以后才看到了她写下的一厚摞材料，其中许多段落很能说明她的心态，并且颇具政治心理学及社会心理学的参考价值，如：

> ……我是（一九四九年）一月参加工作，西北办事处在我家成立，我有问题能这样做吗？后王司令员也来我家叫我办剧团，我用自己的名子（字）招教职员，办剧团经费不够，就把我的房子、家具卖了办剧团，共卖两万三千多元，给新江（疆）买戏箱，三轮车，电料，招生，路费，从此我北京连家都没有了！请问谁，参加工作带着全部财产？三反时斗争我说我贪于（污）了一万元，把我送到军法处，七个月，请想:我的两万多元在团里，反说贪污了一万元，这是什么账啊？王司令员不在，就搞我，后来还有两年机关管制，说我是反动派管制我，我照样培养学生，排戏……说我特间（嫌），因为我姑爷是国民党，说我认识金必（璧）辉，是因为，姑爷打死一日本大左（佐），现（宪）兵队抓他，每天来我家要人，后经李砚秀的母亲介绍，托金给解决此事，办完了，我便不去了，后来她出事，没我事，也给我扣上了。我女儿梁秀娟在我家请公安局局长，那是为救姓施的一家，施是共产党，如今他死了，儿子侄子还在哪，能给我作证，我不认识那公安局局长去，怎么救人哪？……我在兵团十多年，军及（籍）三年多，差两个月不够十五年，现在算我七年工令（龄），连退休都没资阁（格）办了，我受多少苦也没离开过组织呀……

像梁花侬这样的伶人，细分析她一生的经历遭际，便能看出不管外界环境发生着多么剧烈的变化，他们的意识中总有着一种超越性的比较稳定的东西，那大概便是通过学戏、演戏而无形中凝聚出的一套观念和信念。中国的戏曲，特别是京剧，其中究竟沉淀着儒、道、释及其他文化的哪些因素？倘若我们不用简单地只分为“精华”和“糟粕”两种成分的方法，而用更新颖更精微的分析方法加以透视，大概能有新的发现与领悟吧？我们将不但能据此更理解中国的戏曲和伶人，并且也将能据此理解一大批受传统戏曲影响的观众的心理习惯。

梁花侬进入晚年了。她忽然产生了一个固执的想法，就是她应在结束生命之前见到她的女儿梁秀娟。这仿佛是她为人生应尽的一项义务。白其麟作为梁秀娟的长子当时反倒没有那样一种冲动，因为他觉得姥姥的想法太不现实。但最后白其麟还是秉承姥姥的意志，执笔给国务院办公厅写了封信，万没想到，三个月后有关部门寄回了这样一封信：

梁花侬同志：

你七二年十二月二十三日来信收悉。据悉你女儿梁秀娟现住台北板桥大观路一号。

如你要和她联系，请你直接与其通信。

一九七三年三月二十六日

祖孙二人真是喜出望外。他们托人从香港给梁秀娟试探性地寄去了头一封信，里面只有一张照片，和写着“我们都好”及一行地址的纸条。于是便发生了文章开始时描写的那一幕。

海峡两边的亲人开始了谨慎的通信。粉碎“四人帮”以后，白其麟恢复了演出，他给母亲寄去了自己的剧照，现在我们印出了其中的一帧——是《荀灌娘》中频频惹人捧腹的荀常一角（图 28）。要论国剧（京剧）正宗，自当还在大陆。梁秀娟看见儿子不仅身体健康，而且事业上大有发展，心中十分快慰。

一九八〇年秋天，梁花侬获准去台湾与女儿团聚。白其麟的弟弟白其龙背着已近风瘫的姥姥上了飞机，于十月十八日抵达香港。十天后梁花侬抵达台北桃园机场，梁秀娟一头扑进母亲怀中，尾随的新闻记者们你挤我拱地抢拍下了这一镜头。

据说台湾当局迄今为止只批准过两位持中华人民共和国护照的老太太进入台湾。梁花侬的抵达台北自然是一桩引人注目的事。立即召开了记者招待会。有人期待着梁老太太一把鼻涕一把眼泪地控诉“匪暴”，老太太却只是乐乐呵呵地说她很高兴见着了秀娟，“出落得更有气派了”。有记者郑重其事地问她：“您觉得最近大陆那边气候怎么样？”她不假思索地大声回答说：“我觉着两边气候一个样儿！”记者问的是政治气候，却得到了这么一个朴素的家常式的回答，在场的一些人不禁给逗笑了。她还大声地说她要大陆的那份护照，“我得存着。那是我的证件儿。”她的这种态度一直保持到第二年病逝。她抵达台北和溘然而逝都是十月二十八日，不多不少恰是一年，她的寿数整整是八十。

现在我们来看摄于台北的两张相片。一张是梁秀娟和她的女儿梁小娟（定居美国）依偎在梁花侬身旁（图 29）。另一张是目前台湾最红的旦角郭小庄尊敬地搂扶着梁花侬的肩膀（图 30）。这两张相片里都有某种超越性的东西，足

▶ **图 28** 在公开印刷物中，这只不过是一张普通的剧照而已。在私人照相簿中呢？……我们应当学会珍惜“普通”。

▶ **图 29** 祖孙三代。天伦之乐。应当有更多被海峡隔开的亲人相依相偎。

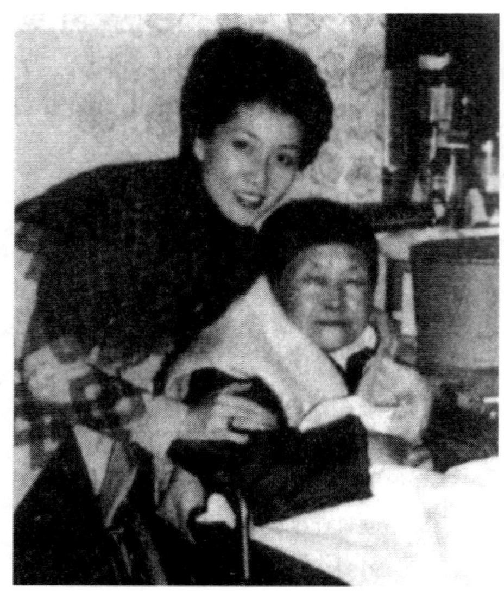

▶ **图 30** 京剧作为中华民族的特有文化是不会消亡的。右为梁花侬，左为台湾京剧舞台上的明星郭小庄。

▶ **图 31** 请注意母亲的站姿与儿子的微笑，这里面积淀着中国民族的特有文化。

▶ **图 32** 母与子——永恒的主题

堪我们玩味。

一九八二年，白其麟去了香港。母亲、妹妹小娟、父亲相继去港与他相见。梁秀娟一把拉过走近自己身边的儿子，上下端详着他，感慨地说："一见你这模样，就有种安全感！"我们可以从相片上看出母子间的无限深情（图 31、32）。世上原有恁是万丈深峡也切割不断的东西！

北京有人说：白其麟怕是不会回来了。他母亲还不得把他带回台湾去吗？但白其麟会见完亲人后按期回到了北京，回到了剧团。他已经长大成人。他家在北京。他的事业也在北京。分住在海峡两边的这个京剧世家的故事并没有结束。但愿有一天，这个故事能出现这样一个高潮：梁秀娟和白其麟母子同台演出，北京和台北的电视台在同一时间向观众播放他们的演出实况。应邀参加演出的还有谁呢？或许有叶少兰，还有郭小庄……

一九八六年二月二十六日

写于北京绿叶居

附记：

文章校样排出后，又得到一张照片（图 33）。现附于此。在梁秀娟的艺术生涯中，拜丁永利为师学会了昆曲武生戏《林冲夜奔》，是特别令母亲梁花侬和她自己自豪的一页。

注：本章内的照片均系白其麟先生提供。

▶ **图 33** 不可或缺的一张剧照：1935 年，梁秀娟演出昆曲武生戏《林冲夜奔》。十五岁的窈窕淑女，装扮成壮士居然英气逼人。

名门之后

一个细雨霏霏的傍晚，来了个文静的姑娘访我。她自称是攻读计算机软件专业的大学生，正在准备毕业考试。

“我能给你一点什么帮助呢？”

我望着她。她坐在沙发上，姿态优雅而不做作，服饰新潮而不扎眼。我心想有关计算机软件一类的事本人可是一窍不通、爱莫能助。

“也许我能给您一点帮助呢！”

她浅浅地微笑着，让我吃了一惊。

原来，她是读了《收获》上的《私人照相簿》，觉得可以给我提供一些照片，供我写一篇新的文章。我自然非常感激。“不过，我搞这么个专栏，究竟有没有价值，还很难说……”嘴里这么说着，心里却在揣测她的动机。

“我完全不想从您的创作里得到什么好处。而且直到现在我也还没有跟家里的人说。说不定您的文章出来对我们还有坏处。不过我模模糊糊地从您已经发表出来的东西里感觉到，您的尝试是值得支持的……您写的不是小说，也算不上报告文学，也不像标准的散文……”

我感动了。一个搞电子技术的人使用“模模糊糊”这个语汇可非同一般。据说模糊数学实质上是最精确的数学，又据说模糊数学是电子计算机技术的基础理论之一。确认事物的模糊性恰恰是精微界定事物性质的前提。

“您能给我提供些什么照片呢？”

她呷了一口茶，依旧浅浅地微笑着。她没有正面回答我的问题，只是闲闲引出地说：“您知道张之洞吗？”

▶ 图 34 “旧时王谢堂前燕，飞入寻常百姓家。”一位攻读计算机软件专业的大学生。直到拍这张照片时，她还没有查阅过《辞海》1086 页。

张之洞？我怎么会不知道！中国近代史上赫赫有名的“洋务运动”的代表人物。

“八年前，我十五岁的时候，才知道我是他的第五代传人。”

我望着她发愣。我实在难以把眼前这位焕发着时代朝气的计算机学士（图 34）与顶戴花翎、朝服袍褂的张之洞联系到一起。我记得在一本历史图片集里看到过张之洞正襟危坐的照片。

“你家还有张之洞的照片吗？”

“可以找一找。不过连我自己也觉得很滑稽。人真是个怪东西，他身上总流着一份祖宗的血。其实那个名叫张之洞的人和我有什么相干？我大学学的是理工，连写得有他名字的中国近代史也没有去看。”

“《辞海》上有他专门一条。你没查过吗？”

这位身上循环着张之洞（图 35）十六分之一血脉的姑娘歪歪嘴角，“没查过。早该查查，对吗？可是太忙，有太多的事要干，太多的东西要读，就没有查。”

我为她遗憾。不知道为什么，我觉得她应当立即补上这一课。我从书架上搬下《辞海》合订本，查到 1086 页，与她共读：

张之洞（1837—1909）清末洋务派首领。字孝达，号香涛，直隶南皮（今属河北）人。同治进士。曾任翰林院侍讲学士，内阁学士等职。一八八四年（光

▶ **图 35** “功名富贵若长在，汉水亦应西北流。”这帧张之洞像复制自《中国近代史参考图片集》。他的哪位后人的私人照相簿里还存有他的照片呢？当他面对照相机时，心里在想什么呢？

绪十年）中法战争时，由山西巡抚升两广总督，起用冯子材，在广西边境击败法军。一八八九年调湖广总督。开办汉阳铁厂和湖北枪炮厂，设立织布、纺纱、缫丝、制麻四局，并筹办庐汉铁路，与李鸿章争夺权势。一八九八年发表《劝学篇》，提出“旧学为体，新学为用”，以维护封建伦理纲常，反对戊戌变法。一九〇〇年八国联军进攻北京时，在帝国主义策划下，参与东南互保，镇压两湖反洋教斗争和唐才常自立军起事。一九〇七年调任军机大臣，掌管学部，有《张文襄公全集》。

读完以后我感到颇难消化。这位在世七十二年的人物自中年以后可谓轰轰烈烈、炙手可热。我脑海中卷涌的意识流里出现了前些天一位刚刚离休的老干部的面影，并响起了他用痰音发出的宣称：“我这就开始写一篇大文章，为‘洋务派’们翻案！”又浮现出某一本油墨尚香的杂志里同一页上跳出的字眼：“中体中用”，“西体西用”，“西体中用”……并且忽然冒出来王蒙诡秘的微笑，这是怎么搞的？！啊，对了，王蒙也是河北南皮县人氏……

我望望来访的姑娘，她只是耸耸肩膀，面部表情依然沉静。（图 36）

▶ **图 36** “大有高门锁宽宅，主人到老不曾归。”张之洞在湖广总督任上究竟有宽宅几许？这是其中哪一座？

今人不见古时月，
今月曾经照古人。

一个月光如水的夜晚，她又来找我，带来了一厚摞陈旧的照相簿。

她没能在她家找到张之洞的照片。她的曾祖父不是张之洞的长子，从张之洞那里继承下来的东西本来不会太多，更何况历史潮流的冲刷筛汰是那样地猛烈，因而她家的旧照片所存有限。她也没找到家谱，并且她家起码在几十年前就散失了《张文襄公全集》，也没有后来铅印出版的《劝学篇》或《书目答问》。她刚刚知道经常被人们提到的“中学为体，西学为用”的著名主张是由她家高祖提出的。

然而“百足之虫，死而不僵”。从她所带来的私人照相簿里，我们还是能看到一部中国近代史和现代史的连续性痕迹。

现在我们来看一张与世纪同龄的照片（图 37）。照片上是张之洞的一位儿媳同他的两个孙子。张之洞的儿媳数目当然大大超过儿子的数目，照片上的这位媳妇据说是他儿子张焌的原配。照片上的三双眼睛都紧张地盯着镜头，这说明虽是在主张“西学为用”的张之洞家里，拍照片这类“奇技淫巧”也还属罕见。值得注意的是照片右上角呈现出墙上条幅中最后一个字：“禅”。在那个西方文化开始粗暴地撞击中国固有文化的岁月里，几乎所有的官僚和文士都在迷惘惶悚中更紧紧地拥抱着所谓“禅理”，以求得内心的平衡。有趣的是当西方文化本身渐次陷入危机时，不少西方人士却又惊喜交加地从中国禅宗的“见性开悟”中找到了“西方的黎明”。张之洞以后的时代，便是中西方文化“双向逆流”方兴未艾的时代。不过，中国长期是“入超状态”。

一九〇八年十月二十一日光绪皇帝“殡天”，患恶性痢疾的慈禧太后在前两天已安排好只有两岁的溥仪登基继位，在得知光绪确实死于自己之前这一信息后，才咽下了她最后一口气。张之洞本是可以在溥仪一朝继续擅权的，但一九〇九年他也一病而亡。“树倒猢狲散”，张之洞的钟鸣鼎食之家瓦解了。现

▶ **图 37** “人事有代谢，往来成古今。”一张与世纪同龄的照片。张之洞的一位儿媳与他的两个孙子。

在我们得到的私人照相簿属于他众多儿子中张焌这一支。把张焌的遗像（图38）同张之洞的遗像对照，我们可以看出父子两人面貌酷肖。但张焌的洋装与张之洞的官服却划分出了两个截然不同的时代。

据说张焌也曾厕身官场。这多半是张之洞的苦心安排。张焌一度当过山东监运使，又当过湖南税务局局长，都是美差。但同许多名门世家的子弟一样，他却渐渐生出一种强烈的厌恶政治、鄙弃官场的心理。凭藉着张之洞在世时所提供的当时最好的学习条件，他"中学"、"西学"均有较高水平，于是他后来成为了复旦大学的教授。

这是不是一种规律性的现象？政治家的后代中倒是厌倦乃至厌恶政治的子女更多一些。

官初罢后归来夜，
天欲明前睡觉时。
起坐思量更无事，
身心安乐复谁知？

▶ **图38** "宁为宇宙闲吟客，怕作乾坤穷禄人。"张之洞的儿子张焌同许多名宦的后代一样，在厌倦官场之后跻身学界。半个世纪前，他成为复旦大学教授。

真能产生这类心境吗?

高卧深居不见人，
功名抖擞似灰尘。
惟留一部清商乐，
月下风前伴老身。

怕也说得过了头。但人的感情、心绪确实是复杂的，比如溥仪之父、统揽大权的摄政王载沣，也曾把“有书真富贵，无事小神仙”悬挂于壁，表露出内心中厌倦政治和权力的一面。

虽然当了教授，张煐的生活比起当官时可是清苦多了。抗战时期，他在西南联大往湖南写信，字里行间流泻着他对孙子的关怀和期望，我们无妨读读遗留至今的三封“示孙书”：

其一

运道孙儿知悉：

前接汝七月七日来禀,知汝放假回家,正深欣慰。因昆市连遭空袭,故未即覆。昨接汝父来信知汝不慎肺部受伤颇剧，令我忧灼。不知现状如何？以后如在外遇有不幸之事，回家应立即明白禀告父母，不可稍有隐瞒，至要！刻下不必读书，可在家中休养一年半载。寒假时可请长鸣妹到家为汝稍加补习功课，她文字俱佳，备受艰苦，立志向上，汝能爱戴她，于汝必有益。小妹高小考第一，免试保送联大初中，尚未开学，并告。

祖父字

八月二十五日夜

其二

运孙知悉：

十二夜来信，我已阅悉。汝考入修业小学，我甚喜欢。曾祖母必定更喜欢。汝在家要听大人教训，在校要听师长教训。对于同学要亲爱要和气，不要打架，不要吵嘴。早起早睡，饮茶吃饭，穿衣走路，要有规矩。要爱洁净。不要乱说话。不要乱闹。先生教的功课要把它做好。汝都知道吗？

祖父字

九月二十三日

其三

道孙：

汝身体好吗？二学期功课成绩好吗？我每月为汝储蓄五元钱，因物价激涨，同人要求停止继续箱理，自三月起已一律提出来，兹交中央钱行汇去五十元，汝可收存应用。我自到云南来，晃晃已有四年了，劳心焦思，精神日渐衰颓。二姑在成都齐鲁大学，因系教会私立学校领不到贷金，三姑在联大，以我在此地身份也不能领取贷金。我与祖母外还要供给四个人的教育费、膳宿费、衣服书籍费。每个人的伙食费，就在二百元以上。我的薪金及米代金等，不过千元以上。我每顿饭不过一样蒸鸡蛋，一样小菜，一碗淡盐汤。汝祖母在乡下，自己烧饭吃，生活过得如此之苦，总是支持不来。你们想不至如此之苦。可是银行待遇较佳，一般行员，守本分者少，只知吃喝嫖赌，所以犯法被控告、被开除、被看管的，日有所闻。汝是一个天真可爱的小孩，我本不愿向汝说这些话，但是环境如此不好，风气如此之坏，又不能把汝带在我面前，只好叫汝心内明白，立意为人不要学坏样。附去报纸内面的物价表，汝看比邵阳还是高还是低呢？不说了。

祖父字

八月十一日

从第二封信里可以看出，彼时张焌的儿孙一大家子大约仍住在湖南祖宅中，而张之洞的一位夫人（信中提及的“曾祖母”）尚健在。从第三封信里我们可以看出他对儿子已然失望，因此对孙子的期望便变得格外殷切。

张焌至今仍有许多洋装照留在后人的私人照相簿中。几乎每张洋装照上都有他墨笔自题的上下款，发散出一种中西文化合璧的气氛。

据说张焌未到抗日战争胜利便溘然长逝。下面我们要勾勒出他的长子——张之洞的第三代——的另一种色彩的命运。

我们看到了一张发黄的定亲照（图 39）。在一盆象征长寿与富贵的万年青两边，分站着貌合神离的一对青年男女。那第三代的张公子大概并不满意他的第一次婚姻。他在这张合影中显得如此矜持，但我们在另一张篮球运动员打扮的单人照（图 40）上，一眼便能看出他的活泼与热情。当然，在半个多世纪之前，身为银行的高级职员，有着如此的“全盘西化”派头，确实也标志着他的

▶ **图 39**“来如春梦几多时，去似朝云无觅处。”这位张之洞的孙子也曾想度过有意义的一生。但富贵的家庭、险恶的社会加上他耽于享乐的性格，使他很早便碌碌无为，最后默默而殁。

▶ **图 40**“世事茫茫难自料，春愁黯黯独成眠。”谁能料到，拍这张照片的三十年后，他成了北京街头看管自行车的老头儿。当他春夜独酌时，是否还记得这张照片呢？

“高等华人”身份，并显示着“人生得意须尽欢”的心态。

在这里我们还要插入一张他的妹妹当年参加大学女子排球队的照片（图41）。这些亭亭如莲的女排球手们，后来星散何处？尚有几人在世？我们除了感叹“浮世本来多聚散，红蕖何时亦离披？”是不是也可以从中悟出一点：毕竟是晚清的“洋务派”们，把包括西洋体育在内的泛西方文化率先引进了中国。一八九四年（光绪十九年）湖广总督任上的张之洞在武昌创办了“自强学堂”，最初雄心勃勃，开设了方言（即外国语）、算学、格致（即物理和化学）、商务四科。草创这类“洋学堂”自然困难重重，不久格致、商务两科便被迫停办，仅致力于方言一科，分英文、法文、俄文、德文四门，故学堂本身后来也便被称为“方言学堂”了。当时的学堂已引进了西洋式的体操，足、篮、排等球类竞技于何时引进，准确的时间说不准，但它们是首先在“洋学堂”里普及开的，则无可怀疑。

如果这位张之洞的孙子仅只是喜欢球队运动，他的命运也许倒不至于那么样地富于戏剧性。但他对快乐的追求实在是太多样化了：宴席、郊游、影剧、清谈……而最不能遏制的，便是情欲的满足。从他留下的一幅“游春图”（图42）中我们可以看到他尽情享乐时的排场，但同时也可以看出纵欲所造成的虚

▶ **图 41** 合影照片摄于半个世纪之前：后排左二为张之洞的一个孙女（右边照片为十八年前她的形象）。这说明女子排球运动在中国已有很长的历史。

▶ 图 42 “锦衣红夺彩霞明，侵晓春游向野庭。”半个世纪前的一幅富家“游春图”。张之洞的孙子（右一）同他的太太、姑奶奶、女仆及儿子排列成尊卑有序的一串（女仆排右四是为了给一老一少打遮阳伞）。

弱与疲惫。

张焌的追求和命运，在名门之后中具有一定的代表性，他们由对政治的厌倦而走向隐退和恬淡。

张焌的这位长子的追求和命运，在名门之后中不消说也具有一定的代表性。由于长辈把他们的一切都安排好了，他们可以坐享其成，因此他们对政治不是厌倦而是无知，他们在世态翻覆中不是明哲保身而是及时行乐。他们的命运往往是始于喜剧，终于悲剧。

把人和事分成类而加以分析，往往不能洞见人性的复杂和世态的深髓。面对着私人照相簿上的一张张面孔和一个个场面，呈现于我们面前的信息是那么具体，那么生动，我们得向人生和命运的深处探秘。我们会因此而觉得文学虚构的多余与展开渲染的幼稚。

我们看到了一张大约拍摄于抗战胜利后的夫妻合影（图 43）。男方还是前面的那一位，女方却已然是另一人。

单以面相而言，这位新夫人不仅绝不妩媚，也不够喜幸。甚至可以从对比中做出这样的判断：女方的年龄要高于男方。

然而这幅照片却是真正的爱情的见证。

人到中年以后，张之洞的这位孙子在情欲追求中也趋向于成熟——他更多地看重情，他觉得该把自己一颗骚动的心，驶进一个温暖而安谧的港湾了。

他是在妓院中认识她的。她地位低下，处境窘迫，算不上美人，还有几分村气。然而他从她身上发现了一种说不清道不明，却又非常值得珍惜的东西。这种东西是他几十年锦衣玉食的生活中所欠缺的。他用重金赎出了她，并娶了她。

一年过又一年春，
百岁曾无百岁人。
能向花中几回醉？
十千沽酒莫辞频！

他原本就是个享乐主义者，现在从物欲中发现了真情，自然更觉得鱼游春水般畅快。

像他这样的名门之后，长期置身于时代潮流之外，对政治一窍不通，因此，当时代的潮流汹涌澎湃，席卷到每一个角落，冲激到每一个社会成员，并使整个社会发生巨变时，他是毫无精神准备的。一九四九年，中华人民共和国诞生了。他对新中国性质的无知达到了令人发噱的地步，恰恰在这个时候，他觉得自己对情欲的追求可以更加无拘无束。于是，他换上了"解放装"，学会了新名词，爱上了一位年龄同他儿子相仿的姑娘，他也让她穿上当时最时髦的女式"解放装"（当时称为"列宁装"），并戴上当时最时髦的"解放帽"，他纳她为妾，并同她拍出了全然"新派"的照片（图44）。

▶ **图43** "遥见人家花便入，不论贵贱与亲疏。"张之洞自己，及他的儿子辈与孙子辈中的多数，都有不止一位夫人。这位风流孙子的第三位夫人是经过热恋后从妓院中赎出的女子。都到1950年了，他还同第四位夫人（与他的儿子年龄相仿）兴致勃勃地合影（有趣的是穿上了"解放装"）。在他们的关系中，究竟几分是情？几分是欲？

真是只有名门之后才能闹出这样的笑话！

解放了的时代很快便给了他一记重重的耳光。《婚姻法》宣布了他纳妾的非法，接收后的银行认为他并不能胜任新时代的工作，而儿女们一经投身革命洪流之后，也都对他以往的寄生、半寄生式生活明白地表示出鄙夷与批判，直到他终于明白自己在新社会中全然是一枚废物时,他才遍体清凉下来。真是“节物风光不相待，桑田碧海须臾改”。新社会必须消化掉他，他必须适应新社会，于是他成了百货商场门口自行车存车处的看车人。

真正伴随他直到他临终咽气的，还是那位从风尘中出来的妇女。她究竟是爱他，还是起初感激他，后来怜惜他？谁说得清呢？当他沦落到存车处以后，他才真正懂得了她那颗饱经蹂躏的心的善良与宝贵。他一度纳那小姑娘为妾，也是对她的心的蹂躏。可是她终于还是原谅了他。她并不觉得生活水平的降低有什么了不起。她挑起了生活的担子，不仅为他，也为他的后代——她做饭、洗衣、采买、拾掇，还把两个孙女儿从小拉扯到大。

他们两口子光凭看守自行车和儿女给予补贴还是过不下去的。他们就陆陆续续地卖家里的东西。从解放初一直卖到一九六六年夏天以前。这也是名门之后的一条典型的谋生之路。先是卖首饰、古玩、字画，然后卖估衣、家具和零碎物器。张之洞当年精心收敛的传到他们手中的东西,便这样渐次地星散各方。

张之洞的这位第三代传人于一九六九年默默无闻地因病死去。街道上并没有人知道他是张之洞的孙子,他早已沦落为绝不引人注目的自行车存车处看守，

▶ **图 44**　他还将这照片寄给已经成年的儿女们，请他们称他的新夫人为“亲爱的瑞姨”。他觉得“解放”真好，他也“解放”了，他不是比以前更浪漫，更大方，更摩登了吗？

因此无论是“红卫兵”还是街道上的“革命积极分子”都没有过多地找他的麻烦，比起一些当年革张之洞所效忠的清王朝命的烈士们的后代来，新的“革命”对他相当客气，而有的那样的烈士后代，却惨死暴殄于“文革”之中。

这位张之洞的孙子本是极爱照相的，但当他沦落以后，他却几乎不再照相。这倒不是他丧失了照相的经济能力。他是丧失了照相的乐趣。但他并没有丧失以往所有的乐趣。比如吃香的喝辣的这一乐趣，他就简直没有放弃过。每当手里有了一点钱，他便兴致勃勃地去到知名的饭馆，非常内行地点上几个名菜，美美地享受一番。这也是许多名门之后的共同特点。而且这恐怕也是汉文化在这类准知识分子心灵中最坚实的积淀。我们可以从王蒙的长篇小说《活动变人形》中看到关于这种心态的淋漓尽致的描绘与剖析。

他的儿子——张之洞的第四代——却使这个家族发生了一次质变。这种变化不是偶然的。我们可以看到张之洞这位重孙的一张童年的照片（图 45）。他装扮成空军驾驶员的模样，坐在照相馆的一架飞机模型里。毕竟他是成长在抗日战争的时代气氛之中。这种同仇敌忾、抵御外侮的时代气氛，不可能不在他幼小的心灵中播下健康向上的种子。我们又可以看到一张他与小学中的“童子军”友伴的合影（图 46）。那时他才七岁，可是已经成了“热心募集慰劳抗敌将士物器的学生”。

他的父亲，前面说过，基本上是个不问政治的享乐主义者。但这位享乐主

▶ 图 45　“日居月诸，渐免于孩。”第四代开始了人生的途程。这张照片也已存在半个世纪之久了。

▶ 图 46　“人生何处不离群？世路干戈惜暂分。”“七七”事变爆发三个多月后的这群“童子军”，今天都还健在吗？他们都经历了怎样的人生旅程？后排右二是张之洞的重孙。

义者却并没有卖国求荣的倾向。从根本上说，张之洞尽管反对清时的革命党，并与入侵中国的帝国主义势力时有互相勾结互相利用的表现，但他恐怕还不能算是一个卖国贼。过去我们比较多地强调“洋务派”对抗维新派和革命党的一面，其实“洋务派”何尝没有对抗外国强权的一面。张之洞明确表明，他的“中体西用”说，目的便是“御夷图存”。

在整个民族为生存而奋斗的气氛中成长的这位名门的第四代，当他长到十九岁时，他对自己的生活道路作了一次严肃而坚定的抉择。

下面是保存至今的一封家信：

爹爹：

继着小叔的路我也走了。一个星期来，我曾多方面考虑过这个问题，我觉得我中学总算告了一个段落，下期想跟着就升学一定不是一个很简单的事；同时我这样闲着待下去，的确不是一个办法，我愧对那许多已经流了自己的血去换取革命果实的革命先烈。虽然我现在生活得很舒服，但内心却很痛苦，我不应该再在这享乐舒适的小圈子里混下去了，我应该去跟那些广大可爱的受苦的人民在一起，这次的走对我也许是一个考验。

您爱我，因为我是您的儿子，但希望您把这爱推及广大受苦的人们，现在革命事业正急需要我们贡献一份力量，我们不能再袖手旁观，应该为美丽的祖国及后代而奋斗。您也许不会了解我这些话，更可能嘲笑我是傻，但现在社会正需要多一些我们这样的“傻瓜”。

那里有我们很多伙伴，生活也许会很苦，不过只要我们是有目的而带着真理去的话，也许能熬得过的。一切请您放心。如果没有为真理及革命事业而牺牲的话，也许还能再见，那时我们一同共庆胜利。书不尽意，祝好并问候奶奶，珍婶，瑞姨，表伯，干爹、妈，潘伯父、母，惠姐，刘主任，四姐，夏妈及能了解我们的——表伯奶奶。

您的儿子叩上于走的即日

一九四九年六月二十八日

从最后需要问候的一大串名单，我们可以深切地感受到这位名门之后迈出这一步的不易，牵制着他的家庭力量是强大的，然而他毅然地离家出走，投奔中国人民解放军去了。

“虽然我现在生活得很舒服，但内心却很痛苦。”这是许许多多名门之后的共同心绪。这种心绪反映出个人处境同时代精神之间的巨大矛盾。但一个又一个的名门之后像这位张公子一样，毅然地迈步投向“受苦的人民”。这说明循环在人们体内的血液出自什么血统实在不值得深究，不是血统造就着人，而是社会环境造就着人，时代精神更改造着人。

下面我们看到了这位年轻的解放军战士飒爽英姿的单人照（图 47）和喷溢着勃勃朝气的与战友合影（图 48）。在后一张照片中我们可以注意一下他的特殊身姿神态，一方面他的拢袖偏头显示出以往少爷生活的残余习惯，另一方面他那欣慰与严肃交融的表情也显示出他已平服了往昔的内心痛苦。

呵，青春，像鲜花怒放般的青春！我们现在看到了他二十七岁时的照片（图 49）。这时他已是一个部队文工团的歌剧演员。他是幸福的，因为他在青春期里能将自己的聪明才智比较充分地发挥在自己所选择的事业里。我们看到了他在新歌剧和黄梅戏中扮演完全异趣的角色的剧照（图 50）。

在他家私人照相簿里残留至今的舞台照中，《甲午海战》谢幕时所摄的一张（图 51）自然是最珍贵的，因为那上面有周总理和陈老总。《甲午海战》这出戏里的李鸿章是个十足的反派角色。“洋务运动”在这出戏里自然是被全盘否定的。张之洞出山晚于李鸿章，作为“洋务运动”中的“后起之秀”，他与李鸿章是有矛盾的。不知如果将李鸿章与张之洞的灵魂唤来观看这出戏，两个“洋务灵魂”会作何感想？上演这出戏和拍摄根据这出戏改编的电影《甲午风云》已经是二十多年前的事了。在今天这样一个空前开放的时代气氛中，如果重新创作这一题材的作品，是不是会有完全异趣的面貌呢？

一个时代有一个时代的文学艺术，有它的代表作，一九四九年至一九六六年最能传达出其时代精神和美学时尚的代表作便是首演于一九六四年国庆十五周年的大型歌舞《东方红》。

▶ **图 47** “溪涧岂能留得住，终归大海作波涛。”在浩浩向前的时代潮流中，第四代中的这位十九岁的热血青年毅然参加了中国人民解放军。

▶ **图 48** “请君莫奏前朝曲，听唱新翻《杨柳枝》。”新的时代。新的人群。新的生活。新的曲调。名门的第四代（前排左一）走上了他曾祖父想象不到的那么一条道路。

▶ **图 49** “劝君莫惜金缕衣，劝君惜取少年时。”二十七岁。最烂漫的青春。他怎能预料到十年后的坎坷？

▶ **图 50** “枕上片时春梦中，行尽江南数千里。”二十六年前，部队文工团的歌剧队到江南学演黄梅戏。这是《打豆腐》中的一个场面。右一的剧中人王小六由名门的第四代扮演。但几年以后这类剧目便被宣布为“四旧”破掉，教他们演唱的严凤英等演员惨遭迫害。时至今日，学黄梅戏的场景仍时时在当事人的梦中显现。

▶ **图 51** 一张二十五年前的接见照。这类照片被许多新中国的文艺工作者珍藏至今，并引为骄傲。在话剧《甲午海战》中饰有角色的照片保存者在这张照片中位于左侧。他的曾祖父所参与的“洋务运动”在《甲午海战》这出戏中被严厉批判。

张之洞的这位重孙在《东方红》中也扮演了一个角色。他扮演的是抗日战争中的流亡教授（图 52）。不知当他扮演这个角色时他是否联想起过他的祖父张燕。更多的可能性是他根本没有往自己的家族上去产生哪怕是一星半点的联想。因为恰恰也是从那个时候起，狭隘到极点的“阶级论”即“血统论”开始

▶ 图 52 “天地大舞台，舞台小天地。”1964 年拍摄的大型歌舞影片《东方红》中的一个场面。正中的老教授由张之洞的重孙扮演。

甚嚣尘上。他还是尽量忘掉自己的出身为好。

“文化大革命”来了。这场革文化命的运动自然也没有放过部队的文工团。一向秩序井然的文工团陷于极度的混乱。一向平和相处的战友分裂为不共戴天的两派。这位怀着美好愿望和战斗激情的名门之后不可能不卷入两派斗争的漩涡。但是，他却不幸“站错了队”。正确的位置据说应是站到支持黄永胜、吴法宪、李作鹏、邱会作的这派一边，实际上也就是站到林彪和叶群一边。倘若他“站对了队”，也许不会有人来追究他的出身，然而一旦“站错了队”，他的出身当然只能是使他罪加一等，于是他很快便被排挤出了文工团，甚至一度勒令他回到原籍——因为张之洞曾任湖广总督，坐镇长沙，所以要他带着全家回到长沙。

十年一觉“文革”梦。梦醒之后，文工团对立的两派中的多数重新遇合时，真是欲悲无言，欲悔无辞。究竟谁站错了队？怎么谁也没从“文革”中得到真正的好处？“站对”和“站错”的双方都丧失了最好的年华，中断了原有的艺术生命，留下的只有无尽的怅惘和痛苦的反思。

我们看到了一张刚洗印出来不久的剧照（图 53）。这张剧照后面有这样的题词：“一九六二年排演歌剧《三世仇》，饰演李老汉，赴福建前线演出。一九八六年五月十九日文工团建团三十五周年纪念日团聚时，何茂田同志洗赠

▶ 图 53 “渡尽劫波兄弟在，相逢一笑泯恩仇。”在因“站错队”而被排除于外之后的第十七个年头，照片上老头的扮演者重归部队文工团，参加团庆活动，留团的一位同志将这张二十六年前的剧照洗印给他。他即是张之洞的重孙之一。考究谁“站错队”在今天还有什么意义呢？

留念。”这短短的题词中，包涵着多么丰富的人生滋味！

昔日的照片可以重印。青春呢？年华呢？率真的心境和纯朴的人际关系呢？

现在张之洞的这位第四代人物也已逼近了老年。他的两个女儿，张之洞的第五代，开始走上了与他又不相同的生活道路。昔日名门的风习在她们身上不存一点余迹，她们既不为自己祖先进入现代史和《辞海》感到自豪，也不为此感到屈辱。

“他是他，我是我。”来找我的那位姑娘睁着明亮的眼睛，沉静地对我说：“我知道现在史学界有一些争论，有的人主张对‘洋务运动’和‘洋务派’采取比较肯定的态度，对‘中学为体，西学为用’的口号也主张不要一棍子打死，对张之洞这个人也主张多考察一下他在历史上的积极作用。可是对于我来说，无论这场争论朝什么方向发展，都同讨论陈独秀或者恺撒大帝的功过一样，没有什么更能吸引我的，也不可能牵动我的感情。您别忘了，我是搞电子计算机软件的。也许有关美国加州‘硅谷’的争论对我更重要一些，更有吸引力一些……”

“可是你还是热心地来给我提供了这么多你家的私人照片……”

“因为我朦朦胧胧地觉得旧照片也是一种文化，应当让它们获得流布和被剖析的机会……”

是的，旧照片是一种极其重要的文化，或者换句话说，旧照片是往昔人类文化的最明确的见证。照片所提供给我们的并不是一般意义上的真实，而是准确意义上的逼真。

现在我们看到了一帧张之洞这个名门在抗日战争胜利后的家族合影（图54）。他们当年拍照时眼睛都望着镜头，现在等于是都望着我们。对于他们，我们能知道些什么？我们能理解他们、宽宥他们吗？

他们的命运并不相同。

前排左一，是张之洞的一位孙女，解放后她是一位中学历史教师。当她在课堂上讲到“洋务运动”，提到张之洞时，她内心里漾着怎样的波澜？究竟什么是历史？那些循环在我们血液中的东西，积淀在我们心灵中的良知与善恶，是不是历史？我们裁判着祖先，审定着过去，可是我们难道不该也审一审我们自己？……

前排左二即前面提到的那位从风尘中来的善良妇女。她的丈夫就站在后排正中间。她成为这个名门大族中的一员，实在是偶然的因素居多。她不知道自己的父母是谁，她记忆中的亲人只有一个哥哥，哥哥是个鞋匠，染上了吸鸦片烟的嗜好，骨瘦如柴，性情粗暴，正是这个哥哥，将她卖入了烟花阵中！我们可以参看另一张她当年的单人照（图55），她的脊背腰肢明显的有些畸形，她过早地便承受着人世的罪恶与苦难。

但是她在这个名门大族中生存过来了。她没有沾多少光，却献出了自己所有的血和汗。给我送照片来的姑娘讲到她的这位奶奶时，沉静的神情一变而为

▶ 图 54 “鸟来鸟去山色里，人歌人哭水声中。”在本世纪来的山色水声中，张之洞后代经历着并不相同的命运。前排左起：（按与张之洞的关系算）孙女儿、孙媳、儿媳妇（怀抱曾孙）、孙媳妇之陪嫁丫头、重外孙女，后排左起：曾孙、孙女婿、孙子、孙女婿、孙子。请特别注意他们不尽相同的服装和表情。

▶ 图 55 “斜拔玉钗灯影畔，剔开红焰救飞蛾。”命运把她卷入了这个名门，她并没有享受到什么好处，却贡献出了她全部的良善、隐忍与辛勤。

激动，她说：“在我们这个家族中，我最爱的就是奶奶。其实她身上没有一滴张家的血，并且她自己也不曾生育。她把我和姐姐从小带大，她给我们讲过许多许多的故事，这些故事的内容我大都忘记了，可她讲故事的神情，她的一双眼睛，却好像刻在了我心上一样……她教会我同情别人，尊重自己，并且在任何坏运气面前保持镇静。我记得，那已经是‘文化大革命’快收场的时候了，忽然邮递员给我们家送来一封信，是写给奶奶的，奶奶一看就哭了。原来，那是她哥哥寄来的。三四十年来，这个哥哥终于打听到了她的下落，给她写了信。她哥哥在信里忏悔了过去，说自己身体彻底垮了，快死了，要在咽气以前请她原谅……我和姐姐弄清楚她的身世以后，都恨她的哥哥，都不让她原谅，可是她还是原谅了他，原谅了那个打过她掐过她卖过她的哥哥，奶奶教会了我们原谅人，原谅那些有罪可是知罪忏悔的人……”照片上前排当中的老太太是张焌的夫人，但却又并非她身后那位的生母。她怀抱着张之洞的一个曾孙。她直到一九七一年才谢世。

前排左四的妇女被这个家族的人员统称为“秋姨”，她是这个名门第三代一位夫人的陪嫁丫头。这不免令人想起《红楼梦》中的平儿，以及“周瑞家的”、“赖大家的”乃至于“林之孝家的”和“王善保家的”。只有名门中才会出现这类身份的人物。据说解放前夕张家人给了她一笔养老费，她定居南京，嫁人生子，可谓“桃花流水窅然去”。如今不知所终。

前排右一是张之洞的一位重外孙女，当时还在上学。时过境迁，这张照片的保存者也说不清她后来的命运轨迹了。在我们的私人照相簿里，常有这样的影像，他或她同我们有过这样或那样的关系，因此他或她永远在我们观览照相簿时对着我们沉思或微笑，但是我们早已不知他们的去向，甚至难以说清他们的姓名。私人照相簿啊，你里面包含着多么丰富的人生之谜！

照片上后排左一是张之洞的一位曾孙，他后来的命运也搞不清楚。左二是张之洞的一位孙婿，是一位高级会计师，一九五七年被打成了“右派”，历经坎坷，近年来退休后又被聘到大学任教。左三是我们已经熟悉的张之洞的孙子，左四是另一位孙婿，他一直在教育界工作，“文革”中被捕入狱两年。令人感慨的是他之遭受迫害倒并非是受张之洞这样一种家族背景的牵连，而是因为他同“现行反革命分子”严慰冰即陆定一夫人曾经同学。后排右一是张之洞的另一孙子，他毕业于美国西点军校，拍照时是国民党空军的军官。他在“文革”中因自己的“反动历史”被关了七年监狱。

我们在这里不想也无权对照片里的这些名门之后加以褒贬臧否，但是我们不能不想到“时代·社会·人”这样一个严肃而沉重的命题。

我们从哪里来？

我们到哪里去？

有没有命运这个东西？

人是命运的主人，还是命运的奴隶？

人怎样把握自己的命运？

还要请大家来看这个家族中一员的照片（图 56）。这个眼神严肃得过分的少年，是张之洞众多孙子中最小的一个。他的年龄甚至同后来成为部队文工团演员的那位曾孙相近。从前面所引的一封信可以知道，他是这个家族中最早一个投奔到革命队伍中来的。他心中一定激荡着更强烈的追求真理和与“穷苦人”认同的情绪。没有人强迫他，他是绝对自愿地参加中国人民解放军的。据说他还参加过解放南部中国的战斗。

但是一九五七年以后，他突然沉沦了，他被送到东北兴凯湖劳改。是他经受不住革命的考验，自甘堕落，还是当时的革命发生了偏差，不能包容和消化

▶ 图 56　“花发多风雨，人生足别离。”四十年前的少年人——张之洞的孙子之一——后来不知所终。

他这样的人物？或者两方面的因素都有，抑或还有其他的种种因素？也许有人会认为这是一部中篇乃至长篇小说的题材，但是离开了翔实可靠的材料，难道仅仅通过想象和虚构，就能完成对这样一条生命的探索？

他曾是年龄上属于同一代的那个侄儿的引路人，他的这张照片便是在离家出走前留给他的侄儿的，他那在文工团当演员的侄儿在他沉沦以后到底不能忘怀他，于是在经过一番思想斗争以后，终于写信到劳改部门去询问他的具体下落，想取得联系，以便在他小叔陷于人生中最痛苦的境地时，尽自己最大的努力给他以心灵的慰藉和再生的勇气。

不是没有得到回音，而是得到了劳改部门的正式、明确的答复：查无此人。

北风日日吹过兴凯湖宽阔的湖面，湖波涌荡着。也许兴凯湖知道？也许湖波知底？这一切毕竟都已过去。最后我们展示出一张最新的照片（图 57）。除了第四代的父母和第五代的姊妹花，还有一位老奶奶，她不是张之洞家族中的成员，她的老伴曾是“紫竹林”湖南饭庄跑堂的，后来同前面提到的那位张之洞孙儿——晚年在自行车存车处当看守的，结为了莫逆之交。现在两个老头都已去世，她还常到张家，并且俨然成了他们的一位过往最密的亲戚。

人们就这样地重新组合着自己的关系。人们归根结底并不属于生理学上的血统，人们属于社会，属于时代，并且属于他自己。

▶ **图 57** “登高壮观天地间，大江茫茫去不还。”在历史潮流中找到自己恰当位置的名门之后。他们希望有一个持续的和平与建设的生活环境。难道这不也是我们大家的心愿吗？

人们到处生活。人们拍摄生活照。人们设置私人照相簿。人们在一天天地变得开明，变得聪慧，变得善良吗?

但愿如此!

（注：本章内的照片除张之洞像外，均系张露同志提供。）

一九八六年七月十四日

写于北京劲松东街

江山不老

她很生气，甚至于说："要是你不公开纠正错误，消除不良影响，我就要到法院去起诉！"

我倾听了她的意见。

在杂志上所发出的《私人照相簿》第三篇《伶人传奇》中，我以无比同情的笔触写到了京剧艺人梁花侬的遭遇，其中涉及梁花侬一九五〇年到新疆后，与一位领导之间的矛盾。她指出我文中有三处写得不确。

倾听了她的诉说后，我承认我行文不准确。尤其最后一点，全凭听来的说法，没有核实，便写到文章里去。我就此向她表示歉意。她要求我公开更正。她给我看了一本由新疆人民出版社出版的名为《写在天山上的碑文》的厚书，那本书里收录的全是悼念在新疆工作过的革命烈士的文章，她让我注意以下的小传：

> 马寒冰同志，福建省海澄县人，一九一六年八月生于缅甸华侨家庭。一九二八年回国就学，一九三六年于上海沪江大学毕业后，重返缅甸，就职于仰光新闻界。一九三七年回国到延安参加革命，一九三八年一月加入中国共产党。历任军委总卫生部政治处干事，印度援华医疗队翻译……三五九旅司令部秘书……一兵团政治部宣传部副部长。建国以后，随一兵团进军新疆，历任新疆军区宣传部副部长。一九五三年调任总政治部文化部编审出版处处长兼文艺处处长。一九五七年六月二十八日逝世于北京，终年四十岁。

书中所收的悼念马寒冰的文章不长，关于他的死，只用了一个句子：“寒冰同志是一九五七年夏天因为对免去参加世界青年联欢节文艺代表团团长的职务思想不通而自杀身死的。”

她是马寒冰的未亡人。她来找我，责我更正，可以理解。

一九五七年时我十五岁，还在中学读书，对世事所知甚少。我去问了一位那时已是青年，并确实被错划为“右派”的同志，当我口中刚刚呐出“马寒冰”三个字，那位同志便连珠炮般地说：“他？你问他干什么？你想写他么？……”似乎很不以为然。

我不好再说什么。但我愿听取各种各样的对同一个人的评价，只要都立足于事实。

在同马寒冰未亡人的交谈中，我了解到一个令我惊奇的情况：马寒冰虽是自杀而死，但死后却在周总理的亲自过问下，被葬进了八宝山烈士公墓；虽葬进了烈士公墓，墓碑上也嵌上了他的烧瓷像，却只镌刻着“马寒冰之墓”五个字——姓名后面不称“同志”，并且墓碑背面是空白，按常例那背面是必刻上“盖棺论定”的小传的；直到他去世的二十八年之后，一九八五年，由于遗属的一再努力，才终于改置了“马寒冰同志之墓”的七字墓碑。背面也有了碑文，想来即是那本书中所载的基本由一系列递升的职务所构成的小传。

马寒冰之死，以及死后墓葬的待遇，都是很特别的。他的未亡人展示给我的几篇悼念他的文字，撰写人都对他赞颂有加，读来感情真挚；但至今也还有如上面提到的那样的同辈人不能谅解他，其情绪也相当坦诚。

由此我深感人世与人事的复杂。人的命运中交织着难以逆料的种种祸福，而对人的秉性的评价中更交织着难以勾稽的人际关系因素。我该怎样来看待这样一位与我并无干系的作古者呢？我感到不论是用一张“右派”“左派”的筛子，或者是用善与恶的筛子，“整人”与“被整”的筛子，都很难筛出人生的奥秘与人际关系的真髓。

马寒冰的未亡人本是来同我论理，并准备与我“法庭上见”的，但我并未如她所设想的那般倨傲，我并且向她表示：我很愿意纠正自己只听一面之词便形成看法的缺点。我听到的梁花侬及其梁秀娟的命运，诚然是值得勾勒与咏叹的，但不应当在一旦对她们生出了油然的同情之后，便将在她们命运轨迹中与之撞击的其他的人和事，依同她们的亲疏恩怨简单地加以褒扬贬抑。

我想，梁家自有梁家的私人照相簿，她也自有她的私人照相簿。每一家、每个人的私人照相簿，都是这一家、这个人在世界上生存和发展的天然辩护书。这世界原不是为一家人、一个人而存在的。

通过交谈，她气消了，并且还从她的私人照相簿里，取来一些照片给我看。我从那些照片里，感受到了一种与梁家歌哭迥然不同的另一种人生滋味。

我本来也想通过一组照片，透视一下马寒冰生前死后的遭际，但他的同辈人之间对他的情感有那么大的反差，而一些微妙的环节又只可意会不便言传，我自愧缺乏足够的穿透力与辨析力，便只好放弃这一打算，而祝祷他那终于获称同志的亡灵得到深深的安息。但是在经眼的照片中，有一张摄于延安边区招待所大院的（图 58），我觉得实在值得向读者们展示。当时贺龙同志组织了九个剧团在延安汇演，这是汇演后的合影。读者或许看不清这张刊出的照片中那一张张的面孔，但他们那一律化的棉衣棉裤棉帽，构成着具有特殊意味的群体，

▶ **图 58**　一张珍贵的照片。1948 年。延安。你认识三面锦旗上的字样了吗？倘若你用近期《大众电影》（见衬环）上中心插页的照片略作对比，你会得到一些什么呢？

当能给我们的视觉一种有力的冲击，而这一队人所展示的三面锦旗，则更饱含着那一时代的气氛，我们可以从照片左侧的锦旗上看到这样八个字：

群众形式阶级内容

将近四十年过去了。我们的文艺进入了新的历史时期。在最近的文学期刊上，我们可以看到这一类的标题，如同当年那面锦旗上的句子一般明快而热烈：

意识流文学的东方化过程

从一体到多元

当代文学中的文化寻根意识

诸如此类，不一而足。我们可以由此联想到很多很多。也许这种联想有助于使我们更加理解眼下种种观念冲突的深层缘由，并且可以预见到今后很长一个历史时期内这种冲突的难以平息。

我只取用了她所提供的这样一张照片，而没有为马寒冰，也没有为她专门来写一篇“私人照相簿”，除了前面议及的原因外，也实在是因为我搞这个专栏，并非是要一篇篇地搞人物传记。

我接到了为数不多的读者来信，其中却有近一半是责怪我“滥用材料”的，他们都劝我用所掌握的照片及材料，去写中篇或长篇小说。有的来信还具体而深刻地指导我说，不要回避所涉及的几方面人物的各类情愫，以及他们之间那永不能相互原谅的超出一般恩怨的人性差异，并且还应当在揭示出这撕裂人心的一切之后，偏又去证明他们双方存在于世的各有道理。

我感谢这些关注我写作的朋友。

中篇和长篇小说，我或许还会写的吧。然而我感到深深的寂寞，寂寞于似乎很少有人能真正理解我写这《私人照相簿》的内心驱动力。

有的朋友读了《私人照相簿》头两篇，以为我是想“抖搂家底儿”，也走入了为自己以及自己家族立传的“自传体文学”行列。有的读者读了《伶人传奇》和《名门之后》两篇，又以为我不过是想搞一点名人望族的文史资料。这也难怪，我的尝试才刚刚开始。

最近一个时期，我内心里涌动着比以往更多的苦闷与痛苦。我深深地意识到自己对社会·生活·人的理解其实都还远远不够，而且对文学本身的理解和把握也亟需再一次加以调整。我想知道一切方面的真相。我想超越一般的真实而达于逼真。并且我还企图把许多原本似乎是该由作者用文字去做的事——比如构架一个完整的故事，提供饶有兴味的细节，营造意象或刻意含蓄，等等——都转让读者去用想象力顺势完成。我提供满满当当的信息，第二信号系统（文字）的与第一信号系统（直观照片）的信息交汇在一起，构成一种似小说非小说，似报告文学非报告文学，似散文非散文，似杂谈非杂谈的东西。我很感谢《收获》的编者，他们竟肯于牺牲宝贵的篇幅，来容纳我所生出的这一“怪胎”。

我觉得私人照相簿真是一个富矿。

正如我热爱每一片绿叶一样，我尊重每一位公民的私人照相簿。

在我开辟这个专栏以后，有为数不多的读者给我送来或请我去翻阅了他们的私人照相簿。我从他们的私人照相簿中不仅看到了独特的人生，也看到了比人生更恢宏的世道，乃至比世道更幽远的天道。

可以从各种各样的角度来考察私人照相簿里的照片。比如说，在人们的私人照相簿中，常留存着主人业已忘却姓名的不知所终的远亲疏友的旧照。这些照片象征着人与人命运的多层次网络式交叉。这就可以构成一个独特的考察角度。再比如，当人们在公众场合留影时，摄得的照片上常有拍照者绝不想让其留存，却又无法在现场排除的陌生人的种种面影和身姿，有的还成组地出现，并由于拍照者构图技巧的欠缺与把握时机的不慎，那些多余的人还占据着相当重要的位置，这就无形中为我们提供了那一时代那一时期那一场合那一茬人的社会生态资料，也很值得专门研究。

现在我们来看一批从私人照相簿中发现的不以表现人物为主或干脆不表现人物的旧照片。

在世界摄影发展史上，从人像摄影发展到自觉的风光摄影，经历了大约三十年的时间。世界上公认的头一位风光摄影家是英国人怀特，他从一八五〇年左右开始有意识地把照相机镜头从人物对象身上摆脱开，而去对准他认为是有意味的风光。

直到今天，至少在中国，私人照相簿拥有者大都还不怎么舍得拍摄空镜头的风光，因此在绝大多数的私人照相簿中，常常充斥着由人物塞满画面的构图雷同的照片。但毕竟也还有，一些私人照相簿拥有者或偶然或有意地拍摄了若干突出风光景物的照片，并一直珍藏在了他们的私人照相簿中，这实际构成了社会的一笔潜在的文化财富，其价值与成像的早晚、时间的流逝恰成正比。

首先，我们来看这样一张照片（图59）：照片上的两位绅士连照片收藏者也不知系何许人也。但这张摄于一九三一年的照片却使我们真切地了解到了那时候浙江奉化县溪口长途汽车站的面貌。另一张摄于同一年代的照片（图60）从另一角度展示了一个更完全的场景。照片上的那一家人后来在人生的长途汽车上遭际如何，同样不为照片收藏者所知。

这两张半个世纪前的长途公共汽车站的照片，当年拍摄者或许仅出于对具体场景的偶然兴致，在今天看来，却已具有研究中国公共交通史、汽车发展史以及社会学等方面的参考价值，并且可以作为影视艺术重现当年历史风貌的一个参考。

下面我们再提供两张从私人照相簿中借来的照片（图61、62）。时间也在半个多世纪之前，地点是四川成都平原上的驿路。照片上所出现的人力推动的独轮车，由于行进时不断发出叽咕叽咕的刺耳噪音，被称作“鸡公车”。推车的汉子固然不知姓名，安坐于上的太太和少爷究系何人，后来的命运如何，照片收藏者亦一概不知。拥有指南针、火药、造纸、印刷术四大发明并引以自豪的中华民族，在进入二十世纪很久以后，尚不懂得、不能够在轮子上装配滚珠轴承，这一事实确实令人鼻酸。在上述照片出现的年代里，就四川省而言，长途公共汽车还极其寥寥，即便是中产阶级的人物，来往于两地之间也常常是乘坐这种一路叽咕不停的“鸡公车”。

人们一旦从“照相机是用来给人照相的”这一观念中解放出来，便会一步步拍下这样一些照片：人物与场景并重的；场景为主的；静态场景变为了动态场景；小场景变为了大场景……

▶ 图59　另一种人。另一种生活。另一种场景。

▶ 图60　你能估算出五十五年前这种长途汽车的载客量吗?

▶ 图61　“鸡公车”上的太太努力地保持着平衡。但这样的社会能不失衡吗?

▶ 图62　“鸡公车”上的这两个孩子，如今该已六十开外了吧? 倘若他们看到这本杂志，会写封信来吗?

下面我们所展示的三张照片（图63、64、65）都展示着一九三四年端午节广西梧州西江中龙舟竞渡的场景。照片出借者告知我，拍摄这些场景的是他的先父，只是一般的摄影爱好者，而非摄影艺术家，所以照片完全缺乏艺术性。

▶ 图 63　半个世纪前。梧州西江中的龙舟。你会如同惊叹"世界真小"一样，惊叹"时间真快（慢）！"吗？

▶ 图 64、图 65　五十二年前端午节夺魁的龙舟。划龙舟的小伙子们如今都已儿孙满堂了吧？他们的青春，就这样流落在了别人的私人照相簿中。人生其实常常如此。

但在我看来，这些旧照片却散发着一种难以言传的魅力。

关于山城梧州西江七里洲一带的风光，古书中早有记载：绿树挺秀，江树辉映，岛下流水冲溅，波像银珠，浪似雪花，船只如梭。我没有去过梧州，但我能从这几张照片中感受到那里如画的风景、如酒的人情。近年来有青年作家发问："灿烂的楚文化流到哪里去了？"从延续至今的端午龙舟竞渡，我们可以答曰：流到中华民族的血管中去了。今天真能读懂屈夫子《离骚》的老百姓没有几个，但他那"长太息以掩涕兮，哀民生之多艰"的人道精神，却依旧激动着千千万万普通农夫的心。"风光晴和人意好，夕阳箫鼓几船归。"人民在龙舟竞渡中如果不能享受到太平盛世，那么他们也总是在这一场合尤其强烈地祈盼着太平盛世。

也许会有读者对这几张龙舟竞渡的照片发出这样的感叹：这与近年来的同样场景何其相似乃尔！事隔半个多世纪之久，当中又有着"文化大革命""破四旧"那样的大断裂带，为什么一旦划起龙舟，拍下的照片竟看不出多么明显的时代差别？中华民族的文化传统何以如此之强悍？这究竟是好事呢还是坏事？

下面我们看到的是一组旧北京的照片（图 66、67、68），拍摄时间都在一九三一年——一九三二年之间。照相机的持有者显然是有意识地在拍摄空镜头，但他的技术实在拙劣，构图上的缺陷尤其明显。但即使是这样，这些旧照片仍能引出我们无限的情思。如果说照片上的天安门确实能使我们感受到另一

▶ **图 66** 天安门，中国近五百年历史的见证人。此像摄于 1931 年。

▶ **图 67** 1932 年北海琼岛与白塔。多少回月上柳梢头，有多少人曾相约在黄昏后？

▶ **图 68** “推出午门斩首”的森严气氛，半个世纪前业已荡然无存。

个时代的萧索气氛，那么，照片上的故宫午门和北海琼岛以及白塔，却仿佛就拍摄在昨天。在人类社会的某些大的文明积淀面前——无论是“活”的龙舟竞渡还是“死”的建筑物，我们常常不免感动惊诧：有过那么多信仰和纲领相冲突的历史人物，他们带动或驱使过那么多情绪激昂的民众，在这片大地上演出过那么多威武雄壮或凄厉昏暗的历史场面，但到头来竞渡的龙舟还是那么一种模样，而午门和白塔的剪影也还是那般地冰冷无言。

类似这样的旧照片，我们还可以举出几张。一张是二十年代末济南火车站的场景（图 69），一张是三十年代宁波甬江招商局“新江天”客轮在破浪前进（图 70），这两张照片会使我们痛切地感受到我们这个民族的物质文明在半个多世纪里推进得实在不能说是尽如人意；还有两张都摄于一九三一年夏天，一张是浙江舟山普陀寺盘陀岩石刻之一角（图 71），另一张则是普陀山下千步沙之海潮一瞥（图 72），这两张照片却又会使我们痛楚地意识到要对我们这个民族的精神文明加以改造，该是多么的艰难。但如果仔细注意千步沙海潮的照片，我们又能辨认出海潮中几个弄潮儿的身影，这身影虽是微小的、模糊的，但却能使我们在这些旧照片所引发出的过分沉重的思绪中，渗入一种绝非盲目的乐观与坚韧的自信。

私人照相簿里不仅浓缩着人生，浓缩社会，浓缩历史，也浓缩着大自然——

▶ **图69**　这是半个世纪前的济南火车站。我们是不是该把我们每个城市的火车站都修造得更气派一点，以使这张照快些引出“哎呀，真古老”的感慨呢？

▶ **图70**　我没有去过这个地方。我相信这条江里有了更多更好的轮船，并且大家都有了乘坐它们的机会……

▶ **图71**　看到这张半个世纪前的照片，我想到许多中国人“以不变应万变”的心态，心情非常复杂。你呢？

▶ **图72**　你看出了几个搏击于海浪中的弄潮儿？无妨用放大镜细赏一下中间一位的雄姿。赞美，并追随时代浪潮中的搏击者吧！

下面便是一组恰好在半个世纪前摄成的长江三峡照片（图73、74、75、76），它使我们的思绪超越出人事，而感叹于造物的伟大。脑际里不禁升起了孟浩然的诗句：

人事有代谢，往来成古今。
江山留胜迹，我辈复登临。
水落鱼梁浅，天寒梦泽深。
羊公碑尚在，读罢泪沾襟。

▶ **图 73**　巫峡内的孔明洞。摄于 1936 年。

▶ **图 74**　巫峡风光。摄于 1936 年。

▶ **图 75**　船过宜昌后，大江日夜流。摄于 1935 年。

▶ **图 76**　牛肝马肺峡风光。摄于 1936 年。

这诗抒发的是登岘山的感慨。羊公指的是西晋的羊祜，他曾在岘山上发议论说："自有宇宙，便有此山。由来贤达胜士，登此远望，如我与卿者多矣，皆湮灭无闻，使人悲伤。"

在博大的宇宙面前不仅感到个人的渺小，人生的不足狂傲，而且领悟到人类的幼稚，以及完善人类社会所需要的不仅是一辈人、几辈人的坚韧不懈的努力，这种情怀，该是每一个有修养的人所应具有的吧，这或许也是越有修养的人，其私人照相簿中便越可能藏有较多大自然的空镜头照片的缘故吧。

人在出生、成长、衰老、死亡，事在发生、发展、突变、衍化，唯有巍巍高山，滔滔江水，在人生的镜头中依然故我……

然而将前面写的文字重读一遍，并仔细端详了三峡的照片，一个念头却又不禁浮上心头：不是已经拟议在三峡修建水电站了吗？那巨大的水电站建成后，整个三峡的景观不也就会发生巨大的变化吗？那时候人们再从轮船上拍摄周遭的风景，照片上所呈现的江山将会是另一番面貌了吧？

心中不禁怦怦然。

由此我又想到了马寒冰。他生前死后都是一个既有人激赏也有人訾议的人物。说他“左”的人，大概很少去考究他的身世。在一篇悼念他的文章中，有这样一句简单的交代：“寒冰同志曾向我谈到，因为他的出身和经历，在延安‘抢救运动’中曾被定为‘派遣特务’，受了不少苦。”那场“抢救运动”对人身心的摧残，近来时有些文章叙及，比如今年第四期的《读书》杂志，其中洪禹同志的文章中有如下的回忆：

……在以康生那本小册子《抢救失足者》为信号的抢救运动中……万万没有想到，一些搞“抢救”的同志，居然对自己的同志搞突然袭击，搞车轮战，搞逼供信。在数九寒天，深更半夜他们把我从被窝里揪起来，冷得我直打颤，但他们说：“你没有问题，为什么吓得发抖？”……一位参与“抢救”的知名作家，竟一把揪住我的头发，在窑洞里拖过来推过去，并且用他的文明棍极不文明地狠打我的脑袋……

被这样狠整过的人，极有可能朝两种方向发展他的心灵，一种是发誓不“左”，一种是宁“左”勿右。然而在难以准确预测和把握的政治风云中，不“左”固然常被视为右倾。宁“左”勿右却也很可能成为早“左”成右。洪禹文章中所提及的那位“左”得对被审查者揪发击头的“知名作家”，后来就恰恰被划成了“右派”。这里面包含着一种超出个人荣辱悲欢的社会悲剧与深刻教训。当马寒冰正踌躇满志、整装待发，并且电台已播出了他将率团出国的消息之后，突然得到免除他团长职务、留下整风的通知时，他那波动而至紊乱而至狂乱的心潮，将他的灵魂逼出了躯壳，当是可以理解的事。斯人已逝，我主张宽容与谅解。无论是对付“右”，还是“左”，当我们面对的是一个活人时，都务请慎重。人不是一种工具。大自然也不是。“我们的任务是向大自然索取”这句格言大可质疑。我们既要学会更好地和“异己”的人相处,也要学会更好地和“异己”的大自然相处。

我们当然不赞同在组织的哪怕是过偏过粗的处置下便赌气自杀的行为，但无论是人，是大自然，都呼唤着我们对他们更加尊重，更加爱惜，更加理解也更加谅解。

学会顺乎人情，学会顺应自然。即使是闲暇时翻看私人照相簿，我们也可以领悟到许许多多的哲理，不是吗?

一九八六年九月二十八日
于北京劲松东街

后事如何

挚友再复对我说：“你想过吗？陀思妥耶夫斯基为什么能写出那么震撼人心灵的作品？因为他死过——被判处了绞刑，带到了绞刑架下，直到最后一分钟，才改判为流放……他有过死的体验，所以他能超越许多东西，有很难企及的大悲悯……”

静静的冬夜里，翻检着私人照相簿里的相片，关于死的种种思绪浮上心头。

人死了，究竟算怎么一回事儿？

一般的无神论者，大体上认为肉体机能一终结，则人的灵魂也便终结。

一般的有神论者，或者还谈不上有什么“论”也成不了“者”的俗人，则总以为肉体与灵魂可分可合，肉体坏了，灵魂却还在，至于那飘离肉身的灵魂究竟是一种实体还是一种虚无缥缈的东西；究竟是使我们视而不见地与我们共享着地球上的空间，还是升到了“天堂”或降到了“地狱”，或者窜到了什么别的非常神秘的地方；那脱离肉身的灵魂究竟是永恒的，还是也有另一种死亡，抑或还可转化为、依附上别的肉身？……则众说纷纭，绝无能使所有人信服的答案。

宗教回答着关于生死的问题。但中国真正信奉宗教的人并不多。土生的道教早已衰微。其他宗教都是从外国传进来的。中国实际并无信仰覆盖面很大的宗教。中国有的只是迷信。不仅是背着黄布香袋的老太婆，就是某些妇人壮汉、少男少女，也往往进佛堂拜佛，进道观拜“三清”，进了风俗神庙便拜那风俗神，乃至于拜“关帝”，拜“树精”，拜“圣山”，总之，一切估计能给自己带来福气的事物，统统肯拜，“异教”、“异教徒”的观念，是没有的。直到如今，二十世纪末叶，迷信在中国老百姓中的覆盖面，还是大得惊人。

在富裕起来以后，农村里的阳宅和阴宅都在崛起，报纸上已经登出了温州地区山坡上一组组水泥坟墓的照片，大好的树木被砍掉了，从坡上到坡下，一个家族的坟墓，由二而四，由四而八，辈分炯然，蔚为壮观。又有关于江苏盐城乡镇农贸市场上陪葬品大量上市的报道，除了以往传下来的各色品种以外，则又增添着结扎纸糊的彩色电视、冰箱、洗衣机……现代化的设备，考虑到“天堂”里大概“高处不胜寒”，红外线取暖器一类东西也是该有的，再往下发展，需得结扎糊制与实体同大的丰田皇冠牌轿车了……

城里人怎么样呢？彻底的无神论者究竟占多大比例，那数字恐怕未必乐观。在共产党员当中，流行着“不知哪天去见马克思”的套语，乍听仿佛只是玩笑，说得多听得多了，则不能不深思，这种语言的深层心理因素究竟是什么？如果说农村人为死者办丧事——往往也说成后事——可能更多地还是为死者在另一境界中的幸福着想，那么，有些城里人却主要并非为死者着想，而是借尸要挟，他们可以任凭尸体在火葬场冰柜里“魂无归所”，而旷日持久地对悼词逐段逐句逐词讨价还价，对抚恤条件“狮子大开口”，闹得个乌烟瘴气，其境界比扎糊一台二十英寸的“日立宝宝”送到灵前烧掉还低。

十多岁的时候，我已随父母到了北京。当时住在东四牌楼一带。记得那时东四牌楼十字路口东南，有一家私人电影公司，仿佛不是拍摄故事影片的大公司，而是可以“随时外叫”，拍摄纪录片的公司。那已是中华人民共和国成立以后。那家公司在我发现它不久便倒闭了。不知是由于它自身经营不善，还是由于国家不再允许私人经营拍电影。我记得那家公司倒闭之前，它的创始人——也就是那一家的老爷子——死了，于是，出现了一个令我一饱眼福的大出殡场面。出殡的长队，由租来的缓缓行驶的汽车和前后簇拥的清朝服装的执事仪仗组成，前后总有近百米长。出殡队伍是从东四牌楼往北移动。我想大概是去北城厂桥一带的嘉兴寺。那是当年专门办理殡仪的一所寺庙。特别令我惊异的，是在出殡队伍之中，有若干手持电影摄影机随队拍摄的中年人和青年人，据说都是该公司的摄影技师，也都是死者的子侄。三十多年前的一幕，至今已然模糊。不知当时拍制成的拷贝后来下落如何。真想有人把它放映出来看看，那是新中国初期新旧交错的怪异场景之一。

自照相机发明之后，将婚礼和殡葬场面拍摄下来，便成为普遍的风气。“文革”的“破四旧”台风，大概从私人照相簿中率先扫荡掉的就是各类殡葬场面的相片。“活着干，死了算”，“文革”的“后事观”确实是越简单越好——烧掉了事。

我没经历过多么大的灾难。死的威胁，也算逼近过吧，但其实多半只是我自己脆弱，由恐惧心而造出的情境。跟真经历过大劫难的人相比，是不值一提的。无非是“文革”当中，我被指斥为“疯狂反对革命样板戏，恶毒攻击江青”，将被施之以“群众专政”。尽管当时有个“无产阶级专政即群众专政”的“道理”，但我倒宁愿被“无产阶级专政”，因为那意味着被正式“逮捕法办”，除非被判处死刑，否则，总还有苟活的希望。而“群众专政”，是由当时最激进的“革命群众组织”选择最最最革命的“小将”所组成的“群众专政小组”来实行的，他们已经实行过的对“反革命分子”的专政我就不去形容了，只在这里说一说他们那办公室的景象：最初，那里是学校的总务处，桌椅板凳橱柜用器一应俱全，经他们“进驻”不足一月，所有物品竟然悉数砸毁，他们已经狂热到无人可折磨时便砸烂自己办公室物品的地步，可见用“兽性”已无法涵盖他们当时的某种心绪，因为据我所知，野兽起码是不会毁坏自己巢穴里的东西的。打倒的标词已然贴出，揪斗的告示已然公布，仅仅是因为又出来一个什么新的“两报一刊”社论，“造反派”带领“革命群众”倾巢而出，游行欢呼去了，给了我一个喘息的机会，而在这一喘息之中，进驻学校的“军宣队”的“区指挥部”来了一个建议：我还不够“现行反革命”，可免予“群众专政”，这才使我躲过一劫。我算是临近过死亡威胁吗？这样说到底还是牵强。但我却不能忘记在那样一种境况下给过我生之温暖的几个人。

其中一个叫高洪。他是高三的学生，我并没有教过他。但不知怎么的他在那样一种情况下还能到我的宿舍里来看我，正常地同我交谈。他都同我谈了些什么，全忘记了。不能忘记的是他那种丝毫不把我看成“异类”的态度和表情。

后来情况松了一些。我的一位大学同学来看我，在我宿舍里碰见了高洪。高洪讲了许多小道消息，都很尖端。那位大学同学听得津津有味。高洪走后，

▶ **图 77** 对你来说是一张乏味的照片。对我来说却不然。我旁边（图左）那个看去比我年轻比我健壮的朋友已不在人世。你的私人照相簿中也有这类照片。愿你不要嫌弃。

那位大学同学问我："他是高干子弟吧？"

我如实地告诉他："不是。他的出身是资本家。"

那位大学同学竟自然而然地流露出失望与鄙夷的神色："你怎么跟他来往？我以为他不是个高干子弟也是个一般的干部子弟呢……"

这位大学同学当时随口这么一说，他大概早就忘了，实在也不值得记忆，也简直算不上什么问题，但对我心灵的刺痛，不知为什么至今不能平复。而最关键的，是高洪已经死了。高洪死得很奇怪。在我的私人照相簿里，至今留存着一张我与高洪在无锡鼋头渚合拍的照片（图 77），是请营业性摄影师拍的，那时候我还没有成名，生活很清苦，自己是不可能拥有照相机的。

没有想到，那一回游完无锡的分手，便是我们的永诀。

高洪比我年轻得多。我那时也才三十出头。我们都对未来充满憧憬。记得他给我的信上，写到他在黄浦江边，看到飞翔在江面上的沙鸥，于是想到了杜甫的诗句："白鸥没浩荡，万里谁能驯？"

高洪的家在上海城西，是一幢陈旧的小洋楼。粉碎"四人帮"以后，根据政策，整幢小洋楼可以归还给他家。但一时别的家还搬不出去，高洪就住在顶楼上。顶楼是尖拱形的，底面积很大，但能够站直身子的空间，并没有多少。那顶楼里有一张古旧的大床，我去上海时，与高洪在那上面抵足而眠，通宵畅谈过。高洪想编一套旅游丛书，在当时来说那是一个非常新潮的想法。我也许给他讲过一些后来构成《如意》那篇东西的一些素材，一些灵感。

正当我那《如意》发出来不久，并且收到一封高洪冷静地加以赞同的短信后，突然得到了他的噩耗。

据说家里人忽然想起好几天没见着他了，便上顶楼去找他。他常常独来独往，并不一定天天到楼下他家那两间住屋里露面的。结果发现顶楼的门并没有上锁，但又推不开，是从里面别上了。找人来撞开门以后，发现他歪坐在床上，脑袋耷拉着。去叫他，摇他，才发现他早已僵硬、冰冷。他竟死了！

高洪究竟是怎么死的？为什么死？他的亲人之间也有不同的猜测。是心脏病猝发而死，还是自杀？持自杀说的，提供出一些蛛丝马迹，证明他是出于失恋。然而自杀的手段是什么？触电？服毒？又都不像……其间有解剖尸体的动议，但最后被高洪的母亲所否决。他的后事据说办得相当草率。

高洪就这样消失了。

高洪的一个姐姐，极爱她这个弟弟，给我写来了哀痛不已的长信，并寄来了高洪的一部遗稿《草原》。我读了不止一遍《草原》。那是高洪在“文革”期间跑到内蒙古草原上去“串联”时的一组札记。我清醒地认识到他的这个遗著未达到在公开的文学杂志上发表的水平。但我是个特殊的读者。我读着他的遗墨，便不由得想到在我几乎就要被“群众专政”的时候，他还若无其事地来同我交谈，甚至没有同情的话语，没有特意提供给我的微笑，他明明看见了大标语，也看见了揪斗我的通知，但他来我的宿舍，坐在我的床上，平静地同我交谈。我现在出名了，俨然成了个作家。他呢，他一点点名也没出，并且永无出名的可能了。他姐姐来信求我：“你写写弟弟吧，他本是很有才能的啊！”但从《草原》里我看不出多少文学的才能。并且，我们的报纸和杂志，是按死人的地位和知名度来安排悼念他们的文章的，高洪绝对不够格。我给他姐姐回过信：“也许，我以后会有机会写到他……”

现在就是一个机会。这个专栏是献给“非典型”的普通人的。我写了高洪。我不知道高洪的灵魂在哪里，会作何感想。但我自己的灵魂，却因这些粗陋的文字，而感受到一种异样的宽松……

我的长篇小说《钟鼓楼》，里面有个修鞋匠荀师傅，那是有原型的，在我的私人照相簿里，他的相片将永远留存。

我一九七九年搬到了北京广渠门外的新居民区，叫劲松的地方。因为“暮色苍茫看劲松”的诗句不免使人产生扫兴的联想，所以人们一听说我住“北京劲松”总要抖抖嘴角。其实这地方原来有个很好的名字，叫架松，但定地名时偏把架松改成了劲松。在架松地区，在三环路两边，至今还存在着一大片密密匝匝的平房区，那是光华木材厂的宿舍，小地名叫农光里。三十年前，那排列得整整齐齐的平房大概还构成着一种蛮有气派的景观，如今，由于住在里面的工人家庭人口早已膨胀，而工厂长期并不能给膨胀的家庭提供新的住房，因此，家家户户自力更生，往前、后乃至左、右接出了高低不一、胖瘦各异、质量反差极大的小房子。当然，许多家庭里面“软件”还是相当体面的，但那一片乱七八糟的“硬件”，的的确确可以用“贫民窟”三个字来形容。

在那一片乱糟糟的小房子中，在一个公共厕所的边上，住着我的朋友郄广兴，我叫他郄大哥。现在我把有关他的相片公布在这里（图 78、79）。

我认为他的形象是美好的，相片上的他充分显示出阳刚之气。他的品格，坦率地说，我只能仰望。我把他的形象，与另一工人师傅糅合，移进了《钟鼓楼》中。我在小说中给他搬了家。其实现在他家的环境也远不如钟鼓楼一带。他也并没有一个荀磊那样的儿子，那是从另外一个工人师傅家庭里采取来的素材。但《钟鼓楼》中的荀师傅基本上就是他。

郄大哥无论冬夏寒暑，总在我们居民区的劲松百货商场或劲松饭庄门口摆摊修鞋，日出而作，日没而归。他被阳光晒成酱黑色，但他一说话，露出雪白

▶ **图 78** 他为我们这个政权的建立拼过刺刀。他承担过我们这个政权一系列政策失误所带来的物质匮乏之苦。他默默贡献，默默承受，默默隐去。把他的像印在这里，你见怪吗？

▶ **图 79** 我和郄大哥。在这个充满功名利禄的世界上，他从未把我放到秤上去约。在《钟鼓楼》里，我把他化为荀师傅。

的牙齿，显示出他不但健康，而且很爱干净。而我认为更健康更干净的是他那敦厚的灵魂。

我在这篇文章里几次提到我的出名。这确也是事实。但我极其冷静地意识到这主要是一种机遇。我是不配这样出名的。一九八四年冬天我到联邦德国去访问，一位德国女大学生问我："作为一个在中国出名的作家，你有什么感觉？"我不加思索地回答她："痛苦。"

是的，那是一种深沉的痛苦。它很难被别人所理解，所以也是一种寂寞的痛苦。我也曾试着向某些亲友吐露过这种心境，但他们不是恭维我谦逊，便是嘲笑我"烧包"，有的更认为我是做作。

我最怕人们这样把我介绍给别人："他就是写过……的，得过……的，出过……的……"我又怕在某些场合被人认出来，被迫回答"又写什么呢"一类的问题。当然更怕的是一转身，背后就又有"其实他……，别看他……"一类的议论。"名"这个东西把人搞得很累，很尴尬，很可怜。我深知自己绝非"江郎"，所以我允许自己随时"才尽"。但能有多少人能这样宽宏地对待我呢？当我失败的时候，露怯的时候，走下坡路的时候，落伍的时候，倒霉的时候，坍台的时候？

郄大哥却完全不把我的"名"当作一回事儿。不是他不懂。他是见过世面的。他有相当的见识。但他从来不那样把我介绍给询问他的人，只是说："我的兄弟。"他没问过我："又写什么呢？"倒是常说："别总那么坐着写，你也该活动活动。晚巴晌上我那儿吃饺子去。"我去了他家，我们有说不尽的话题，他给我讲当年当八路军在战场上拼刺刀的情况，讲他进城以后当搬运工扛"大个儿"的情景，讲如何到窑坑里捞鱼，如何在他们那居处附近的乱土岗子里逮黄鼠狼；我给他讲到外地旅游的见闻，讲童年在重庆住过的吊脚楼，讲在中学教书时遇上的个别学生……那时我就完全忘记了什么文坛呀，约稿呀，笔会呀，批评文章呀，评奖呀，我觉得自已仿佛是鱼缸里的鱼儿进了河，畅游在一江春水之中。

去年春天我去了广州。从广州回到家里，爱人就告诉我郄大哥病了，是半夜里发作的，全身痉挛，他老伴和儿子即刻去叫来了急救车，送进了医院，据诊断是消化道的问题，大概是急性肠炎，目前仍在医院中调养。我抽出空来立刻跑到医院去看他，他脸色不好，但身板看去还是那么健壮，我跟他说说笑笑，完全没有意识到有一把利剑正在斩断我们之间的联系！

《钟鼓楼》里的荀师傅仍然健康地活着，而如今郄大哥已经不在人世。我不愿回忆那悲惨的过程。他入院一个月后被怀疑为结肠癌，三个月后被确诊，半年后他干瘦瘪缩为一个我认不出来的人形，九个月后他溘然而逝。写到这里眼泪涌上了我的眼眶。我百思不得其解。难道真有命运这东西？它为何这样地不公正？

郄大哥的后事办得如何？他去世时我正在南京。躲在一个地方写中篇小说《无尽的长廊》。一天晚上，已经十一点多了，忽然电话铃响，是北京来的长途，我爱人吞吞吐吐地对我说："我觉得还是告诉你一下好……郄大哥走了……你看我们怎么表示一下？"我忘记了我的回答，单记得我忽然觉得从我的心脏到周围的空气都凝固住了。我久久不能再持笔为文。我跑到几乎空无一人的街道上，在飘落的梧桐叶片中疾走。在这个充满着功名利禄的世界上，我需要郄大哥，他不问我的浮沉升迁，他允许我"才尽"与"落伍"，他给予我的是难以言喻的宽容与温情……回到北京，爱人给我讲述了郄大哥的后事场面：作为一个普通的退休工人，自然没有人给他开追悼会，但那天集结到医院太平间外的人不算少，家属给他擦净了身体，穿上了一套从寿衣店买来的寿衣，枕上了寿枕，我爱人则献上了一大束从崇文门花店预订的鲜花，然后大家把郄大哥的遗体送上了火葬场来的运尸车，家属哭着随车而去，送行的人们望着那汽车一溜烟地开跑了，拐弯消失了，也便唏嘘着离开。非亲属的送葬者除我爱人外，还有郄大哥所属工厂的工会干部，他老伴所属工厂的一些干部和师傅，以及一些邻居，和他鞋摊上结识的一些朋友。我原来从不注意卖寿衣的地方，自从郄大哥走后，路过比如说天桥那里的卖寿衣的商店时，总禁不住驻步观看。我很惊异在二十世纪末叶的中国首都，还有人卖和有人买这种寿衣，那式样不像是清朝的，大概是明朝的吧，或者只不过是京剧服装的变种，那寿枕大体上是元宝形的，黄色的枕面上还有草叶形的图案。我不敢想象已经变了形的郄大哥穿着这种寿衣枕着这种寿枕的模样。他的家属何以一定要这样装扮他安置他送他上路？我一直没有问。也许这样做是根据他的遗愿？

中国尽管自古就有许多对“死”达观的话，如“人固有一死”、“生者必有死”、“寿命不齐兮，人道之常”等等，但从出土的墓葬看来，对死者尸体的看法却极其地不达观。掘墓鞭尸，被看作是比生而杀之更高的报复。对死后定罪的人宣判戮尸，常被郑重其事地施行。比如长沙马王堆汉墓中的那位轪侯夫人，她的突然死亡，一定引出过对仆役的严厉追查，如果发挥想象力，是很可以写出一部惊心动魄的小说的。但她的尸体直到两千多年以后，才由我们这一代人实行医学解剖，结果从她胃里，取出来尚未消化的若干甜瓜籽，确诊出她的真实死因是消化系统方面的急症。

把人的身体看成是自然界中的一种东西，视为科学研究的对象，去探秘，求解释，这在西方自文艺复兴运动以后，经历过五百多年的发展，早已成为常识和常情。但直到今天的中国，许许多多的中国人在这一点上仍然想不通。据说医学院很难得到供教学和科研用的尸体，只有死刑犯的尸体可供使用。这一现象很值得深思。

但是，自从中国进入了近代，自从西方的科学与民主（“赛先生”与“德先生”）撞入了中国的国门，先进的中国人便前仆后继地四面出击，打破旧传统的桎梏，标新立异，惊世骇俗，其中也包括对人的重新认识，自然也包括了对活人的身体和死人的尸体的全新的态度。

我从家中残存的旧照片里，发现了一张我祖母出殡的照片。我这“私人照相簿”的头一篇是《影子大叔》，我的祖父和祖母对我来说更是两个模糊的影子。我祖母去世于一九二一年，只活了四十一岁。我祖父去世于一九三二年，我在他逝后十年才落生。他们对我来说都是神秘的。祖父尤其神秘。在本世纪初，我祖父是个绝对的新潮人物。在“五四”运动的浪潮中，他甚至是个激烈分子。我的父亲他取名叫“天演”，姑妈她取名叫“天素”，大叔他取名叫“天择”。由此可以看出，他是赫胥黎《天演论》的狂热拥护者。他常常作出在那个时代被一般人视为匪夷所思、荒诞不经的事来。

一九二一年，我祖母因病逝世，祖父不仅将她的尸体献给当时的“北京国立医学专门学校”供解剖使用，而且在事前事后大作宣传。据说他的想法是偏要冲击一下世俗对死者尸体的传统态度。从照片（图 80）上我们可以看到，他

▶ **图80** 一张希望你仔细观看的照片，请注意六十五年前的这一幕的不寻常之处。右侧第一人是我的祖父。围观在祖母灵柩后面的并不完全是亲友，有许多是看热闹的。把亡妻的尸体送给医学院“开膛”——直到今天，怕也会有人咋舌吧？

真够大张旗鼓的。祖母的家族中的顽固分子如何阻拦与詈骂，其他亲朋中的守旧分子如何劝告与摇头，以及邻里、同事中的白眼与訾议，如今都无从考稽，但却可以生动地想见。祖父当时这样做，不仅需要过人的勇气，更需要坚定的唯物主义信念，令我钦佩不已。

照片上竖立在人群后面的大字灵幡，究竟都写着些什么？非常幸运的是我找到了一张祖母的遗照（图 81），后面有祖父的亲笔题词，母亲告诉我，那便是当天灵幡上的文字。我现照录于下：

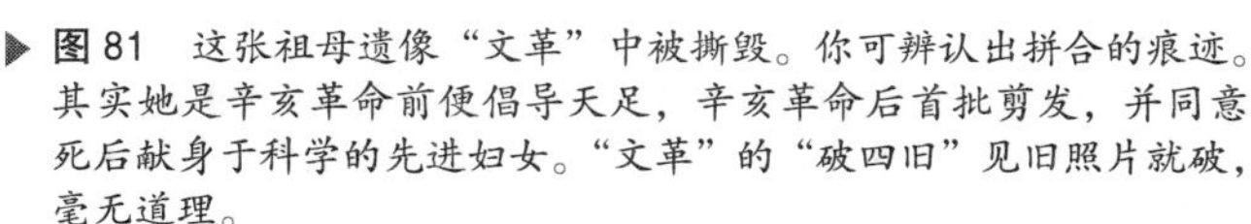

▶ **图 81** 这张祖母遗像“文革”中被撕毁。你可辨认出拼合的痕迹。其实她是辛亥革命前便倡导天足，辛亥革命后首批剪发，并同意死后献身于科学的先进妇女。“文革”的“破四旧”见旧照片就破，毫无道理。

蒋文婺贞辉女史遗像

女史于亡清癸卯即提倡妇女天足，民国元年复现身提倡妇女剪发，本年十月初病时即遗嘱死后必实行尸体解剖以供医学研究，并为社会破除无知惯习。十七日午前八时因病身故，十九日午后一时由北京国立医学专门学校实行内脏全部病理解剖，结果各脏等病情：小肠全体溃疡，确系肠窒扶斯毙命。冤哉，女史体素强，生子女七，蜀产四，京产三，享年四十一，四川安岳人。

民国十年二十日

献体夫刘正雅亲述

我把这相片和题辞公布在这里，确实并非想光宗耀祖。我是觉得它们实在有资料价值，并且也应当能引出读者的种种感慨。

我钦佩祖父的这一类行为，但我并不真正了解他（图 82）。据也已故去的父亲告诉我，祖父是不怎么管子女的。子女一成年，他便让子女自己到社会上去谋生。讲到这一点时，父亲是爱怨交加的。一九二四年祖父只身到广州参加革命，任国立中山第一、第二两所大学的教授，据说讲授的是“人类学”。被他撇在北京的不仅有我父亲，还有他续弦的妻子及好几个幼小的子女。他不仅很少来信，甚至也不能坚持寄钱。这给我父亲及我的后祖母的生活带来很大的困难。一九二五年，祖父以军医身份随北伐军北进。他究竟是共产党人还是国民党人？连父亲也始终弄不清。但他的激进达到浪漫的地步。他蔑视一切礼教

▶ **图82** 神秘的祖父。这是用半个多世纪前的旧底片洗印出来的照片。你和我都看不清他的面目，但你应能同我一样感受到命运的难以捉摸。

和俗德。一九二七年发生了众所周知的国共大裂变。祖父很快写出了一首长诗《哀江南》，大骂蒋介石，但似乎也并不完全理解陈独秀和毛泽东。当时祖父在武汉，他同一位农村里来的妇女同居了。据说那位妇女本是湖南农民运动中的积极分子,会双手开枪并百发百中的。在湖南的“马日事变”后她逃到了武汉。不知她是在什么时候什么地方认识祖父的，也许以前并不认识，是有人介绍她去祖父那里躲藏的。总之，她到了祖父那里，他们公开同居了。不久祖父和她双双流亡到上海。我的一个姑妈，就是《留洋姑妈》中提到的曾跟随何香凝先生参加大革命的那个姑妈，在武汉被国民党右派拘留，逼她写“悔过书”，她不写，趁看守不备寻机逃出了虎口，也流亡到了上海，她找到了她的父亲，也就是我的祖父，她大吃一惊，因为祖父不是一个人生活，他有一位同居的伴侣，他坦然地将那伴侣介绍给我姑妈，据姑妈回忆说，那位与祖父同居的女性当时也就二十多岁，几乎与姑妈同龄，一望而知是个农村来的妇女，一脸英气，却又怀抱着一个吃奶的婴儿，姑妈忍不住指着那婴儿问祖父：“这孩子是谁的？”

祖父傲然地回答说：“我们的。这是你的小弟弟。”

姑妈已是一个革命青年，在那个时代里算是够新潮的了，却也受不了这个刺激。她同祖父大吵起来，最后竟痛哭流涕。但据说祖父始终很冷静。他良心上没有任何愧疚。他选择了他自认为是最正当最合理最幸福的生活方式。

这就是我的祖父。他的一生对我都是神秘的。他的死也很神秘。据说祖父后来在“上海公学”任教，并写成了大部头著作《人类命运论》，书稿拟由商务印书馆发排出版。但就在书稿送出不久，他突然中风了，被送入了医院。入院后那位伴侣一直在病榻前照顾他。他却即使是不能说话了，也要新潮到底。他认为她不必像世俗道德所要求的那样对他尽所谓的“妇道”，据说他在纸片上哆哆嗦嗦写下了请她另寻人生之路的句子。她也居然新派到底。她最后果然把他托付给了医生和护士，抱着他们的那个孩子，消失在了茫茫人海之中。掐指算来，她抱走的那个孩子如今该有六十多岁了。那是一个我可以叫作叔叔的人。按血缘算他就是我的亲叔叔。他和他的母亲还在世吗？如果在世，他们读得到我这篇文章吗？他们会有什么感想呢？会采取什么行动呢？

就在祖父的那位年轻的伴侣走后不久，一九三二年一月二十八日夜里，日本侵略军在上海发动了对守军的进攻，并动用了飞机，掷下了炸弹。这就是历史上著名的“一·二八事变”。十九路军在这次事变中进行了坚决抵抗，成为传诵至今的美谈。就在那天夜里，一颗日本炸弹落到了祖父所在的医院。祖父是清末到日本留学的举人之一。正是在日本，他受到了西方人文主义思想的洗礼。他所倾心的《天演论》，大概头一遍读的便是日译本。但他却偏偏葬身于日本飞机掷下的炸弹。同夜，又有炸弹落到商务印书馆，祖父的那部《人类命运论》也被炸毁。事后我姑妈到医院和书馆去哭肿眼睛哭哑喉咙翻查过，在那日寇炸出的废墟中，既没有找到祖父的尸骨，也没有找到祖父的遗稿。

一定又有人为我惋惜：“你在浪费素材。”我谨致以深深的谢意。你们读了以上的文字，认为我把材料用得太致密了，形成了浪费，这说明你们远比我会创作，你们看了这些文字，便可立即意识到这些材料都可展开，都可渲染，甚至于在你们的意识流深处，已浮现出种种你们认为是远比我这样处理材料更好的方案，乃至于某些场面，某些细节，某些色彩和氛围，某些句子和词，我真是深深地感谢你们。但我要告诉你们，我故意要这么写。我提供信息，你们去想象，去组织、去筛汰，去评价——实际上也就是用你们的阅读进行远比我高明的创作，这正是我的目的。

我写的不但不是小说，而且是反小说。不但不是报告文学，而且是反报告文学。不但不是散文，而且是反散文。我也不知道我这样写究竟算什么。但我毕竟按我的意愿这样写了。我忍不住要再次感谢《收获》杂志。他们竟容纳我这怪草在他们的田圃中生长，并使我现在得以成书，这需要多么宽厚的心肠啊。

▶ 图83　我问父亲：“考上个倒霉的师专，也要去上么？”
父亲说：“早一点倒霉对你有好处。”
我又问：“学校就在城里，我也得住校去么？”
父亲说：“你带口大点的箱子去。”
那一年我十七岁。从此我走向人生。

我的祖父和祖母既然对“后事”有着那么开明的思想和行动，不消说，对我的父亲和母亲的世界观和人生观有着极大的影响。关于父亲我也许将另写文章详说。这里只想说说他和我的一种默契。这种精神上的默契使我们之间永远不存在着生死的界限。同祖父在父亲成年后即甩手不管，任他到社会上自谋出路一样，父亲在我上高中以后即不再过问我的学业，尽管我当时仍在家中住，每晚同他睡在同一个屋顶下。记得有一回学校班主任老师来作家庭访问，父亲当老师落座以后，竟这样问他：

“你们是哪个中学？我孩子上到几年级了？”

班主任老师目瞪口呆。

亏得母亲过来圆场。母亲自然清楚我的各方面情况，但她也是任我去自由发展的。

父亲和母亲从来没有要求我们子女报答他们什么。父亲在去世以前，也从未立过什么遗嘱,他的后事该如何办？在他“文革”中遭到迫害,由一所被“砸烂”的军事院校轰到干校，又由干校硬给“退休”到原籍安岳县后，我们见他身体日渐衰弱时，曾偶尔提及，他说：“连追悼会也不用开。”大有“赤条条来赤条条去”的气概。他不信鬼神，不信灵魂可以离开肉体而单独存在，他同他的父亲一样是个彻底的唯物主义者。我感到我同我父亲也是一样的。我有许多的缺点和弱点，但我成人以后即不怕鬼。因为我根本不相信有鬼。我的这种超常的冷静和胆量使我的妻子和一些朋友吃惊。我记不住父亲什么格言警句似的话语，但我感觉到他灌输给了我一种人格力量，就是靠自己的本事和能力去到社会上谋取一个正当的位置。我只要这样做了，便是对得起他。他完全不在乎在他死后我是否积极奔丧，是否披麻戴孝，或是积极为他张罗一个风风光光的追悼会。

父亲是一九七八年夏天因脑溢血而去世的。从发作到断气不过几个小时。我接到报告这个噩耗的电报后悲痛欲绝。但是我没有赶回家乡奔丧。当时正是我事业上的一个关键时刻。我的《班主任》虽已发表,并在读者中获得强烈反响，评论界也开始叫好,但某些主张“歌德”反对“缺德”的人士却企图压下以《班主任》始作俑的“伤痕文学”的势头；此外，我参与的《十月》丛书（后来演变为《十月》双月刊）的筹备工作正处于大忙之中，我另两篇在当时也引起强烈反响的小说《爱情的位置》与《醒来吧，弟弟》正涌向笔尖，欲止不能，于是，我把料理父亲后事的担子完全交付给了两个哥哥。在家乡，不少亲戚把我视为不肖之子。然而后来的事态证明，我没有回去，没有在丧事的大悲痛中像两个哥哥那样弄得身心交瘁，以至很长一段时间不能恢复，而是抓紧时机写完该写的东西，还是对的。我不相信真有什么父亲的“在天之灵”，但我良心上过得去，我知道我这样去奔事业是对得起他的。这便是我同父亲的精神默契。我希望我的儿子今后也能这样去想这样去做。他一旦长大成人，他就属于他自己，并且属于社会。他不必希图从我这里得到什么特殊的好处，我也不希图从他那里得到什么特殊的回报。我们的父子之爱，应像我祖父和我父亲，以及我父亲和我那样，超越权利与义务，而达于更高的层次。依我揣想，祖父那本被日本炸弹轰毁的《人类命运论》，也许便是论证这一更高层次的著述。

父亲去世的那一夜，家乡的亲友们乱成一团，他们最担心的是我母亲，怕她想不开，怕她过度悲伤而垮掉，然而母亲却在午夜来临前揩干眼泪，冷静地对陪伴她的亲友说：“都去睡吧。我也要休息一下。他走了，我还要好好地活。”

母亲至今仍健康地生活着。她是一九一九年五月四日那天，穿着月白短衫和玄色短裙，举着竖长形的标语小旗，参加过爱国游行的人。她对社会、人生、命运和后事都有着相当达观的看法。她毫不忌讳我将家里的旧照片拿来发表。她说：“世上所有照片上的人，最后都会死的。”她说这话时非常安详，面带微笑。我感到她的唯物主义世界观和无神论思想比我还要彻底。我亲爱的母亲，你给了我多么宝贵的精神滋养！

在这夜深人静的冬夜里，窗外飘着零星的雪花，我翻阅着我家的私人照相簿。

人生到处知何似？
应似飞鸿踏雪泥。
泥上偶然留指爪，
鸿飞那复计东西。

一张张的相片，便是那雪泥上的爪痕。随着相片的陈旧化，那上面的人物也在相继作古。

最令人感慨万端的是这样的旧照片，上头的人物有的已然去世，有的依然健在，有的不知所终。下面是一些我从中取下的照片。先看两张二十年代摄于法国的照片（图84、85）。一张男性合影除当中一位是法国人外，均系中国侨民；另一张女性合影除左侧一位是中国留学生外，均系法国师生，真可谓相映成趣。半个多世纪过去了，他们都走过怎样的人生之路？命运待他们如何？谁已经合上了人生的书页？谁正在卷尾上增添着什么？谁又任由最后的篇页空白，只等着命运之神将书页关合？谁思念着谁？谁怀恨着谁？……

再来看一张半个世纪前的少妇们合影（图86），其中衣着最朴素的是我的母亲。她们当时遭逢一处，后来却星散各方。"世事波上舟，沿洄安得住？"欲问母亲以外的五位后事如何，真是"下回"也无从"分解"。然而母亲却特意指出一张与她们同龄的另一种少妇的照片（图87），建议我一并刊出。那是父亲当年

▶ **图84** 谁还能认出他们来？
人在像中。像在梦中。梦在魂中。魂归何处？

▶ **图 85**　半个世纪前她们欢聚一堂，半个世纪后她们天各一方。人生匆促，如何把握？

▶ **图 86**　六十年前，海关小职员的夫人们。右侧是我的母亲。十六岁时，我第一回拿到稿费。我买了一个凉水瓶送给母亲。“不要送我什么。”母亲说，“我只要你认真做人。”凉水瓶早就碎了。母亲的话永远不碎。

▶ **图 87**　六十年过去了。她也许从未离开过这个地方。她应当已儿孙满堂。对于“后事”，她有何设想？

▶ **图 88** 1986 年春。香港青松观道士们正在作法。侧墙上是无数祈求冥福的人像。人们生前熙熙，难道死后还要攘攘？

▶ **图 89** 1986 年春。香港青松观。一套送终的扎制品。请注意：扎制的并非小轿车和司机，而是轿子和轿夫。

在海关当职员时，一次郊游时为一位农妇所拍的照片，那位农妇姓甚名谁，当时既不了然，后来更毫无信息，但她的这张照片，却几十年收藏在了我家的私人照相簿中。想来她的生命力是顽强的，如今该仍在世吧？她的命运轨迹，当与我母亲那样的知识妇女完全不同。她对“后事”的想法，会是怎样的呢？

原来我以为，随着社会经济的发达，生活的富裕，教育的普及，人们对待后事会更加理智，更加开通，更加洒脱，但当我今年春天去了香港，目睹到一些办后事的迷信场面时，我的这个想法瓦解了。请看两张我在香港青松观拍下的照片（图 88、89）。我不想讥笑什么，也不想否定什么。我只是更冷静更深刻地意识到，不仅我们这个民族，而且整个人类，自然囊括着你、我、他，都还处在相当幼稚的状态。有神论者很难感化无神论者。无神论者很难说服有神论者。因为归根结底人们关于生和死，都还缺乏深入的探究。

挚友再复在散文《死之梦》中说：“死是容易的，生却很艰难，一切壮观都产生于生中，连死的壮观也是生时所设计的。”对于我来说，无论是生与死，恐怕都难于达到壮观。但我清醒地认识到，我是一个独立的个体，我又是一个必须与群体协调的个体，我必须在独立性和协调性的交叉点上确立我生之价值。至于死，至于后事，我现在不去想它。

一九八六年十一月十六日

于北京绿叶居

珍惜生命

在北京郊区那些望去互相雷同的单元楼里，一个个单元里的住户们，他们的命运也雷同吗？

我常常觉得，也是雷同的。

确实。雷同的方面实在太多。带穿衣镜的大衣柜样式雷同。沙发的样式雷同。电视机、电冰箱和洗衣机的牌号大体雷同。新添置的组合柜以及柜上多宝格中的唐三彩马也雷同。连家中的争吵和牢骚也是雷同的。

必须从这种眼光里解脱出来。

应当探微发隐，从而知道每一家每一位实际上都相当地独特。

我首先注意到的是那个三角架。是用几根铁条焊的。上面只有一个小小的平面。平面上铺一块小小的印花布，上面摆着一只最平常的花瓶，插着最平常的塑料花。用最节俭的办法追求着不打算降格的美。这是一种生活态度。

活着很不容易。对每一个人来说都是如此。但并不是每一个活着的人都懂得珍惜。珍惜时间。珍惜安宁。珍惜机会。珍惜感情。归根结底，是珍惜生命。

珍惜旧照片吗？

他望着我，没有马上回答。他的眼睛流泻出非语言所能表达的情绪。

原来我是专门搜集旧照片的。

他拿出不下三十本照相簿。大部分是插袋式，都插满了时下流行规格的彩色扩印相。而我翻动得那么样地匆促。我的兴趣与相片的新旧度成反比例。

难道我有权利遗憾？难道他有义务惭愧？

港澳同胞。

海外华侨。

外籍华人。

这是三种概念。层层递进地尊贵吗？至少，眼下在北京，三种人还有着三种不尽相同的价码。但都比本乡本土的中国人高。

他，吴达文，之所以能住进这个新居民区的新楼的新单元里，全赖侨务部门的关照，他该算是个“老港胞”。

他父母是二十年代从广东中山县翠微乡北山岭去香港定居的。除了香港本地的土著，那该是最早的香港居民。他三十年代一度去港，后来回云南昆明上西南联大，毕业后又去香港。一九五一年，他三十二岁，同许多向往新中国，决心为祖国的建设事业出一把力的香港知识分子一样，他从香港回到内地，到达北京，进入清华大学，担任一位名教授的助教。

从香港回来，他只拎了一只小小的皮箱。他舍弃了在香港的一切。包括相当丰富的私人照相簿。他觉得最牵动他情怀的不是留在照相簿里的那些东西，而是可以陆续拍摄下来的未来。

然而，后来的很多年里，他始终没有建立起像样的私人照相簿。

他用那双被细琐皱纹包围着的眼睛望着我。他在反问我吗？

旧照片。保存它们需要耐心，需要眷念之情，需要安全感，需要恰宜的人文环境。

他只留下几张。他觉得那已耗去了他许多的勇气。

一张是他在香港告别母亲时拍摄的（图 90）。另外几张是他妹妹的（图 91、92、93、94）。这些都是他返回内地后，亲人给他寄来的。也曾在某一个时候想撕毁，想烧掉，后来终究还是留存下来了。

难道，我只对这样的相片感兴趣？难道，只因为另一些照片还都没有超过半个世纪，我就有权利加以漠视？

所有的照片都应是平等的。因为它们都是人类生存状态的见证。

港澳同胞。

海外华侨。

▶ 图90 1951年，离港回内地前与慈母合影。此照片保存下来殊不容易。

▶ 图91 四十年代中。妹妹已成为引人瞩目的美丽女郎。有人劝她参加香港的选美活动，她严词拒绝。她是职业妇女，自尊是她的主要品质。

▶ 图92 他的私人照相簿中，最老的一张照片。胞妹摄于二十年代末。

▶ 图93 妹妹现定居美国。今年将回国探视胞兄。多少往事，多少今情，从何说起！

▶ 图94 妹妹出嫁了。从此兄妹分离，天各一方。

外籍华人。

他回来定居了。但他同这三种人有着千丝万缕的联系。十多年前，他不与他们通信，尽量抑制自己不去想念他们。但他们是一种客观存在。

过去这种存在比如今还多。随着自然规律的推进，老一辈的逐渐减少着，而最新的一辈彻底归化于出生地的社会，他们又并不“寻根”，所以渐渐与他不生干系。

如今香港还有舅舅、表弟一家。美国有哥哥一家、妹妹一家，年迈的舅母（图 95）、叔伯嫂子、外婆、姨（图 96）、侄儿侄女一大堆。墨西哥有表舅。马来西亚有姐夫。外甥女在澳大利亚，外甥在英国。

“海外关系复杂”。

在“以阶级斗争为纲”的岁月里，这一条使他吃尽了苦头。

他被认为有着某种确凿的嫌疑。

那一天他觉得实在活不下去了。

临界值。在生死之间。

专案组正在开会。他破门而入。狂叫：“我到底有什么罪？你们还要把我整多久？整到什么份儿上才算完？”

所有的头都转向他。一双双眼睛瞪圆了盯住他。都没想到。“死老虎”竟一下子如此之猖狂。

▶ 图 95　定居于美国加州的舅母，名建筑师，已逾八十六岁。请注意陈列于右侧的祖先画像（圣诞树边，清朝诰命正襟危坐）。中国的根真是太粗了，无须索寻。

▶ 图 96　十三姨一家。也在美国。后排右三即张学良的弟弟张学智，亦即十三姨父。

他继续狂喊：“世界上最深的海沟也有底，深一万一千零三十四米。世界上最高的山也有顶，高八千八百四十八米。我的罪怎么定不出个底儿呀！”

一九四五年他毕业于西南联大理学院地质地理气象学系。山高有顶海深有底，他的嫌疑却深不可测无边无沿。

他没有得到所企望的回答，却遭到了更惨重的批斗。

……他登上了楼顶。头顶上星光惨淡。楼下面阴影交叠。他想到了自由落体运动。重力加速度。$g = 980$ 厘米 / 秒 ^{2}。

……然而他也想到了他的妻子，以及他的两个女儿。（图 97、98）

他没有跳下去。

他在楼顶的边缘止了步。

他不想细说这些个事情。

他微笑着，请我注意他睡的床。一眼望去同楼里许多家庭的床没什么区别。他告诉我那只是表象。表象的确雷同。同一类的纤绒床罩。但他那床板却与众不同，完全是碎木头拼接的，并且到处都是缝隙。有几处已经断裂，用铅丝勉强加以连缀。

如今他一人住在这两室一厅的单元里。他不想换床。他与他的妻子，还有两个女儿，曾同在这张床上睡过。

妻子是个很平常的中学教师。教授外语。既能教英语也能教俄语。

▶ 图 97

▶ 图 98　私人照相簿中最常见的收藏。是的，这里只有最常见的悲欢，除了当事人，谁会珍视它呢？

妻子随他下放。随他流动。这张床随着他们。每晚托着他们入梦，或彻夜难眠。

“海外关系复杂”。

是的。这的确是个问题。但这只应该是为父的问题呀。但却株连到女儿。

大女儿中学毕业了。分配不上工作。只希求分到百货商店当个售货员。她身材高高的，像她的父亲。很懂事，懂礼貌。她站柜台，服务态度一定是好的。她只求当个售货员。父母只求她当个售货员。妹妹只求姐姐当上个售货员。

但是人家“择优录取”。

要看政治条件。

她的政治条件：劣。

她落选了。

当母亲的不死心。托人再去求情。

好心的中间人啊，你不该说出实情来！

那好心人握住母亲的手，絮絮地对她说：“不光是嫌她爸海外关系复杂哩，也有你的关系呢……”

“我？”母亲疑惑了，“我有什么问题呀？”

“说你历史上也有问题哩，你给美国人当过翻译哩……”

母亲从那好心人手中抽出了自己的手，久久地发愣。

她是给美国人当过翻译。那美国人是韩丁。韩丁是从解放前就跟着中国共产党的。解放后一直留在共产党中国。甚至当“红海洋”翻卷时他也仍是受欢迎的“国际友人”。

……可是在某些人眼中，凡在解放前给美国人当过翻译的人就有那个嫌疑。他们只知道白求恩。他们不知道什么韩丁。他们不去调查。调查什么呢？你有嫌疑，这就够了。你的女儿连到商店卖东西也没有资格。

……他发现妻子只是发愣。他问她，搬她的肩膀，她仍旧只是发愣。

后来她就久久地冷笑着，久久地喃喃自语：“怎么不找我问问？怎么不去查查？就这么嫌了我疑了我这么多年？……”

……查出了癌，她默默地死去了。留下几张遗像。留下她同他合睡过的这张床，留下辗转反侧时压坏的木条，留下许多没有诉出的心曲。

他知道有些人不爱听这些个事。他尽量不说。

他给水仙花淋上水。他还活着。他继续活动去。珍惜生活。珍惜生命。世上既然还有水仙花，那就还该为他而开。

一颗破碎的心，还能黏合吗？

也许。

我翻看着他那一大摞私人照相簿。

都是柯达、富士、樱花、柯尼卡的 135 型胶片照出的彩扩像。

他在西南联大原址寻访旧梦。他在清华园中与校友们欢聚。他退休后的处处屐痕，印在山麓，印在海滨，印在通幽的曲径，印在洞开的旷地。亲戚们的欢聚。祖孙之乐。他几乎是执拗地享受着生活的乐趣。但所有的相片上都没有一丝一毫的狂欢，一丝一缕的纵欲，一切都那么从容，那么宁静，那么小心翼翼，那么凝重深沉。流泻出一种总体情绪，只能概括为两个字：珍惜。

他回避着我。我也回避着他。

而屋子里有一张最大的相片，立在案上，痴痴地望着我们。终于不能回避。我问了，他说了。一个人间不该有的故事。

落实政策。他终于回到了北京，并且分到了这样一个单元。妻子去世了。大女儿即将出阁。他提出将小女儿吴小芳调回北京，照顾他的生活。

小芳独自一人在烟台。在一家工厂当工人。经侨务部门的努力，小芳调京之事有门了。小芳请假来到北京。那该是他从香港回到内地以来最幸福的一段岁月。小芳像一朵绽开的花苞，美丽、芬芳、温柔、聪慧。得经过怎样的细胞分裂，才能构成如此的宁馨儿？需什么样的遗传基因，才能具有如此可贵的素质？她搂住姐姐，姐姐热泪盈眶。为了让姐姐出阁时有像样的家具摆设，她递给姐姐一个手绢包，姐姐打开手绢包，里面是一大摞钞票，一共七百元。她在烟台，天天在食堂只打丙菜吃，一分钱不乱花，苦苦地攒呀，攒呀，就为了姐姐打开手绢包时的这一声“啊”！她捶打着父亲的背，这个脊背，多少年来只受过专案组审讯的推搡，何曾有过这充满爱心的抚击？而不管父亲和姐姐眼里如何闪出泪光，她只是爽朗地笑！她在厂里白天做工，晚上和星期天攻读日语。她相信时代，相信生活，并且相信自己。她睡觉从不失眠。她没有亏欠过这个世界什么，这个世界原该给予她许多许多呵！

……是在无意之中，她透露出了厂里一些小伙子对她的纠缠；别的还都不过是一般的追求，但其中的一个，紧钉住她不放……他托他的小姑子把一封信交给了她，她读了那封信，只觉得那是不可能的事，她没有给他回信，只是让那小姑子转告他，她还小，她现在还不考虑这样的事，况且，她今后也不可能跟他……

姐姐耸起了眉毛。父亲也绷紧了心弦。都嘱她一定小心。就是调回了北京，也不要一个人走夜路。她应当及时把这一类的事情告诉他们。盛开的花朵本身便意味着危险。而这种危险往往为花朵本身所忽略。

有关部门给她办着手续。照例是慢的。她觉得就这么闲等着多不合适。她提出来还是回烟台，边干活边等调令吧。父亲和姐姐都说不必，都劝她就在北京催办。等办成了再去烟台过手续搬行李。但她还是执意回烟台了。

烟台海滨的海浪，日日翻卷，见过多少奇人异事，可也未必闻见过如此残暴而悲惨的情景——

那一天她走进车间，脸上挂着惯常的微笑，坐到她的工作台前，开始了她的工作。

她的位置，与车间里其他工人相反。她的背，对着许多别人的背。

开工十来分钟，忽然有个人出现在她背后，用利斧猛砍她的头部。一连砍了三斧。她即刻倒下，鲜血喷溅一地。

车间里被惊动的工人们本能地站起来往车间外跑，车间外的楼梯上，正好走来的厂长还以为是发生了地震。

砍倒她的人，去摸电匣，企图触电自杀，不知是电压不足，还是触不得法，只是发出尖嗥，烧焦了手指，而并未死成……

砍她的人，就是那个求爱被拒的小伙子。他强求不成，便来戕害。

砍人的人，人性黑暗到了什么程度。强占欲化作杀害欲，为什么竟如此之迅速？

多么芳馨的一朵鲜花。香消玉殒时，才二十二岁。

多么鲜活的一条生命。有着那么多的计划，那么多的憧憬。

父亲的私人照相簿中，至今还有她许多的遗照（图 99、100、101、102、103、104、105）。当她呀呀学语时，当她呢喃燕吟时，她那成长着的肉体和心灵，难道就是为了迎接这三下斧刃的砍击吗？当她在白塔下沉思，在故宫的铁狮前嬉笑，难道就是为了准备让那残暴的魔爪，来把她砍碎吗？在海滩上，她玉体横陈，多么活泼的生命多么纯真的灵魂，为什么她就不能有她那姑妈的命运，为什么这个世界不容她这根延续生命的线成熟，便残忍地将其斩断？

她被砍杀的那一天，恰恰是那一天，调她回北京的批准书，抵达她父亲手中。

我们相对而坐。久久的沉默。

冬阳从玻璃窗斜射进来，照得水仙花好让人怜。

良久，他才缓缓地抬手指点着，沉沉地说："你看，谁家会这样呢，独我这儿，我就这样……那里头，是小芳的骨灰盒。"

▶ **图 99**　带露的花蕾。每一朵花苞的存在都是一个奇迹的开端。然而，并不是每一个奇迹，都能充分地展现。

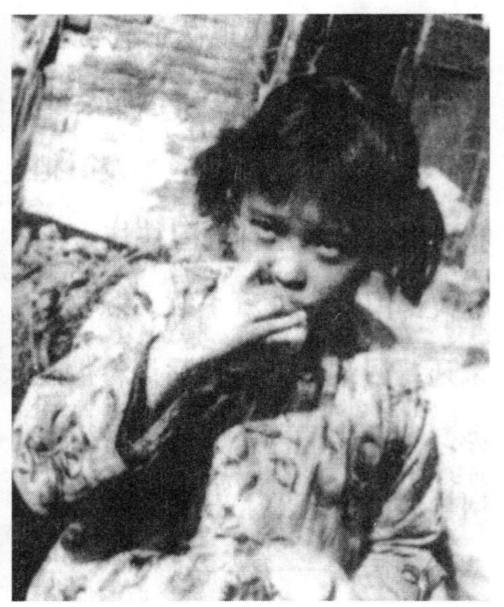

▶ **图 100**　即使在艰难困苦中，花儿也依然在默默地开放。

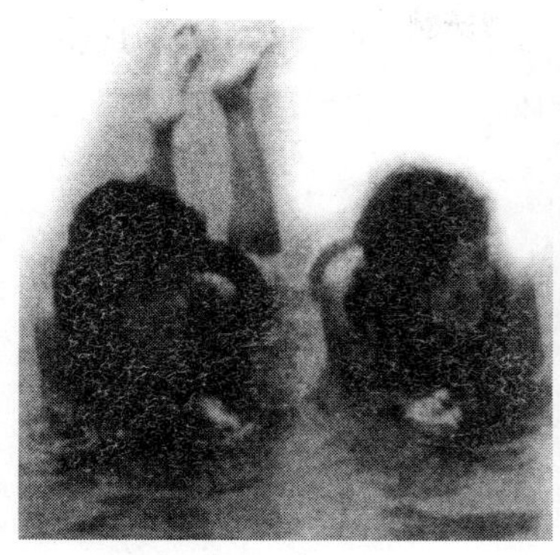

▶ 图 101、图 102　花儿开放了。芬芳四溢的花儿啊，你的开放便是你的危险。

▶ 图 103　花儿为什么这样艳？天真的花啊，你怎知残暴的手要将你蹂躏？

▶ 图 104　花儿在开。花朵还没有绽圆。为什么要把她毁掉？怎么可以把她戕害？……人性中有多么黑暗的一面啊，占有欲竟化作了杀机……

▶ 图 105　私人照相簿中最不忍翻开的一页。失去如此美丽聪慧的爱女，活下去该有怎样的勇气？

他指的，是一张极普通的书桌。他那食指的延长线，正对着“一头沉”的沉重处。

他与亡灵同在。然而他不甘成为亡灵。

香港哥连臣角火葬场。静悄悄。旷无一人。他的脚步声引出很大的回响。

他在灵龛壁前站住了。密密麻麻的大龛牌中，有一尺见方的一块，是他母亲的（图 106）。

由海外亲友们付了数量不小的一笔钱，这灵龛得以在这块墙壁上长存。他静静地站在那块大理石牌面前。那块牌子与上下左右的牌子何其雷同，但对于他来说，上下左右那些牌子都并不意味着什么，唯有他母亲的那一块……

三十三年前，他从她身边走开。

三十三年后，他来告慰她的亡灵。

他不后悔。

他的余年，更具有以往无可比拟的价值。他仍在工作。这回是在人家完全信赖你，不嫌也不疑的目光下工作。工作之余他便云游四方。他尽情地，却又不慌不忙地享受生活。（图 107、108、109）

他回到了她身边。虽然她只是一块大理石牌。

▶ **图 106**　1985 年，重返香港。慈母安在？哥连臣角火葬场。慈母在灵龛壁上占有一尺见方的位置。人们就这样生生相继。

▶ **图 107**　八十年代。重返香港。岁月荏苒，感慨万端。

▶ **图 108**　重逢在清华园里。交谈得并不多。最诚挚的交流往往是“尽在不言中”。

▶ **图 109**　思念青春。人不能没有思念。人常能从思念中获得往前生活的能力。

……火葬场的看守问他：“先生，这样的时候，您怎么敢一个人来？”

是的。只有在清明节时候,这里才有大批的人来。平时几乎整天不见一人。这里很荒僻。经常发生抢劫案。

他来了。他不怕抢。他没有什么好抢的。他沉思着走出火葬场。夕阳西下，把他的影子拖得很长。他失去的东西太多了，都是最宝贵的。然而他不颓丧。他仍要活下去。并且要活得比以往好。他屋子里竖立着许多的贺年卡。五颜六色。来自几大洲。

如今他用相当一部分时间与海外的亲友通信。他们一致认为他的信写得活泼生动，妙趣横生。他为什么如此快活？他们常常觉得不可理解。因为他们各自有那么多的烦恼。他们觉得挣脱烦恼非常之不易，而他竟能挣脱不仅是烦恼简直是惨剧的羁绊，这真不可思议。

他不信宗教。他也不同我谈信仰。他信什么呢？信生活？他坐在那里，所取的姿势相当地舒适。他所坐的那张椅子并不是张舒适的椅子。可是他能在那样一把椅子上坐得那么舒适。

灯下检阅着从吴达文先生那里挑回的照片，心中无端地浮起了友人刘湛秋的诗句：

松香和三叶草的夜
他把那条手绢寄还你
海在远方，远方是月影
狐狸穿过幽黑的草地
坐在帆布椅上的人走了
院子里只剩下空空的帆布椅
森林里有雪，雪没有影子
寂静中飘下一片树叶

湛秋比我会享受生活。我很羡慕他，以及一切与他相近的人。我是否太死心眼呢？我心中的帆布椅上为什么总坐着人？总走不开？我心中的雪花为什么总如干粉般散射，并琤琤有声？

我不想触痛更不想伤害任何人。我只不过是追踪真实。然而我越来越感觉到很难。

一切都远比我写出的复杂。一切。

吴达文先生的外祖父是蔡绍基，清朝最早的赴美留学生之一。光绪朝曾任海关道台，又曾任驻高丽总领事，是北洋大学（后改为天津大学）创始人之一。原北洋大学校门口曾立过他的铜像。五十年代初，该铜像被推倒销毁了。然而吴达文至今提及他这位外祖父，口气中还充满尊重之情，并说不仅他这位外祖父是贫下中农出身，当年与他外祖父一道漂洋过海的那些早期留学生，大多数也是贫寒出身……

是我的一位老同学带我去见吴达文先生的，中间又经这位老同学的一位朋友介绍，他的这位朋友是位娴静的中学女教师，而这位女教师的母亲便是吴达文的妻子，但吴达文又绝非她的继父，因为她有自己的父亲，她的母亲是与她的父亲离异后才嫁给吴达文的，相反的，她另有继母……

关于吴小芳之死，还有许多值得探究辨析慨叹深思的细节，比如说，当吴达文赶到烟台以后，有人开头暗示，后来简直是赤裸裸地提出来，能不能给他一笔钱，大事化小，小事化了？多少钱？七百元！七百元呀！怎么恰恰也是这个数字？！小芳的那个手绢包里所包的，不就是这个数字吗？姐姐接过那手绢包，激动地打开，展现在眼前，经过清点的，不就是这个数字吗？难道她这样一朵盛开的鲜花，这样一个活泼聪慧的生命，仅仅值这样一个数字？然而有人提出来了，他们就是那样地看待生命，看待清白、善良、美好的生命，而目的，却是包庇，延缓一个墨一般黑的沉沦的灵魂……

小芳的姐姐小兰，后来还是当上了百货店的售货员，因为那店里的经理见到了她，一眼就看中了她的规矩与勤快，他拍着胸脯说："我们店要了！什么政审不合格！我们店没有国际机密！"她又哭又笑地去了。但她的母亲却笑不出也哭不出。那位好心人要是不把那关于她的"历史污点"的事告诉她，该有多好？然而好心人往往起这样的作用，他们热心地帮忙，帮不上，却反而坏了事，

▶ **图 110**　姐姐小兰。留学日本，前途似锦。在异国古迹前站立，等待快门按下的一瞬间，你可曾想起不幸的妹妹？

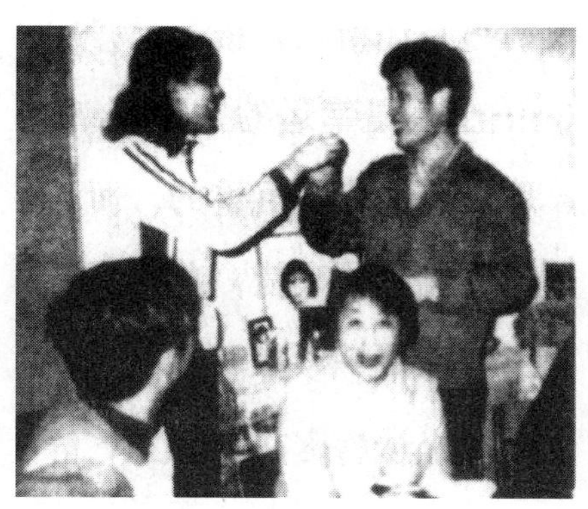

▶ **图 111**　幸福地活着的人们。在不幸死去的姑娘的遗像前。

▶ **图 112**　享受生活。在这个世界上，我们的权利是生，所以我们大声呼叫和平。

但谁又能责备他们的热心肠呢？……小兰是幸运的，不仅幸运，简直是幸福，如今她和她丈夫都在日本留学，那里的学业是沉重的，而为了补助生活，课余揽的零活更是耗人精力的，他们给父亲的来信，总是短得那么令他既甜蜜又痛苦，他们寄回来许多的相片，他都一一珍存着，但他细心地将这些相片与小芳的遗像分开，小芳的大幅遗像永远雄踞在柜子上，静静地观望着这个越来越安宁、越来越幸福的家……不过他不忍看那样的相片；小兰夫妇和他们的朋友在举杯畅饮，喧闹着，嬉笑着，而他们身后，却显现出小芳忧郁而凝思的面容（图 110、111、112）……

“你为什么从香港回来？”这是他最熟悉的一个问题。有各式各样的问法：询问、质问、审问、拷问、困惑之问、好奇之问……乃至于代他遗憾之问。他问过自己吗？问过。也并不止一种问法。他本是想回来在自己的专业上大显身手的。他就一点身手也没显出来吗？他自己不这样认为。不。在最困难的岁月里，他已下放到山东一个位于半山腰的小村落里，那里甚至有人还穿着清朝式的长袍，头上还留着焦黄的长辫，他也并没有否定自我的价值。果然，后来派他去搞一个小册子:《泰山名胜与地质指南》，中英文对照，他兴奋不已，像绣花一样绣出了那样一部稿子，现在他家里还存有这部手稿，同他的私人照相簿存放在同一个柜膛里。现在看来，当然是好笑的。这算什么东西？学术不是学术，科普不是科普，散文不是散文……但那里头寄托着他的报效之心，融汇着对“你为什么从香港回来”的回答……再过十年，整个香港都要回来了。那时候他还在世吗？应当还在世。不过他并不觉得他跟香港有多少关系了，他该算是一个地地道道的内地人……

吴达文先生总爱戴顶法兰西院士帽，见到他的人都认为他是专家、学者、教授……然而他并未获得那样的头衔，也无望获得那样的头衔了。他不喜欢听“给耽误了”这一类的话。他细心地给水仙淋水，因为他觉得最要紧的莫过于不要误了眼前。该开放的花儿都要让它开放。

我原以为他性格沉稳。确有这一面。但他一旦打破沉默以后，却大有滔滔不绝之势，甚至很难打断他那些“车轱辘话”。

确实：一切都远比我写出的复杂。一切。

吴达文先生的妹妹即将回国探亲。

她曾经很是犹豫。她的存在，曾是构成他“海外关系复杂”的最主要的因素。而她本身，按我们的眼光，也确属“经历复杂”。她对我们这个社会是无害的吗？她会遭逢意外的不愉快吗？她走后，她的哥哥不会有新的麻烦吗？

她其实不必犹豫。请按期回国。

吴达文先生请人给单元的墙壁糊上了色泽纹路雅致的壁纸。正在挑选合适的软床，以备亲人享用。只是卫生间的问题不好解决。单元里只有一个小厕所，是亚洲式蹲坑，这还在其次，问题是绝无澡盆，安一个热水器，搞淋浴吧，又并无蹲坑以外的泄水地漏，因此恐怕只好请过惯了美国中产阶级生活的妹妹实行原始的盆浴，为此，他已为她准备好了市面上所能买到的最大的洋铁皮澡盆。他想，也许妹妹不会嫌弃，因为半个世纪以前，她在家中冲凉时，所用的那个盆子要小得多了，而当时他们兄妹互相撩水嬉戏的情景，想必仍可回映于她的脑海之中……

他期待着她。心中涌动着许多琐碎的人生乐趣。

▶ **图 113**　外孙小照。

▶ **图 114**　活下去，并捕捉住生活中一切美好的东西。在北戴河雁寨湖。类似的照片已逾百张，背景还有长江三峡、苏州园林、云南石林、泰山玉皇顶……

▶ **图 115**　向往。生活中的向往。向往生活。最朴素的向往，应得到最宽容的回应。

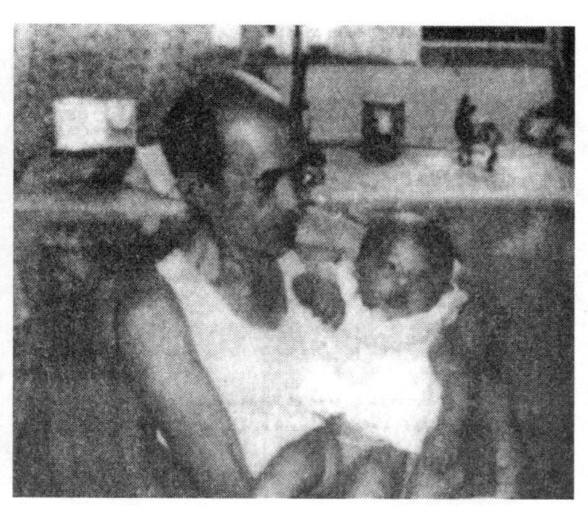

▶ **图 116**　活下去，并让我们的后代活得比我们更好。

是的。琐碎的人生乐趣。世上最普通的，人生最琐屑的，那样的一些乐趣。（图 113、114、115、116）

他珍惜。

又是湛秋的诗：

春天又贴着老式的邮票飞来

海鸥和残雪镜面的蔚蓝
雏鸡睁着紫檀的眼珠
世界在绿色中膨胀
爱恬和渴求的虹吸管
在吮着叶脉的汁液
裹着的肌肤想摆脱黑暗
空气是无法抗拒的嘴唇
为什么又一次感到晕眩
老树的皮像老人的皱褶
可老树的新叶
竟和幼树的一样……

是的。老树的新叶，的确同幼树上的毫无二致。珍惜每一片新叶吧。请珍惜。

一九八七年元月
写于绿叶居

不得其详

去年初冬，在北京会到美国作家荷汀丝·卡莉榭尔和她的丈夫卡尔蒂司·哈纳克。卡莉榭尔女士因为入选为美国文学艺术学会及全国文学艺术学院成员，声名在哈纳克之上，所以成为我方接待的主宾。其实哈纳克先生也是一位创作丰富的作家。见面时，二位都惠赠了他们的大作。哈纳克所赠的一本，倒更引出了我浓厚的兴趣。因为据他自己说明，这本小说集中的六篇小说，都是由一组私家所藏的旧照片触发出灵感的，小说集的封面设计，以及书名本身，鲜明地体现出了这一点（图 117）。我便趁兴告诉他，我正在《收获》杂志上搞一种名为“私人照相簿”的文学试验，这就又引起了他的兴趣，可惜我们之间不能直接对话，而我们所谈及的具体方面翻译起来又很麻烦，所以未能深入交谈。这么匆匆地见过一面，坦率地说，我对他的创作和为人可谓不得其详，他对我想必更是印象朦胧，不过我们这样两个社会背景差别巨大的作家不约而同地对旧照片发生了兴趣，却总还是一桩值得回味的事。旧照片总能引出我丰富而翻卷的思绪，这使得我的一位朋友深觉诧异，他对我说：“作为摄影艺术以外的私家照片，其特点便是一览无余的确定性，你对它们何来那么多的感受呢？”诚然，摄影艺术以外的私家照片，往往刻板而单调，举凡群像，更有“排排坐，吃果果”的幼稚之弊，乍看上去，确实一览无余，难提兴味。但倘是一张年代稍远的旧照，于仔细端详之中，便不禁会发现上面总隐现着两个惊心动魄的角色：一个叫历史，一个叫命运。于是，在照相表面所呈现的单调中，也便弥散出了难以言喻的丰饶，这就难怪我的思绪要升腾翻卷了。

去年年底接到从德国邮来的一个大纸匣，那邮资是相当之贵的，拆开一看，

▶ **图 117** 美国当代作家卡尔蒂司·哈纳克的小说集。灵感全部来自私人照相簿中的旧照片。书名或可意译为《似水流年》。

原来是一本厚重的德文书，经请教懂德文的朋友，告知我是一册关于德国人骆博凯上世纪末在中国南京任清朝江南陆师学堂总教习始末的历史书，此书的成因，是骆博凯于一八九五年至一九〇〇年间，在南京拍下了不少照片，这些照片后来他带回了德国，成为他家“私人照相簿”中的藏品，到一九八二年，这些旧照片引出了他家后人及后人朋友的兴趣，遂由一位“好事者”将这些旧照片以及骆博凯留下的日记、札记、书信等材料，编成了这样一部书。这部书的立意、价值究竟如何，需得有谙熟德文和中国近代史的同志加以翻译、分析后方可确定，我只能是翻阅一通其中的旧照片，但不管编书者的意图如何，这些旧照片所给予我的刺激，是强烈而痛楚的。

这本书是德国波鸿大学汉学系主任马汉茂教授寄赠我的。不知道什么原因，书到几天以后，他的信才到。他说他从《收获》杂志上看到了我搞的“私人照相簿”，觉得很有意思，他鼓励我继续搞下去，寄这本书给我，是供我参考，自然也是有使我觉得“吾道不孤”，增强自信的意思。其实我搞的这个“私人照相簿”，与得到的上述美国小说集和这本德国文献书都很不相同，我是并不拘泥于一个家族、一个地方、一个事件、一个历史阶段的。我固然有横的纬，也有竖的经，我最大的乐趣便是经纬交错地织出可以充分驰骋想象力的锦缎，换句话说，便是在历史与命运的交叉点上去领悟一些什么，而我所诚恳期望于读者的，也便是从这个角度去共同完成一种文学创造。

现在我们来看一张骆博凯在差不多一百年前所拍的南京明孝陵神道上的石刻群的照片（图 118）。那个时候中国的国势衰微到了什么程度，从照片可以一目了然。但细看便有不得其详的刺目之处——石刻巨象背上堆满了碎石，把这些碎石搁到象背上去，而且一直搁到不能再搁的程度，该不是由一个人完成的事，那么，是谁，是些什么人，出于什么目的，以怎样的一种心情，做成了这么一桩怪事呢？

恰好前年深秋我去了南京，并且在同一处地方拍了照片（图 119），把两张照片作一对比后，我想除了思路格外古怪的人，总能感受到历史的推进、时

▶ **图 118**　1889 年的南京明孝陵神道上的石刻群。大地荒芜到棵树全无的程度，而使地平线一览无余。但请注意：石刻巨象背上竟堆满碎石块，显然是人为所致。不去挖坑种树，而费力地做这种事，该界定为怎样的一种“深层文化心理结构”？

▶ **图 119**　1985 年的南京明孝陵神道上的石刻群。茂密的树木使人不可能望见地平线。石刻巨象依旧忠诚地站立在那里，如果它能讲话，该有多少感慨向我们倾诉？

▶ **图 120**　1889 年，南京。江南陆师学堂总教习德国都司骆博凯与他的中国随从们。请特别注意各人有所差异的表情。

代的进步和文明的发展吧？当然，我又忍不住回忆起，前年深秋南京的另一处名胜地，不知是谁，是些什么人，出于什么目的，以怎样的一种心情，偏把吃剩下的西瓜皮，耐心而技巧地套在一溜石栏的柱顶上，并随意抛置在很难捞取的一个水池中。在为我们社会主义中国的进步而自豪的同时，我又深刻地意识到，我们这个民族还存在着多么艰巨的心灵建设的任务，这该能被读者们所理解吧？

下面我们再来看一张当年骆博凯与他的中国随从们的合影（图 120）。骑在高头大马上的骆博凯真是名副其实地耀武扬威，雁翅般排列在他两旁的，是毕恭毕敬的中国人。最左边的一位或许是他的管家，年纪似乎已近七十，脸上的神色大可用“狐假虎威”四个字概括；左二是位中年人，弄不清他手里拿着个什么东西，似乎是一支雪茄烟，这大概是骆博凯特意导演过的姿势，以说明有专门的中国仆从伺候他的起居饮食乃至于斟酒递烟；左三是位年轻的壮汉，唯独他不完全撇着八字脚。很像是练过武功的拳师，或许便是骆博凯的保镖吧？左四面带惶恐之色的高个子不消说是骆博凯的收发员，他的姿势更暴露出生硬导演过的痕迹；骆博凯右边紧靠马头的一眼可以判断出是个马弁，他穿得比其余人都差，姿势也最不规范，眼神里流露出一种潜在的不安，或者竟是愤懑；另一骑在马上的穿的应是戎装，或许是骆博凯的一个副官；最右边的一位我想该是个看门的。不消说这该是骆博凯从中国带回德国去的最得意的留影之一。

中德两个民族在近百年来的历史发展中，有着许多不愉快的事，这是毋庸讳言的，但近三十多年来，中国和民主德国、联邦德国都有着较好的关系，两个民族之间的民间往来更是有增无减。一九八四年冬天，我也到联邦德国进行了一次短期访问，现在我选出一张在维尔茨堡大学图书馆前拍下的照片（图121），同当年骆博凯的旧照片作一对比。我并不是一个怀有狭隘民族情绪的人，因此我无意于进行机械的对比，比如，以九十五年后的某一天，一个中国人站在了德国土地上，拍照时居于中间，两边倒是德国人，以此而得到一种廉价的心理满足，不，我是从两张照片的对比中，去努力领悟一种不以个人意志为转移的，虽经曲折，虽有朦胧乃至混乱乃至一时倒退，却终究能显露出来的客观规律。我相信人类历史是由这种规律确定其走向的。

历史如此，个人命运呢？个人命运似乎要微妙得多。也就是说，为偶发性因素而逸出原来的轨道，甚至发生自己和别人都未曾逆料的转捩，都是并不少见的。历史是长寿的，因此它总可以纠正错误，并且证明出客观规律的威严，而个人的命运就大受局限，因此历史往往悲壮，而个人命运则往往悲怆。

记得在德国维尔茨堡，我曾同一位女士讨论过这个问题。

我是从科隆乘火车抵达维尔茨堡的，下了火车，一位金发碧眼的女郎迎上前来，用很不错的中国普通话问我："您是刘先生吗？"我笑着回答说："我想我应当是。因为这列火车上只有我一个是中国人。"我们握手以后，她自我介

▶ 图121　1984年，西德维尔茨堡，大学图书馆前。右二为汉学系学生葛伊莎，左一为汉学系教师波尔。背景上的现代派雕塑象征着智慧。从骆博凯那时以来，中、德两个民族的发展轨迹有着多么巨大的差异啊，但应当说都增添了自己的智慧……

绍说："我们维尔茨堡汉学系派我来接您。您将住在波尔先生家里。我的名字叫葛伊莎。"我知道她说的是特意为自己取的汉名，一般学汉学的都要给自己取一个汉名，一般又都用谐音的方式，比如马汉茂，便来源于赫尔穆特·马丁，于是我问她："您用的是哪几个字呢？"她微笑着告诉我："诸葛亮的葛，秋水伊人的伊，莎士比亚的莎。"难为她说出"秋水伊人"这四个字来，光凭能说出这四个字，她的汉学也并非入门水平了。

当天傍晚，她陪我在市区里散步，走过有着许多比真人还高大的雕像的主教桥，我们进入一家临河的咖啡馆。那家咖啡馆里只有两种色调，一种木质的深棕色，一种由藤蔓类大叶片植物构成的深绿色，光线都由遮蔽处泻出，柔和而暗淡，看不出的音箱中送出似有若无的浪漫曲旋律。我们选了一个高达一米五以上的小圆桌，在两旁高达一米的小圆凳上坐下，把脚搁在圆凳下部的箍圈上。葛伊莎叫了一杯不带奶不带糖的浓咖啡，我叫了一杯日本绿茶。饮料送来以后，葛伊莎莞尔一笑，问我说："我抽支烟，你不介意吧？"我颇觉惊讶，并劝告她说："我倒并不介意。不过，抽烟不是对你的身体没有好处吗？"她点燃一支细长的女用烟，似玩笑非玩笑地说："我的命不好，所以要抽烟。"

我们的讨论就从那支香烟开始。

我问她："你的命何以不好呢？你何以认定你的命不好呢？"

她玩弄着手中的一个金属扁盒，那是装烟的，打开，又合上，合上，又打开，然后又合上，沉吟地对我说："每支烟总是要被抽掉的。但每一回轮到哪一支？我取烟总是随便一摸，没有固定次序的。这就是烟的命运。"

隔了一会儿，她又说："烟的使命，是让人抽。不过我这支烟，总没让人取出。"

对于葛伊莎，至今我不得其详。不过在同她短短几天的接触中，我大略地知道，她已经学了好几年的汉学了。德国的大学制度，我也不得其详。似乎有的学生可以一直在学校里待着，参加过几年级的考试，通过了，便算是几年级以上的学生，不去考，或没通过，也便那么继续上着。有的已经通过最后一年级的考试，算毕业了，却又可以再读别的专业。当然，有的是去考硕士、博士前、博士。

在西方，学汉学的大学毕业生找职业并不那么容易，随着中国和西方的交往特别是贸易交往增多，就业的机会自然增加了，但学汉学的人数也在“中国热”中激增，这样，谋求有关职业的竞争也便激烈了。

我对葛伊莎说：“我要是香烟，我就主动滚到最有利的位置上，让人家一摸就把我摸到。”

她笑了，她说：“就是这样。我们迎向命运，命运也迎向我们。”

我接过去说：“我们选择命运，命运也选择我们。”

自然，我同这位德国女郎有着不同的追求，也就是有着不同的选择，我们之间的差异是巨大的，但我们都在确认客观规律的前提下，对个人命运中可能遭逢的偶然性及无可奈何的一面保持着高度的清醒。

还是再看照片吧。下面是一张最不忍目睹的照片（图 122）。也是一八九八年骆博凯在南京所摄。拍的是当年六个蜷缩在墙角的乞丐。乞丐是真实的，但场景是否经过骆博凯导演，颇令人狐疑。六个乞丐都并不孱弱，有的身体似乎还颇强壮，令人心悸的是他们的精神状态。当中的两位分明在吸食鸦片，左边第二位似乎手中也握着烟枪。这鸦片和烟具是他们乞讨来的吗？我怀

▶ **图 122** 1889 年。南京。骆博凯摄。他命名为“花子图”。令人痛心的还不是贫困与脏乱的景象。请注意当中两位侧卧者——他们在吸食鸦片。

疑是骆博凯在诱惑他们拍照时临时给予的。当然这也不能武断地判定。不是直到今天的中国大地上，也还有乞讨起家的万元户吗？

不管怎么说，这张照片使我们看到了近代中国的一个方面：骇人听闻的贫穷和落后。

再看一张与之对比的旧照片。这是一张一八六〇年由外国人拍摄的北京满清权贵的消闲图（图 123）。这大约是该权贵宅邸花园中的一角。两层楼的建筑上置有“云中之阁”的匾额。楼只两层，而奢言“云中”，并且措词直露，远没有“秋爽斋”、“天香楼”一类名目雅气，可以推测出这或许是个暴发户之家。主人端坐在楼下前廊中，穿的是便服，但下面露出厚底子的官靴，想必是刚从衙门里回来。身旁站着个男仆，拘谨之态可掬。楼上有九个人，至少有三至四位是他的妻妾。其中抱着孩子的一位面有得色。那是完全可以理解的。特别是不难辨认出所抱的是一个男孩。这张照片所显示出的豪华与奢靡在那个时代实在还远非大家气象，但如与前面的一张相片对照，也就不难想到，那样的一个中国，实在是不能不爆发革命的。而在革命的进程中，激昂情绪的狂飙式发泄，也便成为不可避免的现象。

下面的几张照片，除最后一张外，都采自我家的私人照相簿。这都属于最不得其详的一类照片。比如那张黄花岗七十二烈士墓的照片（图 124），系何

▶ 图 123　这是“私人照相簿”专栏中拍摄得最早的一张照片。摄于 1860 年。距今已一百二十七年矣！坐在“云中之阁”楼下前廊中的男子是当年北京的一个权贵。请仔细辨认照片，并试着猜测一下，楼上楼下的另外十个人分别是什么身份？

▶ 图 124　这张摄于 1925 年左右的照片虽然技术拙劣，但所显示的广州黄花岗七十二烈士墓却能唤起一种严肃的思考。把前面的“花子图”和“权贵消闲图”再仔细对比一下，我们当能更深刻地认识到，中国近百年来的历史走向有着悲壮的必然。

人所摄？何以夹放在我家照相簿中如许多年？照片左侧那位留下背影的女士何许人也？现在都找不到答案。但中国大地上在出现了前面所刊出的荒凉的明孝陵神道、趾高气扬的洋人与垂手伺立的华仆、贫困潦倒不堪的乞丐、骄淫奢侈的权贵一类景象以后，是一定会出现另一类景象的，并且反映那景象的照片，也会出现在一些私家的照相簿中。另一张照片（图 125）也同样搞不清是怎么跑到我家照相簿中来的，背景很荒凉，光秃秃的山谷中还有尚未消融的积雪，但照片的前景却显示着近代文明的标志——铁路。奇怪的是照片上清楚地显露出了铁轨，却无论如何看不出枕木来。介乎山谷与铁轨之间的一群人，绝大多数是中国人，只有左边第三、四个仿佛是洋人。实在是不得其详——这是中国人聘请外国工程师设计指导敷设的铁路呢，还是外国人雇佣中国工程师和行政人员敷设的铁路呢？考虑到此照片大约摄于本世纪三十年代，而且从立于人群正中间的中国人——长袍礼帽，挺胸凸肚，仿佛是其中最有身份的人——的姿态神情去判断，应以前一种可能性最大。不管这张照片有着多么多的不得其详的因素，它毕竟反映出了中国近代史中的一个侧面。望着这张照片，联系前面

▶ **图 125**　这张褪色的照片约摄于 1930 年。一些中国人和外国人，站在一条中国当时新修成的铁路旁。照片上一共有二十个人。他们站在那里的时候，想法都一样吗？

的照片，我想到了中国近代史的艰难历程，对于一些最朴素的真理，比如为什么中国出现了共产党，为什么中国在本世纪中走上了社会主义道路，为什么只有在这以后，中国的铁路建设才有了一个飞跃的发展，等等，似乎都有了更深入的领悟。

再下面的一张军人相片（图 126），是我祖父的学生和朋友，在抗日战争初期，寄赠我父亲的。我只知道他实际早就是个共产党员，现在该近九十岁了。他一生的经历曲折坎坷。但也仅只是知道这么一点，还是不得其详。这张照片我从小就在家中的照相簿中看见过。使我感到兴味无穷的还不是相中人，而是那题在相片四围的口号，而那“五化”的口号中，“工作科学化，成绩艺术化”两句尤其令我吃惊。工作如何才能科学化呢？而成绩竟然要艺术化，这真亏他想得出来，也真有趣。这“五化”的口号据说并不是当年哪个方面统一提出的口号，而是他本着一腔男儿热血，自己题下，用以自勉，也用以励人的。因此，这张照片，似乎便具有了一种文物价值，从中至少可以透露出那个时代的一种精神，一种风采，一种趣味。相信再过几十年，那时的人们再看到这张照片，

▶ **图 126**　1939 年的一位抗日军人。周围的五个“化”是当年他自己题上去的。近百年来的中国历史洪流，把多少热血儿女涌到了为民族生存和发展而奋斗的前列。

▶ **图 127**　却也有另一种人生景象。此像约摄于 1940 年。猛一看是一派悠闲与安适，细细分析她的表情，似乎又能窥出内心的躁动与不安。

将会有更新鲜的感受吧。

再下面的一张照片（图 127），展现着另一种人生图景，另一种情调和趣味。照片上那位打着遮阳伞的女士系何许人也？她的照片何以会出现在我家照相簿中？我仍健在的母亲，也想不起来了。人在一生中，常常难免和这样那样的人发生短暂的交叉关系，而在这种交往中，常常会互换照片，这些照片也便不经意地留存在各自的私人照相簿中。我现在把这张照片穿插在这里，绝无用它或照片上的女士，来同前面“前线归来”的军人照片作生硬对比的意思，我深深地懂得，历史是多么曲折，人生是多么微妙，焉知这张照片上的女士当时不是个革命者呢？即便不是，又焉知她后来是不是走上了革命道路呢？也有那么一种可能，她是个普普通通的中国小资产阶级分子，在很长的历史阶段中，她既不处于革命阵营也不处于反革命阵营，而在人民共和国建立以后，她已改造成为了一位投入社会主义建设的公民，又或许她后来去了台湾、香港、海外的什么地方，成了一个很难评价的人物……不得其详，不得其详！而在这不得其详之中，我们又可以想到许许多多的事情和哲理……波澜壮阔的历史长河中的一星飞沫，难以预料的命运烟云中的悠闲一瞬，“私人照相簿”中那些不得其详的不经意留存下来的“多余”照片，原来也可以挖掘出如许丰富的价值！

再一张照片是借用的，摄于一九四八年，在刚刚得到解放的土地上，来自延安的文艺战士正在为部队和群众演出歌剧《刘胡兰》（图 128）。布景是简陋的，剧照是拙朴的，但所展现的一瞬，却相当生动，八路军伤员与刘胡兰之间的感情交流，完全不像是做戏，而显得那么自然和真挚。这是那个时代的代表性艺术。当我们今天的文学艺术有了令人眼花缭乱的发展之后，回过头来看这张剧照，并且同前面的一系列照片合起来加以体味，我以为也能悟出一点什么。至少在我，是更深切地意识到，处在时代中的我，是不可能脱离开这个时代的，要在历史进展和个人命运的交叉点上，去寻找一种既能充分发挥自己聪敏才智，又能使比较多的读者和观众共鸣的那样一种创美路数。

写到这里，恰好接到香港林真先生寄来的精印学术资料《香港文学研究的过去式、现在式、未来式》，里面首先刊印着林真先生在第三届全国台港及海外华文文学学术讨论会上的发言。林先生在发言中说：“一般人都生活在两种心理时间领域之中的。你可以自行选择要生活在无可挽回的过去之中，或是生活在满怀希望与憧憬的美好未来之中。你所做的抉择，将会进一步影响到你的人格、你的生活，以及你的每一种情况。”“从心理学的观点看来，根本没有‘纯

图 128 歌剧《刘胡兰》中的一景。摄于1948年。张玉兰饰刘胡兰。这样的人物，这样的戏剧，这样的照片，都有着必然要出现的历史缘由。把前面的照片顺序看下来，当更能领悟。

▶ **图 129**　采自林真先生所著的《香港文学研究的过去式、现在式、未来式》。图中后排左起：黄茅、郑可、叶灵凤、高朗、严庆澍、某女士、查良镛、杨范如；前排左起：陈迹、李流丹、某先生、黄永玉、刘如。其中的“某女士”和“某先生”今何在呢？在“不得其详”的遗憾中，却也包孕着无尽的感受。

粹的现在’可说的；因为时间本身是一项不停推移的尺度；不是过去，就一定是未来，没有什么现在的。”我体会他的意思，也是主张在创美活动中，将过去和未来串为一体，而这种选择过程，也即是在历史与命运的交叉点上去爆出耀眼的火花。在他编印的这本资料中，还影印着他本人收藏的部分香港文学家、艺术家的旧照片，期刊和书籍的彩色书影。现将其中的一张照片翻印在这里（图129）。其中我们比较熟悉的首推黄永玉，还有就是严庆澍。严庆澍这个名字我们乍看见也许会感到陌生，但一说他用过的笔名有唐人、阮朗，便不免会“啊”的一声，前几年，我们有多家出版社，以很高的印数，出版过他许多的长、中、短篇小说，其中自然又以《金陵春梦》最为流行，据说他已于几年前病逝于北京友谊医院。我将这张照片穿插在这里，并不是要研究香港的文学艺术发展史，我实在也没有那个资格，引动我兴趣的，倒是林真先生在照片上所加注的说明。十三个人物中，前面的一男，后面的一女，虽以林真先生的研究水平，也还是不能判断出系何许人也，只好姑称为“某先生”、“某女士”，也即是不得其详的意思。这倒使我悟出，文学艺术的群体，实在也是一池活水，有始终留在其中的，也不乏匆匆的过客，来当然都是乘兴而来，去呢？有兴尽而去的，也有兴未尽而不得不去的，而不得不去的人物之中，有江郎才尽或自身不检的，也有因客观原因而去的，这进出留去之间，也便构成了文学艺术发展史，同时也包孕着无数的文学家艺术家的个人命运。

林真先生在他的文章中，引用了一位西方社会学家麦克·黑尔的话：

过去之未来是在未来中
现在之未来是在过去中
未来之未来是在现在中

这说法至少是有趣吧。或许可以当作一个聊备一格的参照系，来重新观看我这专栏中的种种采自私人照相簿的照片。

一九八七年三月二十七日
写于北京绿叶居

渴望沟通

几年前，我骑自行车到远郊去散心，当我骑累了，在公路边歇息时，无意中在草丛中发现了一块小碑。严格来说，那还算不上是一块碑，它只不过是一块不甚规则的长方形石片，碑面体积同一本三十二开的书相仿，上头用焦油歪

▶ 图 130　这回为什么要以这张照片打头？这张相片中的主角是谁？读下去自然明白。

歪扭扭地写着：“筑路工王进福牺牲在此。一九七八年五月二十日。”我蹲到它的面前，拨开杂草，望了它好久，反复地读着上头的字。我估计这是与王进福相好的工人立的。这碑下不会有王进福的遗体。它只不过指明着王进福终止他一生的地点和时间。我试了试那小碑的稳固性，发现它只不过是插在并不瓷实的土中，使劲一拔，肯定就能把它拔出来。然而它竟并没有被人拔去，甚至除了我也还没有别的路人发现过它。我让拨开的杂草恢复自然状态，于是杂草便又几乎掩没了它。要不是我恰好在那个地方歇脚，并且我起初坐下的地方恰好能望见它的一角，再加上偏我眼尖，它也是不会让我发现的。

骑车离开那个地方以后，我一直在想：这条平原上的公路，修造的过程中该是不会有多少危险的，何以也有筑路工牺牲？那给他立碑的人，仅只是为了寄托对他的哀思，还是有意留下这么一个标志，使我这样的偶然发现者，在惊动中有所领悟呢？

回来以后，我把这事说给亲友们听，有的不相信，认为是我编造的雅趣，有的虽然相信，即以为无甚意义，更有一位判断为是筑路工人互开玩笑的产物，我却始终为这一发现动情，后来还曾约了两位朋友根据记忆去沿路寻找，谁知怎么也找不到了，为此至今我心里还怅然不止。

“世上本没有路，走的人多了，也便成了路。”这是寓意深邃的哲理语言。其实人生在世，大凡都走着已经开出的路。世上三百六十行中，有一行是专为别的人开路的。在世上所有的路中，大概公路是最多，也最与人们相关的了。我家阳台下面，便是公路，但我站在阳台上时，所注目的，所欣赏，所慨叹的，往往只是对面的塔楼、远处的树叶、穿梭的车辆、人行道上的垂柳和花坛，公路本身，往往被忽略。路，实在是太平凡，太单调了。在发现王进福小碑之后，我才开始注意起路来。以往每当路过正在铺沥青修路的场所，我总本能地掩着鼻子，快步或快蹬而过，心里还不免埋怨他们污染空气。后来我就能驻足或停车注视上一阵了。修路的工人即使在烈日当空的正午，也穿着厚厚的石棉服，头上戴着脑后有遮罩的石棉帽，在那里铺敷沥青，也有的离化油锅远些，则赤膊上阵，块块肌肉都膨胀着，将所积蓄的力，无保留地倾注到路上。我便想到了王进福。最平常的一段公路上，其实也凝聚着王进福式人物的精血。而其实一条路的筑成，还需有人踏勘，有人设计，有人组织施工，有人在造成后管理和保养。路的生命，是由无数人的生命组合而成的。

也曾发过奇想，到有关筑路的部门，去查阅花名册，找到王进福所曾在的班组，找到他的亲属，并征集到有关他的相片。但确实太麻烦了，并且即使找到，相信在相片方面也不会有多么大的收获。奇想往往只是过眼烟云，联想就不然了。联想是奇妙的曲线，执拗地联想下去，常可有意外的切实的收获。由王进福的碑，我一路联想下去，便想到了一位把一生都献给了公路事业的老工程师。而想到他，中间的链节之一，是一位编辑。

前两天还收到一家杂志的约稿信，请我为《我和编辑》栏写篇文章。那是很有得可写的。我之走上写作道路，端赖编辑帮助，并且我自己也当过编辑。

记得是一个傍晚，下着小雨，有人敲我家的门，打开门，门外站着一个瘦瘦的青年，两只眼睛很大，衣着很朴素，他打着一把桐油雨伞，雨丝在伞顶上敲出淅沥的声音，屋内的灯光，照出那伞的暗红色，伞发出一种不大好闻的桐油味道，我望着他，他望着我，双方都很惊异。

那是一九五九年的夏天，二十八年前了。

来人称是广播电台的编辑，使我受宠若惊。

我那一年十七岁，还在上中学。来人大约原以为我会大一些，至少已是个在职干部。他是看了我在报纸上发表的两首小诗，而专程来约我为他们的节目编广播剧的。

那是我有生以来头一回同一位编辑接触。

在他的帮助下，我编了几个小小的广播剧，都被采用播出了。当时临近中学毕业，我投考北大中文系的呼声很高。我已在报纸上发表过一点文章，又有广播剧在电台播出，人们都以为我进入北大不成问题。但我最后竟未能考取北大，是北京师范专科学校录取了我。我虽说去报了到，心里很别扭。我躲着亲友熟人，也不想再搞什么业余创作。

也是一个傍晚，夕阳金红，那位编辑到学校找我来了，他见到我就说：“我原来的志愿，就是上师范，当老师哩。”一句话提起了我的神来。我答应继续给他们搞广播剧。

就这样，我们一直保持着联系。后来他也不一定是来约稿，我也不一定是为了编广播剧，时不时地来往一下，再后来我们之间简直没有什么稿件关系可言，我们的交往或许算得上是朋友吧。但我深知要以严格意义的朋友而言，我其实还算不上他的朋友，充其量不过是个熟人而已。他的真正的朋友，都不是我这种入了名利场的俗物。

他的真朋友之一,便是一位比他差不多大三十岁的公路专家。他们的友谊，始于五十年代。一九五六年春天，召开过一次全国先进生产者代表会议，当时先进生产者的概念，是非常宽泛的，不仅包括工农兵，也包括知识分子和党政干部，我找到了一份当年全国先进生产者代表会议主席团名单，名单里这样一些名字最令人无比感慨：吴晗、林枫、张之霖、舒舍予。在开过那次盛会的十多年后,他们惨死于“文革”之中。“十年风水流年转”,难道真有那么个规律?而名单中也有命运相对稳定的人，比如我要写的这位齐树椿。他一九〇九年出生于河北蠡县，一九二七年毕业于天津国立北洋工学院土木系，从此他就开始了筑路生涯，即使在“文革”中，他也只靠边了不算长的时间。一九七二年，齐总（这是自一九六四年他就任交通部第一公路设计院总工程师后，人们对他的赞称）才退到二线，任设计院顾问和院史编审委员会主任委员。一九八六年他已七十七岁，这年夏天他退休并将院史工作移交完毕。从此他开始利用自己和别人修好的路各处旅游。

找到了一本一九五六年第九期的《新观察》杂志。封面是一幅油画。画的是一位正在冰川峡谷进行公路勘测的工程师形象（图 131）。作画者是已故的名画家董希文。画上所画的人物，正是齐树椿。董希文后来的遭际很不妙。他那幅《开国大典》的油画最早是根据一九四九年十月一日的实际情况画的，但后来不得不一会儿涂掉这一位，改成那一位，一会儿又涂掉那一位，改成再一位，最后又恢复上不该涂掉的。世上画家，被折腾得厉害的恐怕以他为最。据齐树椿回忆，为及时配合《新观察》的头条通讯《雪山冰川上的探路人——记全国交通先进生产者齐树椿工程师》，董希文特意访问了他，并当场为他画像，本来搞幅钢笔或水粉画也就行了，但董希文还是画成了一幅油画，并及时提供给了《新观察》杂志。《新观察》上的通讯写得很长，文笔相当活泼，却只谦

▶ **图 131** 三十年前的杂志封面。“亮相”式的人物造型是那一时代流行的审美趣味。希望读者不必从美术欣赏的角度，而从把握一个历史阶段的社会气氛的角度来观看这个封面。

逊地署着“本刊记者”字样。当时的时代气氛，确实是对与会的先进人物充满了由衷的敬佩。

电台的那位编辑，便是在那时候结识齐树椿工程师的。齐树椿当时已经四十七岁，而那位编辑还不到二十岁。其实后者当时还并不是编辑，只是个高中毕业生。他去听了齐树椿的一次报告。据他现在回忆，齐总并没有什么口才，讲得很平实，会场气氛也并不热烈活跃，但不知怎么的，在几个他所听过的报告中，偏齐总的报告给他留下的印象最深。怎么个深？报告的内容早已忘光，留下的齐总的神态，至今仿佛还可触摸——那是一个踏踏实实做事情的人，一个渴望着与别人沟通的人。

后来团市委又组织了个小型座谈会，崇敬齐树椿的年轻人又去了。散会后，他走过去同齐总交谈，谈的什么也早已忘光，但齐总那种绝非敷衍应付的认真的神情，又一次给他心灵以冲击。于是他就去齐总家里进行了拜访。

那是一个很普通的家庭，粗粗一看绝无特色。不过，眼细心细的年轻人很快便发现了屋角的一套东西：胶鞋、卷尺、长过一尺的大型手电筒、草帽、行军壶……齐总的爱人告诉他："就不让收起来，说是随时准备着上路。"

他进屋时，发现齐总正一个人坐在床边，玩一种独自消遣的扑克牌游戏——经过多年交往以后，他知道那是齐总唯一的娱乐方式。

他们随便交谈起来。年轻人问齐总："您说我考大学，报什么专业好呢？"齐总直率地说："你也来修路吧。有关的专业不算少哩。"年轻人便告诉他，自己选择的是文科。"那你就报师范。"齐总热情地鼓励他说，"当老师，也是修路。给下一代修心里头的路。"

于是年轻人在报考大学时填下了一溜师范专业的志愿。有的老师和同学对他很不理解，为之叹息，因为他们觉得他功课非常之好，实力雄厚，报考师范未免屈才。

但年轻人在报纸上发表的一篇电影评论文章，在一次评奖活动中获了奖，引起了电影学院的注意。他们来找他，发现他艺术感觉很好，于是动员他去报考电影学院导演系，他去应考，竟考取了。记得上表演课头一回做小品，同学吴贻弓拉他搭档，吴扮演一位记者，请他扮演一位被采访的先进生产者，他毫不费力地进入了角色，因为他心中有个现成的齐总。

他去报告齐总自己竟上了电影学院时，齐总淡淡地说："啊。那也好嘛。"他想，齐总看来同电影这一行非常隔膜。也许齐总从此会对自己冷淡下去的吧？

不久，他家中发生了重大变故。产生了经济危机。他后悔当时没有婉拒电影学院，而去上师范大学（他一定能考取的），师大吃饭不要钱，比较容易渡过难关。可是上电影学院导演系——学生不仅应当自己购买许多参考书，甚至最好应当有自己的乐器、照相机、收音机和留声机……

他去齐总家，齐总一眼看出他心态异常。简单地一问，他简单地一答之后，齐总不紧不慢地说："不要紧。我来供你上大学。"并立即让爱人从柜子里取出来五十块钱，交到他手中。当时的五十块钱，在人们眼中是很大的一笔财富。他捏着那五十块钱，泪水涌上了眼眶。

但他又遇到了更大的变故。他病倒了，只能休学。康复以后，电影学院两年未招新的导演专业学生，无班可随。于是他由电影学院推荐到了广播电台，当了电台的编辑。一当就差不多快三十年了。在这三十来年里，周围的生活发生了很大变化，他也发生了很大变化，但他与齐总的忘年之谊，却始终不渝。

我们的报刊宣传报道过无数的先进人物。有的人物本身后来起了变化；有的时过境迁，失去了原有的光泽；有的仅仅是因为这世界的信息量太大，而被渐次淹没。我翻阅着一大叠当年关于齐树椿先进事迹的通讯报道。仅仅是这样一些段落，已使我感佩不已：

> （为了勘测康藏公路）他常独自一人奔跑在滂沱大雨里，晚上找不到住处，就躲在石洞下面，生起一堆篝火，用来惊吓野兽，一面烤烤湿透冻硬了的衣服。在很长的一个时期里，因为粮食接济不上，仅有的一点粮食也霉了，他就和同志们一道吃霉米，霉米吃完，就摘野果挖雪猪来充饥。有一次，他从昌都返回马尼干戈的途中，途遇大雨，十一天十一夜，衣服一直没有干过……
>
> 以齐树椿为首的探冰队伍到了鸪（地名）。这里距离冰川仅两三公里。他们顺着冰川活动的方向，爬上一座山。从山上可以清楚地看到，六公里长、三公里宽的冰川，像一面大水银镜子斜躺在前面的山谷里……第二天……向着冰川冲刷的深沟前进，走进沟里的一共三人，有齐树椿、技术员李国珍、警卫员王保山。……沟，很深很陡，中间是急流，两旁是七八十公尺高的峭壁，根本没有路，齐树椿只好像只壁虎似地紧贴在陡壁上，用手扒着石缝，一点点地往下挪……有些地方连放脚的地方都找不到，只好腾出一只手用刀子挖一个脚窝……他们终于下到沟底。到了沟底就得蹚水了，先有膝盖深、后来齐腰深，最后只有脑袋露出水面……勘测完了，归路上，大伙拿着“平板仪”看了一下冰川裂纹，裂纹有二百五十公尺厚，和八十层楼一样高！
>
> ……

但到了今天，齐树椿的这些英雄业绩，已没有报刊再予提起，当年那些被有关通讯报道感动过的人，仍能记住他的名字和他这些行为的，恐怕也不多，甚至寥寥了。而那位当年年轻而如今已经不年轻的编辑，却仍旧记得，并常常在自己想象的银幕上，放映出这一切来。电台的编辑转来了齐总的一些照片（图132、133、134、135）。我很失望，一张工作照也没有。我所渴望的不寻常的东西，这些照片里一点也寻找不出来。但我还是以齐总为主体来写这篇《私人照相簿》。因为我想到了王进福的小碑。想到了那为王进福立碑的他的同伴。我想到了路，无数平原上的路和高原上的路，想到了齐总参与修筑的大西北的那些盘山公路，那些雪线上的路、跨越冰川的路。我更想到了穿越三十年的友谊。世上确有用汗水凝结出的业绩，确有厚实纯正的灵魂，以及洁净美好的人际关系。

▶ **图 132** 齐树椿总工程师参与修建的康藏公路一景。这类相片只有我们把路当作一种生命现象来关照时，才会感到意味无穷。

▶ **图 133** 注意高处的雪峰。近景中盘旋于高山上的公路，实实在在地体现着沟通的欲望。

▶ **图 134、图 135** 齐树椿私人照相簿中唯有的两张他参与修筑过的公路和桥梁的照片。前者为康藏公路马尼干戈段。后者为青藏公路上的停望桥。真正干事业的人，往往并不注意为自己奋斗过程和成绩拍照。

齐总所在的交通部第一公路设计院在“大跃进”后的三年困难时期迁往了西安。齐总带头去了西安，从此长期定居在那里。他毕生的筑路事业是和祖国大西北的公路开拓联系在一起的。他自然常常出差来北京，绝大多数是来开有关的会议。电台编辑每次都去招待所看他。一九七九年，那时齐总已经退到二线，但因当时上面考虑修筑京津唐之间的高速公路，所以又把他这匹老马唤来了。那回他在北京，电台编辑把我拉去同他见了一次。我以为我会见到一位被我们的许多电影和话剧规格化了的那样一种气度轩昂、文质彬彬的高级知识分子形象，结果我见了一惊，站在我面前的齐总太像一位烧锅炉的老工人，他不戴眼镜，一身朴素的褪色的中山装，一双半旧的布鞋，头发全白了，剪得短短的，根根都竖立着，脸膛红红的，皱纹不多，但每条都很深。我不记得那回我们都聊了些什么，印象之中，大多是我和电台编辑在说话，他是寡言的，唯有真诚的微笑，始终挂在他的脸上。

后来，我问过编辑朋友：“你和齐总两个人见面时，都聊些什么呢？”

他淡淡地说：“也并不一定聊什么。有时候就那么面对面坐着，坐到他或我有事必须离开。”

这真古怪。最真挚的友谊，往往就是这么超越常态。

直到最近，因为我通过编辑朋友问他借用照片（图136、137），并希望他把那回勘测冰川的事迹再丰富一些细节，齐总他才写了一封长信来，他的一些经历，编辑朋友也才第一回知道。他在信上说：“自一九三四年大学毕业参加工作起至一九八六年退休止，共工作了五十二年，都是从事公路建设，并未中断，且在高原、边疆工作了较长时间。……我毕业时的照片，原是为同学录而照的，在我们同年毕业的同学中，只有两人穿便服，一个是欧阳宝铭，穿的是绸长衫。一个是我，穿的蓝布长衫。解放前我常穿黑斜布制服，解放后则常穿蓝咔叽中山装。直到现在，有的人说：解放前的工程师大多是笔挺的西装，光亮的皮鞋，像你这样的穿着的确不多。一院的老书记甚至开玩笑说我穿得像叫花子。有的说是朴素。其实，好服装我也有，就是不想穿，不爱穿。吃的也是这样，但食量已多年未变，好吃的，绝不过量，不好吃的也一定吃够。这可能和我多年的野外作业生活有关。”对于一九五六年把他作为全国先进生产者大

▶ **图 136**　1927 年的齐树椿。此像为北洋工学院土木系那一届的毕业同学录而摄。没有穿别人那样的学士装。你在青年时代也有过他那种饱蓄着渴望的目光吗?

▶ **图 137**　四十年代的齐树椿。目光和神情与大学毕业时已有不同。渴望变得更深沉，而表情略显忧郁。你在人生的中途，目光和神情与青年时代相比，又有着怎样的变化呢?

加宣扬的勘测冰川一事，他并未在信中补充什么细节，反倒对一九四六年三月至八月任青新公路踏勘队队长时的经历，有详尽的叙述:“青新公路自青海湖边起至新疆蜡羌，长约一千二百公里，中经柴达木盆地，柴达木盆地被从苏联流亡出来的哈萨克人所占据，头人为胡斯曼和胡赛音（解放后被镇压），他们不但将蒙古族同胞惨杀赶走，还时常向外骚扰，安西的一个公路道班就被他们全部杀死，所以那里被视为畏途，无人去，情况也鲜为人知……但我后来还是领着踏勘队朝那里去了。那里蚊子成群，我们每人发了一只牦牛尾，以便打蚊子。进入盆地不过二三天，蚊子就很多了，只得将衬衣缝好套在头上，留口、眼三个洞，用牛尾不停地打，蚊子还是不住地向口、眼中碰，每到一站，骆驼、马身上爬满蚊子，白马变赤马，实非夸张！支锅做饭时，锅边上都爬满了蚊子，幸而都是无毒的，且早晚气温低时，蚊子不活动。有的地方，还有一种苍蝇，从眼前飞过时，即向眼内产子，不久即成蛆，弄不好眼就瞎了，我曾有两回遭此害，幸用药棉将眼中的蛆擦出……但更大的威胁是占据那一片地方的胡赛音……来了个胡的人，说王爷（指胡赛音）要我去他的住处，我说，我不去，有事可以在我们住地和他的住处当中的地方谈，后来他们答应了，但我们这方面谁也不愿意去跟他们谈判，我只好自己去了，走到谈判地点，就看见胡的人在沙丘上架好了机枪。胡带着十几个人，气势汹汹逼近了，我这边只带着两个人，他们当中的一个大汉突然袭击了我这边的一个办事员，把他从马上揪了下来，我便跳下马，高声喊：'你们要干什么？要想打吗？'这时胡赛音就近前声色俱厉地问我：'你们是干什么的？'我说：'我们是修路的，这里有野兽，有土匪，所以我们带着枪，为的是警卫。'他态度稍有缓和，我也便缓和，他见我缓和，就又强硬起来，他强硬我也强硬，这样反复几次，约一个钟头，最后他表示愿意让开我们所需经过的路……"

读完这信，我颇为困惑，因为齐总在信上所详细讲述的，竟是解放前国民党治下的勘测经历。我问编辑朋友："齐总为什么偏挑这一段来回忆，而且一回忆又这么详尽呢？"他安详地说："他渴望着沟通。他一生就是为了沟通而耗尽心力。大地上的路，是把这个地方同另一个地方沟通。有时候沟通很不容易，要冒很大的危险，但一旦沟通了，那快乐是难以形容的。人际关系中，有各种各样的沟通，但齐总所追求的，是一种超越功利的纯洁的沟通，也就是你们作家常说的理解。'文革'当中，相对而言，他受的苦头不算太厉害，但那时大概就有人追究他，为什么在国民党治下也要卖力地去勘测，去修路？实际上这样的问题后来也不断地提到他面前来：为什么在'刘少奇修正主义路线'下，还那么卖力地修路？为什么在'四人帮'猖獗时期，也还修路？为什么在'洋跃进'的错误方针下，也参与修路？在这类问题面前，齐总内心一定是很痛苦的。他不是一个脱离政治的知识分子。他一九五五年就加入了中国共产党。但他的埋头修路，实在是不该谴责，不应质问的。解放前，他只是怀着为沟通中国穷乡僻壤的朴素想法，解放后，他是为了社会主义建设事业，为广大的人民群众。

他那渴求并实践沟通的一生，实在值得我们尊重与敬佩。”齐总送来的照片（图138、139、140），竟大多是供工作证之类所用的“一寸免冠正面照”，我不禁问电台编辑：“难道他那些野外作业的照片，‘文革’中全被销毁了吗？”他告诉我：“以前我也没见过齐总有什么野外工作照。记得也问过齐总，为什么不拍点那样的照片？齐总说了我才知道，早年搞公路勘测的用具非常简陋，用不起照相机；后来有了照相机，也都用来拍地貌资料，想不起给自己拍什么纪念照；再说，深入到荒野冰川一类地方以后，会遭遇上种种意料不到的灾难，有时整

▶ **图 138**　两张“一寸免冠正面照”。左边一张摄于 1956 年，是为全国先进生产者证书而照。右边一张摄于 1970 年，是为从“走资派”、“反动权威”的处境中解脱出来，领取新的工作证而照。人的一生，实际上也就是不断被“免冠正面”审视的一个长过程。

▶ **图 139**　很平常的“全家福”。坐于父母当中的小儿子目前已长大成人，并继承了父业。人类需要世世代代往前沟通。

▶ **图 140**　退休后的齐树椿。他在山海关留影大概仅仅是纪念“到此一游”而已。万里长城的长度并不使他激动。他一生踏勘公路路线的行程起码两倍于长城的长度。

个行囊都会丧失，连一盘卷尺都剩不下，可那也得凭经验获取一些必要的资料和数据。齐总走路，无论何时总保持那么一种速度，步幅总那么大，开头跟他一起散步或逛公园，我总觉得他未免古板，为什么不可以高兴时快些，步子大些，沉思时慢些，步子小些呢？后为才搞明白，他在以往的勘测中，常靠默记步数来估算距离，因为他长期注意控制步幅，使其均匀化标准化，所以得出的数据，常与后来用仪器量出的大致吻合。”我本来也想在这文章里穿插几张齐总与电台编辑的合影，但我得到了同样令我惊奇的回答：他们相交多年，竟没有想到在一起拍一张照！

齐总的相片既然不够精彩，我便又翻检起手头的相片来，看有没有可以配用的。我想不少人同我一样，都有一些“留之无趣、弃之可惜”的相片，大都是因为拍摄时光圈不对、焦距不准、取景不当、双手抖动等缘故而照坏的，也有的属于家里传下来而与自己并不怎么相干的，更有的简直就想不起来是怎么跑到自己手里来的。这样的一些相片，往往上不了“台盘”，即入不了私人照相簿，而被杂乱地搁置在纸匣或其他容器中。我就有一只大纸匣，专放这类“簿外相片”。因为齐总的事，使我浮想联翩，所以这纸匣中若干平时勾不起我任何想法的相片，却突然在我眼中具有了原未料到的意义。

首先是一张去年摄于香港的相片。记得那天路过那个地方时，我并未打算拍照。但手里捏着照相机，快门没有锁住，不知怎么无意中一碰，快门“咔嚓”一声响，便拍下了这么一个“空镜头”。以往我始终认为这是一张撕掉也不可惜的相片。现在仔细一看，忽然悟到它并非“空镜头”，不仅有好大的集装箱卡车，有小货车和小轿车，而且，还有最容易被忽略而实在不该被忽略的公路路面——那实在是凝聚着许多筑路人心血的一种值得我们动情的事物啊！

路把世界上所有的地方沟通了起来。相片呢？相片也在沟通。把过去和现在沟通，也将把现在和今后沟通。并且，相片还沟通着人与人之间的感情和思维。但无论是修一条路来沟通两地，架一座桥来沟通两岸，还是建立一种有效的渠道来沟通两方面的心灵，都需以辛劳与坚韧为基本代价。

齐总和电台编辑之间那貌似寻常而又很不寻常的友谊，使我想到了许多许多。我在自己的“簿外相片”中发现了一张半个多世纪前父亲的一位朋友送给他的已然发黄的相片（图 141）。从相片两侧的题词可以看出，当时他们的友谊该是深厚的。但自我懂事以后，父亲从未同我提起过相片上的这位朋友，母亲目前还健在，她也想不起父亲的这位朋友究系何人。友谊比爱情更难持久。除了政治的、时代的、际遇的因素之外，我们该悟到人与人心灵的真正而持久的沟通洵非易事。以往我从未仔细观察过这张相片。现在凝视着这张相片，我的思绪像长疯了的灌木，枝叶纷披。相片上该是一对夫妻。据周锡保所著《中国古代服饰史》所附“辛亥革命后妇女的上衣下裙的变化”考据，相片中那位太太的旗袍和发型恰是一九二六年最流行的样式。相片上的夫妻双双戴着眼镜，镜框是浑圆的，有趣的是，据说今年海外镜框的流行款式又复归于正圆；而且相片上丈夫手中的那种草帽和妻子手中的那种方盒形手提包，也已在海外复苏；人类的穿戴看来无非就那么十八年八十年为周期地来回时髦着，人类的情感呢？爱情与友谊呢？难道也总是时髦一阵便罢？难道也总是转着圈儿时兴？

我又从“簿外相片”中发现了一张发黄的相片（图 142），这回我能认出其中的一位，那后排站立着的左数第二人是胡兰畦。此人曾同我家有过来往。记得解放初，我已随父母来到北京，住在钱粮胡同的一所宿舍大院中，有一天

▶ **图 141** 不知所踪的一对夫妻。这张相片所受到的冷落，充分说明沟通的不易。你渴望着长存的爱情和友谊吗？

▶ **图 142** 左数第二人如今已是皤然老妪。她时有回忆性文章在报刊发表。她所经受的长时性的不公正对待，在别人身上还会重演吗？

有位阿姨来访，穿着一身列宁装，戴着一顶八角帽，当时只有母亲在家，她见了母亲，招呼之后，竟上去吻了母亲脸颊一下，使我觉得非常滑稽。后来长大了些，看了些外国电影，才知道那是洋人的习俗。后来她又来过几次。但一九五四年后即不见她再来。长大后，也曾问过父母，那位胡嬢嬢怎么不再来了？父母神色都相当严肃，记忆中，是他们告诉我，那位名叫胡兰畦的嬢嬢，出了事情。从此我也就把这个人忘记了。但最近几年，在杂志上读到了她署名的一些文章，知道她原来参加过苏联第一次作家代表大会，见过高尔基，并且在此之前还见过老马克思主义者蔡特金，还加入过德国共产党，坐过德国法西斯的女牢。前些时又发现有一册《胡兰畦回忆录》出版，买来通读了，进一步了解到她一生的经历既丰富曲折又坎坷多舛。她最大的悲剧在于革命队伍内一些同志对她的长期误解和不公正对待。现在望着这张偶然留存在我手中的，她在上头微笑着的，显然摄于半个多世纪前的欧洲的旧相片，我痛切地意识到：即使在革命阵营内部，同志间的沟通也谈何容易。

▶ 图 143　本书作者在青藏公路边上，傻乎乎地被人拍照。时为 1981 年度。那时还没有如许关于路的联想。在读者的关怀下，作者会变得成熟与通达吗？但愿……

我想读者当不至于埋怨我扯得太远。读者实在不妨随我作关于路的种种遐想。从齐总其人，从齐总同电台编辑的友谊，从大地上的路，我们应当很自然地联想到人生的路，事业的路，情感的路，人际关系的路，从而产生出一种最强烈的沟通的渴望（图 143）。

尽管实在没有把握，但我很想趁着最近颇有自由支配的时间，体力也还可支，骑车去到远郊，寻找那块为筑路工王进福所立的小碑。

我一定要去。

一九八七年五月二十六日

写于北京绿叶居

生死相依

《私人照相簿》之五《名门之后》发表不久，就有一位张姓的同志找到我家。开头他挺激动，他说："你写的那一家，怎么会是张之洞的后代呢？我家才是，我家有家谱，而且我的姑奶奶还活着，如今九十岁了。她用放大镜把你那文章里印的照片看了又看，不住地唠叨：'这都是谁呀？我怎么一个也不认得呀？'我也想不通，抗日战争的时候，我也记事了，我家也在昆明，倘若你写的那个张焌是我们的近亲，怎么从不记得我家跟他家有来往？就是不走动，也该听说过呀……"

我不怀疑他的真诚。他肯定是张之洞的后代之一。但我提醒他，张之洞一生经历复杂，妻妾众多，而且每迁驻一地，保不定还娶有并未刊入家谱的女子，所以他们张族的后代，一定是众多的。分支既繁，互不相知的情况肯定是有的。我所写的张焌这一支，也许的确远非他家那般的嫡系，但我拿出刊物，请他再看一下所印张之洞和张焌的照片，两人的面像是那么相近，明显地有着遗传的印迹。我又对他说："我这《私人照相簿》专栏内的文章，都不是考据性的东西，不过是采取非虚构的方式，揭示一点世态人情，抒发一点命运之感。在我看来，张焌即使并非张之洞嫡子，或者竟是他的后人误记了家谱，都并不动摇我在《名门之后》这个题目下所发的感慨……"他平静下来，微微颔首说："这个张焌即使不是我们一族的，他家几代人的经历遭际，倒也同我们家族相近，对于你文章中所抒发的感慨，我们也并没有什么意见，只是我们还是希望你能在出书的时候，将我们这方面的意见也记载一下。"我自然极愿遵命。临别的时候，他又说："其实，这些年来，特别是'文革'当中，我家对祖上是张之洞这一点，本是讳莫如深的；就是今天，争到一个张之洞的嫡派血统，又有什么实际意义呢？实在只不过是读了你的文章，本能地要来辩白罢了！”我望着他满头的白发，满脸刀刻般的皱纹，心中不知为什么升腾起阵阵惆怅……

过了几天，我接到张露的电话。张露就是《名门之后》一开头提到的那位大学生，我把她算作张之洞的第五代，她在电话里说:“我知道有人提出疑问了，我倒没有什么，可我家里怪我孟浪。我父亲让我告诉您，其实我们家并没有什么家谱，我祖爷爷张焌究竟是不是张之洞家的，很难说，也许是听岔了……您最好登一个更正，对于我们家来说，不跟张之洞的名字挂上钩会更好一些。我就更不想跟任何名门名人挂上钩，我不是早跟您说过了吗，我就是我自己……”

现在我就在这里更正:《名门之后》里所写的张焌及其后代，可能与张之洞并无血缘关系。但他们的命运遭际，依然可资体味，所以我仍旧将这篇文章收入了这本书中。

说实在的，如果我真有充裕的时间和条件，我是很愿按迹寻踪，彻底弄清这个名门的谱系的。但一位阅历比我深的朋友劝诫我说：“那不但绝非一个小说家所应做的事，而且，你想想，在长期‘以阶级斗争为纲’的社会环境中，谁愿把自己的出身同张之洞这样一个封建大官僚挂上钩呢？设若是当年费了很大气力才脱了钩，谁又愿意在如今再去挂钩呢？如果一旦重新‘以阶级斗争为纲’，那不麻烦了吗？”我听后沉默不语，心中的惆怅更加浓郁。

《私人照相簿》陆续在《收获》上面世后，也颇有一些同行给予鼓励，也有一些读者来信交流感慨，更有主动来同我挂钩，表示愿意提供照片，助我成文的。但总的来说，搞这么一种文学实验是费力不讨好。搜集和选用照片，往往备极艰辛。读者或者会嫌我过多地刊用了自己家族的照片，中国人是最以自谦为美德的，不仅“家丑不可外扬”，就是“家荣”，也以为还是由别人来说更好，所以我的这种做法，实在已相当“出格”，但形成这种局面其实原非我愿。别人的照片，借来用谈何容易。我是尽量想多用别人家照片的，但私家照片，有时借人翻阅尚且不愿，又能碰上几多慨然愿被刊印的豪爽之士呢？一位读者，先头兴冲冲地主动给我拿来几十张“文革”中拍摄的照片，都极精彩，如接受检阅的激动面容、徒步长征的豪迈身影、刷写大标语的一瞬、表演“抬头望见北斗星”的一景、与贫下中农同开批判会的场面，等等。加上他的娓娓回忆，足可构成一篇冷静而丰富的《十年心迹》，我也确实开了笔。但他突然又反悔了，不愿再提供那样一些照片，而且他的理由是非常正当的：“这些照片上的我，客观地看上去都是狂热病患者的面容，印出来不等于示众吗？倘若大家都不怕当众忏悔，倒也罢了，可如今谁见着过有这类东西印出呢？我还是别当‘傻帽’吧！”我当然是尊重他，奉还全部照片，并感谢他最初的好意。

一位同行对我说：“没想到你有那么多‘家底儿’可以抖搂。”“家底儿”指的是我家的旧照片。其实，我抖搂出来的，只是其中的一小部分，有一些旧照片，很有刊印的价值，但因为其中有的人物，不是我这样的晚辈所能妄议的，所以我很犹豫。一位到我家看过这样一些照片的朋友，多次怂恿我将有先烈孙炳文及其亲属的照片发表出来，并写成一篇介绍他们壮烈事迹的文章，我也屡有冲动，因为在中国共产党的壮丽事业中，孙家是个典型的革命家庭。孙炳文牺牲在一九二七年国民党“清党”的大屠杀中，他的爱人和同志任锐继承他的遗志，一九三六年带着长子孙泱、女儿孙维世奔向了延安，为革命鞠躬尽瘁，死而后已。一九四九年四月十一日，没等看到新中国正式诞生便溘然长逝于天津，而孙泱和孙维世，竟又相继惨死于“文化大革命”当中，一家而捐躯四口，该是多么悲壮。但他们都是党史上的人物，亲属、同志健在的还有不少，我只不过是在自家的私人照相簿中，因种种复杂的原因，仍保存着他们一些面影的照片收藏者而已，实在是没有资格为他们立传，更没有资格对他们评议的。但每当望着这些照片，这样一种感慨总是油然而生：革命，确实是需要付出牺牲的啊！而最惨痛的牺牲，不是遭到公开的敌人的杀戮，却是被混进革命阵营的坏人以“革命的名义”将你当作“反革命”害死！孙泱和孙维世这一对兄妹在“文革”中的悲剧，便足令人长叹不已。我祖父固然同孙炳文是好友，我父亲也还同孙家保持着一些联系，到我自己，则已与孙家不甚相干，但手里提着一些有关的照片，心里总不禁怦怦然，真怕时间流逝之中，这一家四口捐躯的可歌可泣之事，渐渐地湮灭无闻。想来他们的亲属、同志，以及专门研究党史和表彰英烈的人们，会有一天专为他们写一本书的吧。

读过我这《私人照相簿》前面各篇的读者，大概会产生这种想法：你怎么写来写去，净写些知识分子？我收到好几封读者来信，都建议我“不要光写一类或相类的人与事，为什么不写写老八路、新四军？”我想大多数读者都能体谅到，因为我这文学实验是要以照片与文字相辅相成，而以往有可能照许多相，以及有可能留下较多旧照片的，总以富裕阶层和知识分子居多。不过，我确也花了不少气力去访寻能提供较多照片的老革命。而且，鉴于知名的老革命属于列入正史的人物，我不能妄加描绘，所以我希望能找到普通的老革命，倒不是对普通的老革命便可随意描绘，我的意思，是相对而言，总比较容易下笔，并可使其内容与其余各篇配套，因为我这“私人照相簿”，总的构想，是透过最普通的，乃至不够“典型”和一般是被人忽略乃至遗忘的人和事，来唤起对历史和命运的幽幽情思。

现在我便暂且放下具有文物价值的关于孙炳文一家的照片，而先将一对很普通的老革命的照片，连同他们那生死相依的经历，奉献给亲爱的读者。

在北京东郊一家大工厂里，仍保留着一片平房宿舍区，那红砖的排房已经相当陈旧，各家又在屋前房后接出了高矮、质量不一的小屋，好在各自都拦出了一块小小的院落，向日葵盛开着，瓜棚豆架织出片片绿荫，又有缤纷的草花点缀其间，望去倒也颇为悦目。

在其中一个小院里，我拜访了一对老革命。我没有想到，他们能提供给我这么些很有意思的照片。

这老两口，女方叫张素琴。她一眼望去，便是个江浙人。开口说话，更显露着上海口音。她还保存着她平生头一回进照相馆所照的相（图 144）。那时候，她已是上海日资公大纱厂的工人，一月有一斗米的收入，时年二十岁整。她出生于上海宝山县月浦镇，原来姓钱，家有十个孩子，父母实在无力抚养这许多孩子，她便于落生三个月后送给了张家，这张家夫妇也是穷人，抱她过去没几年竟先后逝世。于是她便由也是抱来的一个哥哥带到上海，开始了艰难的挣扎。她在小菜场拣过菜帮，在工厂后墙拾过煤渣，给阔人家当过丫头，吃过的苦头一言难尽。后来好不容易才进了纱厂当了工人，但哥哥偏这时候又劳累而死，她就用那一斗米的工钱，养活自己、嫂子和侄儿侄女四个人。她下了很大决心，才在二十岁生日那天，进照相馆照下了她人生中的头一个留影。她穿

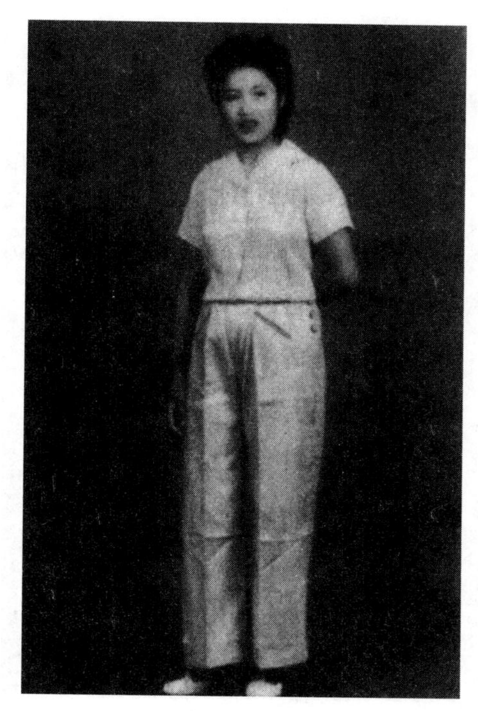

▶ **图 144**　四十多年前的一位上海女工，她已经尽最大的努力打扮了自己。如今的上海女工们会怎样评价这幅倩影呢？

上了自己最好的衣裤，那条裤子相当肥大，但能从旧货摊上用比较低廉的价钱买到，她已经非常高兴了，更何况裤子上不仅没有补丁，倒有一点装饰性的裤袋包边和纽扣，穿上它真有点飘飘欲仙哩！至于脚上的那一双鞋，记得是向同车间的一位阿姐借穿的，酽酽姊妹情，至今难忘！

在曹家渡蚊蝇成阵的破烂住屋中，她头一回接触到给她讲革命道理的人，那是一位灯泡厂的工人，他个子不高，一双眼睛也小，但讲起将来那没有剥削和压迫的美好社会来时，两只眼睛便灯泡般闪亮了……在他的启发鼓励下，她参加了一个由织绸厂、灯泡厂、纱厂工人和商号店员组成的学习小组，在这个小组里，她注意到一个山东大汉。

这位山东大汉便是后来同她结成终身伴侣的王殿文。我们可以从一张十多年前他们长大成人的孩子拍下的照片上，看到上海的一种典型景象（图 145）。至少在这个镜头之中，那三层的楼房还保持着半个多世纪前的旧貌。那时候那

▶ 图145　历史？现实？仅仅拍在十多年前。

里是诚新昌商号。那类商号当年上海很多，带有旅店性质，各路商人可在那里留宿并进行交易，后面有仓库可代客存货并代理经销。王殿文从山东家乡到这家商号当练习生时，还不到二十岁。在普遍的抗日救亡气氛中，他和许多热血青年一样，觉得不能只是谋一个饭碗，而应当用业余时间学到一些实际的救亡本领，当时的热门是学习俄语和参加宣传，于是他去投考了一家中国艺术学院，先学表演，后学编导，他向往成为一个用戏剧宣传抗日救亡的志士。现在我们看到了他当年的“上课证”（图146）。从所附的照片上看，他也许确实不适合走演员的路，他的眼睛偏小，不过著名的表演艺术家于是之的眼睛也并不大，但于是之的台词功夫是难以匹敌的，而直到如今，王殿文说话还带着明显的胶东口音。在这个“上课证”的背后，开列着当时各项课程及其教师的名目，如“戏剧概论——穆尼”、“化装术——周起”、“创作方法论——鲁思”、“舞台装置——朱清”、“艺术社会学——刘汝沣”、“欧美戏剧史——罗明”……不知这些教师

▶ **图 146**　珍藏至今的“上课证”。你的私人照相簿中还藏有以往的学生证、准考证或别的什么证吗?

后来遭际如何，亦不知如今是否仍健在，但王殿文总还是感激他们的——毕竟是他们给他开阔了眼界，使他不至于以练习生——店员的生活道路而了其一生。当时该艺术学院的学生们很有一部分愿意走向社会、走向实际，王殿文便是在这种潮流下参加了工人、店员们业余组成的学习小组的。这种学习小组实际上是共产党领导下的党的外围组织。

张素琴与王殿文相爱了。现在回忆起来，他们依旧沉溺在甜蜜之中。都是受苦出身，联系双方的纯粹都是感情，并无任何物质的、功利的因素掺杂其中，所以他们不羞赧，不作态，坦然相爱于众目睽睽之下。可惜的是那一阶段中他们竟没有共同去拍过一张照片。

一九四四年，他们随地下党组织的小分队由上海迤逦进入了胶东抗日根据地。那里是王殿文的老家，他参加了根据地的文化工作，立即如鱼儿畅游于春水之中，但张素琴却很经受了一番锻炼，才过了两关——一是语言关；一是水土关。不久，他们在根据地结婚了。但他们并不能在一起生活，因为王殿文不断地在文化战线上流动，而张素琴身背盒子枪，人称“假小子”，更为频繁地随着县长和武装部长到各处去开辟新区，建立政权，发动群众，她的主要任务是建立、发展并推进妇救会的工作。至今王殿文还保存着张素琴当年写给他的一封信：

殿文：

你连来三封信都收到了。收到你的来信以后，我也没写回信给你，因为自己连写字的纸都没有了，所以拖到现在也没有写信，请你原谅我吧！

我被钢雷炸了。是在昨天晚上的时候，南边发生情况，我们就往外转移了，爆炸队的同志便到里边下上地雷，而我也不晓得，所以，到第二天早上的时候，我回去看仲西林同志，一进门口里边，便踩上了地雷，到那时候，地雷往上轰隆一响，自己吓得不知道了，房子里边到处冒着烟，人也看不见了，这时耳朵聋得什么也听不见了，等了几分钟，仲同志在外边喊着，我才觉着醒过来了。但是，醒过来的时候往身上一看，身上的夹袄后边炸得没有了，走到外边来一看，别的地方没有伤，只是两腿上伤了一点，手上伤了一点，别的地方没有什么，现在已经好了，希望你不要挂念，安心地工作吧！

现在民站的同志都调动工作了，只有光棍司令我一个，到以后也许变动，因为以后的民站，要由地方上的干部来建立，外来的干部一律调动，但是我的工作还没有决定，决定以后再说吧！

素琴上

（一九四四年）六月五日

信中所说的挨地雷炸而大难不死一事，发生在竹庭县黑林村。在那个生死存亡的年代，这类的事情实在多不胜数。无论是写小说还是拍电影，这样的情节都只能归于雷同与平淡，但在当事人的记忆中，在他们夫妻的生死相依的生命历程中，却永远能激起感情的波澜，永远不能忘怀。那发黄变脆的信纸和早已褪色的墨迹，永远比最优秀的小说和最杰出的影片更使他们心荡神驰。这就是非虚构的特殊力量。在条件成熟时，我是否也该进行一种搜集、爬梳、阐释“私人通信录”的文学试验呢？

还是来看照片。这已经是一九四八年的照片了。当时张素琴和战友们随军南下，路过泰安时，同战友赵秀芳跑进一家照相馆照了这样一张相（图 147）。特别有意思的是她们二人在镜头前摆出了一种正在迈步前行的姿势，这是她们激昂心情的表露，也是大军南下的时代气氛的见证。

一九四九年九月，张素琴随军到达郑州，转到郑州市总工会，分管烟厂方面的群众工作。郑州当时有几十家大小烟厂，她常带领烟厂工人代表与资本家谈判，保障工人权益。这一时期的照片上她常坐在中间，并有工人姐妹亲昵地扶住或搂住她的肩膀，并非偶然。（图 148）

中华人民共和国成立了，王殿文当时到了武汉，在中南行政区新闻出版局工作（图 149），张素琴终于也到了武汉，与王殿文汇合，这时候他们才站

▶ **图 147** 人体的姿势往往构成一种强有力的象征。仅仅放大一半，却恰恰减少了一半的魅力。所以还是全刊印出来的好。

▶ **图 148** 刚刚获得解放的工人代表和南下的市总工会干部。人物的排列和姿势自然而然地表达出他们之间的感情关系。

▶ **图 149** 解放初。机关干部。平淡的镜头中却散发出一股勃勃生气。

▶ **图 150** 并非新婚夫妇，却多少有点新婚燕尔的味道。布景与服装的不协调，正说明那是一个大转换的时代。

在一起拍了一张算是填补空白的结婚纪念照（图 150）。除了头上的八角帽外，男方脚上笨重的皮鞋和女方腰束的宽皮带，都具有那一时代的特色。只是那照相馆的背景图画，还软绵绵地没有跟上时代的趟儿。

开列他们这对夫妻的履历是没有必要的，履历往往并不能精确地反映出人的命运。总之，后来他们调到了北京，又同时到了这家工厂，分别担任了不同的行政领导职务，现在他们又都已离休。我从他们后来的大量照片中，挑选出了几张刊印在这里（图 151、152、153、154）。我没有深问他们，但已知道他们也有坎坷的一面。我指的还并不是读者可以猜出的“文革”初期所受的冲击。有一些属于革命者，属于老革命的辛酸，是反而更难以也不必要公开描述的。

这一对老夫妻是充满情趣的。没有情趣的革命者往往把人吓走，因此到头来也革不好命。革命本应使人们生活得更加有趣，而不是相反。

当我翻检了一通他们的大量照片，正赞叹他们的大方时——我举出同他们相反的例子，某些人家就很不乐意拿出他们所有的私人照相簿供我任意翻阅——张素琴诡秘地笑了，冲老伴睒睒眼，又冲我努努嘴，然后说：“我倒大方，可他呢？他呢？他有的宝贝，可舍不得拿出来给人看哩！”

王殿文像孩子般地急促摇头，连连地说：“人家刘同志要看的是这个簿，

▶ **图 151** 王殿文当记者时拍的新闻照片之一。抗日战争中，山东农村支前的“小车队”。

▶ **图 152** 王殿文当记者时拍的新闻照片之二。解放战争中，向前方提供燃料的宜洛煤矿的一个直井口及其肃立的矿工们。

▶ **图 153** “文革”中期。“全家红”。男主人在极度严肃中透露出内心的疲惫。

不是那个簿嘛！”

我这才想起来，介绍我来访问他们的同志，告诉过我：“老王不但有私人照相簿，还有私人集邮簿，而且他还藏有一枚全国乃至世界上有名的解放区邮票！”

我心里很想一睹那张名票的面目，面子上却不好意思得陇望蜀，便讪讪地说：“这回让我看了这么多照片，已经很满足了！”

王殿文立即呵呵地笑着说：“是呀，是呀，不要看得太累了啊！”

张素琴便用眼睒着他，抿着缺牙的嘴笑，笑完了说：“累不累倒没有什么，只怕看呀看呀吸到眼珠子里头去了，把你急死了！”

我至今还没有能看到王殿文那张独家藏票——“县办报刊专用”邮票。不过他的朋友提供了一个有关的首日封，现在我也把它刊印在这里，作为一组照片的补充（图 155）。这张“县办报刊专用”邮票是他一九四六年得到的。他曾在《集邮》杂志上撰文说：“那时，我在山东解放区文协负责秘书处工作，

▶ **图 154**　最近。全家福。年轻的一代对老一辈走过的生活道路感兴趣吗？

▶ **图 155**　这仅仅是个纪念封。左下角的这张“县办报刊专用”邮票的原件是珍贵的文物，现存王殿文处。“邮迷”同“邮盲”之间的互不理解，乃至互相鄙夷，是有趣的社会心理现象。

机关的驻地在临沂城内，后转移到莒南县马棚官庄。是年春天，上级下达个通知，说是在华的美国友好人士要信销过的解放区邮票，然后由他们带回美国；一枚解放区邮票可换美金一元，所得款项用来支援解放区的建设。上级要求各单位的秘书部门，把各解放区往来信件上的邮票一律搜集起来，听候上缴……在不到一年的时间里，我就收集到数千枚邮票。但后来由于国民党向解放区展开了全面进攻，上级迟迟没有派人收取这些邮票……一九四七年五月的一天，我从日照县邮寄油印小报的信封上，见到一枚盖有日照县邮局戳记的红色‘县办报刊专用’邮票后，很是喜爱，便小心翼翼地将它剪下来，夹在我的采访本里。很可惜，那时我还不懂得收集实寄封。”后来，在艰苦的战争岁月里，他被迫丢掉了数千枚邮票，只保存了几十枚石印或油印的邮票，其中就有这最珍贵的一枚，除他所藏的一枚外，现国内仅中国革命博物馆还存有两枚，但都是新票，不如他这枚盖销票出色，而最妙的是当年邮递员盖邮戳时，恰好把“日照”这个地名盖了上去。

王殿文所存的这枚邮票，曾被有的权威人士否定，认为那算不上是邮票，他离休之后，头一桩大事便是自费到山东老区调查，结果竟从日照县邮电局留存的历史档案中发现了当年发行此票的正式通知和所附“专用邮票样式”，铁证如山，专家们不得不首肯了这张邮票的价值。

这一对生死相依的革命夫妻的晚年是幸福而充实的，光是集邮就能给他们带来无比的乐趣。

一些人出生，一些人活着，一些人死去，一代又一代人再一代人交叠地互相覆盖着、脱离着，结果留下一些文字的记录，一些画像，一些照片，近、现代则又有录音和影像，一小部分人还占有着辞典里的几行、几十行乃至半页的篇幅，想起来既热闹，却也寂寞。

在一个雨天，在乘客不多的电车上，我听见一个大约三四岁的小女孩，奶声奶气地问她的母亲：“妈妈，谁是刘少奇呀？”

又在一个赤日炎炎的下午，邻居家的一个读夜大的小伙子，在楼梯口遇上我，懊恼地说：“……今儿个考砸了，那个填空该填郁达什么夫，我愣想不起来……”

“永远不要忘记！”这提醒本身就说明，人们是多么容易忘记。

孙炳文，中国共产党早期的杰出人物之一，今天有多少年轻人知道他呢？就是我，除了知道个大概外，也简直讲不出个所以然来。但我家一直藏有几张关于他的照片。有一张是他与我祖父和一位叫李贞白的先生的合影（图 156）。大约摄于一九一九年之前。我祖父站在当中，右边身材比较魁梧、身着中式装束的，便是孙炳文。那时他们三位是非常要好的朋友。我祖父大约年龄居长，所以站在当中。再一张是孙炳文和任锐的结婚照（图 157）。新婚夫妻的装束颇为奇特，新娘的裙袄和披巾尤为别致。我祖父站在第三排左边，当天他是证婚人。地点据说是在北京的中山公园。照片上的另外几个人是谁，如今已无从考稽。这张照片的时间或许还比前一张略早。因为据一篇文章介绍，一九一九年，孙炳文便赴德国勤工俭学，寻求救国救民的真理去了，而任锐则留在北京，一面抚养孩子，一面继续读书。所以这张结婚照或许摄于一九一七年或一九一八年。第二排两位女宾的高领卡袄，也恰是那一时期的常见样式。

孙炳文于一九二七年“四一二”事变中被害，据说蒋介石亲自下密令一定要把他杀死，听我父亲说，他是被拦腰截为两段的。

▶ 图 156　三位作古者。左：李贞白。中：刘云门。右：孙炳文。

▶ 图 157　约七十年前的背景中山公园来今雨轩门前。婚礼后新郎孙炳文。新娘任锐。后排左边系证婚人刘云门。最右侧的魁梧者衣着、风度、神态都很特别，他是谁呢？

▶ 图 158　母亲。私人照相簿中不可或缺的藏品。凝望着这位饱经沧桑的母亲的眼睛，你想到些什么？

我母亲（图 158）对孙炳文和任锐更熟悉一些，因为她曾寄住在他们家中。那大约是一九二六年，我祖父已跑到广州参加大革命，我父亲则在外地谋生，只剩下我母亲随我祖父的后妻过活。我那后婆婆对我母亲很不好，动不动甩脸子乃至于打骂，严寒的冬天，也不给母亲住的小偏屋升火，母亲的双手冻成了胡萝卜样，又在母亲住屋门口放了一只泔水缸，天气稍暖，屋里不那么冻得慌了，却又让阵阵馊味熏得难过。正当母亲挨不下去的时候，有一天她从屋门口泔水缸中发现了一封撕成两半的信，那显然是后婆婆撕的，但又故意不撕得粉碎，意在让她拣出来拼看。母亲拣出来拼看后，才知道正是孙炳文（她称他为“孙叔”，但她又称任锐为“孙婆婆”，不知何以这样地称呼）写给她的信，大意是说已知她的处境，让她立即离开后婆婆，到他们家去。母亲激动得不行，便卷了一个小小的行李包，毅然离开了那个只给她留下屈辱与痛苦的小院，投奔了孙家。孙炳文一生的业绩轰轰烈烈，这样一桩小事，就他一生而言不过是小小的插曲，然而我母亲，我们这些子女，对这桩小事却永志不忘。对于朋友的一个儿媳妇能这样地关心、这样慷慨地收容，在今天，也并不是多数干部和知识分子能够做到的。

据母亲回忆，从那时候她的眼光看去，孙家是有点特别，母亲看惯了当时社会上妻子遵从丈夫的家庭模式，而在孙家，孙叔和孙婆婆之间则极为平等。孙婆婆经常主动同孙叔争论，争论得非常之激烈，争论的内容，母亲是听不懂的，但绝非家庭中油盐柴米一类的琐事，都是些重大的社会题目，尤其令母亲吃惊的，是孙婆婆往往占着上风，最后竟是孙叔向她点头称是。她还记得孙泱那时候已经上到中学，迷恋上了《红楼梦》，常常躲在帐子里躺着读《红楼梦》，还不惜把自己所有的零花钱，都拿去购买各式各样的续书，但续书没有一本令他满意，最后床下扔了一地的劣质续书。

在母亲的记忆里，孙婆婆的形象镌刻得更深一些，一九四九年任锐病逝后，母亲把《人民日报》上刊登的一篇悼念文章读给我们听，文章中有一个细节，说在行军的途中，她骑在马上，大声地唱歌，鼓舞战士们的斗志。读到这里，母亲停下来，点点头说："对，孙婆婆就是这样，她很豪气的。我能想出来，她唱歌的神气是什么样。那真是别人都难比的。"

在我搜集到的另外两张照片中，我们可以再睹这位不寻常的革命女性的风采。那都大约摄于一九一七年左右。一张单人照，不仅端庄美丽，而且神态中透露出一种自信与激情（图 159）。

另一张四人照虽然摄于照相馆中，但完全打破了照相馆拍照的惯常模式（图 160），孙炳文与她竟各自若有所思地反坐在当中，姿态奇特，最令人惊诧的是地下扯来一些稻草，很不规整地铺放着，把后面甜腻腻的布景所构成的情调加以改变，这种出格的布置是否蕴含着一种对现实的反叛情绪？

万没有想到，"文化大革命"当中，革命烈士的儿女——而且本身也是多年参加革命的好干部孙泱和孙维世，竟惨遭"四人帮"迫害致死。孙泱是人民大学的党委书记，在被残酷地批斗后，据说有一天发现他竟被绳子勒死在关押他的房间的暖气上。而中央实验话剧院的著名导演孙维世被蛮横地逮捕后，据说一直被反铐着双手，牺牲后的景象惨不忍睹。这里刊印出两帧孙维世早年的照片。其中一帧是她与瞿秋白女儿瞿独伊在苏联的合影，背面有她的亲笔题字（图 161、162）："亲爱的妈妈：在我旁边的这个姑娘叫独伊，是烈士瞿秋白同

▶ **图159**　任锐。约摄于1917年。

▶ **图160**　左、右二人不知何人。中左：孙炳文，中右：任锐。谁构思出这样的坐姿？地上散乱地铺着稻草。照相馆中哪来的稻草呢？何以要铺于地上呢？这至少说明他们心中洋溢着一种突破和创新的精神。

▶ **图161**　右：孙维世。左：瞿独伊。如今四十来岁以上的一代人，大凡都知道孙维世，许多人看过她导演的《小白兔》、《钦差大臣》、《万尼亚舅舅》、《初升的太阳》。不应当忘记她。

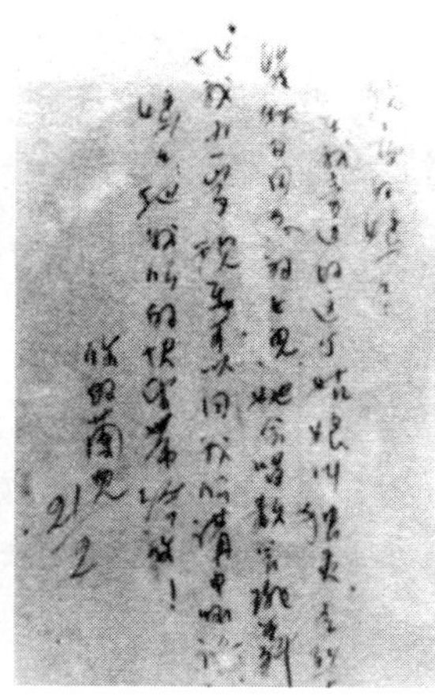

▶ **图162**　照片背面。孙维世手迹。当她沉浸在欢乐中时，怎料得到等待着她的竟是那般残酷的结局？

▶ **图163**　孙维世。约摄于四十年代初。我们一定要从她的命运中汲取应有的教训。

志的女儿，她会唱歌会跳舞，比我小一岁，现在可以同我们讲中国话。妈妈：把我们的快乐带给你！你的兰儿。二月二十一日。”哪一年的二月二十一呢？不得其详，大约是苏联卫国战争年代吧。另一帧单人照或许时间还要稍早一点

（图 163）。孙维世同她的母亲任锐，多么地相像啊！在延安抗大，她们母女同为学员，一时传为佳话，大家都亲昵地称任锐为“妈妈同志”。当孙维世到了苏联，寄回照片以后，“妈妈同志”看到这照片时，该是多么快乐啊！然而谁能想到，若干年以后，“妈妈同志”的儿子和女儿，却被当作“黑帮”，当作“反革命”、“特务”，死得同他们的父亲一般惨！

是的，革命总要有牺牲，死人的事，是经常可能发生的，但像孙泱、孙维世这样的惨死，难道是我们于心可忍的吗？难道这一类的牺牲，今后还可任其出现吗？把明明是无可怀疑的革命同志，硬诬陷为敌人，置之死地而后快，都是披着“左”的外衣的人干的，以“左”反“右”，总是不仅落在实处，落在具体的人身上，而且往往造成流血，造成灵魂的酷刑，但当我们以正确反“左”时，为什么往往就不落实呢？反“左”往往停留在抽象的批评上，而并不触及搞“左”的人，结果是一旦有机可乘，“左”便重新抬头，我们的党，我们的国家，吃了“左”多少苦头啊！甚至让“左”吞噬掉了孙炳文和任锐这样的双烈士的一双儿女！在如此惊心动魄的惨事面前，我们难道还不该猛省吗？这毕竟只是一册“私人照相簿”，它担负不起“时代缩影”或警世诫人的作用，它或许只能勾惹出一些联想，一些情绪，一些疑问，一些求索。现在我阖上这一册“私人照相簿”了。同你一样，每当我们观看、摩挲了一番私人照相簿，把它终于阖上以后，我们便又投入了眼前的生活。毕竟我们活着并不是为了照相，而照相是为了更好地活着。

一九八七年七月十八日

写于北京劲松东街绿叶居

附录

刘心武文学活动大事记

1942年

6月4日生于四川省成都市育婴堂街。

后在重庆度过童年。

父母兄姊均热爱文学艺术，深受家庭熏陶。

1950年

随父母迁居北京，从此定居北京。

在隆福寺小学上小学，在北京二十一中上初中。

1958年

在北京六十五中上高中。

给若干报刊投稿，屡被退稿。

8月，在《读书》杂志发表《谈〈第四十一〉》一文，是投稿第一次成功。

1959年

在《北京晚报》“五色土”副刊陆续发表一些儿童诗、小小说。

为中央人民广播电台少儿部《小喇叭》（对学龄前儿童广播）编写若干

节目；其中快板剧《咕咚》经编辑加工、录制后大受欢迎；“文革”中录音带被销毁；1991 年重新录制播出。

1961年

毕业于北京师范专科学校，分配到北京十三中任教。

至“文革”前，在《北京晚报》《中国青年报》《人民日报》《光明日报》《大公报》《北京日报》《体育报》《儿童时代》《大众电影》等报刊上发表了约 70 篇小小说、散文、杂文、评论等文章。

1966年—1976年

“文革”中，因 1964 年曾发表过一篇关于京剧的文章，被以“反江青”罪名冲击。

1974 年后再试写作，曾写一关于“教育革命”的长篇小说，由出版社联系获准脱产修改，但终未达到当时出版要求。

1976年

写出一个大院里孩子们同坏蛋斗争的中篇小说《睁大你的眼睛》并得以出版（北京人民出版社）。

按照当时政治要求写出一些短篇小说、散文，有的到次年才收入多人合集中出版。

调到北京人民出版社（后恢复“文革”前社名：北京出版社）文艺编辑室当编辑。

1977年

11 月，在《人民文学》杂志发表短篇小说《班主任》，产生重大影响——被认为是“伤痕文学”的开山作，也是“新时期文学”的发端；从此成名。

从《班主任》后，写作冲破懵懂，沿着认定的方向跋涉，穿越风云，锲而不舍。

1978年

参加《十月》杂志（开始以丛书名义出版）创刊工作，在创刊号上发表短篇小说《爱情的位置》，经转载和广播，影响巨大。

在《中国青年》杂志上发表短篇小说《醒来吧，弟弟》，反应亦极强烈。

《班主任》《爱情的位置》《醒来吧，弟弟》均被改编为广播剧，由中央人民广播电台多次广播，《醒来吧，弟弟》被搬上话剧舞台；此年发表的短篇小说《穿米黄色大衣的青年》亦由电台播出。

1979年

在首届全国优秀短篇小说评奖中《班主任》获第一名。颁奖会上，从茅盾先生手中接过奖状。

参加中国作家协会第三次全国代表大会，被选为中国作家协会理事。

成为中华全国青年联合会常务委员，至 1993 年卸任。

9 月，参加中国作家代表团访问罗马尼亚，此系“文革”后第一个作家出访团。

在《人民文学》杂志发表短篇小说《我爱每一片绿叶》，写作技巧有长足进步。

1980年

调至北京市文联当专业作家。

《我爱每一片绿叶》获 1979 年全国优秀短篇小说奖。

《看不见的朋友》获 1954—1979 年第二届全国少年儿童文学创作奖。

在《十月》杂志发表中篇小说《如意》，其弘扬人道主义的追求引起争议。

出版《刘心武短篇小说选》（北京出版社）。

1981年

在《十月》杂志发表中篇小说《立体交叉桥》，引起更大争议，一些评论家认为“调子低沉”是步入了写作上的歧途，另有评论家则认为此作标志着刘心武的小说创作在反映现实、探索人性及艺术功力上均达到了新的水平。

5月，应日本文艺春秋社邀请访问日本。

1982年

应导演黄建中之请，改编《如意》；北京电影制片厂拍成彩色艺术片《如意》。

1983年

11月，参加中国电影代表团赴法国，在南特“三大洲电影节”上，《如意》在开幕式上放映，获好评；后陆续在法国、西德电视台播出。

1984年

冬，应邀访问西德，参加“中德大学生会见活动”，并在波恩大学、波鸿大学与威尔兹堡大学介绍中国当代文学。

年底，参加中国作家协会第四次全国代表大会，再次当选为理事。

在《当代》文学双月刊第5、6期连载长篇小说《钟鼓楼》。

1985年

出版长篇小说《钟鼓楼》（人民文学出版社），并获第二届茅盾文学奖。

因《钟鼓楼》获北京市政府嘉奖。

7月，在《人民文学》杂志发表纪实小说《5·19长镜头》，反响强烈。

11月，又在《人民文学》杂志发表纪实小说《公共汽车咏叹调》，引起轰动。

1986年

年初，应当代文艺出版社邀请访问香港。

6月，调中国作家协会《人民文学》杂志社，任常务副主编。

在《收获》杂志设《私人照相簿》专栏，进行图文交融的文本尝试。

散文集《垂柳集》出版，冰心为之作序。

1987年

1 月，被任命为《人民文学》杂志主编。

2 月，《人民文学》杂志 1、2 期合刊发表马建写的小说《亮出你的舌苔或空空荡荡》违反民族政策，承担责任，停职检查。

9 月，复职。

冬，应邀赴美国访问。参观《美洲华侨日报》；在哥伦比亚大学，三一学院，哈佛大学，麻省理工学院，康奈尔大学，芝加哥大学，旧金山大学，史坦福大学，加州大学伯克利分校、洛杉矶分校、圣迭戈分校等处演讲，介绍中国当代文学，并参观耶鲁大学；参加爱荷华大学“作家写作中心”的纪念活动；游览华盛顿等地。

1988年

3 月，应香港《大公报》邀请，赴香港参加五十周年报庆活动；在《大公报》安排的大型报告会上作关于改革开放与文学创作的报告。

5 月，应法国文化部邀请，参加中国作家代表团访问法国，除在巴黎活动外，还访问了西部港口城市圣・拉扎尔。

《私人照相簿》在香港出版（南粤出版社）。

《我可不怕十三岁》获 1980—1985 年全国优秀儿童文学奖。

以上数年中，若干小说、散文还分别获得过《当代》《十月》《小说月报》《小说选刊》《中篇小说选刊》《儿童文学》《北方文学》等杂志，《人民日报》《文汇报》等报纸副刊的奖；拍成电视剧播出的有《没工夫叹息》《熄灭》（电视剧名《火苗》）《今夏流行明黄色》《到远处去发信》《非重点》《公共汽车咏叹调》和八集连续剧《钟鼓楼》；若干作品被英国、美国、西德、苏联、日本、法国、意大利、瑞士、瑞典等国翻译为英、德、俄、日、法、意、瑞典等文字出版；自 1987 年起被世界上有威望的英国欧罗巴出版社《世界名人录》收入辞条。

1989年

春，应香港中文大学翻译中心邀请，与妻子吕晓歌赴香港访问。

1990年

3月，以任届期满，免去《人民文学》杂志主编职务。

香港中文大学翻译中心编译的英文小说集《黑墙与其他故事》出版。

秋，以“鱼山”笔名在《钟山》杂志发表中篇小说《曹叔》。

1991年

出版小说集《一窗灯火》。

除小说外，开始发表大量散文、随笔。

1992年

长篇小说《风过耳》在内地（中国青年出版社）、香港（勤+缘出版社）分别出版，反响颇为强烈。

长篇小说《四牌楼》完稿，交上海文艺出版社出版。

《献给命运的紫罗兰——刘心武谈生存智慧》由上海人民出版社出版，受到读者欢迎。

在《收获》杂志发表中篇小说《小墩子》，后由中国电视剧制作中心改编拍摄为电视连续剧。

至该年，在海内外出版的个人专著按不同版本计已达43种。

在《红楼梦学刊》1992年第二辑上发表论文《秦可卿出身未必寒微》，在“红学”界和读者中均引起注意；另有若干《红楼梦》人物论和《红楼边角》专栏文章发表。

冬，应瑞典学院邀请（斯堪的纳维亚航空公司赞助）赴北欧访问；在挪威奥斯陆大学、瑞典斯德哥尔摩大学和隆德大学、丹麦哥本哈根大学和奥胡斯大学的东亚系汉学专业以《九十年代初的中国小说》为题作学术报告；12月7日，参加诺贝尔文学奖有关活动，听1992年得主德里克·沃尔科特发表受奖演说。

1993年

华艺出版社出版《刘心武文集》(1—8卷)。

出版长篇小说《四牌楼》。

1994年

1月，应台湾《中国时报》邀请赴台参加“两岸三地文学研讨会”。

《四牌楼》获上海优秀长篇小说大奖，到沪领奖。

1995年

出版随笔集《人生非梦总难醒》(上海人民出版社)。

出版小说集《仙人承露盘》(华艺出版社)。

1996年

出版长篇小说《栖凤楼》(人民文学出版社)。至此,由《钟鼓楼》《四牌楼》《栖凤楼》构成的“三楼”长篇小说系列竣工。

应《南洋商报》邀请赴马来西亚访问并顺访新加坡。

1997年

应日本国际交流基金会邀请，与妻子吕晓歌访问日本。长篇小说《钟鼓楼》、儿童文学作品《我是你的朋友》、短篇小说《王府井万花筒》等此前已相继译为日文在日本出版。

1998年

建筑评论集《我眼中的建筑与环境》由中国建筑工业出版社出版，在建筑界产生影响。

应美国科罗拉多大学邀请，赴美参加金庸作品国际研讨会，在会上提交关于《鹿鼎记》的论文《失父：一种生存困境》。

1999年

出版纪实性长篇小说《树与林同在》(山东画报出版社)。

出版《红楼三钗之谜》(华艺出版社)。

赴新加坡出席国际环境文学研讨会。

2000年

应邀访问法国,并应英中协会和伦敦大学邀请,从巴黎赴伦敦讲《红楼梦》。

至此年底在海内外出版的个人专著(不含文集)按不同版本计达101种。

2001年

出版包含建筑评论的随笔集《从忧郁中升华》(文汇出版社)。

在北京电视台录制播出《刘心武谈建筑》系列节目。

2002年

出版小说集《京漂女》(中国文联出版社),自绘插图。

应澳大利亚雪梨华文写作协会邀请赴澳大利亚访问。

2003年

以马来西亚《星洲日报》世界华人文学“花踪奖”评委身份赴吉隆坡参加相关活动。

台湾联经出版社出版小说集《人面鱼》。此前台湾已出版过刘心武多种作品,如皇冠出版社出版了《钟鼓楼》,幼狮文化事业公司出版了《四牌楼》《为他人默默许愿》(散文集)。

2004年

赴法参加巴黎书展活动。书展上展出了译为法文的著作有小说《树与林同在》《护城河边的灰姑娘》《尘与汗》《人面鱼》《如意》与歌剧剧本《老舍之死》。

建筑评论集《材质之美》由中国建材工业出版社出版。

小说集《站冰》出版（人民文学出版社），自绘封面插图。

2005年

出版集历年研红成果的《红楼望月》（书海出版社）。

应 CCTV-10（中央电视台科学教育频道）《百家讲坛》邀请，录制播出《刘心武揭秘〈红楼梦〉》系列节目 23 集，反响强烈，引起争议。

《刘心武揭秘〈红楼梦〉》第一、二部相继出版（东方出版社），畅销。

2006年

应美国华美协会邀请，赴纽约在哥伦比亚大学讲《红楼梦》。

应邀参加香港书展。

出版《刘心武揭秘古本〈红楼梦〉》（人民出版社）。

2007年

继续应邀到 CCTV-10《百家讲坛》录制节目，并出版《刘心武揭秘〈红楼梦〉》第三部、第四部（东方出版社）。

访问俄罗斯。

2008年

出版随笔集《健康携梦人》（中国海关出版社）。

自 1986 年出版《垂柳集》，至此所出版的散文随笔集已逾三十种。

2009年

在《上海文学》杂志开《十二幅画》专栏，每期发表一篇写人物命运的大散文，并配发自己的画作。

4月，妻子吕晓歌病逝，著长文《那边多美呀！》悼念。

2010年

再应CCTV-10《百家讲坛》邀请，录制播出《〈红楼梦〉的真故事》系列节目。至此在《百家讲坛》录制播出关于《红楼梦》的个人系列讲座累计达61集。

出版《〈红楼梦〉的真故事》(凤凰联动·江苏人民出版社)，在争议声中畅销。

4月，应台湾新地文学社邀请赴台参加“21世纪世界华文文学高峰会议”。

出版《命中相遇——刘心武话里有画》(上海文艺出版社)。

加快《刘心武续〈红楼梦〉》的写作。

至本年底，在海内外出版的个人专著，《文集》不算在内，重印亦不算，按不同版本计达182种(按不同书名计则为141种)。

年底，筹备编辑《刘心武文存》。

2011年

由江苏人民出版社出版《刘心武续〈红楼梦〉》。

至2011年底在海内外出版的个人专著以不同版本计达193种(《刘心武文集》不计算在内)。

2012年

江苏人民出版社出版散文集《人生有信》。

漓江出版社出版《刘心武评点〈金瓶梅〉》。

法国伽里玛出版社出版《尘与汗》《护城河边的灰姑娘》法译版的袖珍本。

江苏人民出版社出版《刘心武文存》40卷，收录1958年至2010年所能搜集到的全部公开发表过的作品。

2013年

漓江出版社出版散文集《空间感》。

2014年

漓江出版社出版长篇小说《飘窗》。

台湾学生书局出版宣纸线装本《刘心武评点全本金瓶梅词话》。

人民文学出版社出版“刘心武长篇小说系列”包括《钟鼓楼》《四牌楼》《栖凤楼》《风过耳》《刘心武续〈红楼梦〉》(修订版)五部作品。

2015年

漓江出版社出版《跨世纪的文化瞭望——刘心武张颐武对谈录》增订版。

至此年4月，不算《刘心武文集》《刘心武文存》，以单本著作计，已达227种，再剔除同一书名的不同版本，则有160种。

漓江出版社出版自2013年以来未入集的作品汇编《润》。

2016年

出版《刘心武文粹》26卷。

图书在版编目（CIP）数据

献给命运的紫罗兰 / 刘心武著 . — 南京：
译林出版社，2016.4
（刘心武文粹）
ISBN 978-7-5447-5732-4

Ⅰ . ①献… Ⅱ . ①刘… Ⅲ . ①随笔－作品集－中国－当代
Ⅳ . ① I267.1

中国版本图书馆 CIP 数据核字 (2016) 第 035657 号

书　　名　**献给命运的紫罗兰**
作　　者　刘心武
责任编辑　陆元昶
特约编辑　苑浩泰
出版发行　凤凰出版传媒股份有限公司
　　　　　　译林出版社
出版社地址　南京市湖南路 1 号 A 楼，邮编：210009
电子邮箱　yilin@yilin.com
出版社网址　http://www.yilin.com
印　　刷　三河市冀华印务有限公司
开　　本　710×1000 毫米　1/16
印　　张　23.25
字　　数　226 千字
版　　次　2016 年 4 月第 1 版　2016 年 4 月第 1 次印刷
书　　号　ISBN 978-7-5447-5732-4
定　　价　32.80 元